Le jardin des ombres

Virginia C.
Andrews

Le jardin des ombres

Traduit de l'américain
par Francis Kerline

FRANCE LOISIRS
123, boulevard de Grenelle, Paris

Édition du Club France Loisirs, Paris,
avec l'autorisation des éditions J'ai lu

Titre original : *Garden of Shadows*

ISBN 2-7242-4347-1

PROLOGUE

Codicille au testament et dernières volontés d'Olivia Winfield Foxworth. À ouvrir vingt ans après ma mort.

J'ai été forcée de rédiger ce document. Si d'aucuns ne s'étaient avisés de raconter mon histoire pour en tirer avantage, j'aurais emporté les secrets des Foxworth dans ma tombe. La cruauté revêt différents aspects; l'ignorance en est un. Et c'est par ignorance qu'on m'a jugée. À présent, je suis auprès du seul juge dont le verdict importe et mon âme accepte Sa sentence. Vous, qui demeurez ici-bas, vous allez maintenant connaître la vérité de l'histoire. Et, quand vous la connaîtrez, jugez-moi si vous l'osez.

Olivia Winfield Foxworth.

PREMIÈRE PARTIE

1

Les premiers bourgeons du printemps

Quand j'étais petite, mon père m'avait offert une précieuse maison de poupée faite à la main. C'était un monde magique en miniature, avec de splendides petites poupées de porcelaine, des meubles et même des tableaux, des chandeliers et des tapis à l'échelle. Mais la maisonnette était protégée par une cloche de verre et je n'ai jamais eu le droit de toucher aux figurines; en fait, je n'avais même pas le droit de toucher la cloche de verre, afin de ne pas y laisser de traces de doigts. Les objets délicats étaient toujours en danger entre mes grandes mains et je ne pouvais poser que les yeux sur ma maison de poupée.

Je l'avais placée sur une table de chêne, devant la fenêtre à vitraux de ma chambre. Le soleil, passant à travers les vitres teintées, enveloppait ce minuscule univers de toutes les couleurs de l'arc-en-ciel et allumait des lueurs de bonheur sur les visages de la petite famille. Même les domestiques dans la cuisine, le maître d'hôtel en livrée blanche devant la porte d'entrée et la nounou dans la nursery avaient l'air heureux.

C'était l'image de la vie telle qu'elle devait être, qu'elle eût dû toujours être et serait un jour pour moi, ainsi que je l'espérais de tout mon cœur dans mes prières. Il n'y avait jamais d'ombres dans ce monde en miniature; car, même par les jours maussades, lorsque de sombres nuages planaient dehors, la magie du verre teinté de la fenêtre transformait la grisaille en arc-en-ciel.

Mais le monde réel, mon propre monde, semblait, lui, toujours gris et privé d'arcs-en-ciel. Gris comme mes yeux – qui avaient toujours été trop durs, me disait-on –, gris comme mes espérances, gris comme la vieille fille dont personne ne voulait dans son jeu. À vingt-quatre ans, j'étais déjà une vieille fille, j'étais encore célibataire. C'était à croire que ma haute taille et mon intelligence faisaient fuir les fiancés potentiels; c'était à croire que le monde des arcs-en-ciel, où l'on s'aime, où l'on se marie, où l'on a des enfants, m'était tout aussi interdit que cette maison de poupée que j'admirais tant. Car seul le monde fictif donnait des ailes à mes espérances.

Dans mon imaginaire, j'étais jolie, enjouée, charmante, comme toutes les autres jeunes femmes que je rencontrais sans jamais m'en faire des amies. Ma vie était solitaire, habitée de livres et de rêves. Et, même si je n'en parlais pas, je m'accrochais encore au dernier semblant d'espoir que ma mère m'avait donné juste avant de mourir :

– La vie est comme un jardin, Olivia. Et les gens sont comme de petites graines, qui se nourrissent d'amour, d'amitié et de tendresse. Si on leur consacre assez de temps et d'attention, ils deviennent de merveilleuses fleurs. Et, quelquefois, même une vieille plante abandonnée dans un coin de terre en friche finit par s'épanouir sans qu'on s'y attende. Ce sont celles-là qui donnent les plus belles fleurs, celles qu'on chérit le plus. Tu seras une de ces fleurs, Olivia. Cela pourra prendre du temps, mais ton printemps viendra.

Dieu qu'elle m'a manqué, ma mère si optimiste ! J'avais seize ans quand elle est morte – l'âge où j'eusse tant voulu pouvoir lui parler de femme à femme, lui demander comment conquérir le cœur d'un homme, comment devenir comme elle : respectable, compétente et tellement femme dans tout ce qu'elle faisait. Ma mère était perpétuellement occupée à quelque chose, et toujours avec efficacité et responsabilité. Elle savait retrouver son chemin dans n'importe quelle situation difficile; et, quand l'une était vaincue, elle s'attaquait à la suivante. Mon père semblait content de la savoir active, mais sans jamais se soucier de ce qu'elle faisait.

Le fait qu'une femme n'eût pas de métier, disait-il souvent, n'était pas une raison pour qu'elle restât oisive. Elle avait ses « affaires de femmes » à régler.

Cependant, quand l'heure fut venue, il m'encouragea à fréquenter une école professionnelle. Il trouvait juste et normal de faire de moi sa secrétaire particulière, de m'assigner une place dans son cabinet de travail, une pièce toute masculine dont un mur était orné d'armes à feu et un autre de tableaux de chasse et de pêche, une pièce qui sentait perpétuellement le cigare et le whisky, avec un méchant tapis brun foncé – le plus élimé de la maison. Il m'avait réservé un coin de son vaste bureau de chêne noir pour que je pusse éplucher méticuleusement ses comptes, ses frais professionnels, les salaires de ses employés et même ses dépenses domestiques. En travaillant avec mon père, je me suis souvent considérée comme le fils qu'il avait toujours désiré – et n'avait jamais eu –, plutôt que comme la fille que j'étais. Oh, j'étais pleine de bonne volonté, mais je semblais vouée à n'être jamais celle qu'on voulait que je fusse, tout simplement.

Il avait coutume de dire que je serais une compagne précieuse pour n'importe quel mari et je croyais que c'était la raison pour laquelle il tenait tant à me donner une éducation et une expérience professionnelles. Il ne me l'a jamais avoué en ces termes, mais je savais ce qu'il pensait : une femme d'un mètre quatre-vingts a besoin de quelque chose en plus pour s'attirer l'affection d'un homme.

Oui, je mesurais un mètre quatre-vingts; à mon grand dam, j'avais atteint des proportions gigantesques pendant mon adolescence. J'étais « la grande perche », la géante. Chez moi, rien n'était délicat ni fragile.

J'avais les cheveux auburn de ma mère, mais des épaules trop larges et une grosse poitrine. Combien de fois, debout devant ma glace, n'ai-je souhaité avoir des bras plus courts ! Mes yeux gris étaient trop allongés, comme ceux des chats, et mon nez trop pointu. Mes lèvres étaient minces, mon teint pâle et grisâtre. Du gris, du gris, du gris. Comme j'eusse voulu être belle et fraîche ! Mais, quand je m'asseyais devant ma coiffeuse de marbre jaune et que j'essayais de rougir, de faire papilloter mes paupières pour prendre des mines de coquette, je n'arrivais qu'à me donner des mines d'imbécile. Je ne voulais pas avoir l'air d'une sotte à la tête vide et, cependant, je ne pouvais m'empêcher d'observer la maison de poupée sous verre pour étudier le délicat visage de porcelaine de la jolie petite épouse. J'eusse tant voulu que ce fût mon visage. Alors, peut-être, ce monde eût-il été le mien.

Mais il ne l'était pas.

J'ai donc laissé mes espérances sous cloche, avec les figurines de porcelaine, et j'ai poursuivi mon bonhomme de chemin.

Si mon père avait réellement escompté me rendre plus séduisante aux yeux des hommes en me munissant d'une expérience de la vie active, il a dû être cruellement déçu par le résultat. Les messieurs qui s'en venaient et s'en allaient ne venaient qu'à cause de ses manigances, ainsi que je devais le découvrir, et je restais l'éternelle fille à marier. J'avais toujours peur que mon argent, l'argent de mon père, dont je devais hériter, ne m'amenât un prétendant qui feignît d'être amoureux de moi. Je crois que mon père partageait mes craintes, car il vint me trouver un jour en disant :

– J'ai précisé dans mon testament que l'argent que tu recevrais t'appartiendrait en propre et que tu serais libre d'en disposer à ta convenance. Aucun homme ne pourra espérer prendre le contrôle de ta fortune par le simple fait de t'épouser.

Sur quoi, il avait quitté la pièce sans même me

laisser le temps de lui répondre. Puis il se mit à filtrer soigneusement les candidats à l'idylle; seuls pouvaient m'approcher les meilleurs partis, les messieurs qui possédaient déjà une fortune personnelle. Mais il me restait encore à rencontrer celui qui ne m'arrivât pas au-dessous du menton ou qui ne fronçât pas les sourcils devant mes propos. Tout présageait que je mourrais célibataire.

Mais mon père ne l'entendait pas ainsi.

– Il y a un jeune homme qui vient dîner ce soir, me dit-il un vendredi matin, vers la fin avril. C'est l'un des plus impressionnants que j'aie rencontrés. Je veux que tu portes cette robe bleue que tu t'étais fait faire pour Pâques.

– Ô père…

J'étais sur le point de lui dire : À quoi bon ? Mais il devança ma pensée.

– Ne discute pas. Et, pour l'amour de Dieu, ne te lance pas sur le chapitre des suffragettes pendant que nous serons à table.

Mes yeux s'enflammèrent. Il savait que je détestais être bridée comme l'un de ses chevaux.

– Tout homme cesse de s'intéresser à toi dès l'instant que tu remets en question le plus précieux des privilèges masculins. Ça ne rate jamais. La robe bleue, répéta-t-il.

Puis il pivota et sortit sans que je pusse lui opposer le moindre argument.

Cela me paraissait vain de recommencer mon rituel devant ma coiffeuse. Je me suis vigoureusement lavé les cheveux, puis me suis assise pour les brosser cent fois, les lisser et les épingler soigneusement, mais sans trop les serrer, avec les peignes d'ivoire que mon père m'avait offerts pour Noël, l'année précédente.

Mon père ne semblait pas se rendre compte que j'avais commandé la « robe bleue » parce que je voulais une toilette qui ressemblât à celles que portaient les femmes sur les photographies de mode. Le corsage en était suffisamment échancré pour laisser deviner les rondeurs de ma poitrine et la taille étroite me donnait un semblant de silhouette sablier. Elle était en soie, d'une étoffe exceptionnellement douce, avec un chatoiement qui ne ressemblait à rien d'autre de ce que je possédais. Les manches s'arrêtaient juste au-dessus des coudes. Je pensais que cela faisait paraître mes bras plus courts.

Je mis le pendentif de saphir bleu de ma mère, espérant donner ainsi plus de finesse à mon cou. Mes joues étaient un peu rouges, mais je n'aurais su dire si c'était à cause de ma bonne santé ou de ma nervosité. Car j'étais nerveuse. J'en avais déjà trop connu, de ces soirées où je voyais se décomposer le visage de l'homme qui se levait pour me saluer et que je dominais d'une tête.

Je ne faisais que me préparer pour un nouveau fiasco.

Lorsque je descendis l'escalier, l'invité de mon père était arrivé. Ils étaient tous deux dans le cabinet de travail. J'entendis le rire épais de mon père, puis la voix du monsieur, basse mais profonde et sonore, la voix d'un homme plutôt confiant. J'appuyai mes paumes contre mes hanches pour en effacer la moiteur et m'avançai vers la porte du cabinet.

Au moment où j'apparus, Malcolm Neal Foxworth se leva et mon cœur fit un bond. Il faisait au moins un mètre quatre-vingts, lui aussi, et c'était de loin le plus beau jeune homme qui fût jamais venu à la maison.

– Malcolm, dit mon père, je suis fier de vous présenter ma charmante fille.

Il prit ma main et répondit :

– Enchanté, Miss Winfield.

Je regardais droit dans ses yeux bleu ciel. Et il regardait, de même, droit dans les miens. Je n'avais jamais cru aux idées romantiques de collégienne, telles que le « coup de foudre », mais je sentis son regard glisser sur mon cœur et se loger dans le creux de mon estomac.

Il avait les cheveux très blonds et un peu plus longs que la plupart des hommes de l'époque, mais ses mèches étaient soigneusement peignées et semblaient infiniment légères. Il avait un nez romain, fort, et une bouche droite et fine. Large d'épaules, étroit de hanches, il avait une allure presque athlétique. Et, à sa façon de m'observer, un sourire amusé au coin des lèvres, je devinais qu'il était habitué à voir les femmes battre des paupières devant lui. Eh bien, me dis-je, je ne lui donnerai pas une occasion de plus de se rire d'Olivia Winfield. Bien sûr, un homme comme lui ne m'accorderait pas un jour de temps et j'étais bonne pour passer une autre de ces maudites soirées de présentation organisées par mon père. Je lui serrai fermement la main, répondis à son sourire et détournai vivement les yeux.

Après les salutations, mon père m'expliqua que Malcolm arrivait de Yale, où il avait assisté à une réunion d'anciens élèves. Il songeait à investir dans les chantiers navals, parce qu'il pensait que la fin de la Grande Guerre allait développer de nouveaux marchés pour l'exportation. D'après ce que je pus entrevoir de son passé ce soir-là, je crus comprendre qu'il possédait déjà plusieurs usines de confection, qu'il était principal actionnaire de différentes banques et propriétaire de quelques scieries en Virginie. Il était en affaires avec son père, mais ce père, bien qu'âgé de cinquante-cinq ans seulement, était « distrait ». Je n'ai appris que plus tard ce que cela voulait dire.

Pendant le dîner, je m'efforçais d'être l'observatrice polie et discrète que mon père voulait que je fusse, ainsi que l'eût été ma mère. Margaret et Philip, nos domestiques, nous servirent un dîner raffiné – du bœuf Wellington. Mon père avait choisi le menu lui-même, ce qu'il ne faisait que pour les grandes occasions. Je trouvai d'ailleurs qu'il dévoilait un peu trop son jeu, lorsqu'il déclara :

– Olivia a fait des études, vous savez. Elle a un certificat professionnel et c'est elle qui tient mes livres, pour une bonne part.

– Vraiment ? (Malcolm parut sincèrement impressionné. Ses yeux céruléens brillèrent et je sentis qu'il me regardait avec un intérêt nouveau.) Vous aimez le travail, Miss Winfield ?

Je jetai un regard vers mon père, qui se carra contre le haut dossier de sa chaise d'érable et m'encouragea à répondre d'un signe de tête. Je désirais ardemment plaire à ce Malcolm Foxworth, mais j'étais déterminée à rester celle que j'étais.

– Mieux vaut employer son temps à des choses sensées et productives, répondis-je. Même pour une femme.

Le sourire de mon père s'estompa, mais celui de Malcolm s'élargit.

– Je suis entièrement d'accord, dit-il. (Il ne se tourna pas vers mon père.) Je trouve que la plupart des soi-disant jolies femmes sont insipides et plutôt sottes. Comme si la beauté était suffisante pour faire son chemin dans la vie. Je préfère les femmes intelligentes, capables de penser par elles-mêmes et d'apporter un soutien réel à leur mari.

Mon père s'éclaircit la gorge.

– Bien sûr, bien sûr, dit-il.

Et il ramena la conversation sur les chantiers navals. Il tenait de source sûre que la flotte de la marine marchande, construite au nom de « l'effort de guerre », serait bientôt proposée à des armateurs privés.

Ce sujet retint l'attention de Malcolm pendant presque tout le dîner. Pourtant, je sentais son regard peser sur moi et, de temps en temps, quand je levais les yeux sur lui, il me souriait.

C'était la première fois que j'étais captivée ainsi par un des invités de mon père. C'était la première fois que je me sentais vraiment la bienvenue à table. Malcolm était poli avec mon père, mais il était clair qu'il avait envie de bavarder davantage avec moi.

Avec moi !

Le plus bel homme qui fût jamais venu chez nous s'intéressait à moi ? Mais il aurait pu avoir cent jolies filles à ses pieds. Pourquoi se serait-il intéressé à une Bécassine comme moi ? N'appartenaient-ils qu'à mon imagination, tous ces regards en coin lorsqu'il me demandait de lui passer quelque chose qu'il aurait pu facilement saisir lui-même ou lorsqu'il essayait de me faire participer à la conversation ? Pouvais-je, ne fût-ce que pour quelques heures, laisser fleurir mon petit bourgeon d'espoir ? Ne fût-ce que pour cette nuit ? Demain, il redeviendrait gris.

Après le dîner, Malcolm et mon père se retirèrent dans le bureau pour fumer leur cigare et parler plus longuement des investissements que le jeune homme désirait faire. Avec eux se retirèrent aussi mes espérances, à la floraison si éphémère. Ce n'était pas moi qui intéressais Malcolm, bien sûr, mais les affaires de mon père. Ils resteraient là jusqu'à la fin de la soirée. Autant regagner tout de suite ma chambre pour lire ce nouveau roman dont tout le monde parlait, *L'Âge de l'innocence* d'Edith Wharton. Pourtant, je décidai d'aller chercher mon livre et de le lire dans le salon, près de la lampe Tiffany, heureuse à l'idée de pouvoir dire un dernier au revoir à Malcolm.

À cette heure du soir, notre rue était très calme mais, regardant par la fenêtre, j'aperçus un couple qui marchait bras dessus, bras dessous. C'était ainsi qu'eussent déambulé les époux de ma maison de poupée sous verre s'ils avaient pu s'échapper de leur prison, songeai-je. Je les regardai jusqu'à ce qu'ils disparussent au coin de la rue. Comme j'eusse aimé pouvoir un jour me promener ainsi avec un homme – un homme comme Malcolm. Mais cela n'arriverait pas. Dieu semblait sourd à mes prières et à mes désirs d'amour. Je soupirai. Reportant mon attention sur mon livre, je me rendis compte que je ne connaîtrais jamais la vie et l'amour qu'à travers les romans.

Puis j'épiai Malcolm dans l'ouverture de la porte. Mais c'est que... il était en train de me regarder ! Il se tenait debout, si droit et si impassible, les épaules en arrière, la tête haute. Il avait un air vaguement spéculatif, comme s'il essayait de me jauger en secret. Je ne savais que faire.

Oh ! La surprise m'échauffa les joues. Mon cœur se mit à battre si fort que je crus qu'il l'entendrait de l'autre bout de la pièce.

– La soirée est très belle, dit-il. Seriez-vous intéressée par une promenade ?

Je restai bouche bée. Il voulait m'emmener en promenade !

– Oui, fis-je.

J'avais remarqué qu'il aimait ma façon de prendre une décision rapide. Je n'essayai pas de battre des paupières ou de feindre l'hésitation pour me faire désirer. Oui, j'avais envie de me promener, et particulièrement avec *lui*. Si je voulais avoir une chance de voir se manifester l'intérêt qu'il semblait me porter, j'étais déterminée à rester égale à moi-même.

– Je cours chercher mon manteau.

C'était l'occasion pour moi de m'éclipser pour reprendre mes esprits.

Quand je redescendis, Malcolm m'attendait dans l'entrée. Philip lui avait apporté son pardessus et se tenait à côté de lui, prêt à lui ouvrir la porte. Je me demandais où était mon père. Était-ce lui qui avait arrangé la chose ? Bien que je connusse à peine Malcolm, j'étais convaincue qu'il n'était pas homme à faire quelque chose qu'il n'avait pas envie de faire.

Lorsque Philip nous ouvrit, je surpris une lueur de satisfaction dans son regard. Ce monsieur était à son goût.

Malcolm me donna le bras jusqu'au bas des six marches du perron. Nous suivîmes l'allée en silence jusqu'au portillon. Malcolm ouvrit la grille et s'effaça pour me céder le passage. C'était une douce soirée d'avril, avec un petit parfum printanier. Les arbres tendaient vers le ciel des branches encore nues et grises, mais où s'éveillaient déjà à la vie des centaines de minuscules bourgeons. Pourtant, le froid de l'hiver planait encore dans l'air, planait encore sur moi. Pendant un instant de folie, j'eus envie de me tourner vers Malcolm et de me blottir dans ses bras, ce que je n'avais jamais fait avec aucun homme, pas même mon père. Je pris résolument les devants et fis un geste vers le fleuve.

– Si nous allons jusqu'au bout de cette rue, dis-je, et tournons sur la droite, nous aurons une merveilleuse vue sur la Tamise[1].

1. Fleuve côtier *américain*, qui arrose New London, au nord-est de New York.

– Parfait, répondit-il.

Depuis toujours, je me voyais en rêve longeant les quais de la Tamise, par une soirée de printemps, au bras d'un homme en train de tomber amoureux de moi. Je vivais tant d'émotions mêlées, tant d'espoirs et de craintes confus, tant d'impressions effrayantes qui me parcouraient le corps, que j'en avais le tournis. Mais je ne voulais pas que Malcolm le remarquât et je m'appliquais à me tenir droite, à marcher la tête haute. Les lumières des bateaux se mouvaient avec leur cargaison. Par une nuit aussi noire que celle-là, les reflets sur l'eau, dans le lointain, ressemblaient à des lucioles prises dans des toiles d'araignée.

– La vue est très belle, en effet, dit-il.

– Oui.

– Comment se fait-il que votre père n'ait pas encore trouvé à vous marier ? Je ne vous ferai pas l'affront de vous dire que vous êtes belle, mais vous êtes extrêmement séduisante et il est évident que vous avez beaucoup d'esprit. N'y a-t-il donc aucun homme qui ait su ravir votre cœur ?

– Et comment se fait-il que vous n'ayez pas d'épouse vous-même ?

Il rit.

– Vous répondez à une question par une autre question. Eh bien, Miss Winfield, si vous tenez à le savoir, la plupart des femmes d'aujourd'hui m'ennuient avec leurs façons de se vouloir toujours aguicheuses. Un homme qui envisage l'avenir avec sérieux, qui est décidé à bâtir quelque chose de solide pour lui et sa famille doit, selon moi, éviter ce genre de personnes.

– Et vous ne connaissez que des femmes de cette sorte ? demandai-je. (Je ne pouvais pas le voir de mes yeux, évidemment, mais j'avais l'impression que je rougissais.) Vous n'en avez pas cherché d'autres ?

– Non. J'étais trop pris par mes affaires.

Nous nous arrêtâmes. Il regarda les bateaux.

– Si je puis me permettre, reprit-il, il me semble que nous avons un certain nombre de points communs, vous et moi. D'après ce que m'a dit votre père et d'après ce que j'ai pu observer moi-même, vous êtes une personne sérieuse, pragmatique et travailleuse. Vous appréciez le monde des affaires et, pour cette raison, vous dominez de la tête et des épaules la plupart des femmes de ce pays, par les temps qui courent.

– C'est la faute des hommes, à cause de la façon dont ils les traitent, répondis-je aussitôt.

Je me suis presque mordu la lèvre. Je n'avais pas l'intention de jouer les contestataires, mais les mots semblaient se former d'eux-mêmes sur ma bouche.

– Je ne sais pas. Peut-être... fit-il. À la vérité, vous avez raison. Et, vous savez, dit-il en me prenant gentiment le coude pour m'inviter à poursuivre notre chemin, nous avons encore d'autres points communs. Nous avons tous deux perdu notre mère dans notre jeune âge. C'est votre père qui m'a expliqué tout cela, s'empressa-t-il d'ajouter, j'espère que vous ne me trouvez pas indiscret.

– Non. Vous avez perdu votre mère à quel âge ?

– Cinq ans.

Sa voix était soudain plus grave et plus lointaine.

– Oh, cela a dû être très dur pour vous.

– Parfois, plus les choses sont dures et plus nous devenons forts, pour ne pas dire durs nous-mêmes.

En effet, il venait de parler avec dureté, avec une telle froideur que je n'osai lui en demander plus.

Nous continuâmes notre promenade dans la nuit. Je l'écoutai parler de ses diverses entreprises. Nous eûmes une petite discussion sur les élections présidentielles à venir et il fut surpris de me voir si bien informée sur les candidats briguant l'investiture des partis républicain et démocrate.

J'étais triste de regagner si tôt la maison. Je me consolai en me disant qu'au moins je l'avais eue, ma promenade avec un beau jeune homme. Je pensais que cela n'irait pas plus loin.

Mais, sur le seuil, il me demanda si j'acceptais de le revoir.

– J'ai l'impression d'avoir accaparé la conversation, ce soir, dit-il. J'aimerais vous écouter davantage la prochaine fois.

Avais-je bien entendu ? Un homme qui voulait m'écouter, moi, qui désirait savoir ce que *je* pensais ?

– Vous pouvez revenir demain, répondis-je.

Je suppose que j'avais l'air d'une collégienne impatiente, mais il n'eut pas un sourire, pas un rire.

– À la bonne heure ! dit-il. Il y a un bon restaurant de fruits de mer près de chez moi. Peut-être pourrions-nous dîner ensemble.

Dîner ? Un vrai rendez-vous ! Bien sûr, j'ai accepté. J'avais envie de le regarder monter dans sa voiture et le suivre des yeux, mais c'eût été trop me dévoiler. Je rentrai. Mon père m'attendait sur le seuil de son cabinet de travail.

– Un jeune homme intéressant, dit-il. Une espèce de génie des affaires. Et beau garçon avec ça, hein ?

– Oui, père.

Il toussota.

– Il revient demain et nous dînerons ensemble.

Son sourire disparut. Son visage prit cette expression grave d'espoir que je lui avais déjà vue.

– Vraiment ? Eh bien, qu'est-ce que tu dis de ça ? Qu'est-ce que tu dis de ça ?

– Je ne sais pas, père...

Je ne pouvais plus me contenir. Je le priai de m'excuser et montai dans ma chambre. Là, je restai un moment assise devant mon miroir. Qu'avais-je de différent ? Ma coiffure était toujours la même.

Je ramenai mes épaules en arrière. J'avais tendance à les voûter, à cause de leur largeur. Je savais que ce n'était pas une façon de se tenir; Malcolm se tenait si droit, lui, avec une telle confiance en soi. Il ne semblait pas prêter attention à ma gaucherie ni à mes imperfections, et il n'était pas obligé de lever la tête, comme les autres, pour me parler.

Il m'avait dit que j'étais très séduisante, ce qui supposait que je pouvais être désirable pour un homme. Peut-être m'étais-je sous-estimée pendant toutes ces années. Peut-être m'étais-je résignée sans raison à un sort tragique.

J'essayai de ne pas m'emporter trop vite. Je me

morigénai. Un homme qui est venu dîner t'a invitée à sortir. Bon. Cela ne veut pas dire qu'il songe à une idylle. Il se sent peut-être seul à New London, tout simplement.

Non, nous irons dîner, nous bavarderons et il repartira, voilà tout. Un jour prochain, avec un peu de chance, je recevrai une carte de lui, pour Noël ou je ne sais quelle occasion, disant : « Remerciements tardifs pour votre si agréable conversation. Joyeuses fêtes. Malcolm. »

Mon cœur frémit. J'allai voir ma maison de poupée, pour tâcher d'y retrouver les espérances que j'y avais laissées sous sa cloche de verre. Puis je m'endormis en rêvant aux figurines de porcelaine. J'étais l'une d'elles. J'étais l'heureuse épouse – et Malcolm était le joli époux.

C'était un dîner chic. Je ne voulais pas paraître trop habillée, mais tout ce que je dénichais dans ma garde-robe était terne. C'était ma faute; j'eusse dû accorder plus d'attention à mes toilettes. Finalement, je choisis une robe que j'avais mise pour un mariage, l'année précédente. Qui sait ? Peut-être me porterait-elle chance.

Malcolm m'en fit des compliments, mais la conversation à table tourna bientôt sur des sujets plus terre à terre. Il voulait tout savoir de mon travail avec mon père, me demandant force détails. J'avais très peur de l'ennuyer, mais il me témoigna tant d'intérêt que je devins intarissable. Il paraissait vivement impressionné par mes connaissances sur les affaires de mon père.

– Dites-moi, fit-il comme nous rentrions chez moi, à quoi occupez-vous vos loisirs ?

La conversation prenait enfin un tour plus personnel; c'était enfin moi qui en étais le sujet.

– Je lis beaucoup. J'écoute de la musique. Je me promène. Mon seul sport est l'équitation.

– Oh, vraiment ? Je possède de nombreux chevaux et Foxworth Hall, ma demeure, est située sur des terres qui ont de quoi fasciner n'importe quel amoureux de la nature.

– Cela doit être merveilleux, dis-je.

Il me raccompagna jusqu'à la porte et, cette fois encore, je pensai que c'était la fin. Mais il me surprit.

– Vous savez sans doute que je dois vous rejoindre à l'église, demain, avec votre père.

– Non, je ne le savais pas.

– Eh bien, je m'en félicite d'avance, ajouta-t-il. Je tiens à vous remercier pour cette très agréable soirée.

– Elle m'a plu aussi, répondis-je.

Puis j'attendis. Était-ce à ce moment-là que l'homme était supposé embrasser la femme ? Comme je regrettais de ne pas avoir d'amie intime à qui je pusse me confier et avec qui discuter de ces choses, de ces histoires d'homme et de femme ! Toutes les filles que j'avais connues à l'école étaient mariées et loin de moi.

Étais-je censée faire quelque chose pour l'encourager ? Me pencher vers lui, prendre des poses, lui sourire d'une certaine façon ? Je me sentais perdue, à attendre ainsi devant la porte.

– À demain donc, dit-il.

Il inclina son chapeau et regagna sa voiture.

J'ouvris la porte et me précipitai à l'intérieur. Je me sentais à la fois excitée et déçue. Mon père, qui lisait le journal dans le salon, faisait semblant de s'intéresser à autre chose; mais je savais qu'il était impatient d'avoir des nouvelles de mon rendez-vous. J'étais déterminée à ne pas lui faire de compte rendu. Cela me donnait l'impression de passer une audition et je n'aimais pas toutes ces conjectures.

D'ailleurs, que pouvais-je lui dire ? Malcolm m'avait emmenée dîner. Nous avions beaucoup parlé. Plus exactement, *j'avais* beaucoup parlé et il avait écouté. Peut-être qu'il m'avait prise pour une pipelette, après tout, même si je n'avais abordé que des sujets qui semblaient l'intéresser. J'étais sûre d'avoir trop parlé, parce que j'étais trop fébrile. En un sens, je lui étais reconnaissante de m'avoir interrogée sur mon travail. C'était une question sur laquelle je pouvais m'étendre.

Bien sûr, j'aurais pu lui parler de livres ou de

chevaux, mais je venais à peine de découvrir qu'il était capable de se soucier d'autre chose que de gagner de l'argent.

Donc, que pouvais-je dire à mon père ? Le dîner avait été excellent. J'avais essayé de ne pas trop manger, quoiqu'il me restât de l'appétit. J'avais essayé d'avoir l'air délicate et féminine; j'avais même refusé de commander un dessert. C'était lui qui avait insisté.

– Tu as passé une bonne soirée ? me demanda négligemment mon père.

Il avait remarqué que je m'apprêtais à monter directement dans ma chambre.

– Oui, mais pourquoi ne m'avez-vous pas dit que vous l'aviez invité à nous accompagner à l'église ?

– Oh, je ne te l'ai pas dit ?

– Père, malgré votre habileté en affaires, vous ne savez pas mentir.

Il s'esclaffa et je me pris à rire un peu moi-même.

Au fond, pourquoi lui en voudrais-je ? pensai-je. Je savais ce qu'il faisait et je voulais qu'il le fît.

– Je vais dormir, dis-je.

Il me faudrait me lever de bonne heure le lendemain, afin d'apporter un soin particulier à ma toilette pour l'église.

Avant de m'endormir, cette nuit-là, je passai en revue chaque détail de ma soirée avec Malcolm; je me reprochai ceci, me félicitai pour cela. Et, repensant à nos derniers moments devant la porte, je m'imaginai qu'il m'avait réellement embrassée.

Jamais je n'avais été aussi anxieuse d'aller à l'église que ce matin-là. Je ne pus rien avaler au petit déjeuner. Je m'agitais sans raison, je doutais de ma robe, de ma coiffure. Lorsque vint le moment de partir et que Malcolm arriva, mon cœur battait si vite que je manquai défaillir et m'effondrer dans l'escalier.

– Bonjour, Olivia, dit-il.

Il avait l'air satisfait de ma toilette. Ce ne fut que lorsque nous fûmes tous en voiture et en route pour l'église que je me rendis compte qu'il m'avait appelée « Olivia » et non « Miss Winfield ».

C'était une belle journée chaude de printemps, le premier dimanche vraiment clément de l'année. Toutes les jeunes dames étaient vêtues de leur nouvelle robe printanière, avec un chapeau à voilette et une ombrelle. Les familles assemblées avaient toutes un air propret, avec leurs enfants qui gambadaient au soleil en attendant l'heure de l'office. Quand nous descendîmes de voiture, il me sembla que toutes les têtes se tournaient vers moi. Moi, Olivia Winfield, arrivant à l'église par un beau dimanche matin, avec mon père et un jeune homme beau comme un prince. Oui ! oui, c'est moi ! aurais-je voulu crier. Vous avez vu ? Mais, bien sûr, je ne me serais jamais laissé aller à un tel comportement de fille des rues. Je me redressai, me grandis et relevai le menton. Nous entrâmes directement dans l'église sombre et fleurant l'encens. La plupart des fidèles étaient encore dehors, pour profiter du soleil, et nous pûmes choisir nos places. Malcolm nous conduisit sans hésiter au premier rang. Nous nous assîmes en silence, en attendant l'oraison. Jamais je n'avais eu autant de mal à suivre le sermon; jamais je n'avais été aussi attentive au son de ma propre voix quand nous nous levâmes pour entonner les cantiques. Malcolm chantait haut et fort, et récita la prière finale d'un timbre grave et profond. Puis il se tourna vers moi et m'offrit son bras. Comme j'étais fière de descendre la nef à ses côtés !

Je ne manquai pas de remarquer les regards que nous lançaient les autres membres de la congrégation, se demandant quel était ce beau jeune homme qui accompagnait les Winfield et donnait le bras à Olivia.

Un vent de commérages soufflait à notre passage et j'étais sûre que l'apparition de Malcolm alimenterait toutes les conversations du jour.

Dans l'après-midi, nous allâmes faire du cheval. C'était la première fois que je chevauchais seule avec un homme et sa présence me donnait des ailes. Il montait avec toute la prestance d'un cavalier anglais et semblait ravi de constater que je n'avais aucun mal à le suivre.

Il dîna chez nous et me convia à une nouvelle promenade le long du fleuve. Pendant la première partie du chemin, je le trouvai étrangement calme et je m'attendis à ce qu'il m'annonçât son départ. Peut-être me promettrait-il de m'écrire. Sincèrement, je comptais sur cette promesse, même s'il ne pensait pas la tenir. Cela m'eût au moins donné à attendre quelque chose du courrier. J'eusse chéri chacune de ses lettres, s'il dût y en avoir plus d'une.

– Écoutez, Miss Winfield, commença-t-il soudain. (Je n'appréciai guère qu'il se remît à m'appeler Miss Winfield. J'y voyais un mauvais présage. Mais il n'en était rien.) Je ne vois pas pourquoi deux personnes qui ont tant de choses en commun, deux personnes sensées, je veux dire, devraient prolonger leur liaison pour retarder sans raison la question qui les intéresse toutes deux

– Quelle question ?

– Je veux parler du mariage. Un des sacrements les plus sanctifiés, quelque chose qu'il ne faut jamais prendre à la légère. Le mariage est plus que le résultat logique d'une romance; c'est une union contractuelle, une œuvre commune. Un homme a besoin de savoir que sa femme participe à l'effort, qu'il peut compter sur elle. Contrairement à ce que pensent certains, y compris mon père, un homme doit avoir une femme de caractère. Vous m'avez fait une forte impression, Miss Winfield, et j'aimerais que vous me permettiez de demander votre main à votre père.

Je restai sans voix. Malcolm Neal Foxworth, un homme d'un mètre quatre-vingts et plus, aussi beau qu'on pût le souhaiter, intelligent, riche et fier d'allure, voulait m'épouser ! Et nous étions là, debout sur la berge de la Tamise, avec les étoiles au-dessus de nos têtes, plus lumineuses que jamais. M'étais-je égarée dans l'un de mes rêves secrets ?

– Ma foi... dis-je.

Je portai ma main à ma gorge et le regardai. J'étais à court de mots. Je ne savais comment formuler ma réponse.

– Je me rends compte que tout cela est un peu soudain, mais je suis un homme de quelque avenir, qui a la chance de savoir reconnaître immédiatement ce qui a de la valeur. Mon intuition ne m'a jamais trompé. Je suis convaincu que cette proposition est la meilleure pour vous comme pour moi. Si vous pouviez m'accorder votre confiance et...

– Oui, Malcolm, je veux, répondis-je rapidement, peut-être trop rapidement.

– Bien. Merci, dit-il.

J'attendis. Cette fois, c'était sûrement le moment de nous embrasser. Nous allions sceller notre fidélité mutuelle sous le regard des étoiles. Mais peut-être étais-je d'un romantisme puéril... Malcolm était du genre à faire les choses proprement, dans les règles. En cela aussi, je devais m'en remettre à lui.

– Alors, si vous voulez bien, rentrons chez vous pour que je puisse parler à votre père.

Il me prit le bras et, cette fois, me serra plus près de lui. Tandis que nous marchions vers la maison, je songeai au couple que j'avais vu déambuler dans la rue, ce premier soir où il était venu dîner. Mon rêve était devenu réalité. Pour la première fois de ma vie, je me sentis vraiment heureuse.

Mon père attendait dans son cabinet, comme s'il avait pressenti la nouvelle. Les choses allaient si vite ! En maintes occasions, je m'étais approchée de la double porte qui séparait le cabinet de travail du salon pour surprendre les conversations. Elles avaient trait à des questions de famille ou à d'autres affaires qui pouvaient me concerner.

Mais rien ne me concernait davantage que la conversation qui devait avoir lieu maintenant. Je me tins sagement à l'écart et prêtai l'oreille, avide d'entendre Malcolm exprimer son amour pour moi.

– Comme je vous l'ai dit dès le premier soir, monsieur Winfield, commença-t-il, je suis très épris de votre fille. Il est rare de rencontrer une femme aussi posée et digne, une femme qui comprenne les nécessités du progrès économique et sache accompagner celui-ci avec grâce.

– Je suis fier des capacités de ma fille, répondit mon père. Elle est aussi brillante que n'importe quel homme comme comptable et secrétaire, ajouta-t-il.

Mon père avait le don de me faire des compliments qui me rendaient encore moins désirable à mes propres yeux.

– Oui. C'est une femme équilibrée et d'un fort tempérament. J'ai toujours désiré une épouse qui me laisse mener ma vie comme je l'entends, sans s'accrocher à moi comme une plante grimpante en train de dépérir. Je veux être sûr, quand je rentre chez moi, de ne pas être accueilli par une personne boudeuse ou maussade, pour ne pas dire vindicative, comme peuvent l'être tant de femmes inconséquentes. J'apprécie le fait qu'elle ne s'intéresse pas aux choses superficielles, qu'elle ne se fasse pas un monde de sa coiffure, qu'elle ne ricane pas sottement et ne joue pas les coquettes. Bref, j'aime sa maturité. Je vous félicite, monsieur. Vous avez fait d'elle une femme agréable et responsable.

– Ma foi, je...

– Et je ne saurais mieux exprimer mes félicitations qu'en vous demandant l'autorisation de l'épouser.

– Est-ce qu'Olivia...

– Sait que je suis venu vous faire cette demande ? Elle m'a donné son consentement. Sachant qu'elle était une femme de caractère, j'ai jugé préférable de lui en parler d'abord. J'espère que vous comprendrez.

– Certainement. (Mon père s'éclaircit la gorge.) Cela dit, monsieur Foxworth, reprit-il (il semblait tenir à l'appeler encore M. Foxworth pendant la durée de cette conversation), je suis sûr que vous comprendrez à votre tour que ma fille doit entrer en possession d'une fortune non négligeable. Je veux que vous sachiez d'ores et déjà que son argent lui appartiendra en propre. Il est spécifié dans mon testament que nul autre qu'elle ne pourra avoir accès à ces fonds.

Il s'ensuivit ce qui me sembla être un long silence.

– C'est tout à fait normal, dit finalement Malcolm. Je ne sais pas quels sont vos projets pour le mariage, ajouta-t-il rapidement, mais je préférerais personnellement une cérémonie strictement intime, et le plus tôt possible. Il faut que je rentre sans tarder en Virginie.

– Si Olivia est d'accord, répondit mon père.

Il savait que je l'étais.

– Parfait. Ainsi, j'ai votre consentement, monsieur ?

– Vous avez bien compris ce que je vous ai dit au sujet de son argent?

– Oui, monsieur.

– Vous avez mon consentement. Serrons-nous la main.

J'exprimai l'air que je retenais dans mes poumons et m'éloignai prestement de la double porte.

Un homme, d'une beauté et d'une élégance rares, s'était présenté chez nous et avait demandé ma main. J'avais tout entendu. Tout s'était passé si vite que j'en avais le souffle coupé et que j'avais peine à croire que ce n'était pas un rêve.

Je montai en courant et m'assis devant la maison de poupée. J'allais habiter dans une grande demeure, avec des domestiques et des visiteurs de passage. Nous donnerions d'élégantes réceptions et je serais une aide précieuse pour mon mari qui, comme l'avait dit mon père, était une sorte de génie des affaires. Bientôt, nous serions enviés par tous.

– Tout comme je vous ai enviés, dis-je à la famille de porcelaine sous verre.

Je regardai autour de moi.

Adieu les nuits solitaires. Adieu le monde des rêves et des fantasmes.

Adieu le visage apitoyé de mon père, adieu mon propre visage désespéré devant la glace. J'avais un nouveau visage à découvrir – et tant de choses à apprendre sur Malcolm Neal Foxworth –, une vie entière pour le découvrir. Ce que ma mère m'avait prédit s'était réalisé.

Je m'épanouissais. Je m'ouvrais à Malcolm comme un bourgeon trop longtemps bridé montant soudain à fleur. Et quand ses yeux, ses yeux si bleus, plongeaient dans la grisaille des miens, c'était le soleil qui se levait et dissipait le brouillard. Ma vie ne serait plus jamais grise. Non, désormais elle serait bleue – bleue comme le ciel ensoleillé d'un jour sans nuages. Bleue comme les yeux de Malcolm.

Toute à la joie de mes premières amours, comme n'importe quelle collégienne naïve, j'en oubliais tout ce que j'avais appris sur les apparences trompeuses qui cachent la vérité. J'en oubliais que, pas une fois, Malcolm n'avait prononcé le mot « amour » quand il avait fait sa demande, tant à moi qu'à mon père. Comme une collégienne naïve, je croyais que j'allais me reposer sous le ciel bleu des yeux de Malcolm et que le petit bourgeon que j'étais allait éclore en une fleur durable et résistante. Comme n'importe quelle femme croyant stupidement à l'amour, je ne comprenais pas que ce ciel bleu n'était pas le doux ciel, chaud et sain, du printemps, mais le ciel froid, glacial, désolé de l'hiver.

2

Mon mariage

Il y avait tant de choses à faire et si peu de temps pour cela. Nous décidâmes de fixer le jour des noces à deux semaines de là.

– J'ai été absent très longtemps, expliqua Malcolm, et j'ai de nombreuses affaires urgentes à régler. Cela ne vous ennuie pas, Olivia, n'est-ce pas ? Après tout, nous avons toute la vie pour être ensemble et nous passerons notre lune de miel plus tard, quand vous serez définitivement installée à Foxworth Hall. Vous êtes d'accord ?

Comment aurais-je pu ne pas être d'accord ? Ni la discrétion de mes noces, ni leur soudaineté n'avaient entamé mon enthousiasme. Je ne cessais de me répéter que j'avais déjà suffisamment de chance ainsi. D'ailleurs, je n'avais jamais beaucoup aimé me montrer en public. Et puis, je n'avais aucun ami véritable avec qui fêter l'événement. Père avait invité la sœur cadette de ma mère et son fils, John Amos, nos seuls proches parents. « Parents pauvres », comme les appelait mon père. Le père de John Amos était mort depuis plusieurs années. Sa mère était une espèce de chose grisâtre, qui semblait devoir garder le deuil indéfiniment. À dix-huit ans, John Amos était déjà un vieux. C'était un garçon rigide et pieux, qui citait sans arrêt la Bible. Mais enfin, j'avais concédé à mon père qu'il était tout à fait normal de les inviter. Malcolm n'amena personne. Son père avait entrepris une tournée de voyages à travers le monde, qui devait durer plusieurs années. Malcolm n'avait ni frère, ni sœur, ni proche parent qu'il souhaitât inviter, d'autant qu'il leur eût été difficile de se libérer dans un si bref délai, nous expliqua-t-il. Je savais ce que les gens en penseraient : il ne voulait pas que sa famille vît ce qu'il épousait, avant qu'il ne fût trop tard, au cas où elle eût tenté de l'en dissuader.

Il me promit toutefois de donner une réception à Foxworth Hall dès notre arrivée.

– Les gens importants, je vous les présenterai là-bas, dit-il.

Les deux semaines qui suivirent furent pour moi pleines de préparatifs – et de craintes. Je décidai de porter la robe de mariée de ma mère. Après tout, pourquoi dépenser tant d'argent pour une robe qu'on ne porterait qu'une fois ? Elle était évidemment bien trop courte pour moi et Miss Fairchild, la couturière, fut appelée à l'aide pour la rallonger. C'était une robe simple, sans trop de dentelles, fanfreluches ou autres chichis, une robe classique, belle et élégante, exactement le style qui devait plaire à Malcolm. La couturière fronça les sourcils : j'étais montée sur un banc et la robe m'arrivait à peine à mi-mollet.

– Ma chère Miss Olivia, soupira-t-elle, à genoux, en levant les yeux vers moi, il va falloir que je fasse des prouesses pour cacher cet ourlet. Vous êtes certaine de ne pas vouloir une robe neuve ?

Oh, je savais ce qu'elle pensait. Qui peut bien épouser cette grande perche d'Olivia Winfield et pourquoi tient-elle tant à s'engoncer dans la fragile robe de sa mère, telle une sœur de Cendrillon voulant enfiler la pantoufle de vair ? Et elle n'avait peut-être pas tort. Mais j'avais besoin de me sentir proche de ma mère le jour de mon mariage, aussi proche que possible. Je me sentais protégée dans sa robe, protégée par les générations de femmes qui s'étaient mariées et avaient eu des enfants avant moi. Car je ne connaissais ni ne comprenais pas grand-chose dans tout cela. Et je voulais être belle pour mes noces, peu importaient la pitié et la moquerie que je lisais dans les yeux de la couturière.

– Miss Fairchild, je dois porter la robe de mariée de ma mère pour des raisons sentimentales que je ne crois pas nécessaire de vous expliquer. Maintenant, pouvez-vous la rallonger ou dois-je faire appel à quelqu'un d'autre ?

Je lui avais parlé avec froideur et du haut de toute ma supériorité sociale pour la remettre à sa place. Elle termina son travail en silence. Je me regardai dans la glace : qui était cette femme qui me toisait, cette mariée en robe blanche ? Une mariée qui allait être emmenée par un homme pour lui appartenir. Quel effet cela faisait-il de descendre l'allée centrale de l'église ? J'étais sûre que mon cœur se mettrait à battre la chamade, à s'affoler comme un cheval fou. J'essaierais de sourire, d'avoir un visage doux comme celui de la petite mariée au sommet du gâteau ou comme celui des jeunes épousées que j'avais vues dans les colonnes mondaines des journaux.

Comment pouvaient-elles avoir l'air si doux et innocent ? Elles ne devaient tout de même pas garder cet air-là toute leur vie. Est-ce que cela s'apprenait ou cela venait-il naturellement ? Si cela s'apprenait, j'avais encore de l'espoir. Peut-être pourrais-je l'apprendre, moi aussi.

Cependant, sachant ce que les gens pensaient de moi, je serais toujours aussi timide : elle est si grande, ses bras sont si longs. Une si jolie chevelure sur une tête si ordinaire, c'est du gâchis. Je leur sourirais et ils me souriraient en retour en inclinant la tête, mais pour échanger aussitôt des regards chargés de rires muets. Comme elle a l'air bête ! Des épaules pareilles dans une délicate robe de mariée ! Et ces grands pieds ! Regardez, il n'y a guère que Malcolm qui ne lui arrive pas sous le menton.

Malcolm ! Un homme si beau et si racé, avec ce vilain canard. Ils en feraient des gorges chaudes. L'aigle et son pigeon. Le beau, le fier, le magnifique oiseau, à côté de l'autre gauche et si terne.

Debout devant la glace, tandis que Miss Fairchild s'affairait autour de moi avec ses aiguilles, ses épingles et son faufilage, je me félicitais que mon mariage n'eût pour témoins que tante Margaret, John Amos et mon père. Il n'y aurait aucun fâcheux pour donner prise à mes pires craintes et j'espérais que l'heure allait enfin sonner où je pourrais réclamer les arcs-en-ciel lumineux de mes rêves.

Le jour de mon mariage, il pleuvait. Je dus courir jusqu'à l'église, avec une cape imperméable grise jetée sur ma robe blanche. Mais, si décevant que cela pût être, je n'avais pas l'intention de laisser le mauvais temps gâcher mon enthousiasme. Nous eûmes un office des plus simples à la chapelle de la congrégation. En avançant dans l'allée centrale, je dissimulai mon anxiété derrière un masque de solennité. De la sorte, je me sentis capable de regarder droit vers Malcolm en remontant la nef pour aller le rejoindre. Il attendait devant l'autel, guindé, l'air encore plus austère que moi. J'étais déçue. J'espérais, quand il me verrait dans la robe de mariée de ma mère, que celle-ci ferait renaître pour nous un peu de sa magie originelle et qu'une lueur de plaisir, d'amour anticipé, éclairerait son visage. Je cherchai ses yeux. Dissimulait-il ses vrais sentiments derrière le même masque que moi ? Il me regardait comme si j'étais transparente. Peut-être considérait-il que c'était un péché de manifester du désir et de l'affection à l'église.

Malcolm prononça son serment avec une telle emphase qu'on eût dit que c'était lui le ministre du culte. Mon cœur palpitait à se rompre. Je craignis que ma voix ne me trahît quand viendrait mon tour, mais elle ne trembla pas et je jurai amour, honneur et obéissance à Malcolm Foxworth jusqu'à ce que la mort nous sépare. Des mots auxquels je croyais de tout mon cœur et de toute mon âme. Dieu m'est témoin que j'y croyais et que, pas une fois, de toute ma vie, je n'ai manqué à ma parole. Car tout ce que j'ai fait pour Malcolm, je l'ai fait pour Dieu.

Après les serments et l'échange des alliances, je me tournai vers Malcolm et attendis. Cette fois, le moment était venu. Il souleva délicatement mon voile. Je retins mon souffle. Un lourd silence pesa dans l'église; tout le monde semblait retenir son souffle, tandis qu'il se penchait vers moi et que ses lèvres s'approchaient des miennes.

Mais le baiser de marié de Malcolm fut dur et purement formel. J'en avais espéré tellement plus. Après tout, c'était notre premier baiser, quelque chose qui eût dû marquer ma mémoire pour le reste de mes jours. Or, à peine avais-je eu le temps de sentir ses lèvres froides contre les miennes qu'il les avait éloignées. Ce fut un peu comme un tampon scellant un certificat.

Il serra la main du pasteur; il serra la main de mon père; et mon père me donna une brève accolade. Je suppose que j'aurais dû l'embrasser, mais j'étais très gênée par le regard que John Amos posait sur nous. Je lisais dans ses yeux qu'il était aussi déçu que moi par le baiser de Malcolm.

Mon père paraissait content, mais étrangement pensif, quand nous quittâmes l'église tous ensemble. Il avait une expression que je ne lui connaissais pas, lorsque je surprenais les regards qu'il lançait de temps à autre à Malcolm, comme s'il le voyait soudain sous un jour nouveau et découvrait quelque chose qu'il n'avait pas soupçonné. L'espace d'un instant, un court instant, cela m'effraya; mais, lorsque nos yeux se croisèrent, le malaise se dissipa et il me sourit tendrement, comme il souriait parfois à ma mère, quand elle venait de faire quelque chose qui lui plaisait ou quand il la trouvait particulièrement belle.

Et moi, est-ce qu'il me trouvait enfin belle, ne fût-ce que pour un jour ? Mes yeux pétillaient-ils d'un éclat nouveau ? Le nouvel éclat de ma nouvelle vie. Je voulais le croire et j'espérais que Malcolm le voulait aussi. Mon père nous proposa de rentrer sans tarder à la maison, où il avait prévu une petite fête. Petite, bien sûr : pouvais-je m'attendre à plus, avec pour seuls convives le père de la mariée, une vieille tante chagrine et un gamin de dix-huit ans ?

Mais c'était tout de même une fête et mon père sortit une bouteille de champagne millésimé.

– Olivia, ma chère et unique fille, et vous, Malcolm, mon distingué nouveau gendre, puissiez-vous vivre toujours dans le bonheur et l'harmonie.

Pourquoi une larme perla-t-elle au coin de son œil, lorsqu'il leva son verre à notre santé ? Et pourquoi Malcolm regarda-t-il mon père, plutôt que moi, lorsqu'il but son champagne ? Je me sentis soudain perdue, je ne savais plus que faire; je levai mon verre à mon tour et, par-dessus le bord, j'aperçus mon cousin, John Amos, qui observait Malcolm d'un air de reproche. Puis il s'approcha de moi.

– Vous êtes très en beauté, aujourd'hui, cousine Olivia. Je veux que vous sachiez que vous êtes ma seule famille et que je serai là chaque fois que vous aurez besoin de moi. Car Dieu a fondé des familles pour que celles-ci restent toujours soudées et qu'on s'y entraide afin de perpétuer sa foi sacrée en l'amour.

Je ne sus que répondre. Au fond, je le connaissais à peine, ce jeune homme. Et puis, étaient-ce là des choses à dire, le jour de mes noces ? Au nom du Ciel, qu'est-ce que John Amos, ce parent pauvre, pouvait espérer faire pour moi, qui étais appelée à mener la vie riche et pleine d'ambition des aristocrates du Sud ? Comment pouvait-il savoir, déjà, ce que je n'allais découvrir moi-même qu'après bien trop longtemps ?

Malcolm avait réservé nos places pour le train de trois heures, le jour même. Nous devions nous rendre directement à Foxworth Hall. Il disait qu'il n'avait pas de temps à consacrer à une lune de miel prolongée et qu'il n'en voyait d'ailleurs pas l'utilité. Mon cœur sombra en l'entendant parler ainsi et, cependant, je me sentis presque soulagée. J'avais surpris tant de ragots sur les hommes et leur nuit de noces, sur le devoir de la femme envers son mari, que je n'avais aucune hâte de commencer mon initiation. Franchement, la perspective des relations conjugales me terrifiait et l'idée de voyager pendant toute la nuit, en sécurité dans un douillet compartiment, entourée d'autres personnes, apaisait mon angoisse.

– Pour vous, le simple fait de venir à Foxworth Hall est déjà en soi une aventure romantique, Olivia. Faites-moi confiance, me dit-il, comme si mon visage était de verre et qu'il pouvait y voir mes pensées.

Je ne me plaignis pas. Foxworth Hall, tel qu'il me l'avait décrit, évoquait à mes yeux un château de conte de fées, si grand, si fascinant, que ma maison de poupée n'était plus qu'un rêve insignifiant en comparaison.

À deux heures et quart précises, Malcolm déclara qu'il était temps de nous mettre en route. La voiture fut avancée et on y chargea mes malles.

Comme nous quittions la maison, mon père dit à Malcolm :

– Vous savez, je vais avoir bien du mal à retrouver un comptable de la valeur d'Olivia.

– Votre perte est tout à mon bénéfice, répondit Malcolm. Je vous assure que ses talents ne seront pas inutiles à Foxworth Hall.

J'avais l'impression qu'ils parlaient d'une esclave qu'ils venaient d'échanger.

– Peut-être que j'aurai droit à une augmentation.

J'avais dit cela pour plaisanter, mais Malcolm ne rit pas.

– Certainement, répondit-il.

Mon père me baisa la joue et me dit d'un air triste :

– Prends bien soin de Malcolm, Olivia, ne lui cause pas de soucis. Désormais, la parole de Malcolm est ta loi.

Une peur vague s'empara de moi, surtout quand John Amos apparut tout à coup et me prit la main en me soufflant :

– Dieu vous bénisse et vous préserve.

Ne sachant comment réagir, je me bornai à le remercier en retirant ma main, puis je montai en voiture.

Comme nous nous éloignions, je jetai un dernier regard à la maison victorienne qui avait été pour moi plus qu'une résidence. Elle avait été le foyer de mes rêves et de mon imaginaire; le lieu où j'avais observé le monde en me demandant quelle place m'y était réservée. Je m'y étais sentie en sécurité, à l'abri dans mon domaine, avec mes repères à moi.

Je quittais ma maison de poupée sous verre, avec ses vitres teintées et son arc-en-ciel magique; désormais, je n'avais plus besoin de rêver. Non, à présent, j'allais vivre dans le monde réel, un monde qui n'avait pas d'existence dans ce précieux univers de porcelaine où avaient germé mes espérances et mes rêves.

Je pris le bras de Malcolm et me serrai plus près de lui. Il me sourit. Maintenant que nous étions seuls, j'étais sûre qu'il se sentirait plus libre pour me témoigner son amour et son affection.

– Parlez-moi encore de Foxworth Hall, lui dis-je, telle une enfant réclamant un conte de fées pour s'endormir.

En entendant le nom de sa propriété, il se redressa.

– La maison a plus de cent cinquante ans. On y retrouve partout l'Histoire. Quelquefois, j'ai le sentiment d'être dans un musée, quelquefois dans une église. C'est la plus riche propriété de cette partie de la Virginie. Mais je veux qu'elle devienne la plus riche du pays, peut-être même du monde. Je veux qu'on l'appelle le château Foxworth, ajouta-t-il, le regard empreint d'une froide détermination.

Il n'eut de cesse de me décrire les pièces, les terres attenantes, de m'expliquer les affaires de sa famille et ses aspirations. Plus il parlait et plus il dévoilait l'ampleur de ses ambitions. Il me fit peur. Je découvrais soudain en lui un vrai monomaniaque. Tout son corps, toute son âme étaient fixés sur un seul but et je compris que rien, pas même notre mariage, ne comptait davantage à ses yeux.

J'avais lu quelque part, dans un de mes livres, qu'une femme aimait être considérée par son mari comme la chose la plus importante du monde et que, dans tout ce qu'il faisait, ce fût elle qu'il eût à l'esprit.

« Tel est le vrai amour, telle est l'union véritable », une citation qui me revenait en mémoire et que je ne pouvais oublier. Les époux devaient sentir qu'ils s'appartenaient l'un à l'autre et deviner toujours leurs besoins et leurs sentiments réciproques.

Tandis que la voiture tournait au coin de notre rue et que je contemplais le lent va-et-vient, prudent mais déterminé, des bateaux sur la Tamise, je me demandais si je connaîtrais jamais ce sentiment avec Malcolm.

Était-ce là une question qu'une femme doit se poser le jour de son mariage ?

Nous dînâmes dans le train. J'avais été trop nerveuse pour avaler quoi que ce fût dans la journée et je me sentais tout à coup affamée.

– J'ai une faim de loup, lui dis-je.

– Prenez garde à ce que vous commandez, me répondit-il. Les prix sont insensés, dans ces trains.

– Ce soir, nous pouvons faire une entorse à notre budget. Étant donné nos moyens...

– Justement. C'est la raison pour laquelle nous devons être toujours économes. Le sens des affaires exige de la vigilance, de la pratique. C'est ce qui m'a frappé chez votre père. Il n'a pas du tout le sens des affaires dans ses dépenses. Seuls les nouveaux riches sont prodigues. On les repère partout. Ils sont indécents.

Voyant à quel point il avait foi en ce qu'il disait, je n'insistai pas. Je le laissai commander pour nous deux, mais ses choix furent loin de me combler et je quittai la table encore affamée.

Malcolm se lança dans une grande discussion avec d'autres voyageurs. Le débat roula sur la soi-disant « menace rouge », une campagne menée à l'instigation de l'attorney général des États-Unis, A. Malcolm Palmer. Cinq membres du parlement de l'État de New York avaient été expulsés en représailles de leur appartenance au parti socialiste.

Je dus me mordre la lèvre pour ne pas dire combien je trouvais cela injuste. Malcolm, lui, exprima son approbation haut et fort, si bien que je gardai mes pensées pour moi ainsi que j'allais devoir le faire de plus en plus souvent; et cela ne me plaisait guère. Je gardais la bouche pincée, de peur que les mots ne s'en échappent comme des oiseaux d'une cage mal fermée.

Au bout d'un moment, je me désintéressai de la discussion et m'endormis contre la vitre, épuisée par les émotions autant que par la fatigue du voyage. Les ténèbres nous enveloppaient et, à l'exception de quelques lumières, çà et là dans le lointain, il n'y avait rien qui retînt mon attention dans le paysage. Quand je me réveillai, ce fut pour découvrir que Malcolm s'était endormi à son tour, à côté de moi.

Au repos, son visage avait une expression plus jeune, presque enfantine. Le bleu intense de ses yeux était à l'abri sous ses paupières closes. Ses joues s'étaient adoucies et sa mâchoire avait perdu sa rudesse crispée. Je me disais... ou plutôt j'espérais que c'était là le visage qu'il me montrerait en amour, le visage qu'il m'offrirait lorsqu'il aurait compris que j'étais réellement son épouse, sa partenaire, sa bien-aimée. Je l'observai. Son souffle faisait vibrer sa lèvre inférieure. Je le découvrais : nous avions tant de choses à apprendre de nous-mêmes, réciproquement. Mais deux personnes pouvaient-elles tout savoir l'une de l'autre ? C'était une question que j'eusse aimé poser à ma mère.

Je considérai les autres passagers. Toute la voiture sommeillait. La fatigue s'était insinuée lentement le long de l'allée, avait touché chaque voyageur de ses doigts de fumée et, glissant sous la porte, était retournée se fondre avec la nuit. Les mouvements sinueux du train, qui ballottait de virage en virage, me donnaient la sensation d'être dans quelque gigantesque serpent métallique. Je me sentais emportée au loin, presque contre ma volonté.

De temps en temps, nous traversions une ville ou un village endormi. Les lumières des maisons étaient tamisées et les rues vides. Puis je vis la chaîne des montagnes Bleues se dessiner au loin comme des géants somnolents.

Je me laissai de nouveau bercer par le sommeil et ce fut la voix de Malcolm qui me réveilla.

– Nous entrons en gare, dit-il.

– Vraiment ?

Regardant par la fenêtre, je n'aperçus que des

arbres et des champs déserts. Le train ralentissait pourtant et finit par s'arrêter. Malcolm me conduisit jusqu'à la sortie et nous descendîmes le marchepied. Je me retrouvai effectivement sur un quai, mais la petite gare n'était guère qu'un mince toit soutenu par quatre piliers de bois.

L'air frais sentait la campagne, le ciel était clair, piqueté d'étoiles scintillantes.

C'était un ciel si vaste, si profond, que je me sentis toute petite et insignifiante. Il était trop grand, trop écrasant. Sa beauté m'emplissait d'un étrange pressentiment. J'eusse préféré arriver dans la matinée et être accueillie par les chauds rayons du soleil.

Le silence de mort et le vide qui nous entouraient me déplaisaient. D'après la description que m'avait faite Malcolm de Foxworth Hall et de ses environs, je m'étais attendue à plus de lumières et d'animation. Il n'y avait, pour nous recevoir, que Lucas, le chauffeur de Malcolm. C'était un homme au cheveu rare et gris, au visage étroit, qui frisait la soixantaine. Il était de constitution plutôt fragile et mesurait cinq bons centimètres de moins que moi. À sa façon de se déplacer, je devinai qu'il avait dû s'endormir en nous attendant.

Malcolm me présenta comme il se devait. Lucas inclina la tête, remit sa casquette et se chargea de mes bagages avec empressement, tandis que Malcolm me conduisait à la voiture. Je regardai Lucas empiler mes malles, puis je vis le train s'éloigner lentement dans la nuit, furtif, comme une créature de vieil argent essayant de s'éclipser sans attirer l'attention.

– Comme l'endroit est isolé ! dis-je à Malcolm quand il vint me rejoindre sur la banquette. Sommes-nous loin des premières habitations ?

– Non, pas très loin. Charlottesville est à une heure d'ici et il y a un petit village à proximité.

– Je suis si lasse.

J'aurais aimé poser ma tête sur son épaule, mais il se tenait si droit sur son siège que j'hésitai.

– Nous serons bientôt arrivés.

Lucas s'installa enfin au volant, en disant

– Bienvenue à Foxworth Hall, madame.

– Merci, Lucas.

– À votre service, madame.

– Roulez ! ordonna Malcolm.

La route montait en serpentant. Comme nous approchions des collines, je fus surprise par la disposition des arbres, dont les alignements dénivelés découpaient la campagne en secteurs distincts.

– Ils font office de coupe-vent, m'expliqua Malcolm. C'est une protection contre les tempêtes de neige.

Peu après, j'aperçus un groupe de grandes maisons nichées à flanc de coteau. Puis, tout à coup, Foxworth Hall apparut, dressé dans le ciel nocturne, qu'il emplissait. Ses dimensions me parurent prodigieuses. Sis tout en haut du versant de la colline, le manoir dominait les autres bâtiments comme un roi superbe toisant ses vassaux. Et dire que c'était là ma future demeure – le château dont j'allais être la reine ! Maintenant, je comprenais mieux les ambitions de Malcolm. Après avoir été élevé dans une résidence aussi royale et somptueuse, comment ne pas avoir des idées de grandeur et ne pouvoir se satisfaire des petites choses de la vie ? Mais, Dieu, qu'il était menaçant et terrifiant, ce manoir, pour quiconque avait le malheur d'être petit et timide. Je ne pus m'empêcher de frémir.

– Vous vivez là seul avec votre père ? demandai-je, comme nous approchions. Vous devez vous y sentir bien solitaire, depuis qu'il est en voyage.

Malcolm ne répondit pas. Il regardait droit devant lui, comme s'il essayait de voir sa propriété avec les mêmes yeux étonnés que moi.

– Combien y a-t-il de pièces ?

– Entre trente et quarante. Un jour, pour passer le temps, vous les compterez.

Il rit de sa propre plaisanterie, mais je ne parvenais toujours pas à surmonter mon malaise.

– Et combien de domestiques ?

– Mon père en avait trop. Depuis son départ, j'en ai renvoyé quelques-uns. Nous avons une cuisinière, bien sûr, un jardinier, qui ne cesse de réclamer un aide, une bonne et Lucas, qui sert à la fois de chauffeur et de majordome.

– Est-ce vraiment suffisant ?

– Comme je l'ai dit, maintenant, il y a vous également, ma chère.

– Mais, Malcolm, je ne suis pas venue pour être une domestique.

Il ne répondit pas aussitôt. Lucas nous conduisit devant la maison.

– Évidemment, nous n'utilisons pas toutes les pièces, Olivia. Autrefois, il y avait des dizaines de membres de la famille qui s'y entassaient. Heureusement, ces parasites ont aujourd'hui débarrassé le plancher. (Ses traits s'adoucirent.) Quand vous serez installée, je vous fais confiance pour évaluer nos besoins en personnel et régler la chose au mieux et au plus économique. La résidence sera sous votre responsabilité. Je n'ai plus le temps de m'en occuper et j'avais besoin d'une femme comme vous pour la diriger efficacement.

À l'entendre, on eût dit qu'il venait d'acheter une épouse dans un magasin.

Je me tus. J'étais maintenant impatiente d'entrer, pour voir à quoi un tel manoir pouvait ressembler de l'intérieur, un manoir qui allait devenir ma maison. J'étais à la fois exaltée et effrayée. J'étais désolée de le découvrir de nuit, car l'obscurité y faisait peser comme un mauvais présage. Il me semblait que le bâtiment avait une vie propre, une âme capable de juger pendant leur sommeil ceux qui l'habitaient et d'infliger des tourments à ceux qui ne l'aimaient pas.

Et puis, mon père m'avait enseigné que les lieux étaient le reflet de la personnalité des gens qui y vivaient. Il en était lui-même un exemple. Notre maison était très simple, mais distinguée. Et elle n'était pas dénuée de chaleur humaine.

Mais cette maison-là, qu'allait-elle m'apprendre sur l'homme que j'avais épousé ? Dominait-il les gens comme elle dominait le paysage ? Qu'allais-je devenir dans cette immense demeure, tandis que, solitaire, je déambulerais de pièce en pièce, de couloir en couloir ?

Lucas courut ouvrir la grande porte à deux battants et Malcolm me fit entrer dans mon nouveau foyer. Tandis qu'il me guidait, une main posée sur mon dos, mon cœur sombra. Je savais que c'était idiot, mais j'aurais voulu qu'il me porte dans ses bras pour franchir le seuil de ma nouvelle maison, de ma nouvelle vie. J'aurais voulu, ne fût-ce que pour un jour, être l'une de ces femmes charmantes et fragiles que les hommes chérissent et entourent de prévenances. Mais il ne devait pas en être ainsi.

Une petite silhouette émergea de l'obscurité et mes rêves s'évaporèrent.

– Bienvenue à Foxworth Hall, madame Foxworth, me dit une voix.

Que répondre ? C'était la première fois qu'on m'appelait Mme Foxworth. Malcolm me présenta brièvement Mme Steiner, la femme de chambre. Elle était de petite taille, environ un mètre soixante, de quoi faire rougir la grande perche que j'étais et qui rêvait de franchir le seuil dans les bras de son mari. Malgré ses cinquante ans, elle eût été une candidate plus appropriée pour ce genre de mignardises. Mais elle m'adressa un gentil sourire. Je me tournai vers Malcolm : il était occupé à diriger Lucas dans le déchargement des bagages.

– J'ai préparé votre lit et allumé un petit feu, madame, me dit-elle. Il fait un peu froid, cette nuit.

– Oui.

Cette allusion au lit me fit sursauter. C'était presque déjà le matin ! Ma nuit de noces allait-elle commencer maintenant ? Je ne me sentais pas encore prête, mais je tâchai de dissimuler ma confusion.

– Il va falloir que je m'adapte au climat des montagnes de Virginie.

– C'est une question d'habitude. Nous avons de beaux jours à la fin du printemps et en été, mais les nuits sont fraîches. Si vous voulez bien me suivre, me dit-elle.

Je n'avais pas encore dépassé le seuil. Cette fois, le moment était venu de découvrir réellement Foxworth Hall.

Les bougies dispensaient une lumière avare. Je m'avançai lentement, telle une somnambule égarée dans quelque rêve, sous le haut plafond du long vestibule. Les murs étaient parsemés de portraits – ceux des ancêtres qui m'avaient précédée en ces lieux, supposai-je. Je les observai un à un. Les hommes paraissaient austères, froids, hautains. Les femmes aussi. Elles avaient des visages pincés, des yeux tristes et soucieux. Je cherchai à déceler en eux une ressemblance avec Malcolm, un air de famille. Certains avaient ses cheveux clairs et son nez droit. Certaines femmes, surtout les plus vieilles, montraient la même dureté de traits.

Au bout du vestibule, aussi grand qu'une salle de bal, s'élevait un double escalier, évasé comme les manchettes en dentelle d'une robe de reine, formant deux courbes qui se rejoignaient à la hauteur d'un premier palier en mezzanine, puis montant en une seule volée vers le second étage. Trois gigantesques lustres de cristal pendaient du plafond sculpté, d'une hauteur d'une douzaine de mètres. Le sol était fait de fine mosaïque. La magnificence de l'endroit me coupa le souffle. Comme je me sentais terne et insignifiante dans cette salle si élégante !

En suivant Mme Steiner, je contemplai les bustes de marbre, les lampes de cristal et les tapisseries anciennes que seuls des gens extrêmement riches peuvent s'offrir. Lucas nous dépassa en hâte, transportant l'une de mes malles. Je m'arrêtai au pied des marches; la tête me tournait. J'allais être la maîtresse de cet éblouissant manoir ! Malcolm s'approcha de moi et posa une main sur mon épaule.

– Alors, cela vous plaît ? demanda-t-il.

– C'est un vrai palais.

– Oui. Le siège de mon empire. Je compte sur vous pour le diriger. (Il retira ses gants et regarda autour de lui.) Là, c'est la bibliothèque, dit-il en faisant un geste vers ma droite.

Je jetai un regard par la porte ouverte et entr'aperçus les riches étagères d'acajou qui couvraient les murs, remplies de livres reliés de cuir.

– J'ai un petit bureau derrière, où vous pourrez

travailler à notre comptabilité. Les principaux couloirs de l'étage, ajouta-t-il en ramenant mon attention vers l'escalier, communiquent avec la rotonde. Nos chambres sont dans l'aile sud, la partie la plus ensoleillée. Dans l'aile nord, il y a quatorze chambres de dimensions différentes – ce qui suffit largement pour les invités.

– Oui. Je veux bien vous croire.

– Mais je suis assez d'accord avec Benjamin Franklin, qui disait que les invités, comme les poissons, sentent mauvais au bout de trois jours. Tâchez de vous en souvenir, je vous prie.

Je me mis à rire, mais je vis qu'il était sérieux.

– Venez, vous êtes fatiguée. Vous poursuivrez la visite demain. Vous tomberez peut-être sur une vieille parente, qui habiterait encore l'aile nord.

– Vous ne parlez pas sérieusement ?

– Bien sûr que non, mais il fut un temps où ce genre de surprise était possible. Mon père était très négligent à ce propos. Madame Steiner, reprit-il pour l'inviter à me montrer le chemin.

– Par ici, madame Foxworth, dit-elle.

Je commençai à gravir l'escalier de droite, en longeant de la main la rampe de bois de rose. Pendant ce temps, Lucas redescendait celui de gauche pour aller chercher le reste de mes bagages. Malcolm me suivait, une marche ou deux derrière moi.

En haut, à l'entrée du couloir menant à l'aile sud, une armure se dressait sur un socle. Cette fois, j'eus vraiment le sentiment de pénétrer dans un château.

L'aile sud était faiblement éclairée. Des ombres se dessinaient sur les murs comme d'immenses toiles d'araignée. La première porte à droite était fermée. D'après ses dimensions, elle devait donner sur une grande pièce. Malcolm devina ma curiosité.

– La salle des trophées, murmura-t-il. Ma pièce, ajouta-t-il en appuyant sur le mot *ma*, celle où je conserve les objets que j'ai collectionnés au cours de mes voyages et de mes chasses.

Cela éveilla aussitôt mon intérêt. Les souvenirs

qu'elle renfermait m'apprendraient sans doute beaucoup de choses sur l'homme que j'avais épousé.

Les portes semblaient se succéder à n'en plus finir. Elles étaient toutes peintes en blanc. Je m'arrêtai devant l'une d'elles, sur ma droite, plus grande, à double battant.

– Personne n'entre dans cette chambre, déclara Malcolm. C'était la chambre de ma mère.

Pourquoi sa voix était-elle soudain si dure, si glaciale ? Pourquoi ce regard absent ? Je me demandai en quoi cela pouvait le contrarier à ce point. Il avait craché le mot « mère » comme s'il était empoisonné. Quel genre d'homme était-ce, pour haïr ainsi sa mère ?

Naturellement, je voulus en savoir plus, mais Malcolm m'entraîna par le bras. Mme Steiner nous précéda devant une porte ouverte et s'écarta pour me céder le passage.

Le centre de cette vaste chambre était occupé par un lit en merisier travaillé, dont les colonnes sculptées soutenaient un baldaquin blanc. La courtepointe était en satin ouatiné et les deux grands oreillers avaient des taies crochetées à la main, également blanches.

Deux hautes fenêtres à petits carreaux, exposées au sud, encadraient le lit. Elles étaient drapées de tentures de soie bleu pâle, plissées à l'ancienne. Sur le parquet ciré, s'étendait une descente de lit en laine gris clair.

Je jetai un regard à la coiffeuse, à gauche, avec son miroir au cadre ovale. Il y avait aussi une grande armoire, une immense penderie et une chaise tapissée de velours bleu. Puis, sur la droite, une autre penderie encore, et une autre armoire, plus petite. La cheminée, où dansait un feu rougeoyant, faisait face au lit.

Mais, même si les rideaux, la literie et la carpette donnaient une note chaleureuse et féminine à la pièce, on y sentait une sorte de froideur. J'avais la nette impression que tout y avait été installé à la va-vite et sans beaucoup de soin. Comment, dans une maison aussi somptueuse, Malcolm pouvait-il se contenter d'une chambre telle que celle-là ?

J'eus aussitôt la réponse à ma question. Ce n'était pas notre chambre.

C'était ma chambre.

– Vous avez sans doute envie de dormir, dit-il. La journée a été rude, avec ce long voyage. Dormez aussi longtemps que vous le désirerez.

Il se pencha vers moi, m'embrassa furtivement sur la joue, puis tourna les talons et sortit sans me laisser le temps de lui répondre.

Je me dis qu'il devait être timide, tout simplement, et qu'il s'était exprimé ainsi à cause de la présence de Mme Steiner. Il avait sans doute l'intention de me rejoindre dans mon lit avant le lever du jour ou au petit matin.

Mme Steiner resta plus longtemps auprès de moi. Elle me montra la salle de bains, m'expliqua l'ordonnancement de la maison, les horaires du ménage, des lessives et des repas.

– Vous comprendrez qu'il est un peu tard pour que je puisse accorder toute l'attention nécessaire à ces choses, dis-je. Mais, dès demain, j'en discuterai avec vous pour décider des éventuels changements à apporter.

Je crois qu'elle fut surprise par ma fermeté.

– Les domestiques ont leur jeudi libre. C'est le jour où nous faisons nos courses en ville, précisa-t-elle, de peur que je ne m'avise de mettre un terme à cette habitude.

– Où dorment les domestiques ?

– Derrière, au-dessus du garage. Demain, vous verrez M. Olsen, le jardinier. Il tiendra à vous montrer ses plantations. Il en est très fier. Notre cuisinière est Mme Wilson. Elle est au service des Foxworth depuis bientôt trente ans. Elle prétend avoir soixante-deux ans, mais je sais qu'elle est plus près de soixante-dix.

Elle ne cessa de jacasser, avec son gros accent germanique, en déballant mes malles et en rangeant la penderie. À la longue, ses paroles n'étaient plus pour moi qu'une psalmodie confuse et je renonçai à la suivre. Voyant qu'elle ne retenait plus mon attention, elle s'excusa.

– J'espère que vous passerez une agréable première nuit à Foxworth, dit-elle.

Bien sûr, le jour était maintenant presque levé.

Je pris le déshabillé bleu que j'avais eu tant de mal à me faire faire pour ma nuit de noces. Avec son col en V profondément échancré, c'était de loin la toilette la plus osée que j'eusse jamais possédée. Je me souvenais de la réaction du clergé lorsque étaient apparues les premières encolures en V, dont il avait dénoncé l'indécence à hauts cris. Les docteurs avaient même proclamé qu'elles représentaient un danger pour la santé et avaient surnommé les corsages à ouverture triangulaire « corsages à pneumonie ». Cependant, les femmes continuaient à les porter et ils étaient devenus très en vogue. Jusqu'alors, j'avais toujours évité les vêtements qui dévoilaient la poitrine. Maintenant, je ne savais plus. J'hésitai.

Comme, malgré tout, il était toujours possible que Malcolm vînt me rejoindre à l'aube, je décidai de le mettre. Quand je l'eus passé, je laissai retomber mes cheveux sur mes épaules et me regardai dans le miroir de la coiffeuse. La lueur de l'âtre se reflétait sur ma peau, comme une émanation du feu qui brûlait en moi.

En m'observant de la sorte, je me faisais l'effet d'une bougie encore éteinte, car, pour moi, une femme sans amour n'était que cela. Sans l'amour d'un homme, même la plus belle de toutes manquerait toujours d'éclat. Mais la bougie que j'étais avait enfin une chance de s'allumer. J'étais impatiente d'en voir la flamme.

Le désir illuminait mes yeux. Je laissai courir les doigts dans les mèches de mes cheveux et touchai mes épaules. Debout devant la glace, dans l'attente de Malcolm, qui allait enfin me prendre dans ses bras, je me pris à repenser aux scènes d'amour que j'avais lues dans mes livres.

Il presserait ses lèvres sur mes épaules, il me prendrait la main et la caresserait tendrement. Il me chuchoterait des mots d'amour et me serrerait contre lui. Ma haute taille, que j'avais jusqu'alors portée comme un fardeau, attiserait son désir. Nichée dans ses bras, je serais aussi gracieuse et douce que n'importe quelle autre femme, car tel était le pouvoir de l'amour qu'il pouvait transformer en cygne le plus vilain des canetons.

Parce que, dans ce déshabillé, je devenais un cygne. J'étais enfin une femme désirable. Malcolm le comprendrait dès l'instant où il franchirait cette porte et, si d'aventure il était encore incertain, ses derniers doutes s'envoleraient aussitôt comme feuilles au vent. Mais la franchirait-il enfin, cette porte ? Mon impatience grandissait. J'étais prête. Il pouvait entrer.

J'éteignis les lumières et me glissai sous la couverture. Des ombres folles dansaient sur le plafond, telles des formes humaines surgies des murs. L'esprit des ancêtres de Malcolm, endormis depuis des années, que mon arrivée avait tirés du sommeil. Ils se livraient à un rituel de résurrection. Ils avaient une nouvelle maîtresse à hanter. Loin de m'effrayer, cette idée me fascinait et je ne pouvais détacher les yeux de ces formes dansantes que la rouge lueur du feu faisait renaître à la vie.

Au loin, dans le couloir vide, j'entendis une porte se fermer. Le bruit retentit en écho, poussé par la réverbération jusqu'au seuil de ma chambre.

Le profond et froid silence qui s'ensuivit me transperça le cœur, ce cœur si avide de chaleur, d'amour et de tendresse. Je tirai la couverture sur mon menton et respirai la fraîche senteur des draps propres.

J'essayai d'entendre le pas de Malcolm, mais aucun son ne me parvint. Le feu faiblissait. Les ombres diminuaient et, bientôt, réintégrèrent leurs murs. Mes paupières se firent de plus en plus lourdes. Je n'arrivais plus à garder les yeux ouverts. À la longue, le sommeil me gagna. Je n'étais pas triste : j'étais sûre que Malcolm serait près de moi à mon réveil et que la lumineuse nouvelle vie dont j'avais rêvé allait commencer.

3

Le vilain canard et le cygne

Une lueur toucha mes yeux. Je me réveillai. Dans mon demi-sommeil, je me dis que c'était la lumière de l'amour tombant des yeux de Malcolm, mais, en ouvrant les paupières, je me rendis compte que c'étaient seulement les rayons du soleil. À côté de moi, mon lit était froid et vide. Malcolm n'était pas venu pendant la nuit. Des larmes dont je ne voulais pas jaillirent de mes yeux. J'étais une femme mariée; quand connaîtrais-je la lumière de l'amour ? Mes rêves à peine fleuris fanaient déjà dans le vent d'hiver. Qui était mon mari ? Qui étais-je, maintenant ? Je me coulai vers la fenêtre et ouvris les rideaux de satin. Le soleil inonda la pièce.

C'est alors que j'entendis des doigts gratter gentiment ma porte.

– Qui est là ? demandai-je.

J'essayai de paraître joviale et détendue. Mais rien à faire. Ma voix tremblait.

– Bonjour, madame Foxworth. J'espère que vous avez bien dormi.

C'était Mme Steiner. Avant que je n'eusse le temps de lui répondre, elle avait ouvert grande la porte et se tenait devant moi, me regardant avec un sourire de désapprobation.

– Est-ce que M. Foxworth est levé ? demandai-je.

– Oh, oui, madame. Depuis longtemps. Il est déjà sorti.

Je me tournai vers elle sans comprendre. Sorti ? Je ravalai mon chagrin. Il n'avait donc pas l'intention de passer cette première journée avec moi ? Était-il entré dans ma chambre et, me trouvant endormie, aussitôt reparti ? Pourquoi ne m'avait-il pas réveillée ? Pourquoi ne m'avait-il pas tenu compagnie ?

J'avais l'impression d'être une invitée, et non une jeune mariée. Les domestiques le remarquaient-ils ? Était-ce la raison pour laquelle Mme Steiner avait ce regard froid et dédaigneux ?

– M. Foxworth a-t-il laissé un message pour moi ?

Je répugnai de devoir demander à une servante des nouvelles de mon mari. Il aurait pu au moins m'écrire un petit mot tendre et le laisser près de mon lit. Cela m'eût réchauffé l'âme. Cette pièce était tellement glaciale. Le feu était mort en même temps que mes espérances et mes rêves. Mon cœur n'était plus qu'un brandon refroidi. Hier, ardent comme l'espoir, il était aujourd'hui recouvert de cendres. Mais, devant les domestiques, je devais me montrer forte et compétente.

– Non, madame, me répondit Mme Steiner avec une révérence, il n'a pas laissé de message. Voulez-vous que je vous monte votre petit déjeuner dans votre chambre ?

– Non, je vais m'habiller et descendre.

– Bien.

Elle se mit en devoir de rallumer le feu.

– Laissez, dis-je. C'est inutile. Je n'ai pas l'habitude de me pomponner le matin.

– Comme vous voudrez. Désirez-vous quelque chose de particulier pour votre petit déjeuner, madame Foxworth ?

– Qu'a pris mon mari ?

– M. Foxworth mange toujours très légèrement le matin.

– Moi aussi.

Elle inclina la tête et se retira promptement.

Ce n'était pas vrai, bien sûr. Certains matins, je me réveillais avec une faim de loup et dévorais tout ce que je trouvais. Mais, ce jour-là, je n'avais pas grand appétit. Oh, non, j'étais anéantie, mais décidée à trouver une solution pour arranger les choses au plus vite.

Il y avait un malentendu quelque part. Or mon père m'avait appris que tout malentendu avait une cause et que cette cause était toujours cachée. Si l'on voulait connaître la vérité, il fallait prendre la peine de la chercher. « Mais prends garde, Olivia, me disait-il. Quand on commence à fouiller les ombres pour découvrir la vérité, on finit souvent par s'apercevoir que les choses sont plus horribles et plus douloureuses qu'on ne les avait imaginées. » Seulement, j'étais une femme de caractère. J'avais été élevée pour être une femme de caractère. Malcolm Foxworth était mon mari et je voulais savoir pourquoi il me négligeait de la sorte la nuit de nos noces. Je n'allais pas laisser mon dépit prendre le pas sur mon intelligence. Il y avait trop longtemps que j'attendais les baisers du petit matin, trop longtemps que je rêvais de caresses et de mots d'amour chuchotés. J'y avais droit, moi aussi, et je n'allais pas y renoncer si facilement.

Je me levai. En me voyant dans le déshabillé suggestif qui était censé faire tant plaisir à Malcolm, je me sentis terriblement gênée, même s'il n'y avait personne pour m'observer. J'avais l'impression d'avoir revêtu un costume de scène pour une pièce qui n'avait pas été jouée, qui n'avait jamais été prévue au programme. Je me trouvais sotte. J'étais vexée. Je le retirai et m'habillai en hâte.

Jamais je n'oublierai le premier matin où je descendis cet escalier. Je m'arrêtai en haut des marches pour contempler l'immense vestibule. Comme il me parut vide ! J'allais devoir m'armer de courage pour lui donner une âme et j'étais prête à relever le défi.

Oui, en descendant ces marches, j'avais le sentiment d'être une reine. Mme Steiner avait convié Mme Wilson, la cuisinière, Olsen, le jardinier, et Lucas à venir me saluer. Ils m'attendaient en bas, inquiets et curieux de connaître leur nouvelle maîtresse. À n'en point douter, j'ai dû beaucoup les impressionner, ce matin-là. Mme Steiner et Lucas m'avaient probablement déjà décrite aux deux autres. Cependant, aucun d'eux n'avait imaginé que l'épouse de Malcolm serait aussi grande. Avec mes cheveux remontés sur la tête, mes épaules larges et droites, ils ont dû voir en moi une Amazone descendue des hauteurs. Je discernai une peur mêlée de curiosité dans leurs yeux.

– Bonjour, commençai-je. Ne croyez pas que je me lèverai aussi tard les autres jours. Mme Steiner pourra vous dire que nous sommes arrivés au milieu de la nuit. Faites les présentations, s'il vous plaît, madame Steiner, ordonnai-je.

C'était à Malcolm de le faire, songeai-je. J'étais certaine qu'ils devinaient mon dépit à mon attitude.

– Voici Mme Wilson, la cuisinière.

– Bienvenue, madame Foxworth, dit celle-ci.

À la différence de Mme Steiner, Mme Wilson était une femme fortement charpentée, d'un mètre soixante-dix au moins. Elle avait les cheveux d'un gris jaunâtre et de grands yeux noisette qui semblaient m'interroger. Elle me regardait avec une espèce de sourire entendu, qui me donnait à penser que j'étais bien telle qu'elle s'attendait à me trouver. À ce que m'avait dit Mme Steiner, Mme Wilson connaissait Malcolm depuis son plus jeune âge; et, sans doute, savait-elle d'avance quel genre d'épouse il ramènerait à la maison.

– Lui, c'est Olsen, le jardinier.

Olsen avança d'un pas, tenant son chapeau à la main. C'était un homme trapu, taillé à coups de serpe, avec un cou de taureau. Il avait de gros doigts, des bras courtauds mais puissants, et quelque chose de simplet, de presque enfantin, dans le visage. Malgré la rudesse de ses traits, il y avait une certaine douceur dans ses yeux. Il avait l'air d'un écolier craintif, se préparant à recevoir une punition de son maître.

– B-b-b-b-bonjour, madame Foxworth, bégaya-t-il.

Et il baissa aussitôt les yeux.

– Bonjour. (Je me tournai vers Mme Steiner.) Je vais déjeuner, maintenant. Puis je commencerai la visite de la maison et des dépendances. Retournez à votre travail. Je vous appellerai quand j'aurai besoin de vous.

Assise au bout de cette longue table de chêne, assez grande pour accueillir vingt convives, je me sentais comme une petite fille sur une chaise rehaussée. Même pour moi, cette maison était disproportionnée. Si je parlais trop fort, ma voix résonnait dans le vide. Si seulement Malcolm avait été auprès de moi, ma taille m'eût semblé normale, ni celle d'une géante ni celle d'une enfant.

Aussitôt après avoir apporté mon plateau, Mme Steiner prit congé et monta faire les chambres. Cela ne me gênait pas de manger seule; j'y étais habituée. Mais, ce matin, c'était le lendemain de mes noces et, selon Malcolm, le premier jour de ma lune de miel !

Je jetai un regard circulaire dans la grande salle à manger. Quoiqu'elle fût maintenant bien éclairée, elle avait toujours quelque chose de ténébreux. Peut-être le papier peint avait-il besoin d'être changé. Les tentures étaient ternes, poussiéreuses même. Il allait me falloir briquer tout cela et je savais qu'en y mettant l'ardeur et la détermination nécessaires, je parviendrais à redonner une âme à cette maison sans vie.

J'étais encore à table lorsque Mme Wilson sortit de sa cuisine pour me demander si j'avais des recommandations spéciales pour le dîner. D'abord, je restai sans voix. J'ignorais tout des goûts de Malcolm.

– Que servez-vous habituellement le mercredi ?

– De l'agneau, en principe. Mais M. Foxworth a dit que dorénavant ce serait vous qui décideriez du menu.

– Certes, mais, pour le moment, tenez-vous-en à ce que vous aviez prévu. Nous verrons par la suite s'il y a quelque chose à changer.

Elle acquiesça, toujours avec le même demi-sourire au coin des yeux. Est-ce qu'elle prévoyait donc tout ce que j'allais dire ? Je me le demandais.

– Madame Wilson, dis-je en me détendant un peu, je viendrai vous voir plus tard et nous parlerons de ce que vous serviez jusqu'ici, des plats préférés de M. Foxworth et de ses petites envies.

De qui me moquais-je ? Elle en savait plus que moi sur mon mari.

– Comme vous voudrez, madame Foxworth.

Elle retourna dans sa cuisine et je commençai mon inspection de Foxworth Hall. J'avais vraiment le sentiment d'être en visite dans un musée, la seule différence étant que tout ce que contenait cette maison était susceptible de m'apprendre quelque chose sur l'homme que je venais d'épouser. J'eusse tant aimé que Malcolm fût à mes côtés pour me montrer ses objets favoris, me raconter l'histoire des meubles ou des tableaux.

Je décidai de commencer par la bibliothèque. C'était une immense pièce, longue, sombre, qui sentait le renfermé. Trois des murs étaient tapissés de livres et il y régnait un calme pesant, digne d'un cimetière.

Les rayonnages touchaient presque le plafond, qui devait bien avoir six mètres de haut. Une échelle de fer forgé coulissait sur un rail incurvé, le long du deuxième niveau, que surplombait une passerelle en corniche permettant d'atteindre les dernières rangées de livres. Jamais je n'en avais vu autant. Évidemment, mes nouvelles responsabilités ne me permettraient plus de consacrer trop de temps à la lecture. Je parcourus brièvement les rayonnages. Il y avait des volumes d'histoire, des biographies et des classiques. Il était clair que Malcolm n'était guère familiarisé avec les auteurs populaires du moment.

À la droite de la porte d'entrée, il y avait un énorme bureau. Je n'en avais jamais vu d'aussi grand. Une haute chaise pivotante, en cuir, se trouvait derrière. Ce qui me surprit le plus fut le nombre de téléphones : six. Pourquoi diantre lui en fallait-il autant ? Combien de conversations pouvait-il entretenir à la fois ? Je concevais fort bien qu'il eût besoin de rester en contact avec ses diverses entreprises, ses usines de confection et les autres, de parler à ses avocats ou à ses courtiers, mais six téléphones !

À gauche du bureau, une rangée de hautes fenêtres étroites donnait sur un jardin privé. La vue était agréable, colorée, paisible. J'aperçus Olsen en train de sarcler. Il dut sentir que quelqu'un le regardait, car il leva les yeux vers la fenêtre, me fit un signe de la tête et se remit au travail avec encore plus d'ardeur.

Je me retournai vers la bibliothèque et remarquai une armoire à dossiers en acajou sombre, aussi belle qu'un meuble précieux. Il y avait aussi deux longs divans de cuir fauve, suffisamment écartés du mur pour qu'on pût se mouvoir à l'aise derrière eux. Des chaises étaient installées près de la cheminée, et des objets d'art éparpillés sur les étagères.

Malgré la hauteur des fenêtres, les rayons de soleil étaient rares. Néanmoins, quelques pots de fleurs placés près de la lumière donneraient un peu de chaleur à la pièce, songeai-je.

Puis je vis la porte du fond. Quelle était la place que Malcolm m'avait réservée pour travailler ? Ici, ou de l'autre côté de cette porte ? Naturellement curieuse, je m'en approchai et l'ouvris, pour me retrouver dans une petite pièce, avec une chaise et un bureau étriqué. Sur un coin de celui-ci, il y avait des dossiers empilés, des plumes, des encriers et des blocs de feuilles. Les murs étaient vides. Le papier peint, qui avait dû être autrefois gris perle, était à présent d'une couleur terne et passée.

Envisageait-il réellement de faire de cette pièce froide et isolée mon cabinet de travail ? Je frissonnai et croisai mes mains sur ma poitrine. L'endroit ressemblait à un de ces recoins laissés pour compte dont on se sert comme remise à l'occasion. C'était parfait pour une secrétaire ou une petite employée; mais pour une épouse !

Certes, je devais tenir compte du fait que Malcolm avait pris la décision de se marier un peu à la hâte. Tout s'était passé si vite qu'il n'avait probablement pas eu le temps d'embellir la pièce. Ce serait à moi de m'en charger. Je prévoyais déjà de changer les tentures, tristes et poussiéreuses, de mettre des plantes vertes, des fleurs, d'accrocher quelques tableaux aux couleurs vives, de faire installer des étagères, de me procurer un tapis clair... Il y avait tant de choses à faire. En définitive, cette perspective me séduisait.

Et puis, pendant que je travaillerais là, Malcolm serait dans la bibliothèque, à côté, en train de traiter ses grandes affaires. Nous ne serions pas loin l'un de l'autre. Peut-être était-ce pour cela qu'il avait voulu m'installer dans cette petite pièce attenante. Cette pensée me réchauffa le cœur.

Je fermai la porte et retraversai la bibliothèque pour poursuivre ma visite. La veille, ma curiosité avait été piquée par cette grande porte blanche devant laquelle je m'étais arrêtée et qui, m'avait dit Malcolm, donnait sur la chambre de sa mère. Avide d'en savoir plus sur lui et son passé, je remontai à l'étage et me dirigeai vers la « pièce secrète » de l'aile sud. Lorsque Malcolm avait dit que personne ne devait y entrer, j'étais certaine qu'il ne faisait pas allusion à moi.

La grande porte était précédée de deux marches. J'hésitai. Au moment où j'allais pousser le battant, j'entendis Mme Steiner fermer une porte dans le vestibule. Elle me regarda. Malgré la distance qui nous séparait, je pus voir qu'elle fronçait les sourcils.

Je n'aimai pas sa façon de me dévisager. J'avais l'impression d'être une enfant surprise la main dans la boîte à biscuits. Comment une domestique osait-elle me tenir tête de la sorte ?

– Vous avez fini votre travail ? demandai-je sèchement.

– Pas tout à fait, madame Foxworth.

– Alors, faites-moi le plaisir de vous y remettre, ordonnai-je.

Je la fustigeai du regard jusqu'à ce qu'elle eût regagné la chambre de Malcolm pour y poursuivre sa besogne. Elle eut le front de regimber mais, voyant que je ne capitulais pas, elle baissa les yeux et disparut.

Je tournai le bouton de la porte et avançai d'un pas dans ce qui avait été la chambre de la mère de Malcolm. Je restai bouche bée. Elle ne ressemblait en rien à ce que j'avais imaginé. Comment ! La mère de Malcolm dormait ici ?

Sur une estrade, au centre de la pièce, trônait... ce que j'appellerai un lit-cygne, à défaut d'autre mot. La chose avait une tête d'ivoire lisse avec un œil de rubis mi-clos, orientée de profil, qui semblait prête à plonger sous l'empennage plissé d'une des deux ailes incurvées qui formaient les côtés, ou plutôt la coque du lit – un lit ovale, qui exigeait sans doute des draps spéciaux. Le bout des plumes avait été façonné en forme de doigts, qui retenaient des draperies transparentes dans des teintes roses, violettes et pourpres. Au pied du grand lit-cygne, il y avait un « bébé lit-cygne », disposé en biais.

Le sol était couvert d'un tapis mauve et d'une descente de lit en fourrure blanche. Les lampes, de plus d'un mètre de haut, étaient en cristal ciselé, avec des ornements d'or et d'argent. Deux d'entre elles avaient un abat-jour noir. Les deux autres encadraient une chaise longue tendue de velours rose.

En toute sincérité, je dois avouer que j'étais choquée. Les murs étaient tapissés de riches soieries damassées, de couleur fraise écrasée, qui tranchaient avec le mauve pâle du tapis – de dix centimètres d'épaisseur, au moins. Je m'approchai du lit pour en palper la douce courtepointe de duvet.

Quel genre de femme la mère de Malcolm était-elle ? Une vedette de cinéma ? Quel effet cela faisait-il de dormir dans un tel lit ? Je ne pus m'empêcher de m'y étendre, d'en savourer la mollesse et la sensualité suggestive. Était-ce là ce que voulait Malcolm ? Était-ce le lit dans lequel il avait été conçu ? Peut-être m'étais-je méprise sur mon beau mari; peut-être que, sous son masque ténébreux qui m'intriguait, se cachait un reflet de satin, une sensualité dont je n'eusse jamais rien soupçonné.

– Qui vous a donné la permission d'entrer ici ?

Je me redressai en sursaut. Malcolm se tenait dans l'encadrement de la porte. L'espace d'un instant, je crus qu'il allait s'approcher de moi avec amour, puis je surpris une étrange lueur dans ses yeux, qui dénaturait son beau visage. Un frisson glacial me parcourut le dos. Je retins mon souffle et portai une main à ma gorge en poussant un petit cri.

– Malcolm ! Je ne vous ai pas entendu entrer.

– Que faites-vous ici ?

– Je... je fais ce que vous m'aviez dit de faire. J'essaie de me familiariser avec notre maison.

– Ici, ce n'est pas notre maison. Cet endroit n'a rien à voir avec notre maison.

Sa voix était si froide qu'elle semblait venir du pôle Nord.

– Je ne cherchais qu'à vous être agréable, Malcolm. Je voulais seulement apprendre à vous connaître et je me disais que, si j'en savais davantage sur votre mère, j'en saurais davantage aussi sur vous.

Tout cela était tellement confus, tellement irréel. J'avais le tournis. J'avais peur. J'avais l'impression d'empiéter sur le rêve de quelqu'un d'autre, alors que j'avais simplement voulu lever le voile sur le passé.

– Ma mère ? Si vous pensez que le fait de connaître ma mère vous rapprochera de moi, vous vous trompez lourdement, Olivia. Vous voulez que je vous parle de ma mère ? Eh bien, je vais vous parler d'elle !

Je m'affaissai sur les draps de soie. Je me sentais si faible et désorientée devant lui.

– Ma mère... dit-il amèrement. Elle était si belle. Si belle, si vivante, si aimante ! Elle était ma bible. J'étais si innocent alors, si confiant, si ignorant. Car je ne savais pas encore que, depuis Ève, les femmes trompent les hommes. Surtout les femmes qui ont un beau visage et un corps séduisant. Oh, elle savait faire illusion, Olivia. Car, sous ses dehors charmeurs et son amour de façade, battait le cœur d'une catin. (Il avança vers la penderie et en ouvrit rageusement la porte.) Regardez ces robes, dit-il en empoignant des lingeries claires, qu'il jetait sur le sol. Oui, ma mère était une élégante des années folles. (Il éparpilla en tous sens des robes du soir de dentelle aux couleurs vives, des jupons fins et un grand éventail en plumes d'autruche.) Oui, Olivia, elle était la reine de tous les bals. C'était ici qu'elle se pomponnait. (Il me montra une alcôve dorée, dont elle avait fait son boudoir. Il y avait des miroirs autour de la coiffeuse. Dans une sorte de transe, il saisit les brosses à cheveux et les peignes d'argent.) Cette pièce a coûté une fortune. Mon père lui passait toutes ses lubies. Elle était une libertine indisciplinée.

Après un silence, il dit : « Corinne... » comme si le simple fait de prononcer son nom allait réveiller le fantôme qui dormait dans ces murs. Il me sembla qu'il revoyait défiler son image devant ses yeux hagards, lente silhouette en robe longue, dont la traîne glissait sur l'épais tapis mauve. Elle avait dû être très belle, songeai-je.

– De quoi est-elle morte ? demandai-je.

Il n'avait jamais parlé d'elle en détail, pendant nos rares conversations, alors que je lui avais raconté, moi, la mort de ma mère. J'en avais déduit que son décès avait été si tragique et si triste pour lui qu'il n'avait pas la force de l'évoquer.

– Elle n'est pas morte ici, répondit-il, hargneux. Si ce n'est d'ennui, peut-être. L'ennui qu'on éprouve à force d'avoir tout ce qu'on peut désirer, à force de s'adonner au plaisir des sens jusqu'au vertige.

– Elle n'est pas morte ici, dites-vous ? (Il se détourna des miroirs et fit un pas vers la porte.) Malcolm, insistai-je, je suis votre femme. Vous ne pouvez pas me laisser dans l'ignorance de votre passé, me laisser ignorer ce que savent d'autres personnes, qui ne sont pour vous que des étrangers.

– Elle est partie, me répondit-il, le dos tourné. (Puis il fit volte-face et ajouta, en crachant ses mots :) Elle est partie avec un autre homme, quand j'avais à peine cinq ans.

– Partie ?

Cette révélation me fit frémir. Il vint s'asseoir sur le lit à côté de moi.

– Elle faisait tout ce qu'elle voulait, quand elle le voulait, comme elle le voulait. À ses yeux, rien ne comptait plus que son propre plaisir. Dieu du Ciel, Olivia, vous connaissez ce genre de femmes, reprit-il en posant ses mains sur mes épaules. Elles sont exactement ce que vous n'êtes pas : frivoles, narcissiques, volages. Elles se laissent courtiser, elles ne sont fidèles à aucun homme, on ne peut leur faire confiance en rien.

Je me mis à rougir.

Soudain, une lueur nouvelle brilla dans son regard. Il plissa les yeux, comme pour se convaincre de quelque chose. Son visage prenait une expression que je ne lui connaissais pas. Il avait toujours les mains posées sur mes épaules; il les serra jusqu'à me faire mal. J'eus un mouvement de recul, mais il me retint avec fermeté.

Je n'arrivais pas à détourner les yeux, j'étais comme hypnotisée. Au bout d'un moment, il sourit, mais d'un sourire malsain. Ses doigts se détendirent mais, au lieu de me relâcher, il laissa glisser ses mains sur mes seins. Il palpa ma poitrine avec rudesse.

– Oui, elle m'a quitté, murmura-t-il. Laissez-moi au moins le souvenir de sa peau, de ses baisers, du doux parfum de son corps.

Il ferma les yeux en inhalant. Ses doigts s'agitaient, comme s'ils avaient été doués d'une vie propre, et défaisaient les boutons de mon corsage. Il posa ses lèvres sur mon cou en chuchotant :

– Laissez-moi retrouver sa présence dans cette pièce, laissez-moi la sentir encore...

Il arracha mon corsage. J'étais trop terrifiée pour prononcer un mot, trop terrifiée même pour respirer.

– Partout son nom résonne, dans ce manoir, dit-il. Corinne... Corinne.

Ses mains descendirent le long de mon corps, tirèrent sur ma jupe qui céda. Il la fit glisser. Ses mains étaient sur moi comme de petites créatures prises de folie, qui s'insinuaient dans mes dessous, les déchiraient, m'agrippaient, me dénudaient.

– Corinne... Je la haïssais, je l'aimais. Vous vouliez que je vous parle de ma mère. C'est vous qui l'avez voulu. Ma mère ! lança-t-il avec mépris.

Il se redressa et dégrafa son pantalon. Je le vis avec stupeur se pencher vers moi, non comme un mari aimant, mais comme un malade, un fou déchiré par des émotions contradictoires, qui n'était pas guidé par l'affection et le désir, mais par la haine et la passion.

Je levai les mains. Il m'écartela les bras, les plaquant contre le lit.

– Ma mère. Tu n'es pas comme ma mère. Tu ne seras jamais comme ma mère. Tu n'abandonneras jamais les enfants que nous ferons ensemble, n'est-ce pas, Olivia ? Hein, dis ?

Je secouai la tête, puis je le sentis s'enfoncer entre mes jambes. Il me prit avec brutalité. J'eusse voulu l'aimer, le rendre heureux, le caresser tendrement mais, dans l'état où il était, le visage distordu, les yeux étincelant de rage, je ne pouvais que fermer les paupières et subir.

– S'il vous plaît, Malcolm, murmurai-je. Pas comme cela. Je vous en prie. Je ne serai pas comme elle. Je ne suis pas comme elle. Je vous aimerai et j'aimerai nos enfants.

Il ne m'entendait pas. Quand je rouvris les yeux, il m'apparut éperdu de colère et de désir malsain. Il me pénétrait par à-coups répétés et vicieux. Je me retenais de hurler, de peur d'exciter davantage sa fureur et pour ne pas connaître la honte d'être entendue par les domestiques. Je me mordais la lèvre pour étouffer mes cris.

Finalement, sa rancœur gicla en moi, si brûlante que je crus qu'il allait m'ébouillanter. Il interrompit ses assauts; il était assouvi. Il poussa un gémissement et enfouit son visage dans ma poitrine. Il fut agité d'un dernier frisson et s'affala.

J'entendis un ultime : « Corinne… » Puis il se releva, se rhabilla promptement et quitta la pièce.

Ainsi, je savais désormais ce qui se cachait derrière les ombres qui hantaient Malcolm Neal Foxworth. Maintenant, je comprenais pourquoi il avait choisi une femme telle que moi. J'étais le contraire de sa mère. Elle était le cygne, j'étais le vilain canard, et c'était là ce qu'il voulait. L'amour que j'appelais de tous mes vœux ne ferait jamais partie de ma vie.

Car tout l'amour de Malcolm avait déjà été volé et détruit par la femme qui hantait cette pièce. Il n'en restait rien pour moi.

4

Les fantômes du passé

Cette nuit-là, je me glissai seule dans mon lit. Bien que j'eusse l'impression de savoir désormais ce que voulait Malcolm, j'avais les idées de plus en plus confuses. Sa mère l'avait quitté quand il avait cinq ans. Elle n'était pas morte et elle était plus vivante que jamais dans son esprit. Les ombres de la nuit me narguaient. Tu voulais savoir, murmuraient-elles, eh bien, maintenant, tu sais. Ma vraie éducation conjugale commençait maintenant. Ce n'était pas pour ma douceur que Malcolm m'avait choisie, c'était pour ma dureté. Ce n'étaient pas la grâce, le mystère, la magie de la féminité qu'il recherchait, c'étaient la solidité et la loyauté d'une femme telle que moi. Pour Malcolm, je ne serais jamais l'une de ces excitantes fleurs printanières. Non, je serais un lis vivace capable de survivre au gel, une grande fleur robuste et fière, insensible au plus froid des vents d'hiver. Voilà celle que Malcolm avait vue en moi. Eh bien, soit ! je serais celle-là.

Forte de ma nouvelle détermination, je me laissai gagner par un sommeil agité.

Je me réveillai de bonne heure, le lendemain, et descendis lentement l'escalier. Mon cœur battait si fort que je dus me retenir à la rampe pour ne pas chanceler. Je fermai les yeux, pris une profonde respiration et continuai jusqu'à la salle à manger.

Malcolm était au bout de la table. Il déjeunait, comme s'il ne s'était rien passé entre nous.

– Bonjour, Olivia, dit-il froidement. Votre couvert est déjà préparé.

Toutes mes craintes se matérialisaient. Ma place était à l'autre bout de la longue table. J'essayai de surprendre son regard en m'asseyant; j'essayai de lire dans ses pensées. Mais j'étais incapable de le percer à jour. Je me contentai d'espérer qu'il s'était simplement oublié, la veille, dans la chambre de sa mère et que, tout comme moi, il souhaitait reléguer cet épisode dans les oubliettes du passé, afin de bâtir avec moi notre avenir commun – un avenir fait de choses pratiques et de richesses purement matérielles, totalement dépourvu de cette frivolité qui m'avait tant intriguée et faisait si mal à Malcolm.

Je pinçai les lèvres et m'assis.

– Olivia, dit-il, avec une certaine gentillesse dans la voix, il est temps de fêter nos épousailles. Demain soir, je donnerai une réception. Mme Steiner s'est occupée des préparatifs et j'ai invité tout ce qui compte dans le voisinage. Je vous ferai honneur, ma femme, et j'espère que vous saurez mettre en valeur ma propre personne.

Je m'enflammai. Apparemment, il avait lui aussi décidé d'enterrer les événements de la veille et de marquer le début de notre nouvelle union par une fête.

– Oh, Malcolm, puis-je me rendre utile à quelque chose ?

– Ce ne sera pas nécessaire, Olivia. Tout est déjà prévu et, comme je vous l'ai dit, Mme Steiner s'en chargera. Ma famille est connue depuis toujours pour le faste et le raffinement des réceptions qu'elle donne. Cette fois, j'ai décidé de me surpasser. Vous le savez, Olivia, j'ai de grands projets et, bien sûr, vous en faites partie. Je serai bientôt l'homme le plus riche de la région, puis l'homme le plus riche de l'État et, un jour peut-être, le plus riche de tous les États-Unis. Mes réceptions reflètent mon statut social.

Je pus à peine manger. Je voulais faire la meilleure

impression possible sur les amis et les collègues de Malcolm et la peur de n'avoir rien d'assez beau à me mettre me tourmentait. Tandis que Mme Steiner versait mon café, je voyais ma garde-robe défiler devant mes yeux – des robes grises, des cols boutonnés, des chemisiers pratiques. Dès que mon assiette fut enlevée, je courus dans ma chambre et me mis à fouiller à la hâte dans la penderie que les domestiques avaient si soigneusement rangée la veille. Je tombai sur la robe bleue que j'avais portée le premier soir où j'avais rencontré Malcolm. Si elle lui avait fait bonne impression, à lui, il devait pouvoir en être de même pour les autres. J'étais certaine que cette robe reflétait tout ce que Malcolm attendait d'une épouse, c'est-à-dire qu'elle fût une femme fière, conservatrice et bien élevée, bref, la digne représentante de Malcolm Foxworth.

Cet après-midi-là, toute la maisonnée fut absorbée par les préparatifs. Puisque Malcolm m'avait clairement fait comprendre que mon aide n'était pas requise, je décidai de me tenir à l'écart. Je trouvais gentil de sa part d'avoir insisté pour me laisser quartier libre. Après tout, cette réception était en mon honneur. J'hésitai à poursuivre mon exploration de Foxworth Hall, effrayée maintenant à l'idée de ce que je pourrais découvrir parmi les ombres du passé. Mais, puisque j'avais déjà commencé, n'était-il pas préférable de connaître enfin la vérité ? J'étais plus que jamais décidée à tout apprendre sur les gens qui avaient vécu ici. En parcourant le corridor de l'aile nord, je dénombrai quatorze pièces. Malcolm m'avait dit que c'étaient les appartements de son père. Les lieux étaient encore plus sombres, plus froids que le reste du manoir. Finalement, j'aperçus une porte entrouverte. Je m'assurai que personne ne me regardait et entrai dans une chambre de belle dimension, quoique encombrée de meubles. Isolée comme elle l'était de la vie de la maison, elle semblait une pièce idéale pour cacher quelqu'un car, à la différence des autres pièces de l'aile nord, excepté la chambre de son père, celle-ci avait sa propre salle de bains adjacente. J'imaginais fort bien Malcolm consignant ici l'un de ses cousins indésirables.

Le mobilier se composait d'une haute commode, d'une grande armoire, de deux chaises rembourrées, d'une coiffeuse avec sa propre petite chaise – devant les deux fenêtres tendues de lourds rideaux brodés –, d'une table d'acajou avec quatre autres chaises et d'un guéridon portant une lampe. Je fus surprise de voir, sous ce mobilier sombre et pesant, un tapis d'Orient frangé d'or.

Après tout, cette pièce avait peut-être réellement servi de cachette – à Corinne, par exemple. J'étais de plus en plus intriguée. Je m'avançai de quelques pas et découvris une seconde porte, plus petite, au bout du placard. Je l'ouvris. Bon nombre d'araignées y avaient tissé des toiles enchevêtrées en toute quiétude. Quand la poussière fut retombée, je me retrouvai face à un escalier dérobé, qui devait mener au grenier.

J'hésitai. Les greniers comme celui-ci sont généralement remplis d'histoire, de mystère. Les visages sur les vieux tableaux sont faciles à lire. On est libre d'y trouver toutes les ressemblances qu'on veut, tandis que si je demandais à Malcolm de me parler de ses ancêtres, je n'obtiendrais de lui que les faits, les détails et les anecdotes qu'il voudrait bien me révéler.

Cependant, un grenier ainsi dissimulé derrière une porte de placard recelait sans doute des secrets qu'il valait mieux, peut-être, ne pas découvrir. Allais-je continuer ? Je prêtai l'oreille. De l'endroit où j'étais, il m'était impossible d'entendre si quelqu'un montait ou ce qui se passait en bas.

Mais, dès que j'eus franchi le rideau des toiles que quelque soldat-araignée avait tendues en travers des marches, je compris qu'il était trop tard pour faire demi-tour. La loi du silence avait été rompue. Je montai.

Jamais je n'avais vu ni même imaginé un grenier aussi vaste. À travers le nuage des particules de poussière, qui dansaient dans la lumière filtrant par les quatre lucarnes, j'essayai d'apercevoir les murs du fond. Ils étaient si loin qu'ils semblaient hors de vue, perdus dans un halo. L'air sentait le renfermé; il avait cette odeur viciée des choses qu'on n'a pas touchées depuis des années, presque une odeur de décomposition.

Les larges planches du sol craquaient légèrement sous mes pieds, tandis que je m'aventurais plus avant, à pas mesurés et feutrés. Certaines planches étaient si moisies et vermoulues que je craignais qu'elles ne cèdent sous mon poids.

J'entendis un bruit à ma droite. Ce n'étaient que quelques souris des champs qui avaient élu domicile par là – un vrai paradis pour elles.

Je regardai autour de moi. Il y avait, dans ce grenier, de quoi meubler bon nombre de maisons. Mais c'étaient des meubles sombres, massifs, cafardeux. Les tables et les chaises non couvertes paraissaient fâchées, comme si on les avait trahies. Je croyais presque les entendre : « Pourquoi nous avoir abandonnées ici ? Il y a sûrement de la place pour nous en bas, sinon dans cette maison, peut-être dans une autre. » Pourquoi Malcolm et son père conservaient-ils tout ce fatras ? Étaient-ils des collectionneurs ? S'agissait-il d'antiquités censées prendre de la valeur avec le temps ?

Tous les objets de prix avaient été enveloppés dans des linges, que la poussière accumulée avait couverts de grisaille. Sous ces linges, les formes évoquaient des spectres endormis. J'avais peur de les toucher, de les heurter, craignant de les réveiller et de les voir flotter dans l'air. Je m'arrêtai même pour guetter les bruits, croyant avoir entendu un chuchotement derrière moi. Je me retournai. Rien. Tout était immobile et silencieux.

En fait, j'eusse presque préféré surprendre des voix, car elles eussent été les voix du passé de Malcolm et ce qu'elles m'eussent dit eût pu être extrêmement révélateur. Tous les secrets de Foxworth Hall avaient trouvé ici leur sanctuaire. J'en étais sûre, et ce fut cette certitude qui me poussa vers un alignement de malles recouvertes de cuir, aux lourdes serrures et aux contreforts de cuivre. Elles occupaient toute la largeur d'un mur; certaines portaient encore des étiquettes douanières de pays lointains. L'une d'elles avait peut-être servi à transporter la robe longue de Corinne et le frac de Garland, le père de Malcolm, lorsqu'ils étaient partis pour leur voyage de noces.

Contre le mur du fond, une rangée muette d'armoires géantes faisait songer à des sentinelles. Dans des tiroirs, je trouvai des uniformes de l'Union et des Confédérés[1]. Étant donné la situation géographique de cette partie de la Virginie, il ne me semblait pas anormal que la famille Foxworth eût été scindée en deux clans, allant jusqu'à s'opposer sur les champs de bataille. J'imaginais les fils Foxworth aussi obstinés et déterminés que Malcolm, des têtes brûlées se jetant des injures à la face lorsque l'un ralliait la cause nordiste, ou inversement. Ceux d'entre eux qui voyaient l'avenir dans l'industrialisation et l'affairisme avaient sans doute rejoint les rangs nordistes. Malcolm eût été nordiste.

Je reposai les uniformes et fouillai dans de vieux vêtements, semblables à ceux de ma mère. Il y avait là une frivole chemise de femme, destinée à être portée sur des dessous à l'ancienne, pantalon et crinoline surchargée de jupons de fantaisie, le tout recouvert de ruchés, de dentelles, de broderies et de rubans bouffants de velours et de satin. Comment pouvait-on avoir caché et oublié ici quelque chose d'aussi beau ?

Je la remis à sa place et m'approchai de quelques vieux livres empilés. J'ouvris au hasard un ou deux registres de couleur sombre, dont les pages jaunies se cornèrent sous mes doigts. Derrière, j'aperçus des mannequins de couturière, de toutes les formes et de toutes les tailles, ainsi que des cages à oiseaux avec leur piédestal. Magnifique ! songeai-je. Je les ferai installer en bas. Le chant des oiseaux mettrait un peu de vie dans Foxworth Hall. Claquant des mains pour en faire partir la poussière, je m'apprê-

1. Nordistes et Sudistes, pendant la guerre de Sécession.

tais à redescendre, lorsqu'un tableau abandonné au sommet d'une armoire attira mon attention.

Je voulus le regarder de plus près. Il représentait une jolie femme, de dix-huit ou dix-neuf ans au plus. Elle avait un léger sourire énigmatique. Et elle était d'une beauté saisissante. Sa poitrine débordait de façon suggestive d'un corsage au décolleté friselé. J'étais médusée par son sourire, qui semblait chargé de mille promesses. Soudain, je compris qui elle était. J'avais devant les yeux la mère de Malcolm ! C'était Corinne Foxworth ! Il y avait une nette ressemblance dans les yeux et la forme de la bouche.

Malcolm avait-il apporté ce portrait ici pour l'enfouir dans les vestiges de son passé ? Mais quelque chose me frappa : contrairement aux autres objets disséminés à l'entour, le tableau était étincelant. Tout ce que j'avais touché jusque-là était couvert d'une couche de poussière, sur laquelle j'avais laissé des traces de doigts. Or ce tableau était propre, clair, épousseté et bien entretenu. Exactement comme sa chambre. Tout ce qui avait appartenu à Corinne semblait sans tache, rutilant et choyé. Qui, dans cette maison, préservait la mémoire de Corinne avec tant d'attentions ? Cela ne pouvait pas être le père de Malcolm, il était en Europe. Les domestiques ? Ou alors... était-ce Malcolm ?

Combien d'autres choses, ici, avaient appartenu à sa mère ? Chacune devait le tourmenter. Il avait dû entreposer tout cela ici pour l'éloigner de sa vue, pour ne pas raviver les souvenirs de son enfance et, en même temps, pour pouvoir y revenir en secret, comme dans la chambre au cygne.

J'étais montée ici dans l'espoir d'y trouver des réponses et je n'y avais découvert que de nouvelles énigmes et de nouveaux mystères. Je reposai soigneusement le tableau et, une fois de plus, comme j'allais redescendre, quelque chose retint mon attention : il y avait une autre pièce, séparée du grenier par un second escalier. Elle ressemblait à une salle de classe, avec cinq pupitres d'écolier devant un bureau de maître. Des casiers à livres, remplis de vieux volumes jaunis et poussiéreux, étaient alignés le long de trois murs, sur lesquels s'étalaient des tableaux noirs.

Des noms et des dates étaient gravés sur le bureau : Jonathan, onze ans, 1864, et Adélaïde, neuf ans, 1879. Deux poêles à charbon ou à bois étaient installés dans les coins. Ce n'était pas une simple salle de jeu, c'était une véritable salle de classe, qu'il aurait été très facile de restaurer. Était-ce une tradition, chez les Foxworth, d'éduquer les enfants de la sorte ?

Ainsi, les riches enfants Foxworth suivaient la classe dans les combles du manoir, sous la férule d'un précepteur particulier, à l'écart des adultes, afin de ne pas les déranger. Et, qui sait ? me dis-je en remarquant un petit cheval à bascule, c'était peut-être ici également qu'ils venaient jouer, les jours de pluie. Combien d'heures de son enfance Malcolm avait-il passées ici ?

Je m'approchai d'une lucarne pour découvrir la vue qui avait accompagné ses jeunes années : je n'aperçus qu'un large toit d'ardoises noires, barrant le panorama. Au-delà du toit, la cime des arbres; et, au-delà des arbres, des montagnes ensevelies dans des brouillards bleuâtres. Ce n'était pas le genre de vue propre à distraire des enfants.

En un sens, me dis-je en considérant l'immense grenier, ils étaient emprisonnés ici. Je frissonnai; ma mère m'avait enfermée dans un placard, un jour, parce que j'avais souillé le tapis de ma chambre avec mes semelles boueuses. La porte n'était pas fermée, mais il m'était défendu de l'ouvrir, sous peine de voir ma punition s'étirer en longueur. J'avais peur du noir, et l'étroitesse de la cellule me terrifiait, mais j'étais bien obligée de me résigner et il ne me restait qu'à pleurer en silence.

Ces souvenirs ravivés me collèrent à la peau comme de la mélasse. Si je restais un instant de plus dans ce grenier, ils finiraient par me ronger et je me hâtai de redescendre pour m'en défaire, cette fois par l'escalier principal, bien plus clair que celui par lequel j'étais montée. Là, il n'y avait pas de toiles d'araignée. Je suivis les marches en laissant derrière moi la longue pièce obscure et poussiéreuse, avec ses mystères et ses secrets intacts.

Je n'avais fait que gratter la surface. Qui étaient vraiment ces Foxworth, dont je faisais maintenant partie ?

Le soir, quand Malcolm me demanda comment j'avais passé la journée, je n'osai lui parler du portrait de sa mère que j'avais trouvé dans le grenier, mais je l'interrogeai sur la pièce que j'avais découverte aux confins de l'aile nord.

– Nous avions des cousins embarrassants, il y a quelques années de cela, m'expliqua-t-il. Nous les avions cloîtrés là pour quelque temps.

– On dirait une retraite pour se cacher du monde, commentai-je.

Il bougonna; il ne semblait guère enclin à m'en dire plus sur ses cousins, ni sur la raison pour laquelle on les avait relégués là-bas. Quand je lui fis part de ma visite au grenier et de mon intention de réutiliser les cages à oiseaux, il parut contrarié.

– Ma mère mettait ces cages partout, dit-il. Par moments, on se serait cru dans une volière. Laissez-les où elles sont. Si vous souhaitez redécorer la maison, songez à quelque chose de plus digne.

Je n'avais pas l'intention d'entrer en conflit avec lui sur un sujet concernant sa mère. Nous parlâmes un peu de Charlottesville; il me décrivit ses bureaux et me confia ses principales préoccupations du moment. Il blâma son père pour ses négligences et certaines dispositions fâcheuses qu'il avait prises avant de commencer sa tournée de voyages dans la paix d'une demi-retraite. Puis il reprit, sur un ton plus jovial :

– J'ai fait un assez joli coup en Bourse, aujourd'hui. J'ai acheté mille actions à vingt-quatre, qui sont remontées à cinquante en fin d'après-midi. Une brillante opération – en toute modestie. Vous connaissez un peu la Bourse, Olivia ?

– Non, pas vraiment. Je suivais les investissements de mon père, bien sûr, mais j'aurais été incapable de lui donner le moindre conseil sur la façon de placer son argent.

– Justement, je pense que vous devriez reconsidérer ce que vous comptez faire de votre propre fortune, Olivia. Entre mes mains, elle fructifierait et se développerait dans les proportions qu'elle mérite.

– Devons-nous vraiment parler de cela ce soir, Malcolm ? J'ai tant d'autres choses à apprendre, pour le moment.

Ses yeux s'assombrirent. Il leva son verre d'eau et le but d'un trait.

– Bien sûr, très chère. D'ailleurs, il se trouve que je dois partir, maintenant. Il faut que j'assiste à une réunion. Mais je ne rentrerai pas tard. Je serai de retour juste après que vous serez allée vous coucher.

Puis, pour être tout à fait sûr que j'avais bien compris, il ajouta :

– Inutile de veiller pour m'attendre, Olivia.

5

Mon banquet de noces

Les invités commencèrent à arriver un peu après une heure, avec le retard qui sied. Seule, debout devant la glace, j'étudiais mon image; j'avais quelques minutes pour me contempler. Avec mes cheveux relevés comme d'habitude, avec mon corsage un peu trop serré, ma poitrine un peu trop saillante et le bas de ma robe un peu trop bouffant, je me trouvais des airs gargantuesques. Comme le miroir était légèrement incliné, il me fallut reculer de quelques pas pour me voir en entier, des pieds à la tête.

Existait-il un style de vêtement susceptible de me faire paraître fragile et délicate ? J'aurais pu laisser retomber mes cheveux, mais je n'avais jamais osé le faire. Cela me donnait l'impression d'être négligée.

Je me demandais si j'avais eu raison de penser que cette robe, qui avait su plaire une fois à Malcolm, serait assez distinguée pour l'occasion. Les amis de Malcolm et ses relations d'affaires me trouveraient-ils à la hauteur ? Je fermai les yeux et m'imaginai debout à côté de lui. C'était quelque chose qu'il avait dû imaginer lui-même avant de me prendre pour femme; et il fallait croire qu'il avait été satisfait de l'image qui s'était formée dans son esprit, sans quoi il ne m'aurait pas épousée et ne se serait pas avisé de me présenter à la haute société des environs. Je m'efforçai de reprendre confiance en moi, mais j'avais beau faire, il y avait toujours ce petit oiseau qui battait frénétiquement des ailes dans ma poitrine.

Je plaquai mes mains sur mes seins, inspirai profondément et commençai à descendre le double escalier évasé menant au vestibule principal. Quoiqu'il fît grand jour et que l'ensoleillement fût même plus abondant qu'à l'ordinaire, Malcolm avait exigé que les cinq rangées de bougies de chacun des trois lustres de cristal et d'or fussent allumées, afin de donner à Foxworth Hall un faste et un éclat particuliers.

La salle était resplendissante, mais ma nervosité telle que j'avais les joues en feu et la sensation de m'enfoncer dans un four incandescent. Ma respiration était si saccadée que je dus m'arrêter pour reprendre mon souffle. Mes jambes flageolaient littéralement. Il me semblait que mes pieds étaient collés aux marches du grand escalier et je crus que je ne pourrais pas aller plus loin. Je m'agrippai fermement à la rampe. Mes yeux se remplirent de larmes. La lumière des lampes et des bougies formait un halo confus; les reflets qui jaillissaient de la gigantesque fontaine de cristal étaient comme des vapeurs d'ambre liquide; et le réceptacle d'argent, au centre, paraissait environné de cheveux d'ange qui dessinaient des toiles d'araignée lumineuses sur le plafond. Les scintillements des coupes et des plateaux, qui se réfléchissaient sur les miroirs, faisaient reluire les boiseries polies des chaises et des divans le long des murs.

Je me ressaisis enfin et continuai à descendre.

Malcolm faisait ses dernières recommandations aux domestiques.

– Il faut que ce soit la fête, disait-il, que les invités se sentent à leur aise et détendus. Veillez à ce que les verres et les assiettes soient toujours pleins. Servez et desservez prestement. Faites continuellement circuler le caviar, les canapés et les petits fours. Dès que quelqu'un aura le moindre désir, soyez là. Et toujours avec le sourire. Montrez-vous agréables et prêts à rendre service. Et prévoyez des serviettes, vous m'entendez ? Je ne veux pas voir les gens chercher un coin pour s'essuyer les doigts.

C'est alors qu'il m'aperçut.

– Ah, Olivia, vous voilà, fit-il. (Je crus deviner une lueur de déception dans son regard.) Venez avec moi. Nous accueillerons les invités à l'entrée, au fur et à mesure que Lucas les annoncera.

Je passai mon bras sous celui de Malcolm. J'étais nerveuse, crispée, mais je m'efforçais de n'en rien laisser paraître. Il avait l'air parfaitement calme et maître de lui, comme s'il faisait cela tous les jours. Il était beau, impeccable, éblouissant. À son bras, j'espérais l'être aussi, un peu.

La sonnette retentit. Les premiers invités étaient arrivés !

– M. et Mme Patterson, annonça Lucas.

M. Patterson était un homme courtaud, rondelet, aux joues rouges. Mme Patterson, en revanche, était fine, délicate et bordée de dentelles. Sa robe couvrait à peine ses genoux ! Elle portait des anglaises et un diadème de pierres précieuses des plus voyantes. Jusqu'alors, je n'avais vu ce genre de toilettes que dans les magazines de mode. Je n'avais jamais pensé qu'il existât réellement des femmes pour les porter.

– Permettez-moi de vous présenter ma femme, dit Malcolm.

Comme je m'approchais d'elle pour la saluer, elle promena ses yeux du sommet de ma tête jusqu'à mes pieds, puis les leva vers Malcolm et le regarda fixement, un imperceptible sourire au coin des lèvres.

M. Patterson détendit l'atmosphère en me serrant chaleureusement la main.

– Bienvenue en Virginie, Olivia, me dit-il. J'espère que Malcolm saura vous faire partager les joies de l'hospitalité virginienne.

Mme Patterson, détachant enfin ses yeux de Malcolm, daigna m'accorder un vague regard, en soupirant :

– Absolument.

Les autres invités se succédèrent en un flux continu, et bientôt la soirée battit son plein.

Les hommes étaient polis et aimables, mais je fus choquée de voir que toutes les femmes portaient des robes « sarrau », qui s'arrêtaient juste au-dessous, quelquefois même au-dessus du genou, sans taille ou avec une ceinture à la hauteur des hanches. Les tissus étaient légers et raffinés, dans des tons crème, beige, blanc ou pastel. Je trouvais qu'elles ressemblaient davantage à des petites filles qu'à des femmes du monde. Les énormes accessoires de leurs parures, de grosses fleurs artificielles de soie et de velours, ou de lourds rangs de perles, accentuaient la petitesse de leur taille et ajoutaient à leur apparence enfantine.

À côté d'elles, j'étais une véritable géante, Gulliver chez les Lilliputiens. Le moindre de mes gestes, le moindre de mes mouvements semblait hors de proportion. Pas une seule femme que je ne dominasse de toute ma hauteur; même les hommes étaient presque tous plus petits que moi.

Je dois dire que tout ce monde était particulièrement jovial. Si d'aucuns avaient quelques inhibitions en entrant, celles-ci furent vite balayées dans les va-et-vient entre le cratère de punch et les plateaux de victuailles. Les bavardages et les éclats de voix résonnaient de plus en plus fort. Lorsque Malcolm estima le moment venu pour nous de circuler parmi nos invités, la salle n'était plus qu'un brouhaha de rires et de conversations mêlés. Je ne m'étais jamais encore trouvée dans une réunion de gens aussi guillerets.

Ma première réaction fut de m'en réjouir; cela semblait indiquer que ma réception commençait sous les meilleurs auspices. Mais mon enchantement ne tarda pas à s'émousser, car je perçus bientôt un froid entre moi et ces gens gais, légers et étonnamment fantasques.

Les femmes s'assemblèrent par petits groupes; certaines fumaient, avec de longs fume-cigarette d'ivoire, et elles affectaient toutes des airs sophistiqués et mondains. Mais, chaque fois que j'essayais de me joindre à l'un de ces groupes, elles interrompaient leur conversation et m'observaient comme si j'étais une intruse, comme si j'étais une convive indésirable dans ma propre réception.

Elles me demandaient si je me plaisais en Virginie et particulièrement à Foxworth Hall. Je m'efforçais de leur apporter des réponses intelligentes, mais la plupart semblaient s'impatienter, comme si mon opinion leur était en réalité indifférente ou comme si le simple fait de leur répondre de façon réfléchie était de mauvais ton.

Dès que j'avais fini de m'exprimer, elles se mettaient à parler de mode. Le plus souvent, elles faisaient allusion à quelque nouveauté qui m'était parfaitement inconnue.

– Vous vous voyez dans une de ces robes « marin » ? me demanda Tamara Livingston.

Son mari possédait et dirigeait la plus importante scierie de Charlottesville.

– Je... je ne suis pas sûre de savoir ce que c'est, hasardai-je.

Elles me regardèrent toutes avec ahurissement, puis enchaînèrent sur le sujet comme si je n'avais pas été là. À peine eus-je tourné le dos que je les entendis pouffer derrière moi.

Comme elles sont sottes ! me dis-je. Leur conversation se bornait exclusivement à la mode et à la décoration d'intérieur. Apparemment, la politique et le monde des affaires leur passaient complètement au-dessus de la tête et, pas une seule fois, il ne fut question d'une quelconque lecture. Plus la réception se prolongeait et plus je les trouvais idiotes; elles ne savaient que rire, glousser et minauder, avec force battements de cils, haussements d'épaules et autres poses affectées.

Je m'attendais à ce que Malcolm fût scandalisé par le laisser-aller qui s'installait peu à peu, mais point du tout : chaque fois que je tournais les yeux vers lui, il était entouré de femmes, riant avec elles, se laissant faire lorsqu'elles posaient les mains sur lui ou, même, se frottaient contre lui avec des frôlements pour le moins suggestifs.

J'étais choquée. N'était-ce pas le genre de femmes qu'il méprisait tant – évaporées, frivoles et dénuées de tout respect humain ? Mais non, je le voyais qui faisait l'empressé, apportant un verre de punch à l'une, donnant la becquée à une autre en glissant lui-même un petit four entre les lèvres qu'elle lui tendait. J'en surpris même une qui lécha les miettes sur le bout de ses doigts.

Soudain, j'entendis Amanda Biddens, la femme d'un de ses associés, s'exclamer :

– Il faut absolument que je voie votre bibliothèque, Malcolm ! Je veux savoir où vous êtes assis quand vous échafaudez ces stratégies qui vous rapportent tant de millions.

Et j'eus la stupeur de voir Malcolm lui donner le bras et lui faire franchir la lourde porte à deux battants. J'avais l'impression d'avoir été giflée en public. Mes joues me piquèrent et des larmes se formèrent dans mes yeux. Il me fallut toute ma force de caractère pour ne pas les suivre mais rester sagement où j'étais, aussi digne que possible, continuant à jouer les hôtesses attentionnées, activant les domestiques de temps en temps, mangeant et buvant très peu moi-même. Personne ne recherchait ma conversation. Quelques messieurs me posèrent des questions sur les affaires de mon père mais, dès que j'entrais dans les détails, je les voyais étouffer un bâillement.

À la longue, je finis par surprendre quelques propos sur mon compte. Celles qui parlaient ne s'apercevaient pas que j'étais à portée de voix ou s'en moquaient tout simplement.

Une de ces dames demanda à une autre pourquoi Malcolm, un homme d'une telle prestance et d'une telle fortune, s'embarrassait d'une femme aussi grande, aussi ordinaire, aussi austère et, surtout, aussi « yankee[1] » que moi.

– Connaissant Malcolm, répondit son interlocutrice, c'est sûrement en rapport avec ses affaires.

À la façon que les autres avaient de parler à voix basse en me jetant des regards furtifs, je conclus que j'étais devenue le sujet de toutes les plaisante-

1. Surnom que les Sudistes donnaient aux habitants du Nord.

ries. J'en entendis même une critiquer ma robe, disant que j'avais l'air de sortir d'un musée.

– C'est peut-être une statue vivante...

– Vous appelez ça « vivante » ?

Elles éclatèrent de rire. Je cherchai Malcolm des yeux, pour me réconforter. Il n'était nulle part. M. Patterson apparut tout à coup et me prit le bras.

– Allons trouver votre mari pour qu'il m'aide à raccompagner Mme Patterson à la voiture. Je crains qu'elle n'ait un peu trop bu.

Et, avant que je n'aie le temps de l'arrêter, il ouvrit grande la porte de la bibliothèque. J'eus la désagréable surprise de trouver Malcolm derrière son bureau, avec Amanda Biddens alanguie sur le plateau de la table d'acajou. Il avait un sourire bête sur les lèvres. Ses cheveux étaient ébouriffés, sa cravate de travers.

– Olivia, fit-il, venez que je vous présente Amanda.

Elle appuya sa tête sur son coude et leva les yeux vers moi.

– Voyons, Malc, susurra-t-elle. Vous m'avez déjà présenté votre jeune épouse, vous ne vous rappelez pas ?

Je tremblais de rage, d'humiliation, mais, une fois de plus, ce fut M. Patterson qui rompit la glace.

– Malcolm, mon vieux, je vais encore avoir besoin de votre aide avec ma bourgeoise, dit-il avec beaucoup d'à-propos.

Malcolm se leva, plein d'entrain et, sans même m'accorder un regard, sortit à la suite de M. Patterson. Par une fenêtre, je les vis transporter Mme Patterson dans la voiture avec chauffeur, la jambe découverte jusqu'à la jarretelle. Malcolm récupéra ses souliers dans l'allée et les jeta sur le siège arrière. Amanda, s'approchant de moi, me souffla sur un ton ironique :

– Votre mari a toujours été là pour une demoiselle en détresse. Je suis contente de voir que son mariage ne l'a pas changé.

Je vis avec soulagement la réception toucher à sa fin. Les invités nous cherchèrent pour nous dire au revoir et nous présenter leurs vœux. Malcolm dut reprendre sa place à côté de moi. Il retrouva pour la circonstance sa contenance et sa dignité habituelles. Plusieurs femmes promirent de venir me voir, mais je savais qu'elles n'en avaient pas la moindre intention et cela m'était parfaitement égal.

Quand le dernier couple se retira, j'étais épuisée, blessée, humiliée, mais contente que ce fût fini. Je dis à Malcolm que j'étais fatiguée et que je voulais me retirer dans ma chambre.

– C'était plutôt réussi, vous ne trouvez pas ? me demanda-t-il.

– Les invités ne m'ont pas beaucoup plu, surtout les femmes, répondis-je. Mais j'ai pu voir qu'il n'en était pas de même pour vous.

Il me regarda avec une certaine surprise. Je tournai les talons et montai l'escalier. Je me sentais vaincue et vidée. Malcolm s'était mal conduit en s'éclipsant dans la bibliothèque avec cette femme lascive et en m'abandonnant à cette horde de vipères. Si c'était cela la haute société virginienne, j'étais heureuse d'en être exclue.

Pourtant, je ne pouvais m'empêcher de repenser à l'aisance de certaines de ces femmes, à la liberté de mouvement qui semblait être la leur, à la confiance que leur donnait la certitude d'être belles et désirables et à la façon dont les hommes les regardaient. Personne ne me regardait comme cela, avec ces yeux pleins d'admiration et d'attente.

Ma fatigue était moins physique que morale et émotionnelle. Au moment de me glisser sous ma couverture, en appuyant ma tête contre l'oreiller, j'avais envie de pleurer. Cette réception sur laquelle j'avais fondé tant d'espoirs, pour asseoir enfin ma respectabilité, avait eu l'effet inverse. Comment oserais-je encore me montrer en public, après l'affront que Malcolm m'avait infligé le jour même de notre banquet de noces ? J'étreignis mon oreiller pour me consoler et sombrai dans un sommeil tourmenté. Des démons en forme de gamines ricanantes hantèrent mes rêves, si bien que je fus incapable de dormir plus de cinq minutes d'affilée. J'avais les paupières de plus en plus lourdes et, finalement, j'éclatai en sanglots.

Peu avant le lever du jour, j'entendis la porte grincer sur ses gonds et, quand j'ouvris les yeux, j'aperçus Malcolm Neal Foxworth, nu dans le clair de lune, qui me toisait du haut de sa virilité.

– Je veux un fils, dit-il.

Je frémis, je n'en croyais pas mes yeux. Mais je ne dis pas un mot.

– Concentrez-vous sur ce que vous allez faire, Olivia, reprit-il en grimpant dans le lit. Ainsi, nous aurons une meilleure chance de réussite.

Il retira la couverture et me prit. J'étais effrayée par l'intensité de sa détermination. Une fois de plus, il ne me donnait ni tendresse ni affection.

Je me tournai vers lui, espérant un baiser, un mot doux, mais son visage restait de marbre et ses yeux bleus étaient étrangement vides, comme s'il les avait éteints pour ne voir que ce qu'il avait à l'esprit.

Et qu'y voyait-il, pendant qu'il me pénétrait ? M'imaginait-il sous les traits d'Amanda Biddens ? De sa mère ? D'une autre encore ? Faisait-il l'amour à une femme imaginaire ? Entendait-il des mots d'amour dans son esprit ? C'était déloyal.

Je m'enfonçai dans mon oreiller et détournai les yeux. Je tremblais de tous mes membres. Quand je sentis jaillir sa semence, je regardai dans ses yeux vitreux. J'y lisais toute l'application qu'il mettait à atteindre son but.

Puis il s'affala sur moi comme un coureur de marathon éreinté. Mais j'étais tout de même heureuse d'être serrée contre lui. Il y avait au moins un peu de chaleur dans sa façon de s'accrocher à mon corps.

– C'était bon, marmonna-t-il, c'était bon.

Et il s'écarta de moi. Il mit sa robe de chambre et se regarda dans le miroir, comme s'il s'attendait à recevoir des compliments de son image dans la glace. Il semblait satisfait de ce qu'il voyait et se tourna vers moi avec un sourire de contentement.

– Olivia, dit-il, j'espère que votre fertilité sera à la mesure de mes prévisions.

– On ne peut pas commander à la nature, Malcolm. La nature n'est ni à vos ordres ni aux miens.

– Je veux un fils, répéta-t-il. Je ne vous ai pas seulement épousée parce que vous étiez une femme sérieuse capable de gouverner une grande maison, mais aussi parce que vous avez un corps robuste, susceptible de me procurer les enfants dont j'ai besoin.

Je le dévisageai. Les mots me manquaient pour répliquer. Il avait le regard dur. C'était un étranger pour moi.

Je savais que tout ce qu'il disait était vrai : une femme se devait d'être une bonne épouse, de diriger efficacement la maison de son mari, d'être sensée, digne de confiance, responsable et, bien sûr, d'être une bonne « reproductrice »; mais, dans tout cela, il manquait quelque chose, de plus important encore : l'amour.

Certes, j'allais vivre dans un manoir et j'aurais tout ce qu'une femme peut désirer sur le plan matériel. Les pauvres gens, dans leurs bicoques, m'envieraient quand ils me verraient descendre de la colline mais, sans l'amour ni l'affection, que pouvais-je bâtir de beau et de durable à Foxworth Hall ? En songeant à toutes ces ombres, à tous ces coins humides et sombres, à ces corridors mal éclairés, à ces pièces froides et fermées, et à ce triste grenier poussiéreux rempli d'un passé mort, je frissonnai.

– Malcolm, la première fois que vous m'avez vue, quand vous m'avez fait la cour, vous avez bien dû éprouver des sentiments plus profonds, des sentiments qui...

– Je vous en prie, ne me parlez pas de sentiments. Je n'ai que faire des violons, des sérénades et de la vie en rose. Les lettres de ma mère étaient pleines de ce genre de sornettes.

– Des lettres ?

– Elle écrivait à mon père lorsqu'ils étaient fiancés.

– Où sont ces lettres ?

– Je les ai brûlées. Elles sont redevenues la fumée qu'elles étaient. J'ai une journée chargée, demain, Olivia, reprit-il, visiblement désireux de changer de sujet. Dormez bien.

Et, sur ces mots, il quitta ma chambre.

Il laissa dans son sillage un profond silence de mort, comme celui qui suit les tempêtes. Même l'écho de ses pas, dans le couloir, semblait se perdre dans les lointains. J'essayai de me ressaisir et m'assis dans le lit.

Je ne m'étonnais plus qu'il m'eût presque assimilée aux autres domestiques, le jour de notre arrivée à Foxworth Hall. Car, dans son esprit, je n'étais rien d'autre; il m'avait engagée pour occuper une fonction et remplir une tâche spécifique. Et je ne m'étonnais plus qu'il m'eût commandé un fils sur le ton d'un maître s'adressant à sa servante.

6

Pères et fils

Malcolm eut ce qu'il voulait. Notre premier fils naquit neuf mois et deux semaines après la réception qui devait m'introduire auprès de la bonne société de Virginie. Nous l'avions baptisé Malcolm, comme son père, mais nous l'appelions Mal, pour qu'il n'y eût pas de confusion. De ce jour, je compris définitivement que Malcolm était un homme fort, un battant qui obtenait ce qu'il désirait. Il était toujours le vainqueur parce qu'il ne se lançait jamais dans un combat sans s'être assuré au préalable que les bonnes cartes étaient dans son jeu. C'était ainsi qu'il dirigeait ses affaires et c'était ainsi qu'il dirigeait sa vie. Je ne doutais plus qu'il parviendrait avant sa mort à devenir l'un des hommes les plus riches du monde.

Avec la naissance de Mal, mes espoirs d'amour renaissaient aussi. Je pensais que cet événement tisserait de nouveaux liens entre son père et moi. Depuis mon arrivée au manoir, j'avais été traitée davantage comme une servante que comme une épouse. Malcolm travaillait toute la journée et rentrait tard le soir. Il était rare qu'il dînât avec moi. Nous ne sortions jamais, et la belle société à laquelle on m'avait présentée lors de la fameuse réception s'était dépêchée d'oublier mon existence. Maintenant que le fils qu'il désirait tant était venu au monde, je pensais qu'il souhaiterait mener une vie de famille plus intime et se comporterait peut-être comme un mari plus aimant. J'avais accueilli ce bébé comme un événement merveilleux pour notre mariage. Je m'étais dit qu'il serait un pont entre son père et moi, qu'il nous rapprocherait par mille petites choses que nous ne prévoyions pas.

Comme toutes les mères, j'étais émue par les moindres vagissements, les moindres sourires et les moindres progrès de mon adorable fils. Chaque jour, j'attendais le retour de Malcolm avec d'heureuses nouvelles sur les dernières prouesses de notre enfant :

– Pas de doute, il vous reconnaît, Malcolm !

– Aujourd'hui, il a rampé pour la première fois !

– Aujourd'hui, il a dit son premier mot !

– Aujourd'hui, il a fait ses premiers pas !

Chacune de ces nouvelles eût dû nous jeter dans les bras l'un de l'autre, nous félicitant d'avoir un fils en bonne santé. Mais Malcolm réagissait aux faits et gestes du bébé avec une surprenante indifférence, comme s'il n'en avait jamais attendu moins. Il trouvait tout cela parfaitement naturel et ne manifestait jamais la moindre joie paternelle.

Mais ce qui lui manquait le plus, c'était la patience. Il ne semblait pas comprendre qu'une croissance demande du temps et ne s'efforçait jamais d'être présent pour assister à la lente mais continuelle évolution de son enfant. Il détestait que j'amène le bébé à la table du dîner et m'ordonna de le nourrir avant les heures de nos repas. Enfin, il ne mettait, pour ainsi dire, jamais les pieds dans la chambre de Mal.

Le petit n'avait pas encore deux ans que j'étais de nouveau enceinte – à la suite d'un autre accouplement hâtif et dénué d'amour. Malcolm avait décidé d'avoir une famille nombreuse. Maintenant, il voulait une fille. Ma seconde grossesse fut plus difficile, je ne sais pourquoi. Je vomissais le matin. Vers les derniers mois, le médecin m'avoua qu'il était assez inquiet de la tournure que prenaient les choses. Ses craintes se révélèrent fondées car, au cours du septième mois, je faillis faire une fausse couche. Joël Joseph naquit prématurément le huitième mois.

Dès le début, il fut un enfant fragile, maladif, avec des cheveux fins et pâles et des yeux bleus Foxworth. Malcolm fut contrarié de ne pas avoir eu une fille et très fâché que Joël fût de constitution faible. Je sais qu'il m'en rendait responsable, bien que je n'eusse commis aucune imprudence et que j'eusse suivi scrupuleusement les consignes alimentaires du médecin.

– Les Foxworth ont la réputation d'être sains et robustes, disait-il. Je compte sur vous pour que cela change et que votre bébé devienne ce que j'attends de mes fils : fort, agressif, affirmé et masculin à tout point de vue.

Le lendemain, alors que le médecin de la famille Foxworth était venu me voir pour la deuxième fois en deux jours, Malcolm monta dans ma chambre. Le Dr Braxten lui fit part de ses craintes : selon lui, je ne serais probablement plus capable d'avoir d'autres enfants.

– C'est impossible ! tonna Malcolm. Je n'ai pas encore eu de fille !

– Soyez raisonnable, Malcolm, lui dit le Dr Braxten pour essayer de le calmer.

Ma santé n'avait-elle vraiment aucune importance pour mon mari ?

Ni le médecin ni moi n'avions prévu une réaction d'une telle véhémence. Malcolm était devenu rouge et se mordait la lèvre comme pour s'empêcher de dire ce qu'il avait sur le cœur. Il fit un pas en arrière, regarda tour à tour le Dr Braxten et moi.

– Qu'est-ce que c'est ? Qu'est-ce que vous complotez, tous les deux ?

– Plaît-il, monsieur ? répliqua le médecin.

C'était un homme d'une bonne cinquantaine d'années, très respecté dans son domaine. Il blêmit. Son visage était presque aussi pâle que ses cheveux grisonnants. Ses yeux de poisson, agrandis par les épais verres des lunettes, se dilatèrent.

– Vous avez le front de me dire que je n'aurais plus jamais d'enfants ? Jamais de fille ?

– Mais enfin… oui…

– Comment osez-vous, monsieur ? Comment osez-vous être aussi présomptueux ?

– Il ne s'agit pas de présomption, Malcolm. Cette dernière grossesse a été très pénible et…

– Je ne veux pas en entendre davantage ! s'exclama-t-il. (Et il se tourna vers moi avec un visage haineux :) Je ne veux plus en entendre parler, vous m'avez compris ?

Puis il pivota comme une marionnette articulée et sortit de ma chambre en coup de vent. Le Dr Braxten était gêné pour moi, si bien que je décidai de ne pas prolonger sa visite.

Certes, j'étais choquée par l'attitude de Malcolm mais, depuis le temps, j'étais aguerrie contre ses piques et ses diatribes. Il ne revint pas sur le sujet et je préférai ne pas en discuter avec lui. Le fait de ne plus pouvoir porter d'enfants pour lui ne me désolait pas : il n'aimait déjà pas ceux qu'il avait. Il semblait dédaigner Mal et blâmait Joël de n'être pas une fille – la fille qu'il désirait plus que je ne l'avais imaginé. Il supportait de moins en moins d'entendre Joël pleurer et passait souvent des journées entières sans adresser la parole à aucun des deux frères. S'il avait été intolérant avec Mal, il fut un véritable ogre avec Joël. À Dieu ne plût que le bébé ne souillât sa bavette ou ne crachotât sa bouillie en présence de son père !

Parfois, j'avais l'impression qu'il avait honte de sa petite famille, comme si le fait de n'avoir que deux enfants eût été une injure à sa virilité. Ce ne fut que trois ans après la naissance de Mal qu'il se décida enfin à nous emmener en promenade tous les trois.

Nous allâmes visiter ses usines. Chaque fois qu'il avait quelque chose à montrer, c'était à Mal qu'il s'adressait, comme si le bambin avait pu le comprendre.

– Un jour, tout ceci t'appartiendra, Mal, dit-il, comme si Joël n'était pas appelé à lui survivre ou comme s'il comptait pour quantité négligeable. J'espère que tu l'agrandiras encore et que tu en feras un véritable empire Foxworth.

Quand nous rentrâmes au manoir, il faisait grand soleil. C'était le printemps. Les feuilles commençaient à s'ouvrir pour saluer la belle lumière d'avril. Mes garçons gambadaient et s'ébattaient comme de joyeux agneaux, en me montrant du doigt les premiers rouges-gorges qui picoraient sur la pelouse. Comme j'entrais dans la maison, Mme Steiner se précipita vers moi :

– Madame Foxworth, je suis contente que vous soyez de retour. Il y a eu un télégramme pour vous, ce matin. Du Connecticut. Je suis sûre que c'est important.

Mon cœur bondit. De quoi pouvait-il s'agir ? Je déchirai l'enveloppe, tandis que Mme Steiner se penchait avec curiosité sur mon épaule.

OLIVIA FOXWORTH STOP AVEC MES SINCÈRES CONDOLÉANCES J'AI LE PROFOND REGRET DE VOUS INFORMER QUE LE SEIGNEUR A RAPPELÉ À LUI VOTRE PÈRE STOP L'ENTERREMENT AURA LIEU LE 7 AVRIL

Je froissai le télégramme et le pressai contre ma poitrine, anéantie par le chagrin. Le 7 avril, c'était demain ! Le petit Mal tirait sur ma jupe.

– Maman, maman, qu'est-ce qu'il y a ? Pourquoi tu pleures ?

Malcolm m'arracha le message des mains et le lut.

– Malcolm, il faut que je parte immédiatement. Je dois prendre le premier train !

– Quoi ? répondit-il sèchement. Et qu'est-ce que vous comptez faire avec les enfants ?

– Malcolm, je vous les confie. Il y a Mme Steiner pour vous aider. Et Mme Stuart.

– Mais c'est moi qui en aurais la garde. Olivia, la place d'une femme est auprès de ses enfants.

– Enfin, c'est mon père ! Je n'ai qu'un père. Il faut que j'aille à son enterrement.

Il continua de protester jusqu'à ce qu'il fût trop tard. Quand, finalement, il accepta de se ranger à mes raisons, le train de nuit était déjà parti. Je dus prendre celui du matin, qui n'arriva à New London que cinq heures après les obsèques. Quand je me présentai à la maison, John Amos et le notaire de père étaient assis dans le salon.

J'avais les yeux rougis et gonflés par les larmes que j'avais versées tout au long du trajet – non seulement pour mon père, mais aussi pour moi. Maintenant, j'étais plus seule encore que je l'eusse jamais été.

Ils se levèrent tous deux en me voyant. John Amos s'approcha de moi et me prit la main. Il était devenu un homme, depuis notre dernière rencontre. Un homme de vingt-trois ans, grand, l'air grave et bon. Mes larmes se remirent à couler quand il me parla.

– Olivia, je suis si heureux de vous voir. Votre absence à l'église m'a surpris, mais je suis sûr que vous auriez approuvé la cérémonie. J'ai veillé à ce que votre père puisse rendre son âme au Créateur dans la dignité. À présent, venez vous asseoir, Olivia. Vous vous souvenez de M. Teller, le notaire de votre père ? Il semble que votre père ait ajouté à son testament quelques clauses inattendues que nous aurons besoin d'éclaircir.

M. Teller me prit la main à son tour. Je vis de la compassion dans ses yeux. Nous prîmes place, tous les trois, dans la pièce sombre et lugubre.

J'avais l'esprit embrumé quand on aborda les détails. Père m'avait légué la totalité de ses biens, à la condition expresse que je fusse seule habilitée à gérer ma fortune. Oh, je savais pourquoi il avait fait cela. Il avait voulu s'assurer que Malcolm ne pourrait jamais mettre la main sur mon argent. Ô père, comment avez-vous pu deviner la vérité si longtemps avant moi ? Et pourquoi m'avez-vous laissée épouser cet homme ? Mes larmes coulèrent et je cachai ma tête dans mon giron.

John Amos pria M. Teller de se retirer, en lui disant que nous allions aviser et que nous l'avertirions de notre décision avant mon départ pour la Virginie.

John Amos fut pour moi d'un immense réconfort. Pendant les deux jours que je passai à New London, je lui ouvris mon cœur. Quand je repartis, il en savait plus sur moi que n'importe qui d'autre au monde. Et, connaissant son amour de Dieu et de la famille, j'étais désormais certaine de pouvoir toujours compter sur lui. La confiance que je lui vouais ne fut jamais démentie au fil des années. Chaque fois que mon chagrin me devenait trop pesant, c'était vers lui que je me tournais. Je lui écrivais de longues lettres, auxquelles il me répondait par des phrases pleines de réconfort, qu'il puisait souvent dans la Bible – car il se mit bientôt à étudier la théologie au séminaire de Nouvelle-Angleterre. Il était ma seule famille, mais il était sage et prévenant – tout ce que Malcolm n'était pas. À mon retour en Virginie, j'avais repris courage. J'avais perdu un père, mais j'avais trouvé un frère, un confident, un directeur de conscience.

– À présent, Olivia, me dit-il en me raccompagnant à la gare, retournez à votre mari et à vos enfants, et puisse le Seigneur avoir pitié de vous. Je serai ici chaque fois que vous aurez besoin de moi.

Malcolm ne me témoigna pas la moindre compassion pour la mort de mon père. Le jour même de mon arrivée, il aborda la question de ma fortune.

– Eh bien, Olivia, vous voilà devenue une femme riche, en toute justice. Comment entendez-vous gérer votre fortune, maintenant ?

Je lui répondis que je n'avais aucun projet, que je portais encore le deuil de mon père et que je n'avais pas le cœur à parler d'argent pour le moment.

Les semaines passèrent. Nous nous adressions à peine la parole, sauf lorsque Malcolm me pressait de questions sur la fortune de mon père, c'est-à-dire presque quotidiennement. Un jour, il fit une apparition dans la nursery pour nous annoncer une nouvelle qui allait bouleverser nos vies. C'était si rare de le voir dans cette pièce que je l'accueillis chaleureusement, espérant qu'il était mû enfin par un attachement paternel sincère envers ses enfants. J'étais en train d'apprendre l'alphabet à Mal. Joël tétait son biberon dans son berceau. La chambre était un peu en désordre, parce que les enfants, surtout les enfants de trois ans, laissent traîner leurs affaires n'importe où. J'avais l'habitude de la faire nettoyer et ranger en fin de journée.

– C'est une nursery ou une porcherie ici ? s'exclama Malcolm.

– Si vous étiez là plus souvent, vous comprendriez, répondis-je.

Il bougonna. Je compris tout de suite qu'il n'était pas venu pour parler des enfants.

– J'ai quelque chose à vous dire, reprit-il, si vous vouliez bien lâcher un instant ces cahiers.

Je me levai, défroissai ma robe et m'approchai de lui.

– Eh bien ?

– Mon père... Garland est de retour. Il sera là dans une semaine.

– Ah ?

Je ne savais trop que dire. Hormis son portrait et les quelques bribes d'information que Malcolm daignait me donner de temps à autre, j'ignorais tout de Garland. Il avait cinquante-cinq ans quand il était parti et, à en juger par son portrait, il était plutôt bel homme, avec un air encore jeune. Les cheveux gris se distinguaient à peine des cheveux blonds sur son crâne légèrement dégarni. Il était à peu près de la même taille que Malcolm et, du temps de sa splendeur, il avait été aussi excellent comme athlète et chasseur que comme homme d'affaires, en dépit des critiques de son fils sur ses dernières prises de position.

– Cependant, il ne reprendra pas ses appartements de l'aile nord. Il dormira dans la chambre à côté de la vôtre. Vous veillerez à rendre cette suite plus habitable, encore que mon père ne fasse pas vraiment la différence.

– Je vois.

– Non, vous ne voyez pas. S'il veut une chambre plus chaude, avec une salle de bains attenante, c'est parce qu'il ramène sa femme avec lui.

– Sa femme ? Vous voulez dire que votre père s'est remarié, après toutes ces années ?

– Oui, sa femme. (Il détourna les yeux un

moment, puis me fit de nouveau face.) Je ne vous l'ai jamais dit, mais mon père s'est marié avant de partir pour l'Europe.

– Comment ? Mais pourquoi me l'avoir caché ?

– Oh, vous verrez, Olivia. Vous comprendrez bien assez tôt, répliqua-t-il en haussant le ton.

Joël se mit à pleurer. Nos deux fils étaient maintenant en âge d'être sensibles aux esclandres de Malcolm. Joël, particulièrement, avait une peur anormale de son propre père. Mal commençait à s'en ressentir également.

– Vous faites peur aux enfants.

– Je leur ferai bien pire s'ils ne se tiennent pas tranquilles quand je parle. Silence ! ordonna-t-il. (Mal se figea et ravala ses larmes. Joël se retourna dans son berceau et sanglota sans bruit.) Quant à vous, préparez-vous, ajouta-t-il entre ses dents, en s'adressant à moi.

Puis il sortit en claquant la porte.

Me préparer ? songeai-je. Que voulait-il dire ? Haïssait-il son père à ce point ? Avait-il l'intention de quitter Foxworth Hall ?

Il m'était égal de ne pas être la seule maîtresse de la maison. Il allait y avoir une autre femme dans la maison, l'épouse d'un quinquagénaire. Elle serait sûrement une alliée. Je prendrais soin d'elle, un peu comme de la mère qui m'avait quittée trop tôt. Je pourrais lui demander conseil à propos de Malcolm et de moi-même. Une femme de son âge avait certainement l'expérience de ces choses. La perspective du retour de Garland – et de son épouse – m'enchantait.

– Malcolm, demandai-je plus tard, pendant le dîner, allons-nous devoir quitter Foxworth Hall ? Vous voulez une maison pour vous seul ?

– Déménager ?

– Ma foi, je pensais...

– Avez-vous perdu la raison ? Où irions-nous ? Construire ou acheter une nouvelle demeure et abandonner tout ceci ? Je me chargerai de mon père; quant à sa femme, elle sera sous votre responsabilité. Vous garderez le contrôle de cette maison; ce sera à vous d'en faire une résidence respectable et bien dirigée. Ne me dites pas que vous avez peur d'elle ? ajouta-t-il en ricanant.

– Bien sûr que non. Je pensais simplement, puisque votre père est le plus âgé...

– Mon père est le plus âgé, mais pas le plus avisé. Il est plus que jamais dépendant de moi. Pendant qu'il faisait le joli cœur en Europe avec sa nouvelle femme, j'ai étendu notre empire et j'ai pris en main tous les pouvoirs de décision. Notre pannel de directeurs a pratiquement oublié quelle tête il avait et j'ai injecté un sang neuf depuis son départ. Il lui faudra au moins un an pour se familiariser avec tous ces changements... Non, reprit-il, pensif, ne croyez pas que vous serez la subordonnée de son épouse. Vous savez bien quel est le genre de femme qui plaît à mon père.

Et il s'en alla, les traits tirés et tristes, hanté par le souvenir de sa mère.

Je ne revins pas sur le sujet. Je donnai des directives aux domestiques pour préparer la suite voisine de ma chambre, puis je chassai de mon esprit toute pensée se rapportant à la venue prochaine du père et de la belle-mère de Malcolm.

Peut-être eussé-je dû m'en soucier davantage. Mais, quoi que j'eusse pu faire, quoi qu'eût pu faire Malcolm lui-même, rien ne m'eût permis de présager le choc que j'allais éprouver en les voyant arriver. Mais c'était encore Malcolm qui allait être le plus déconcerté de nous deux.

DEUXIÈME PARTIE

7

La belle-mère de Malcolm

Malcolm était assis avec un journal sous les yeux, mais je savais qu'il ne lisait pas. J'avais l'estomac noué comme si j'avais avalé une douzaine de papillons. Nous attendions tous deux l'arrivée de Garland et d'Alicia. Malcolm avait quitté son bureau plus tôt pour être présent. Il jeta son journal avec dédain et consulta l'horloge du grand-père. Ils avaient plus d'une demi-heure de retard.

– Il devrait tout de même connaître la différence entre le jour et la nuit, Malcolm, dis-je.

– Vous croyez cela ? Je vois encore ma mère, attendant dans cette même pièce qu'il vienne la chercher pour un rendez-vous dans l'après-midi, et lui qui n'arrivait pas, tout simplement parce qu'il s'était trompé de date sur son agenda.

– Vous vous en souvenez vraiment ? Vous n'aviez que cinq ans quand elle est partie.

– Je m'en souviens très bien, affirma-t-il. J'étais assis avec elle et elle s'en plaignait à moi. Car, voyez-vous, elle respectait mon intelligence. Elle ne me parlait jamais comme les mères le font souvent avec leurs enfants. Au bout d'un certain temps, s'il n'arrivait toujours pas, elle partait toute seule. C'était sa faute, à lui, vous comprenez ?

– Il était trop occupé par ses affaires, dis-je, pour faire le rapprochement avec lui-même.

Mais, soit il ne m'entendit pas, soit il ne saisit pas l'allusion.

– Oui, oui, mais il était souvent aussi négligent avec ses rendez-vous d'affaires. Il est tout bonnement incapable de se concentrer. Il baisse les bras trop facilement. Vous n'imagineriez pas combien de marchés nous avons perdus à cause de lui et combien j'ai dû en sauver.

– Votre mère s'impliquait-elle dans ses affaires ?

– Quoi ? (Il me regarda comme si je venais de faire la remarque la plus stupide du monde.) Vous n'y pensez pas ! Elle croyait que la Bourse des valeurs était une sacoche pour ranger des bijoux.

– Oh, allons. Vous exagérez.

– Je vous assure que non. Elle n'avait pas la moindre notion de ce qu'était un dollar. Évidemment, quand elle faisait ses emplettes, elle ne demandait jamais les prix. Elle s'en moquait. Elle achetait sans savoir ce qu'elle dépensait et mon père... mon père ne l'a jamais forcée à se restreindre, ne lui a jamais assigné un budget. Heureusement, les choses seront différentes avec sa nouvelle épouse.

– Où votre père a-t-il rencontré votre mère ?

– Il l'a vue traverser une rue à Charlottesville, a fait arrêter sa calèche et s'est mis à bavarder avec elle. Sans même savoir de quelle famille elle était issue ! Elle l'a invité chez elle le soir même. Quelle femme impulsive elle était ! Auriez-vous jamais fait une chose pareille ?

J'hésitai.

– Eh bien ? insista-t-il.

J'essayais de me l'imaginer. C'était romantique : un beau jeune homme arrête sa calèche pour bavarder avec une inconnue et leur conversation est si intéressante qu'elle se sent poussée à l'inviter chez elle.

– Elle ne le connaissait pas ?

– Non. Elle était en visite chez une tante à Charlottesville. Elle n'était pas d'ici et n'avait jamais entendu parler des Foxworth.

– Il faut croire qu'il était séduisant.

– L'auriez-vous invité chez vous ?

– Non, pas tout de suite.

Cependant, en mon for intérieur, je me disais que j'aurais voulu être capable de le faire; j'aurais voulu qu'une chose semblable me fût arrivée. Mais, en même temps, je comprenais Malcolm et l'idée qu'il se faisait de la femme honnête.

– Vous voyez le genre ? Il aurait dû reconnaître immédiatement quelle sorte de femme elle était.

– Combien de temps se sont-ils fréquentés avant de se marier ?

Il eut un sourire en coin.

– Pas assez longtemps.

– Mais, Malcolm, nous nous sommes à peine fréquentés nous-mêmes.

Ce n'était pas pareil. Je savais quel genre de personne vous étiez. Je n'avais pas besoin qu'on me fasse un dessin pour me démontrer que mon choix était le bon. Lui, il s'est laissé aveugler dès le début et il s'est empressé de lui proposer le mariage. Il m'a avoué un jour qu'il soupçonnait la tante d'avoir convié sa nièce à Charlottesville dans le seul but de lui faire rencontrer un monsieur distingué. La perfidie des femmes ! Je ne serais pas surpris d'apprendre qu'elle avait prévu de traverser la rue à ce moment précis, sachant qu'il allait venir. Il m'a dit qu'elle lui avait souri si aimablement qu'il n'avait pas pu ne pas s'arrêter.

– Je n'arrive pas à le croire.

– Moi, si. Les femmes comme elle sont toutes des intrigantes. Elles vous ont de ces airs simples, doux et innocents mais, croyez-moi, elles ont toujours une idée derrière la tête. Et il y a toujours des hommes, des hommes comme mon père, pour tomber dans le piège.

– Et sa nouvelle épouse est comme cela aussi ? (Il ne répondit pas.) Eh bien, l'est-elle ?

– Sans doute. Il n'y a pas de raison, fit-il, et il replia bruyamment son journal.

C'est alors que Lucas vint nous annoncer l'arrivée de leur voiture.

– Allez les aider à décharger leurs malles, dis-je. (Je me levai, mais Malcolm resta assis, les yeux perdus dans le vide.) Eh bien ?

Il secoua la tête, comme pour chasser une pensée, et me suivit jusqu'à la porte d'entrée. Garland et une jeune femme, qui aurait très bien pu être sa fille, descendaient de voiture. À la façon dont il lui donnait le bras, je me rendis compte subitement que cette femme enfant était son épouse ! Je fus désarçonnée. Pourquoi Malcolm ne m'avait-il pas prévenue ? Je me tournai vers lui d'un air de reproche, mais en voyant son visage décomposé, je le reconnus à peine. Il était sous le choc :

– Bon sang, dit-il, elle est enceinte !

Je devinai la cause de son désarroi : il y aurait un autre héritier. Il était devenu vert et serrait les poings.

– Enceinte, répétait-il, comme pour s'en convaincre.

Et enceinte elle était. La fraîche jeune dame aux traits délicats et aux cheveux châtains – qui, en temps normal, devait être très svelte – en était à première vue aux derniers mois de sa grossesse. Garland, qui nous aperçut sur le seuil, nous fit de grands gestes de la main en escortant galamment Alicia.

Il semblait ne pas avoir vieilli depuis son départ – du moins, d'après les photographies que j'avais vues de lui. Apparemment, son voyage prolongé et l'âge de sa si jolie épouse l'avaient rajeuni. Je discernai un grand nombre de ressemblances entre lui et son fils, comme de juste, mais il y avait une légèreté dans sa démarche et quelque chose de chaleureux dans son sourire qui faisaient défaut à Malcolm.

Garland était à peu près aussi grand et aussi large d'épaules. Il avait l'air tonique, vigoureux, énergique. Je n'étais pas surprise qu'une si jeune fille eût pu se laisser séduire par lui. Dans sa légère veste de sport et son pantalon fauve, il paraissait tout à fait pimpant.

Quant à sa femme, elle était tout simplement radieuse. Il s'avança vers nous avec une gracieuse aisance pour les présentations.

Elle avait de grands yeux bleus et ce fameux teint

de pêche qu'on ne trouve que dans les revues de mode. Sa bouche était douce et gentille, et son petit nez légèrement retroussé. Je fus immédiatement jalouse de ses traits harmonieux et féminins. Ses mains étaient si petites, son cou si lisse, si gracieux. À maints égards, elle me rappelait Corinne, la mère de Malcolm, ce qui expliquait peut-être l'empressement de Garland Foxworth à la prendre pour seconde épouse. Il avait dû croire qu'il avait une nouvelle Corinne devant les yeux.

Je me tournai furtivement vers Malcolm pour épier sa réaction. Ses yeux s'étaient rétrécis, son regard s'intensifiait. Quoiqu'il se fût préparé à les accueillir avec froideur et une politesse distante, je vis son visage se radoucir. Je me demandai ce qui pouvait l'affecter à ce point. S'attendait-il à trouver en elle une femme différente ? Ou, au contraire, ressemblait-elle trop à ce qu'il avait redouté ?

– Malcolm, tu as l'air absolument... plus vieux ! dit son père en riant. Alicia, je te présente ton beau-fils. Malcolm, ta belle-mère.

Malcolm regarda son père. Un mauvais sourire se forma sur ses lèvres.

– Ma belle-mère ? Bienvenue, mère, fit-il en lui tendant la main.

Alicia la serra en souriant et se tourna aussitôt vers moi, de même que Garland.

– Je vous présente Mme Foxworth, enchaîna-t-il d'un ton dur, en appuyant sur les mots. Mme Malcolm Neal Foxworth. Olivia.

– Tiens donc ! Comment allez-vous, Olivia ? reprit Garland.

Sa surprise me fit froid dans le dos. À sa façon de hausser les sourcils, je compris que Malcolm ne l'avait jamais averti de notre mariage. Autrement dit, il ne savait pas non plus qu'il était deux fois grand-père !

– Pourquoi ne me l'as-tu pas dit ? lui demanda Alicia.

Elle était d'une innocence et d'une simplicité confondantes. Garland devait connaître suffisamment son fils pour ne pas manifester en public son légitime étonnement. Du moins, c'était l'impression que j'en avais. Il réservait sans doute ses reproches pour un tête-à-tête ultérieur.

– Eh bien, Garland ?

– Tout simplement parce que je ne le savais pas moi-même, mon amour, répondit-il en toisant son fils.

Le visage de Malcolm avait cette expression d'autosatisfaction qu'il prenait immanquablement lorsqu'il sentait qu'il avait le dessus sur un adversaire.

– Depuis quand êtes-vous mariés ?

– Plus de trois ans, dit-il.

– Nous avons deux enfants, ajoutai-je, impatientée par l'attitude de Malcolm, qui ne s'était toujours pas avisé de les faire entrer et s'appliquait à leur rationner les nouvelles. Des garçons.

– Des garçons ? Eh bien, dites-moi ! Alicia, te voilà grand-mère avant d'être mère. Des garçons !

Garland embrassa chaleureusement sa femme, en la serrant si fort que je craignis qu'il ne compromît sa grossesse. Elle paraissait si fragile.

– Bon, finissons-en avec ces politesses, reprit-il en entrant. (Malcolm leur céda le passage et nous les accompagnâmes à l'intérieur.) Je vois qu'il y a eu des transformations, ici ! s'exclama-t-il.

Il faisait allusion aux petits changements que j'avais apportés pour mettre un peu plus de gaieté dans le grand vestibule – quelques nouveaux tableaux représentant des paysages plus riants, de différentes régions, et quelques tapis plus clairs.

– Très bien, très bien, approuva-t-il en m'adressant un petit clin d'œil.

Je ne pus m'empêcher de l'aimer. Il était si vivant, si enjoué. Son énergie et son optimisme étaient contagieux. Alicia était rayonnante.

– Tout est bien comme tu me l'avais promis, dit-elle en l'embrassant sur la joue.

Son baiser était tellement affectueux, presque passionné, comparé à ceux de Malcolm, que je l'enviai.

– Votre suite est dans l'aile sud, à côté de celle d'Olivia, dit Malcolm, sur le ton d'un directeur d'hôtel plus que comme un fils accueillant son père

après un long voyage. C'est celle que vous avez demandée.
– Parfait. Bon, allons nous installer et, après, je veux voir mes petits-fils, hein, Alicia ?
– Oh, oui, j'en meurs d'impatience.
– Et puis, nous dînerons. Nous sommes tous les deux affamés. Les repas, dans ces trains, laissent vraiment à désirer. Avez-vous beaucoup voyagé, Olivia ? me demanda-t-il. Ou bien Malcolm vous garde-t-il prisonnière à Foxworth Hall ?
– Eh bien, je n'ai pas encore beaucoup voyagé, non, mais nous avons fait un long trajet en train tout de suite après notre mariage.
– Elle est de New London, dans le Connecticut, expliqua Malcolm. Son nom de jeune fille est Winfield. Son père était armateur. Il est malheureusement décédé récemment.
– Oh, une Yankee, hein ? Alicia est de Richmond, en Virginie, mais essayons de ne pas raviver la guerre entre les États, répondit Garland en riant de bon cœur.
Malcolm, debout derrière moi, se rembrunit, mais Alicia me sourit.
– Ne vous attendez à aucune hostilité de ma part, dit-elle en me prenant la main.
Je dois avouer que j'étais éblouie par ses manières sociables et chaleureuses. Elle était aussi naturelle qu'une enfant de quatre ans. J'avais beau me dire que c'était un signe de mauvaise éducation, je me laissais fasciner malgré moi par sa spontanéité. Certes, elle n'avait que dix-neuf ans, mais avait déjà visité la majeure partie de l'Europe en compagnie d'un homme extrêmement policé. Elle avait dû mûrir plus vite que d'autres et, pourtant, ni ses voyages ni le fait d'être devenue la richissime épouse d'un homme distingué ne semblaient l'affecter.
– Ah, Mme Wilson et Mme Steiner, fit Garland en apercevant les deux femmes, qui se tenaient un peu à l'écart.
Mary Stuart apparut timidement derrière elles.
– Bienvenue à la maison, monsieur Foxworth, répondit Mme Wilson avec sympathie.

– Bienvenue, monsieur, enchaîna Mme Steiner.

Il leur serra la main à toutes deux et les embrassa. Elles furent visiblement gênées par un tel accueil.

– Attention, dit-il, je suis devenu un vrai continental à force de parcourir l'Europe. Vous avez intérêt à bien me soigner toutes les deux.

Elles pouffèrent comme des écolières. Je trouvais qu'une telle familiarité avec les domestiques était parfaitement choquante, mais il était clair qu'elles appréciaient beaucoup plus le père que le fils. Il jeta un regard vers Mary Stuart, la soubrette que nous avions engagée après son départ.

– Bonjour, vous.

Elle inclina la tête et il regarda autour de lui.

– C'est tout ce que nous avons comme domestiques ?

– Olsen travaille dans le jardin, dis-je. Vous pouvez reprendre vos tâches, ajoutai-je en m'adressant aux servantes, qui se retirèrent immédiatement.

Garland adopta un profil bas et loucha vers Malcolm.

– Serions-nous réduits à faire des économies ? demanda-t-il.

– Bien sûr que non, protesta celui-ci. Mais nous gérons sainement notre budget. Ce que nous ne dépensons pas pour la maison est autant de gagné pour les affaires.

– Je vois. Seulement, avec nous deux en plus et la perspective d'un autre enfant, nous devons envisager une augmentation de personnel. N'est-ce pas, Alicia ?

– Tout ce que tu voudras, mon chéri.

Malcolm fit la grimace.

– En avant vers les hauteurs ! annonça Garland en guidant son épouse vers le double escalier.

Elle réagissait à tout ce qu'il lui montrait par de petits rires ou des exclamations admiratives. Malcolm et moi restâmes en bas, nous contentant de les suivre des yeux. J'avais l'impression qu'un vent de folie douce venait de souffler sur Foxworth Hall, réveillant le manoir de son sommeil de deux siècles. C'était saisissant.

– Vous avez vu comme il est ridicule ? maugréa

Malcolm. Vous comprenez maintenant pourquoi je me défie de lui ?

– Pourquoi ne lui avez-vous jamais écrit que nous étions mariés et que nous avions des enfants ?

– Je n'en voyais pas la nécessité.

– Pas la nécessité ?

– Non, en effet. Et quant à elle... N'oubliez jamais que vous étiez la première ici et que vous êtes son aînée. Traitez-la comme une enfant et arrangez-vous pour que les domestiques n'obéissent qu'à vous, et à vous seule.

– Mais... si Garland n'est pas d'accord ?

Il ne répondit pas. Il marmonna quelque chose d'inintelligible dans sa barbe et s'en retourna au salon, soi-disant pour finir de lire son journal avant le dîner.

Je montai habiller les enfants pour qu'ils fussent présentables quand ils verraient pour la première fois leur grand-père et leur « belle-grand-mère ».

Garland ne comprenait pas pourquoi Malcolm refusait d'admettre les enfants à notre table pour le dîner. D'abord, Malcolm refusa d'en discuter, mais l'insistance de Garland le força finalement à répondre.

– Parce qu'ils font des choses qui vous coupent l'appétit, père.

– Voyons, c'est ridicule. Tous les enfants sont comme ça. Tu l'étais aussi.

Le rouge monta au front de Malcolm et ses lèvres pâlirent à tel point qu'on ne les distinguait presque plus de ses dents.

– Oh, que oui, renchérit Garland en se tournant vers Alicia. C'était un enfant impossible. Il n'arrêtait pas une minute de poser des questions. Sa mère ne pouvait rien lui commander sans qu'il demande aussitôt pourquoi. Quelquefois, quand je rentrais, elle était complètement déboussolée. Je la vois encore parcourant la maison avec Malcolm dans ses jupes; il voulait toujours savoir ceci ou cela. Elle le fuyait. Il la fatiguait.

– Et c'est moi qui l'ai fait partir, peut-être ? répliqua Malcolm, grimaçant. Nous avions le double de domestiques, à l'époque, plus une nourrice à plein temps.

– Tous pour le servir ! fit Garland, refusant de se laisser entraîner dans une dispute.

Alicia sourit gentiment et le visage de Malcolm sembla s'apaiser.

Garland avait insisté pour qu'Alicia fût placée à côté de lui, à gauche de la table. Malcolm s'était proposé de lui céder la place du chef de famille, mais il n'avait rien voulu entendre.

– Nous sommes encore en lune de miel, dit-il. Et, d'ailleurs, nous ne pourrions jamais être aussi distants que vous, n'est-ce pas, Alicia ?

– Oh, non. Partout où nous allions, en Europe, Garland exigeait d'être assis juste à côté de moi. Il était absolument intraitable sur ce sujet.

– Je veux bien le croire, fit Malcolm, d'un ton soudain plus aimable.

– Votre père était un vrai boute-en-train, avec moi comme avec tous ceux qui nous entouraient. Nous sortions souvent avec d'autres touristes américains, expliqua-t-elle de sa voix mélodieuse comme du miel sombre. Et il m'a fait plus d'une fois rougir, ajouta-t-elle en se tournant vers moi.

Son sourire était amical et sincère. Je lui souris à mon tour. Malcolm la détaillait comme si elle eût été un être venu d'ailleurs, alors que, selon moi, elle rappelait par bien des aspects les jeunes femmes qui étaient venues à ma réception.

– Dis-leur la vérité, Alicia. Reconnais que ça te plaisait.

– Bien sûr que ça me plaisait, puisque j'étais avec toi.

Ils s'embrassèrent sur les lèvres, sans vergogne, là, devant nous, à table, comme si nous n'avions pas été là, indifférents aux allées et venues des domestiques. J'épiai la réaction de Malcolm : alors que je m'attendais à lire du mépris sur son visage, je surpris au contraire une lueur d'envie dans son regard. Je crus même voir une sorte de sourire au coin de ses yeux, mais qui s'effaça dès qu'il regarda dans ma direction.

– Il va falloir que nous vous racontions tout cela, vous savez, dit Garland en s'adressant plutôt à moi qu'à Malcolm. Nous vous donnerons tellement de détails sur nos péripéties que vous en aurez les oreilles bourdonnantes. Mais ça, il fallait vous y attendre en épousant le fils de Garland Foxworth ! ajouta-t-il en éclatant de rire.

– Et vous n'êtes pas obligée d'écouter s'il vous assomme, intervint Alicia.

– Mais, au contraire, nous voulons tout écouter, lui répondit Malcolm, si c'est vous qui racontez. C'est-à-dire si mon père vous laisse parler sans vous interrompre continuellement.

– Je serai muet comme une carpe. Je le jure ! promit Garland en levant la main droite.

– Ne le croyez pas, coupa Alicia.

Malcolm sourit. Il faillit même rire ! Au fil du dîner, il devint de plus en plus amical, à tel point qu'à la fin il entretenait avec elle une conversation soutenue – dont j'étais totalement exclue. J'avais l'impression d'être assise à une table séparée et de manger toute seule. Cette fille était un véritable guide touristique et Malcolm, qui avait beaucoup voyagé lui-même, était enchanté. Garland dévorait comme un ogre.

– Vos enfants sont adorables, dit Alicia à Malcolm. On voit tout de suite qu'ils ont du sang Foxworth.

– Surtout chez Mal, précisa Malcolm.

– C'est parce que Joël est encore trop jeune. Oh, je suis impatiente de voir naître notre bébé ! s'exclama-t-elle en claquant dans ses mains.

Elle sautillait sur sa chaise. J'étais interloquée par son sens très personnel de l'étiquette. Elle parlait la bouche pleine, papillonnait comme un oiseau et buvait son vin comme si c'eût été de l'eau. Malcolm était d'une tolérance extraordinaire, ce soir-là – probablement parce que c'était notre premier dîner ensemble, songeai-je.

– Et... depuis combien de temps êtes-vous enceinte ? demanda-t-il.

– J'en suis au début du huitième mois.

– C'est que nous ne perdons pas de temps, commenta Garland. Surtout à mon âge! ajouta-t-il en riant.

– Mais tu ne perds jamais ton temps. Jamais, lui dit-elle.

Ils se regardèrent avec une telle passion que je me mis réellement à rougir. Ils s'embrassèrent à nouveau. En fait, ils ponctuaient presque toutes leurs phrases d'un baiser.

Malcolm passait tour à tour du dépit ennuyé au plaisir sincère. Quand Alicia voulait bien lui accorder son attention, il était aux anges. Un moment, elle se pencha vers lui et lui toucha le poignet. Je le vis rougir, mais il ne retira pas sa main.

Puis Garland proposa de prendre le café, tous ensemble, dans la véranda.

– Al fresco ! dit-il avec de grands gestes.

Il enroula une serviette sur un bras comme un garçon de café et donna son autre bras à Alicia.

– Nous avons passé de si bons moments en Italie, expliqua-t-elle.

Quand Malcolm se leva, elle lui prit le bras également et marcha gaiement jusqu'à la véranda, entre les deux Foxworth. Comment Malcolm permettait-il cela ? J'étais médusée.

Lorsque je les rejoignis dehors, ils étaient tous deux en train de rire en écoutant Alicia raconter une promenade en gondole à Venise. Elle était debout, imitant Garland.

– *Asseyez-vous, monsieur, je vous en prie*, suppliait le gondolier, disait-elle en faisant la grosse voix. Mais votre père avait un peu forcé sur le vin et il se croyait capable de marcher sur une corde raide. *Ne vous en faites pas*, lui a-t-il répondu, *je vais diriger la manœuvre*. Les autres passagers étaient épouvantés. Le gondolier l'a supplié encore et la gondole a commencé à tanguer. (Elle mimait le mouvement en se balançant sur ses talons.) Et que croyez-vous qu'il arriva ? reprit-elle. Garland... (Elle se mit à rire, et son mari de même.) Garland est tombé par-dessus bord.

À ces mots, elle se laissa tomber pareillement vers Malcolm, qui la rattrapa promptement dans ses bras. Garland s'esclaffa, mais Malcolm rougit de nouveau en m'apercevant dans l'encadrement de la porte.

– Le café sera prêt dans un instant, annonçai-je.

– Tout le monde essayait de le repêcher dans le canal, poursuivit Alicia en m'ignorant. Mais il refusait qu'on l'aide en affirmant qu'il allait très bien. On a fini par le hisser sur la gondole, mais quel charivari, si vous aviez vu cela !

Pour conclure, elle s'assit sur les genoux de Garland et lui passa un bras autour du cou. Ils s'embrassèrent de nouveau.

– Elle raconte ça à merveille, commenta Garland. Et vous ? dit-il en se tournant vers moi. Il va falloir qu'on ait un petit tête-à-tête un de ces jours. Je veux tout savoir sur votre mariage, comment mon fils a gagné votre cœur et quels mensonges il vous a servis pour parvenir à ses fins.

Nouvel éclat de rire. Alicia se lança aussitôt dans une autre histoire sur Garland en Europe. À la fin du dîner, j'avais l'impression d'assister à une représentation des *Aventures de Garland Foxworth* par Alicia Foxworth. Jamais je n'avais imaginé qu'une femme pût être aussi dévouée à son mari. Elle prenait note de ses moindres faits et gestes. On eût dit qu'elle vénérait le sol où il avait posé les pieds.

Le dîner s'acheva quand ils nous avouèrent qu'ils tombaient de sommeil, à cause de la fatigue du voyage. Alicia appuya sa tête sur l'épaule de Garland et il la prit par la taille. Ils rentrèrent, bras dessus, bras dessous, et montèrent l'escalier. Ils faisaient penser à un couple de jeunes mariés à peine sortis de l'adolescence, lui, un homme de cinquante-huit ans avec cette fille enceinte de dix-neuf printemps.

Restés seuls, Malcolm et moi n'avions plus grand-chose à nous dire. En même temps qu'Alicia, c'était la joie de vivre qui s'était retirée de la véranda.

– Elle est jolie, hasardai-je.

– Ah, bon ?

– On dirait un petit oiseau voletant autour de votre père, vous ne trouvez pas ?

– Je suis fatigué. Tous ces bavardages m'ont donné mal à la tête.

Et il regagna ses appartements.

Je flânai quelque temps en bas, puis je montai voir les enfants. Ils dormaient à poings fermés. Leur grand-père les avait amusés et Mal semblait s'être pris tout de suite d'affection pour lui. Je me dis que Garland serait un bien meilleur père que Malcolm. Lui, au moins, il paraissait aimer les enfants.

Pour aller dans ma chambre de l'aile sud, je devais passer à côté de leur suite. J'entendis qu'ils étaient encore éveillés. Ils bavardaient et riaient comme deux collégiens. Je m'arrêtai. Leur causerie enjouée était pour moi comme un plaisir par procuration.

Ils étaient ce que Malcolm et moi eussions dû être, ce que j'avais rêvé que nous serions. De l'autre côté de la porte, Garland tenait Alicia dans ses bras. Il serrait contre lui sa belle jeune épouse et elle devait se sentir désirée, vivante. Je l'imaginais, la main sur le ventre de sa femme, pour percevoir la vie qui bougeait à l'intérieur. Jamais Malcolm n'avait éprouvé le besoin d'avoir ce genre de geste Pendant les derniers mois de ma grossesse, quand je commençais à porter bas, il m'évitait.

Pourquoi le visage d'Alicia ne s'était-il pas empâté comme le mien, à la même époque ? Si l'on ne regardait que son buste, on ne remarquait même pas qu'elle était enceinte. C'était injuste : ces filles longues et frêles étaient-elles donc destinées à conserver éternellement leurs charmes féminins ?

Je passai mon chemin. La jalousie me rendait triste, mais non hargneuse. Ma chambre était juste à côté de la leur, et le mur qui jouxtait ma coiffeuse était plus mince que les autres. En y appuyant mon oreille, je les entendais aussi distinctement que si j'avais été dans la même pièce qu'eux.

– Elle correspond exactement à l'image que je me faisais de la femme qu'épouserait Malcolm, disait Garland.

– Qu'elle peut être grande ! fit Alicia. Je la plains d'avoir une telle taille.

– Moi, je la plains d'avoir épousé Malcolm.
– Voyons, Garland !
– Je t'assure. Il n'a jamais compris les femmes. Il n'a jamais vraiment eu de petite amie, tu sais.
– Le pauvre !
– Pauvre ? S'il y a une chose qu'il n'est pas, c'est bien ça, ma chérie.

Suivit un silence. J'en conclus qu'ils étaient en train de s'embrasser.

– Et moi, je suis riche depuis le jour où tu es entré chez nous, lui dit-elle.

Nouveau silence.

Je me mis au lit, seule, me demandant comment je pourrais jamais rivaliser avec une créature si belle et si innocente. Chacune de ses paroles soulignerait mon silence; chacun de ses rires soulignerait ma tristesse; et chaque regard que lui adresserait Malcolm me rappellerait toutes les fois où il avait évité le mien. En songeant à sa petite taille, je me sentais plus que jamais une « grande perche ».

Je la haïssais, ou, du moins, je voulais la haïr.

Mais que c'était difficile de me montrer dure envers elle simplement parce qu'elle possédait tout ce que je n'avais pas !

Quand elle se leva, le lendemain matin, elle était toujours aussi pétillante d'énergie. Elle semblait s'épanouir à la lumière du jour comme un gardénia jaune ouvre ses pétales au soleil. Notre petit déjeuner n'avait jamais été aussi vivant. Garland déclara qu'ils avaient dormi comme des bébés.

– Ce qui prouve à quel point il est important pour un homme de rentrer chez lui, ajouta-t-il. Chez nous, rectifia-t-il en regardant Alicia.

Elle avait relevé ses cheveux un peu comme les miens, mais les siens étaient lustrés et révélaient de petites oreilles et une tendre nuque blanche. Il me semblait qu'elle fascinait Malcolm. Je supposais que, comme moi, il s'était attendu à les trouver un peu éteints, en raison de l'heure matinale et de la fatigue accumulée au cours de leurs voyages. Mais ils avaient l'air complètement revigorés. Il y avait peut-être du vrai dans ce que Garland avait dit sur l'importance du retour chez soi.

Il insista pour accompagner Malcolm au bureau et tenter de se remettre dans le bain des affaires.

– Je crains d'avoir beaucoup de retard à rattraper. Malcolm n'est pas du genre à laisser l'herbe pousser sous ses pieds, expliqua-t-il à Alicia. On peut dire beaucoup de choses de mon fils, mais il y a une chose qu'on est obligé de lui reconnaître, c'est que c'est un génie des affaires.

– C'est ce qu'il me disait toujours, Malcolm, commenta Alicia. Quand je lui demandais comment il pouvait s'absenter de son travail si longtemps, il me répondait qu'il avait pleinement confiance en vos capacités.

Je m'attendais à quelque repartie caustique de la part de Malcolm, mais il resta sans voix. Il haussa les épaules, avec un air modeste qui ne lui ressemblait pas.

– Il faut qu'on y aille, maintenant, dit-il à son père.

Les adieux de Garland à Alicia furent si longs et si passionnés que je me sentis franchement gênée pour elle. Mais elle semblait trouver cela très normal. Remarquant l'expression de mon visage, elle se mit en devoir de m'expliquer, dès qu'il fut parti, que c'était la première fois qu'ils se quittaient depuis qu'ils avaient embarqué ensemble pour l'Europe. Quant à l'au revoir de Malcolm, il fut pour moi aussi bref et sec qu'à l'ordinaire – une vague bise sur la joue, assortie de quelques recommandations pour les domestiques.

– Il faudra que vous me racontiez toutes les difficultés que vous avez eues à diriger une aussi grande maison, me dit Alicia, qui s'empressa d'ajouter : Ne croyez pas que je veuille prendre le relais. C'est seulement parce que cela me semble tellement.. écrasant.

Je la jaugeai du regard. Je la croyais sincère, mais j'avais encore à l'esprit les soupçons de Malcolm. Qui pouvait dire ce que deviendraient les choses dans une semaine ? Dans un mois ?

– Tout est plutôt bien organisé, répondis-je. Les domestiques ont des tâches bien déterminées et ma journée est soigneusement programmée.

– J'en suis sûre. Je n'ai absolument pas l'intention de m'immiscer dans vos affaires. Si jamais vous trouviez que je me mêle de ce qui ne me regarde pas, ne vous gênez pas pour me le dire.

– Je vous le dirai, affirmai-je sans ambages.

Mais, soit elle n'entendit pas, soit elle ne voulut pas entendre la menace contenue dans ma réponse.

– Je ne veux marcher sur les plates-bandes de personne. Tout ce que je demande dans la vie, c'est de rendre mon mari heureux. Garland est tellement merveilleux. Il a été si bon pour ma famille et pour moi que je ne pourrai jamais assez faire pour le remercier.

– Et qu'a-t-il fait de si extraordinaire ? demandai-je innocemment.

– Garland était l'un des plus vieux et des meilleurs amis de mon père. Depuis l'école primaire. Mon père a fait une mauvaise chute de cheval dans sa jeunesse. Il lui en est resté une grave lésion du dos, qui l'a empêché de trouver l'emploi dont il aurait eu besoin pour nourrir sa famille. Garland est passé par là et l'a installé comme comptable dans ses propres bureaux – car mon père ne pouvait travailler qu'assis. Et puis, Garland a commencé à lui envoyer des clients. Sans son aide, je me demande si nous aurions pu survivre.

J'avais une idée personnelle sur l'altruisme : selon moi, personne ne faisait la charité sans arrière-pensée. Garland Foxworth avait-il des vues sur cette jolie fille depuis le début ?

– Quel âge aviez-vous quand Garland a commencé à venir chez vous ?

– Oh, je me souviens qu'il venait déjà quand j'avais cinq ou six ans. Pour mes douze ans, il m'a offert ce ravissant bracelet d'or. Comme vous voyez, je le porte toujours, me dit-elle en me montrant son poignet.

– Pour vos douze ans ?

– Oui. Quand j'en ai eu quatorze, nous avons

commencé à faire des promenades ensemble. Je bavardais en lui prenant le bras et il m'écoutait avec un merveilleux sourire. J'étais si bien avec lui. À tel point que j'attendais sa venue comme la chose la plus importante au monde. Et j'avais quatorze ans quand il m'a embrassée, murmura-t-elle.

– Comment ? Quatorze ans seulement ?

– Oui. Et ce n'était pas un petit bécot sur la joue, précisa-t-elle, les yeux pétillants. (Elle ne pouvait pas ne pas voir mon ahurissement. Mes pensées devaient se lire sur mon visage comme dans un livre ouvert.) Nous nous connaissions déjà intimement, vous comprenez ?

– Non, je ne comprends pas qu'un homme de son âge connaisse intimement une fille de quatorze ans.

– C'était de l'amour, dit-elle le plus naturellement du monde. Du grand, du pur amour. Il se mit à venir chez moi de plus en plus souvent. Nous nous promenions en calèche dans le parc, nous nous arrêtions des heures entières pour regarder les oiseaux. Et nous bavardions sans discontinuer. Je ne saurais vous dire de quoi nous parlions... Notre conversation était comme une longue mélodie. Je ne retenais que la musique, pas les paroles, poursuivit-elle en se souriant à elle-même.

J'essayais de me représenter ce qu'avait dû être un tel bonheur, mais je n'avais aucune idée de ce qu'elle entendait par « mélodie de mots ».

– J'adore les traîneaux à chevaux, quand l'hiver couvre la Virginie de neige. Nous nous emmitouflions sous d'épaisses couvertures en nous tenant par la main et nous fendions le vent. Nous avions les joues rouges de froid, mais l'amour réchauffait nos cœurs. Vous ne pouvez pas imaginer comme c'était merveilleux.

–Non, dis-je tristement. En effet.

– En été, il y avait de magnifiques concerts dans le parc. Je préparais un pique-nique et nous allions écouter la musique ensemble. Après quoi, il m'emmenait en bateau et je chantais pour lui. Il aime m'entendre chanter, bien que je n'aie aucun don particulier pour cela.

– Mais son âge ne vous gênait pas ?

– Non. Bien sûr, il était un peu vieux pour moi, mais si gentil. Il était toujours si spirituel et si enjoué que l'âge n'entrait pas en ligne de compte.

– Tout de même, de là à l'épouser ! Vous n'êtes pas de la même génération. Je ne voudrais pas être méchante, mais il sera mort avant que vous n'ayez atteint la fleur de l'âge. Vos parents n'ont pas fait d'objection ?

– Mon père est décédé un mois avant que Garland ne me fasse sa demande. Au début, ma mère a trouvé cela choquant et elle a voulu s'y opposer. Elle disait la même chose que vous, mais rien n'aurait pu me dissuader. Et elle adorait Garland, voyez-vous. Elle a bientôt compris que je l'aimais vraiment et que les années n'avaient pas d'importance.

– Pour être franche, ma chère, je suis surprise que vous ayez décidé d'avoir des enfants, étant donné l'âge de Garland.

– Oh, mais Garland n'aurait pas voulu qu'il en soit autrement. *Alicia, quand je suis avec toi, je n'ai que trente ans*, disait-il. Et on lui donnerait réellement trente ans, n'est-ce pas ?... N'est-ce pas ? répéta-t-elle comme j'hésitais.

– En effet, il ne fait pas son âge, mais...

– C'est tout ce qui compte... pour nous.

Elle était fascinée par sa propre idylle. Elle n'aurait jamais laissé la réalité, les faits bruts, dans toute leur sécheresse, détruire son univers rose. Elle vivait dans le monde clos de verre de ma maison de poupée. D'un côté, je la plaignais – car la réalité finirait par s'imposer à elle –, d'un autre, je l'enviais pour son bonheur.

– Laissez-moi vous accompagner. J'aimerais voir comment vous vous y prenez avec vos enfants. Ils sont adorables. Et je suis sûre que j'apprendrai beaucoup de choses en vous regardant faire.

– Je ne suis pas une autorité dans l'éducation des enfants, répondis-je.

Mais, voyant qu'elle eût été très déçue si je l'avais éconduite, je la laissai monter avec moi.

Les enfants l'aimaient réellement, surtout Joël.

Il ne cessait de lui sourire et adorait qu'elle le prît dans ses bras. Elle savait beaucoup mieux que moi se mettre à leur niveau. Elle n'hésita pas à s'accroupir pour s'amuser avec les jouets de Mal, tandis que Joël observait sagement leurs jeux.

– Faites ce que vous avez à faire sans vous occuper de moi, me dit-elle. Ça ne m'ennuie pas de rester avec eux.

– Au stade où en est votre grossesse, vous devriez être prudente, lui fis-je remarquer.

Mais, en même temps, je ne pouvais m'empêcher de penser qu'une fausse couche eût beaucoup arrangé Malcolm.

Cette idée faisait son chemin et me collait à l'esprit comme une plume de duvet prise dans mes jupes. Je ne parvenais pas à m'en défaire et plus je l'imaginais contrainte d'avorter, plus j'étais heureuse.

Car j'avais peur de l'enfant qui allait naître. Mais ce n'était pas pour les mêmes raisons que Malcolm. Je ne partageais pas sa cupidité, sachant que nous ne serions jamais dans le besoin, quoi qu'il arrivât. Non, j'avais peur que son enfant ne fût plus beau que les miens. Après tout, Garland était aussi bel homme, sinon plus, que Malcolm; et elle était infiniment plus jolie que moi.

Aussi la voyais-je en rêve trébucher dans l'escalier en spirale et débouler jusqu'en bas, provoquant dans sa chute une fausse couche immédiate. Mes sombres pensées devaient se lire dans mes yeux, mais elle était trop confiante pour le remarquer.

Toute la journée, dès qu'elle me voyait, elle me harcelait de questions – sur Foxworth Hall, sur les enfants, les domestiques, et sur Malcolm.

– Comment est-il réellement ? me demandait-elle. Garland exagère tellement, parfois.

– Il vaut mieux que vous le découvriez par vous-même. Si vous voulez des renseignements sur un homme, ne les demandez pas à sa femme, vous n'auriez pas une réponse honnête.

– Oh, comme vous avez raison ! approuva-t-elle. (Apparemment, rien ne pouvait la contrarier.) Vous êtes une personne avisée, Olivia. J'ai bien de la chance de vous avoir près de moi.

Je l'observai. Elle pensait vraiment ce qu'elle disait ! L'innocente... N'avait-elle donc jamais de soupçons ? Se satisfaisait-elle d'être traitée comme une enfant dans cette maison ?

J'espérais qu'avec le temps Garland et elle se résigneraient, que la morosité de Foxworth Hall aurait raison d'elle également et que les progrès de sa grossesse – elle entamait maintenant son neuvième mois – finiraient par lui peser et la rendre irritable. Mais il n'en fut rien. Nos repas étaient aussi animés que le premier jour.

Chaque soir, Alicia insistait pour que Garland lui raconte en détail ce qu'il avait fait au bureau dans la journée.

– Ne va pas croire que ça m'ennuie, lui disait-elle. C'est *ton* travail et tout ce qui te concerne me concerne aussi.

Du blabla, songeais-je. Comment pouvait-elle comprendre quelque chose aux affaires ?

– Eh bien, aujourd'hui, j'ai étudié les investissements que Malcolm a faits dans deux hôtels de Chicago. Son idée est de pourvoir aux besoins des hommes d'affaires en leur proposant des tarifs plus attractifs.

– Comment appelez-vous cela, Malcolm ?

– Plaît-il ?

– Comment appelez-vous ces tarifs spéciaux ?

– Des tarifs professionnels, répondit-il sans aménité.

– Oh, mais bien sûr. Suis-je bête ! Quelle ravissante idée !

Ravissante ? Je m'attendais à voir Malcolm exploser, mais il devenait chaque jour plus tolérant.

À maintes reprises, je fus tentée de lui confier mes fantasmes sur un éventuel avortement d'Alicia. Je voulais voir sa réaction. Mais je n'ai jamais osé aborder ouvertement la question. Tout au plus, lui ai-je fait remarquer que, selon moi, elle était bien trop active et fébrile pour une femme dans son neuvième mois :

– Elle grimpe et dévale les escaliers en promenant

son ventre comme si elle avait un ballon sous sa robe. Quelquefois, elle va voir Olsen pour lui parler de jardinage et je l'ai même vue une fois bêcher avec lui. Hier, je l'ai aperçue en train de soulever une lourde plante en pot. J'ai voulu la mettre en garde, mais je ne l'ai pas fait. Elle insiste pour porter elle-même Joël dans la nursery. Elle porte trente-six choses, soi-disant pour me rendre service, même les plus pesantes et les plus encombrantes.

– Cela ne vous regarde pas.

Ce fut toute sa réponse. Il avait déjà tourné les talons avant que je n'eusse eu le temps d'en dire plus. Peut-être n'avait-il jamais envisagé l'éventualité d'une fausse couche; ou peut-être était-il tellement séduit par son charme innocent qu'il en devenait aveugle à ses propres intérêts.

Vers le quinzième jour de son neuvième mois, Alicia me parla du grenier.

– Un endroit très intéressant, dis-je. (Je commençai à lui en faire la description, puis je m'interrompis.) Mais, vraiment, il faudrait que vous le voyiez par vous-même.

Je l'imaginais gravissant les petites marches branlantes et déambulant dans l'immense mansarde semée d'embûches, qui risquaient de la faire tomber à chaque pas.

– J'ai déjà eu la tentation de franchir la grande porte à deux battants, en haut de l'escalier.

– Mais il y a un autre chemin. Un passage secret.

– C'est vrai ? Où ?

– Dissimulé dans un placard, au fond d'une pièce de l'aile nord.

– Bonté divine, un passage secret dans un placard ! Vous voulez y aller avec moi ?

– J'y suis déjà allée. Je vais vous montrer le chemin et vous pourrez vous amuser avec toutes les vieilleries qu'il y a là-haut.

– Oh, oui, s'il vous plaît.

Je la conduisis donc jusqu'au fameux placard de l'aile nord. Elle fut fascinée par l'étrangeté de la pièce.

– On dirait une cachette, dit-elle.

– Oui.

– Quel manoir passionnant. Mystérieux. Il faudra que je parle de cette pièce à Garland.

– Bonne idée. Et vous me direz ce qu'il vous a répondu.

Je lui montrai le placard secret.

– Maintenant, soyez prudente, lui recommandai-je, comme elle m'interrogeait des yeux. Vous trouverez un cordon après la première marche. Tirez dessus et vous aurez de la lumière.

Ce qu'elle fit. Mais l'ampoule ne s'alluma pas. Je l'avais dévissée auparavant.

– Elle doit être grillée, commentai-je. Laissez tomber.

– Non, non, ne vous en faites pas. Je vois assez clair.

– Je vous aurai prévenue. Ne l'oubliez pas.

– Ne soyez pas une vieille rabat-joie, Olivia. Ça ira très bien.

– Comme vous voudrez. Je serai en bas, dans le grand salon. J'ai de la lecture.

Elle commença à monter et je refermai la porte derrière elle. Je l'entendis tâtonner, puis rire. Mon cœur bondissait dans ma poitrine. Le noir, les ténèbres, les marches et le plancher grinçants représentaient autant de dangers pour une femme près d'accoucher. Quelle jeune écervelée, quelle naïve ! songeai-je, et je m'en retournai. S'il devait lui arriver malheur, je serais bien trop loin pour lui être de quelque secours. Je l'avais prévenue. Personne ne pourrait rejeter la faute sur moi.

Je me hâtai de redescendre. Je m'installai au salon et me mis à lire, comme je le lui avais dit. Mais il m'était difficile de me concentrer. À chaque instant, je jetais un regard vers le plafond. Je l'imaginais trébuchant et s'affalant de tout son long en heurtant de la tête une armoire ou une de ces lourdes malles, gisant dans les affres de l'avortement.

Et Malcolm me remercierait, quand je lui apprendrais comment cela se serait passé. Oh, pas un grand merci, mais tout de même. Peut-être qu'alors elle cesserait de voleter dans la maison en allumant des sourires sur tous les visages. Peut-être même que la fausse couche affecterait sa beauté, que des nuages assombriraient enfin ses yeux et que le désespoir effacerait à jamais les jolies couleurs de ses joues. Sa voix serait plus grave et perdrait ses mélodieux accents. Malcolm ne se laisserait plus envoûter par ses bavardages et ses charmes enjôleurs. Quand nous serions tous réunis autour de la table du dîner et qu'elle prendrait la parole, plus personne n'aurait d'oreille pour l'écouter.

Le temps passa sans que je m'en rendisse compte. Lorsque Garland et Malcolm rentrèrent, elle était toujours en haut. Bien sûr, Garland s'en inquiéta aussitôt.

– Ô mon Dieu, dis-je, j'étais tellement captivée par ce livre ! Elle est montée au grenier, il y a un moment déjà.

– Au grenier ? Mais enfin, pour quoi faire ?

– Explorer les lieux. Elle s'ennuyait.

– Au grenier ! répéta Garland. (Son visage s'assombrit.) Elle ne devrait pas être là-haut.

– C'est ce que je lui ai dit, mais elle ne voulait rien entendre. Elle m'a traitée de rabat-joie et elle s'est sauvée.

Il se précipita dans le grand escalier. Malcolm, debout sur le seuil, le regarda s'éloigner, puis se tourna vers moi. Jamais je ne lui avais vu un visage aussi glacial. Il avait une expression bizarre, mêlée de peur et de colère, me sembla-t-il – un peu comme s'il venait de découvrir un aspect de ma personnalité qu'il ne connaissait pas.

– Vous devriez peut-être aller voir, dis-je, au cas où un malheur serait arrivé.

Un étrange sourire se forma sur ses lèvres et il me laissa.

Peu après, j'entendis la voix de Garland. Je m'approchai de l'escalier.

– Tout va bien ? demandai-je.

Je le vis courir vers l'aile sud.

– Quoi ? Oh, oui. Figurez-vous que je l'ai trouvée devant un miroir poussiéreux, en train d'essayer les vieilles robes de Corinne. Je dois dire qu'elle leur faisait honneur.

Malcolm apparut derrière moi – à croire qu'il

était aux aguets, quelque part par là. Je vis qu'il bouillait de rage, et pourtant... pourtant... il avait un regard lointain, un regard que, si je l'avais moins bien connu, j'aurais pu prendre pour de l'amour.

Environ deux semaines plus tard, Alicia accoucha. Le Dr Braxten était auprès d'elle. Malcolm et moi attendions dans le vestibule. Garland apparut sur la mezzanine et nous cria d'en haut :

– C'est un garçon ! Un garçon ! Et Alicia se porte comme un charme ! Elle est prête pour aller danser.

– C'est merveilleux, dis-je.

Il joignit les mains, les leva au ciel et retourna dans leur chambre. Malcolm resta muet, mais une sorte de rage se peignit sur ses traits.

– J'avais prié pour que, si un enfant devait naître, ce soit une fille, dit-il enfin.

– Quelle différence, maintenant ? Venez, allons voir le bébé.

Comme il hésitait, je montai sans lui. Dès que je vis le nouveau-né, bercé dans les bras de sa mère, j'en eus le souffle coupé. Il avait les cheveux blonds et les yeux bleus de mes fils mais, en plus, il émanait de lui une sorte de calme radieux et de paix intérieure que je n'avais jamais vus chez aucun enfant. Il regardait tout le monde en face, avec des yeux clairs et compréhensifs – ce que ne font pas les nouveau-nés, d'ordinaire.

– Il n'est pas beau ? murmura Alicia, en le blottissant tout contre elle. Je l'appellerai Christopher Garland comme son père.

Garland, quant à lui, était aussi fier que tout jeune papa. Et, à ce moment précis, il paraissait réellement plus jeune de vingt ans. Était-ce un couple magique ? Étaient-ils capables de remonter le temps ? Avaient-ils trouvé la fontaine de jouvence ou étaient-ce là simplement les effets de l'amour vrai ? Jamais je n'avais autant jalousé quelqu'un qu'Alicia en cet instant. Elle avait tout : la beauté, un mari aimant et amoureux, et maintenant un magnifique enfant.

– Félicitations, père, dit Malcolm en paraissant sur le seuil de la porte.

– Merci, Malcolm. Viens là, viens regarder de plus près ton demi-frère.

Malcolm se plaça à côté de moi et considéra Alicia et l'enfant.

– Belle allure. Un vrai Foxworth, fit-il.

– Et comment ! reprit Garland. Demain, on offrira des cigares, hein, fils ?

– Oui, oui, bien sûr. Vous avez réussi, père.

– Oh ! Il ne l'a pas fait tout seul, tout de même, intervint Alicia.

Moi-même, je ne pus m'empêcher de rire. Malcolm rougit.

– Enfin, je voulais dire... je... bien sûr, félicitations, Alicia, bredouilla-t-il.

Et il s'agenouilla pour poser un baiser sur sa joue. À sa façon de fermer les yeux, je devinai qu'il eût bien voulu que ce baiser durât plus longtemps.

Quel hypocrite il faisait ! Je savais qu'il haïssait ce bébé, et pourtant il disait les mots qu'il fallait, accomplissait les gestes qu'on attendait de lui.

Il se releva promptement et s'écarta du lit.

– Bon, nous allons vous laisser vous reposer, dit-il, et nous nous retirâmes tous les deux.

Garland avait engagé une nourrice pour les premières semaines – chose que Malcolm n'avait jamais songé à faire pour moi. Nous rejoignîmes le Dr Braxten dans le hall. Il s'apprêtait à partir.

– Eh bien, Malcolm, fit-il. Vous pouvez être fier de votre père, hein ?

– Oui, répondit sèchement Malcolm.

– On dirait que je m'étais trompé, ajouta le docteur.

– Pardon ?

– Eh ! Un autre Foxworth était effectivement appelé à naître à Foxworth Hall.

D'abord, Malcolm ne répondit pas. Ses lèvres étaient devenues blêmes. Il se tourna vers moi en disant :

– Oui, docteur. Vous vous trompiez.

Il raccompagna le médecin en bas de l'escalier. Leurs pas résonnèrent comme le tonnerre, le tonnerre qui annonce la tempête.

8

Jours de passion

Après la naissance de Christopher, Garland passa de plus en plus de temps à la maison. Malcolm déclara qu'il était heureux de ne plus avoir son père dans les pieds au bureau.

– Il ne comprend rien aux subtilités de la haute finance et je perds un temps fou à tout lui expliquer, disait-il. Tant mieux s'il se sent déjà en retraite. J'aimerais qu'il le soit officiellement.

Garland ne faisait jamais rien, délibérément, pour me contrarier, mais sa seule présence dans les parages me contrariait, parce qu'elle m'obligeait à être le témoin de leur amour.

Il était toujours autour d'Alicia, il la regardait donner à manger au bébé et les emmenait tous deux en promenade. De temps en temps, ils me proposaient de les accompagner, mais je refusais toujours. Les rares fois où je surprenais mon reflet dans la glace à côté de celui d'Alicia, je trouvais que je ressemblais plus à sa mère qu'à la femme de son beau-fils. Cela me semblait ridicule de la considérer comme ma belle-mère. Je ne pouvais me résoudre à aller où que ce fût avec elle et Garland, de peur de me sentir trop mal à l'aise, à moins que Malcolm ne nous accompagnât. Et puis, il y eut bientôt un autre changement dans la vie de la maison, qui me gêna encore plus.

Moins de deux mois après la naissance de Christopher, Garland et Alicia commencèrent à s'éclipser dans leur chambre au milieu de l'après-midi. Au début, je ne comprenais pas leurs raisons, et encore moins leur impatience. Je les voyais rentrer de leurs promenades dans un état de fébrilité, s'accrochant l'un à l'autre et s'embrassant, enlacés pour l'éternité. Quelquefois, ils passaient à côté de moi sans même me voir.

Lui, un bras autour de ses épaules, et elle, un bras autour de sa taille, ils montaient en courant l'escalier en spirale et disparaissaient dans leur chambre pour tout l'après-midi. Les servantes et Lucas échangeaient des regards malicieux en les voyant se conter fleurette sur le palier. Plus d'une fois, je les ai surpris en train de parler de Garland et de sa jeune épouse. Un jour, comme j'allais vers la cuisine, j'entendis Mme Steiner papoter avec Mme Wilson derrière une porte entrebâillée. Je tendis l'oreille.

– C'est incroyable, disait Mme Steiner, ils n'ont que ça en tête. Je ne peux jamais faire le ménage dans cette chambre.

– Au début, c'était pareil avec la première Mme Foxworth, répondit Mme Wilson.

– Quelle différence entre M. Foxworth père et Malcolm ! Je ne l'ai jamais vu montrer autant d'affection en public pour Olivia.

– De l'affection ?

– Olivia est si froide. Ces yeux gris qu'elle a ! On dirait des blocs de granit. Heureusement que les enfants ont les yeux du père.

– C'est bien vrai, ça. Alicia met de la lumière et de la joie partout où elle va, même si Olivia est dans la pièce. Elle a un visage si limpide, comparé à la mine d'enterrement d'Olivia. Je préférerais que ce soit elle la maîtresse de maison. Ce serait logique, d'ailleurs. Mais elle est trop douce pour imposer son autorité.

– Ce serait le jour et la nuit, pas d'erreur. L'une sourit tout le temps, tandis que l'autre fait toujours la tête, même si je me tue à la tâche. Hier, elle a dit à Mary de repasser le plumeau derrière moi, dans le vestibule.

– Quand une femme est malheureuse en amour, elle s'en prend à tout le monde autour d'elle.

– Et c'est bien pour ça qu'Alicia devrait être la vraie patronne de Foxworth Hall.

Je m'en allai. Mon cœur battait si fort et ma colère était telle que je ne savais pas ce que j'étais capable de faire si je devais en entendre davantage. Est-ce qu'Alicia complotait pour gagner les domestiques à sa cause ? Elle ne leur faisait jamais la moindre critique. Elle me laissait toujours le mauvais rôle. Et songer que les domestiques étaient en admiration devant leur obscène passion mutuelle ! Où était la décence ? Où était le respect de soi ? Et comment pouvaient-ils être toujours aussi amoureux, avoir une telle fièvre dans le sang ? Était-ce vraiment sincère ou simplement pour la galerie ?

Un jour, intriguée par leur passion et leur énergie, je les suivis dans l'escalier. J'allai dans ma chambre et plaquai mon oreille contre le mur près de la coiffeuse. Ce que j'entendis fit monter le rouge à mes joues.

Leurs baisers étaient une chose, mais les gémissements de Garland en pleine extase et les petits cris d'Alicia dépassaient ce que j'avais imaginé. Quand ils étaient au lit, je savais exactement à quel moment Alicia connaissait l'orgasme – je devrais plutôt dire les orgasmes, car chaque fois elle criait haut et fort, et chaque fois Garland lui disait des choses comme : « Ô mon amour, mon amour ! C'est bon, non ? Je suis loin d'être un vieillard. »

Parfois, ils devenaient silencieux après leurs ébats. Était-ce le sommeil qui les gagnait enfin ? Non, car bientôt j'entendais Alicia qui en redemandait et leur passion reprenait toute sa vigueur. Alors, je m'étendais sur mon lit en essayant d'imaginer ce qu'elle pouvait ressentir. Dans les bras de Malcolm, jamais je n'avais éprouvé le besoin de crier comme elle le faisait et jamais Malcolm ne m'avait murmuré les choses que lui murmurait Garland en la serrant contre lui.

Chaque fois qu'ils faisaient l'amour, que ce fût de nuit ou de jour, j'essayais d'être aux aguets.

J'attendais ces moments avec avidité. Je prenais plus de plaisir à les écouter, à les imaginer au lit ensemble qu'à lire mes romans.

Un jour, je surpris une de leurs conversations dans la salle à manger. Je compris qu'ils avaient projeté une promenade dans la seule intention de faire l'amour près du lac. Rien que d'y penser, mon cœur s'affola. Je me mis à rougir si fort que je dus aller m'asperger les joues d'eau froide. Par la fenêtre, je les vis s'éloigner le long du sentier qui menait au lac. Garland portait le petit Christopher dans son berceau. J'attendis qu'ils eussent disparu derrière un bosquet et je les suivis.

J'avais un peu honte de moi, mais je ne pouvais m'en empêcher. C'était une chose de les écouter à travers un mur, mais les voir de mes yeux pendant leurs ébats était une tentation trop grande. Ils étaient trop loin devant pour s'apercevoir que je les suivais.

Il y avait une clairière près du rivage, qui servait d'embarcadère. Le temps que je m'approche assez près d'eux pour les espionner, ils avaient étendu une couverture et s'y étaient couchés. Le bébé dormait.

Alicia avait rapidement retrouvé sa silhouette après l'accouchement. Il était difficile de croire, en la voyant, qu'elle était déjà mère. Elle était plus jeune et plus sémillante que jamais. Elle avait encore la taille fine et la poitrine menue. Elle avait la ligne sablier par excellence.

Ses cheveux ondulaient sur ses épaules. Elle était assise, en corsage et en jupe, et contemplait le lac en enlaçant ses genoux. Garland était assis à côté d'elle, appuyé sur ses mains. Ils restèrent ainsi très longtemps, et je commençais à me sentir bête et coupable de les espionner. Je ne cessais de jeter des regards derrière moi pour m'assurer qu'Olsen ou quelque autre domestique ne pouvait pas voir ce que j'étais en train de faire.

Soudain, Garland se tourna vers Alicia et lui baisa le cou. Elle laissa retomber sa tête en arrière et ferma les yeux, comme si ce simple baiser avait été la clef qui lui ouvrait les portes de l'extase. Je pris mon propre cou dans mes mains et, fascinée, je regardai Garland poser les lèvres sur ses hanches et détacher un à un les liens de son corsage.

Il la déshabilla avec tant de grâce et de tendresse que les vêtements semblaient s'évaporer sous ses doigts. Quand ils furent nus tous les deux et intimement enlacés, les mots chuchotés qu'ils échangèrent – trop bas pour que je pusse les entendre – résonnèrent comme un doux cantique, monocorde et mystique, à la cadence régulière. Je les vis passer de la passion fougueuse à la caresse attendrie, et leurs mots devinrent des rires.

J'en avais assez vu. Je me détournai. J'avais le souffle coupé et me sentais si faible que j'avais peur de faire un pas. J'entendais les vagissements du bébé se mêler à leurs rires. Je pris une profonde inspiration pour me ressaisir et, quand j'eus retrouvé la force de marcher, je rentrai à Foxworth Hall.

Je montai directement dans ma chambre pour m'allonger. Pendant plus d'une heure, je gardai les yeux rivés au plafond, revivant la scène d'amour à laquelle je venais d'assister. Comme j'avais été trompée, flouée ! Pourquoi étais-je privée de ce à quoi les autres femmes avaient droit, pourquoi en serais-je toujours privée ? J'avais l'impression que le sort me faisait entrer de force dans une souricière, me tiraillant vers un destin dont je ne voulais à aucun prix.

Un jour, peut-être, on peindra mon portrait dans des teintes sombres pour l'accrocher à un mur de Foxworth Hall. D'un œil mort et gris, les lèvres si serrées qu'elles paraîtront cousues ensemble, je contemplerai mes descendants. Mes arrière-petits-enfants se diront en me regardant que je devais être une femme très malheureuse, hantée par les autres faces blêmes de Foxworth Hall, torturée par sa propre existence. Alors, ils comprendraient.

J'étais encore dans ma chambre quand j'entendis Garland et Alicia revenir du lac. Ils riaient, ils parlaient fort, ils étaient gais. Leur humeur juvénile me donnait l'impression que c'était moi la belle-mère et Malcolm le père de Garland.

Après le dîner, Garland et Malcolm eurent un long entretien dans la salle des trophées. Alicia et moi restâmes dans le salon avec les trois enfants. Mal montrait ses jouets à Joël et Christopher, avec de grandes explications dont ils ne comprenaient pas un mot, mais qu'ils écoutaient sagement, avec attention et enthousiasme – à croire qu'ils étaient unis par quelque lien fraternel secret.

Quant à nous, nous faisions du crochet. Alicia était bien plus experte que je ne l'avais imaginé. Apparemment, elle avait eu le temps d'apprendre beaucoup de choses de sa mère avant d'épouser Garland. Elle était souriante.

– Ce sera merveilleux pour eux de grandir ensemble, dit-elle. Ils épouseront de jolies femmes, brillantes, et fonderont leurs familles ici, à Foxworth Hall.

– Peut-être que leurs épouses ne s'entendront pas entre elles.

Je ne pouvais pas supporter ses fantasmes puérils. Parce que la vie était pour elle un chemin semé de roses, elle se figurait qu'il en était de même pour tout le monde.

– Oh, mais si, vous verrez. Je ne dis pas qu'elles n'auront pas de petites différences. Nous en avons tous. Mais elles seront des Foxworth et leurs enfants perpétueront la tradition.

– Nous ne sommes pas une famille royale. Ni vous ni moi ne sommes des reines.

Elle me regarda un instant, puis m'adressa une sorte de sourire condescendant, comme pour ne pas me contrarier. Un pareil toupet de la part d'une ingénue comme elle me sidéra. J'allais lui dire ce que je pensais de ses façons, lorsque Garland et Malcolm émergèrent de la salle des trophées.

D'après l'expression du visage de Malcolm, je devinai que leur discussion avait été animée et qu'il avait l'intention de me dire quelque chose en particulier. Je prétextai donc qu'il était temps pour Mal et Joël d'aller se coucher et je les emmenai dans leur chambre. Malcolm m'y rejoignit, chose qu'il faisait rarement. Il me regarda mettre les enfants au lit.

– Qu'y a-t-il ? demandai-je finalement.

– Nous avons parlé de son testament. Il veut le modifier, évidemment.

– Évidemment. Vous vous y attendiez, non ?

– C'est moi qui hériterai du manoir et de la société. Toutefois, Alicia et Christopher pourront vivre ici aussi longtemps qu'ils le désireront. Alicia recevra trois millions de dollars en titres à valoir sur nos divers investissements et Christopher deux millions, également en valeurs. Je serai l'administrateur de leur fortune, que je pourrai placer comme je l'entendrai. Il est plus dépendant de moi que je ne l'aurais pensé.

– Tout cela devrait vous réjouir.

– Mon père reconnaît mes mérites en matière financière. Vous feriez bien d'y songer vous-même.

Je le toisai.

– Oh, mais je ne me débrouille pas si mal dans mes investissements, répliquai-je.

– Ils ne vous rapportent que la moitié de ce que vous pourriez en tirer.

– Ça, c'est mon affaire.

– De l'entêtement, oui, et de l'inconséquence. Un trait de caractère Winfield, sans doute ?

– Foxworth, plutôt. Combien de fois ne vous êtes-vous plaint de l'inconséquence de votre père, et existe-t-il quelqu'un de plus entêté que vous ?

Le rouge lui monta au front, mais il ne sortit pas en claquant la porte, comme je m'y attendais.

– Je souhaitais que vous sachiez ces détails, dit-il, parce que je veux que vous me teniez au courant, si jamais vous appreniez que mon père avait l'intention d'apporter de nouveaux changements. Alicia vous dit tout, à ce que j'ai cru comprendre. M'est avis que ces dispositions ne combleront pas ses aspirations et qu'elle n'hésitera pas à user de ses charmes pour obtenir davantage.

– Autrement dit, vous voudriez que j'espionne votre père et sa femme ?

– Pas vous ? rétorqua-t-il.

Je pâlis. Un mauvais sourire se forma sur ses lèvres, un sourire froid qui me glaça l'âme. Il n'attendit pas ma réponse.

– Je vous demande cela dans votre propre intérêt et dans celui des garçons, reprit-il.

Et il quitta la pièce sans même un regard pour les enfants. Jamais, depuis qu'ils étaient nés, Malcolm ne les avait embrassés pour leur dire bonne nuit.

Je me penchai sur eux. Ils étaient tous deux déjà endormis. C'était heureux qu'ils fussent trop jeunes pour comprendre les paroles de leur père. Mais qui savait ce que l'avenir leur réservait ? Accepteraient-ils longtemps de se soumettre à ses désirs et à ses ordres ?

Que ne pouvaient-ils rester éternellement bébés ! songeai-je en m'asseyant auprès d'eux.

Alicia voulut emménager dans la chambre au cygne et Garland accepta. Elle avait toujours été fascinée par l'ameublement de cette pièce et ne cessait de poser des questions. Chaque fois qu'elle abordait ce sujet au cours de nos conversations, Malcolm devenait nerveux, mais jamais je n'aurais pensé qu'elle voudrait habiter la chambre de la première épouse de Garland. Une femme dans sa situation se devait, au contraire, d'éviter de raviver les souvenirs du précédent mariage; mais, ou bien elle était incapable de le comprendre, ou bien elle s'en moquait.

Toujours est-il qu'un soir, au dîner, Garland nous annonça qu'Alicia emménageait dans la chambre au cygne.

– Et le petit berceau-cygne est idéal pour Christopher, ajouta-t-elle.

Malcolm s'arrêta de manger.

– Cette chambre appartient à ma mère, dit-il, comme si personne ne le savait.

– Et c'est pourquoi elle appartient maintenant à ta nouvelle mère, commenta Garland en embrassant Alicia.

– Il m'est impossible de considérer comme ma mère une personne tellement plus jeune que moi, rétorqua Malcolm, mais ni Garland ni Alicia ne relevèrent ses paroles.

– Je laisserai tout exactement comme c'est, reprit-elle. D'ailleurs, tout y est si propre et brillant qu'on jurerait que c'est neuf.

– Personne n'a jamais couché dans cette chambre depuis... depuis que ma mère m'a abandonné !

– Ma foi, ce n'est pas une raison pour en faire un musée, dit Alicia en riant.

Ce n'était pas par méchanceté qu'elle avait fait cette remarque, j'en suis certaine. Mais elle transperça le cœur de Malcolm comme une lame acérée. Il eut même une petite grimace de douleur.

– Un musée. Bien trouvé. Un musée ! fit Garland en riant avec elle.

À partir de ce jour, Malcolm ne cessa de tempêter et de pester contre son père, qui cédait à tous les caprices d'Alicia.

– Elle le mène en bateau exactement comme ma mère, me dit-il.

– Comment le savez-vous ? Vous étiez si jeune.

– J'étais un enfant précoce. J'avais des yeux pour voir. Je savais. Dès qu'elle voyait une robe qui lui plaisait, elle l'obtenait. Elle avait assez de bijoux pour ouvrir une boutique. Il croyait qu'en la couvrant de cadeaux il la rendrait heureuse. Je comprenais beaucoup plus de choses que les autres enfants de mon âge.

– Je veux bien vous croire. Votre père n'arrête pas de me dire que vous étiez un enfant impossible avec votre mère. Vous étiez trop rusé, dit-il. Vous trouviez toujours un moyen de contourner les punitions et les interdictions. Vous saviez qu'elle n'avait pas la patience de soutenir des discussions interminables. Il pense qu'elle est partie à cause de vous.

– Il a dit cela ? (Il serra les dents.) C'était lui qui ne savait pas y faire avec ma mère. Vous croyez qu'elle se serait enfuie avec un autre homme s'il avait été le mari ferme et fort qu'il aurait dû être ? Rendez-vous compte ! Elle avait même de l'argent en son nom propre. Alors, évidemment, il lui était facile de faire ses bagages et de partir quand et où elle le désirait.

Il s'interrompit brusquement et quitta la pièce, comme s'il en avait trop dit.

Était-ce donc pour cela qu'il voulait avoir le contrôle total de ma fortune ? Nourrissait-il les mêmes craintes à mon endroit, avait-il peur que je ne fisse mes bagages à mon tour, pour partir, moi aussi, quand et où je le désirais ?... Pour lui, ce serait pire qu'une situation embarrassante, ce serait la résurrection d'un souvenir, un rappel de ce qu'avait été sa mère et de ce qu'elle avait fait à son père...

Mais peu m'importait ce qu'il pensait de mon argent et des desseins d'Alicia. Le lendemain, Alicia fit transporter ses affaires dans la chambre au cygne. Les portes étaient ouvertes. Chaque fois que Malcolm et moi passions ensemble à côté, il hâtait le pas, comme s'il avait peur d'être brûlé par la lumière qui s'échappait de la chambre. Il ne regardait jamais à l'intérieur. Il faisait comme si cette pièce n'avait plus existé. Du moins, c'était ce que je pensais, jusqu'au jour où il fit une remarque qui me mit la puce à l'oreille.

– Ce qui se passe dans cette chambre est dégoûtant, me dit-il.

J'en conclus qu'il avait dû y entrer à l'improviste pendant qu'ils faisaient l'amour ou qu'il les avait écoutés à travers le mur de la salle des trophées. Était-il capable d'une chose pareille ? Aurait-il fait cela ? La curiosité me poussa dans la salle des trophées, un jour où il était à son travail. Garland et Alicia étaient dans la chambre au cygne.

Dès le début de notre mariage, Malcolm m'avait clairement fait comprendre que la salle des trophées devait être considérée comme son sanctuaire privé, une pièce d'homme dans tous les sens du terme. Chaque fois que je passais devant ou que j'y jetais un coup d'œil, j'y percevais une odeur de cigare. Une odeur qui semblait faire partie des meubles. Par bien des aspects, l'endroit me rappelait le bureau de mon père. Il y avait toutefois certaines différences : par exemple, mon père ne possédait qu'une seule tête empaillée – une tête de daim, avec ses bois, que lui avait offerte un client reconnaissant –, tandis que cette salle, comme l'indiquait son nom, était remplie de trophées animaliers.

Il y avait notamment une tête de tigre et une tête d'éléphant, avec la trompe dressée. Le père de Garland avait tué lui-même les deux bêtes lors d'un safari. Garland, lui, avait abattu un grizzli, une antilope et un lion des montagnes au cours de ses chasses en Amérique de l'Ouest. Malcolm avait également commencé sa propre collection. Deux ans plus tôt, il avait tué un ours brun. Maintenant, il parlait d'aller faire un safari en Afrique, dès que ses obligations professionnelles lui en laisseraient le temps. Garland avait beau lui répéter qu'il était libre de prendre des vacances, qu'il le remplacerait pendant son absence, il ne voulait rien entendre.

Dans le mur du fond, il y avait une cheminée de plus de deux mètres de large, dont le manteau était jonché de bibelots provenant de diverses expéditions de chasse. Les fenêtres étaient tendues de rideaux de velours noir. Le mobilier se composait d'un canapé en cuir brun foncé, avec deux causeuses assorties, de deux rocking-chairs et d'une petite table devant une chaise en cuir noir. Il y avait des cendriers partout.

Je refermai doucement la porte derrière moi et me dirigeai vers le mur de gauche. La chambre au cygne était juste derrière ce mur. Mais, quand j'y plaquai mon oreille, comme je l'avais si souvent fait dans ma propre chambre, je pus à peine discerner leurs voix. La cloison était trop épaisse. Déçue de constater que mes soupçons n'étaient pas fondés, je m'apprêtais à sortir quand j'aperçus un portrait de Garland jeune, en saharienne, un pied sur une carcasse de tigre. Le tableau était de biais. C'est en essayant de le redresser que je découvris le trou dans le mur.

Il n'était pas très grand, mais on voyait qu'il avait été creusé intentionnellement. Ses contours étaient nets. J'y pointai mon œil et vis Garland et Alicia nus dans le lit-cygne. Je retins mon souffle et me reculai vivement, regardant autour de moi, terrifiée à l'idée d'être prise sur le fait.

Depuis quand ce trou était-il là ? Malcolm l'avait-il creusé dès qu'Alicia avait emménagé dans la chambre au cygne ? Ou était-ce un trou plus ancien, creusé, pourquoi pas, par un garçon de cinq ans ?

Je laissai le tableau comme je l'avais trouvé et m'éclipsai à la sauvette. J'avais soudain l'impression d'être une voleuse qui venait de dérober quelque grand secret. Je décidai de ne jamais révéler à Malcolm ce que je venais de découvrir. D'abord, j'étais sûre qu'il nierait en avoir eu connaissance. Ensuite, ce serait particulièrement embarrassant pour moi de lui avouer que je le savais plus intéressé par les amours de son père et d'Alicia que par les nôtres.

Était-il épris à ce point de la femme de son père ? Est-ce que le fait de les espionner l'émoustillait autant que moi ? Mes questions reçurent leur réponse par un après-midi d'été torride.

Alicia et moi finissions de donner à manger aux enfants. C'était une de ces rares journées où Garland était au bureau. Christopher avait alors un an et demi, Joël deux et demi et Mal cinq. Malcolm avait décidé de faire venir un précepteur pour donner leurs premières leçons à Mal et à Joël, dans la salle de classe du grenier où s'étaient succédé des générations de Foxworth. Pour cela, il avait engagé un vieux monsieur, M. Chillingworth, un instituteur retraité de l'école du dimanche[1]. Mal le détestait; il était bien trop dur et trop froid pour un enfant de cinq ans, mais Malcolm le trouvait parfait.

– À leur âge, il leur faut de la discipline. C'est maintenant qu'ils doivent acquérir les habitudes de travail qu'ils garderont toute leur vie. Simon Chillingworth est idéal pour cette tâche. C'était mon professeur de catéchisme, m'expliqua-t-il.

Néanmoins, chaque fois que M. Chillingworth arrivait pour faire la classe à Mal, celui-ci regimbait

1. École publique pour les enfants du peuple, basée sur l'instruction religieuse.

et s'accrochait à ma jupe en me suppliant de le garder avec moi en bas. Mais Malcolm était intraitable. Tout ce que je pouvais faire pour calmer la frayeur de Mal était d'autoriser Joël à monter avec lui, alors même qu'il était trop jeune pour les leçons. Malcolm approuvait d'ailleurs la présence de Joël à côté de son frère, estimant que cela lui inculquerait de bonnes habitudes.

M. Chillingworth arriva donc après le déjeuner pour ses trois heures et demie de classe, et les deux garçons l'accompagnèrent au grenier. La perspective de les savoir enfermés dans une mansarde par cette journée d'été particulièrement chaude me paraissait cruelle et je proposai à M. Chillingworth de leur faire la leçon dans le salon nord, le plus frais. Mais il ne voulut rien entendre.

– Il y a assez d'air si on ouvre les lucarnes, affirma-t-il. Et les enfants doivent être élevés à la dure. Ça en fera de bons et solides chrétiens.

Je les habillai de vêtements légers, en hochant la tête de compassion. Alicia pleurait presque pour eux. Elle envisageait d'en toucher un mot à Malcolm dans la soirée, mais je le lui interdis.

– Je n'ai pas besoin de vous comme porte-parole, dis-je. Et je ne suis pas complètement en désaccord avec Malcolm, ajoutai-je.

C'était un mensonge, mais l'idée qu'Alicia pût obtenir de Malcolm ce qu'il me refusait à moi me mettait en rage.

– Très bien, fit-elle. Mais tout de même, les pauvres petits...

Elle monta coucher Christopher pour sa sieste et redescendit peu après, en se plaignant toujours de la chaleur et du manque d'air. Je m'étais retirée dans le salon pour lire en prenant le frais, mais elle était trop agitée, trop fébrile pour se détendre.

– Olivia, me demanda-t-elle, vous n'avez jamais envie de vous baigner dans le lac ?

– Dans le lac ? Non. Je n'ai même pas de maillot de bain, répondis-je.

Et je repris ma lecture.

– On pourrait faire une petite trempette sans maillot.

– Sans maillot ? Vous n'y pensez pas. D'ailleurs, je n'en ai pas envie.

– Dommage. Eh bien, moi, je crois que je vais y aller.

– Je ne veux pas le savoir. Ce n'est pas une chose à faire pour une dame.

– Allons donc ! Garland et moi l'avons souvent fait.

Je le savais, je les avais déjà surpris lors d'une de mes séances d'espionnage. Sans doute ai-je pâli en l'entendant, mais elle ne sembla pas le remarquer. Elle se leva pour aller chercher des serviettes et prit la direction du lac.

Dès que je l'entendis fermer la porte d'entrée, je m'approchai de la fenêtre, pour l'épier de loin. Elle n'avait pas encore disparu de ma vue que j'aperçus la voiture de Malcolm. Je fus étonnée de le voir rentrer si tôt, bien qu'il eût décidé dernièrement de surveiller de plus près l'éducation scolaire de Mal. Il suivit Alicia des yeux.

Puis, à ma surprise, au lieu de rentrer directement à la maison, il obliqua vers le lac. Une chaude brise d'été agitait les rideaux de dentelle; des insectes captifs cognaient leur frêle carcasse contre la vitre. Pendant un moment, je fus incapable de bouger.

Puis je me précipitai sur le perron. En catimini mais sans perdre un instant, je m'aventurai dans le chemin que je suivais lorsque je voulais espionner Alicia et Garland. Quelle était l'intention de Malcolm ? Pourquoi allait-il la rejoindre ? Avant d'arriver au lac, j'entendis sa voix. Je me tapis derrière un buisson pour les observer en cachette.

Alicia s'était déshabillée; elle était déjà dans l'eau. Malcolm était debout sur la berge. Il avait ôté sa veste et sa chemise.

– N'approchez pas ! lança-t-elle en croisant ses mains sur ses seins et en s'enfonçant dans l'eau. Rentrez à la maison, Malcolm.

Il se mit à rire.

– Et si j'emportais vos vêtements avec moi ?

répliqua-t-il, moqueur, en faisant le geste de ramasser sa robe.

– Ne touchez pas à ça ! Allez-vous-en !

– Voyons, Alicia, je suis sûr que vous n'avez pas envie de vous baigner toute seule.

– Je suis simplement venue me rafraîchir un instant. Garland va rentrer d'un moment à l'autre.

– Oh, non. Il a une réunion à Charlottesville. Je peux même vous dire qu'il ne sera pas ici avant longtemps.

– Allez-vous-en ! répéta-t-elle.

Mais il ne bougea pas.

– J'ai envie de me rafraîchir, moi aussi, et c'est plus drôle quand on est deux.

– Alors, allez chercher votre femme, et arrêtez de me faire la cour.

– Ne me faites pas croire que vous vous contentez de ce vieil homme.

– Garland n'est pas un vieil homme. Sur bien des choses, il a vingt ans de moins que vous. Il sait rire et s'amuser, lui. Vous, tout ce que vous savez faire, c'est de l'argent. Regardez-vous, vous n'avez même pas d'égards pour votre propre femme.

Il gardait les yeux fixés sur elle, mais cessa de se déshabiller. Ses paroles l'avaient piqué au vif.

– Vous n'êtes qu'une enfant, dit-il lentement. (Sa colère montait.) Vous avez épousé mon père parce qu'il est riche et vous vous attendez à ce qu'il meure d'un jour à l'autre en vous laissant une fortune. Mais ça ne se passera pas comme ça, je vous le jure.

– Allez-vous-en d'ici.

– Je ne crois pas que vous vouliez vraiment que je m'en aille, répondit-il d'une voix plus douce en retirant son pantalon.

Elle recula de quelques brasses.

– Laissez-moi tranquille.

– Je vous l'ai dit, j'ai trop chaud, moi aussi.

Il ôta son caleçon. Nu maintenant, il s'avança dans l'eau.

– Je vous déconseille de crier, reprit-il. Vous risqueriez d'alerter les domestiques et Garland ne comprendrait pas.

– Monstre ! dit-elle.

Elle se mit à nager et il se lança à sa poursuite.

– Comme vous êtes belle, Alicia. Si belle. Vous devriez être ma femme et non la sienne.

Elle ne se laissa pas rattraper. Elle fit un ciseau et gagna la rive à la nage. Il essaya de la rejoindre mais, dès qu'elle toucha terre, elle se retourna vers lui en criant à tue-tête :

– Laissez-moi tranquille ! (Surpris par sa virulence, il s'arrêta net dans l'eau.) Laissez-moi tranquille, Malcolm, ou je serai forcée de rapporter à Garland que vous ne cessez de m'importuner.

Que voulait-elle dire ? Ce n'était donc pas la première fois qu'il se conduisait de la sorte ?

– Jusqu'ici, je lui ai caché vos manigances pour le protéger, pour qu'il connaisse la paix au sein de sa famille, mais c'est fini ! Je vous hais et je vous méprise, Malcolm Foxworth. Vous n'arrivez pas à la cheville de votre père, pas à sa cheville ! s'écria-t-elle.

Elle sortit rapidement de l'eau, ramassa ses vêtements, s'enveloppa d'une serviette et courut se réfugier derrière les taillis, assez loin de moi, heureusement.

J'observai Malcolm. Il regarda dans sa direction un moment, puis regagna lentement la berge.

– Ma mère n'était pas de cet avis, maugréa-t-il, juste assez fort pour que je l'entendisse. Elle n'a pas hésité à s'enfuir avec un type qui ne valait pas un sou.

Il se détourna d'Alicia et revint vers ses vêtements. Elle s'était déjà rhabillée, de toute façon, et se hâtait vers la maison. Je m'accroupis sous les buissons. J'étais anéantie, complètement seule et trahie, une fois de plus. Alors, lentement, très lentement, je me laissai tomber, face contre terre, et me mis à pleurer en silence. Où était mon foyer, où étaient la confiance et l'honnêteté qu'il m'avait promises ? Il s'était servi de moi pour arriver à ses fins, il m'avait courtisée pour mon argent, cet argent qu'il espérait toujours me ravir. Il n'y avait jamais eu le moindre commencement d'amour entre nous.

Quand il fut rhabillé, il reprit le chemin du manoir, en évitant soigneusement de s'accrocher aux bruyères pour ne pas abîmer son précieux costume. Je l'entendis parler tout seul, quand il passa près de moi.

– Elle me le paiera, elle me le paiera cher, bougonnait-il. Une intrigante, voilà ce qu'elle est. Une petite putain comme elle ne peut pas aimer un vieux barbon comme mon père. Elle sait mener sa barque, mais moi aussi. À partir de maintenant, je jouerai en finesse...

Depuis ce jour, chaque fois que Garland était hors de vue, Malcolm traitait Alicia avec un mépris et une grossièreté qui frisaient la cruauté. Par moments, je me sentais poussée à prendre sa défense en rappelant à Malcolm la scène dont j'avais été secrètement témoin au bord du lac, mais je ne l'ai jamais fait.

Malgré la façon dont elle avait éconduit Malcolm, je lui en voulais d'être si belle et si séduisante. Je laissai Malcolm attiser le feu qui les séparait, le feu de sa passion et de sa rancœur, le feu qui la brûlait et la faisait souffrir.

Garland devait être aveuglé par son amour, ou trop sceptique lorsque Alicia faisait certaines allusions devant lui car, à ma connaissance, il n'y eut jamais de dispute entre Malcolm et lui.

Cependant, je voyais que quelque chose chez lui n'allait pas, et s'aggravait avec le temps. Il était toujours éperdument amoureux d'Alicia, et elle de lui, mais il semblait soudain vieillir. Je remarquai qu'il commençait à faire de longues siestes seul. Son appétit, habituellement vorace, diminuait. Durant leur second hiver à Foxworth Hall, il contracta un rhume durable et tenace, qui menaça de dégénérer en pneumonie.

Pendant tout ce temps, Alicia continua de se tourner vers moi pour me demander conseil. Je savais qu'elle essayait de me tendre la main, d'obtenir une aide de ma part, notamment dans ses relations avec Malcolm; mais je restai distante, froide et indifférente. Peu à peu, ce que j'avais tant souhaité arriva. Sa voix perdit de sa gaieté. Elle n'était plus si pétillante, si énergique. Elle cessa de sortir avec ses jeunes amies et resta de plus en plus souvent seule, attendant le retour de Garland ou son réveil d'une longue sieste, et évitant Malcolm autant qu'elle le pouvait. Elle se tenait occupée avec Christopher, qui avait maintenant près de deux ans et demi. En fait, elle consacrait énormément de temps aux enfants. Ce fut elle qui mit Mal au piano, au grand dam de Malcolm. Mal et Joël manifestaient un talent naturel pour la musique, mais Malcolm considérait les musiciens comme des hommes faibles et efféminés, incapables de faire fortune.

Je commençais à croire que le fait d'apprendre la musique aux enfants était sa façon à elle de se venger. Je la laissais faire parce que les enfants étaient ravis et que cela mettait Malcolm en rage.

Je me sentais un peu dans la peau d'une spectatrice observant le malheur des autres et y prenant plaisir, comme si cela avait pu alléger mes propres peines.

Je ne me rendais pas compte que mon petit plaisir égoïste n'allait qu'aggraver les choses. Sans m'en apercevoir, j'avais ouvert les portes de Foxworth Hall à d'autres démons, pires encore, du cœur et de l'esprit. Ils s'étaient tapis dans l'ombre, attendant leur heure pour entrer en scène.

Et cette heure n'allait pas tarder à sonner. Avec eux, un malheur plus noir que je ne l'avais imaginé allait s'engouffrer dans les pièces vides et froides de Foxworth Hall

9

Jours noirs

Les mois passaient et se ressemblaient, lourds de tensions que j'attribuais à l'attitude de Malcolm envers Alicia. Son agressivité se manifestait dans ses remarques amères et mordantes, et dans le mépris qu'il lui témoignait. Il était de plus en plus irritable, notamment en ce qui concernait le penchant de Mal pour la musique. Un après-midi, où il rentra plus tôt que d'habitude, il le trouva installé au piano, à côté d'Alicia, qui lui enseignait la gamme. J'avais entrepris un chandail au crochet pour Joël et je prenais plaisir à écouter Mal reproduire intuitivement la note juste. Il avait incontestablement du talent et promettait de devenir un musicien accompli pour peu qu'on lui en donnât les moyens.

Malcolm l'entendit jouer et se précipita dans le salon. Ses yeux étincelaient de rage. Je le vis arriver comme une furie. Il abattit le couvercle du piano avec une telle violence que je crus qu'il allait briser les doigts du pauvre Mal. Peut-être était-ce même son intention, afin de mettre un terme définitif à ses leçons de musique. Alicia poussa un cri muet et entoura Mal de ses bras. Ils semblaient si petits, tous les deux, devant Malcolm.

– Je vous ai déjà dit ce que je pensais de ces caprices de mélomane, il me semble !

– Mais, Malcolm, cet enfant a du talent, protesta

Alicia. C'est un prodige. Écoutez ce qu'il sait déjà faire à son âge. Laissez-nous vous montrer.

– Je me moque de ce qu'il sait faire avec un piano. Est-ce que ça le rendra compétent en affaires ? Est-ce que c'est ça qui lui permettra de marcher sur mes traces ? Vous êtes en train d'en faire un garçon mou et efféminé. Lâchez-le ! (Mais Alicia le serra de plus près dans ses bras.) Mal, debout ! ordonna-t-il.

Mal se dégagea des bras d'Alicia et se leva, les lèvres tremblantes. Il avait peur de pleurer, sachant que cela ne ferait qu'exaspérer son père davantage. Il avait pris l'habitude de sangloter en silence, respirant par saccades et soulevant les épaules. Joël, assis sur le plancher avec Christopher, leva des yeux terrifiés vers Malcolm. Les deux frères avaient aussi peur de leur père l'un que l'autre. Quand l'un se faisait réprimander, l'autre réagissait comme si on s'en était pris à lui-même. Christopher, quant à lui, paraissait simplement intrigué par le bruit et l'animation qui régnaient soudain autour de lui. Alicia se tourna vers moi, espérant que je viendrais à son aide.

– Qu'est-ce que vous faites ? demandai-je.

– Ce garçon doit apprendre à ne jamais me désobéir. Je lui ai dit de consacrer ses loisirs à ses leçons, non au piano.

– Ce n'est pas vous désobéir, si sa mère et sa grand-mère lui en donnent l'autorisation.

– Il m'a désobéi ! Il sait ce que je lui ai dit.

Il saisit au collet le pauvre enfant terrifié, le soulevant presque du sol, et le traîna jusqu'à la bibliothèque pour lui donner le fouet. Aussitôt, Joël se mit à pleurer. Christopher ne comprenait pas ce qui se passait.

– Malcolm ! Non ! s'écria Alicia.

– Occupez-vous de votre propre rejeton et laissez-moi élever mes garçons ! rétorqua-t-il d'un air mauvais.

Alicia enfouit son visage dans ses mains, puis leva les yeux vers moi. Joël se précipita dans mes jupes, prenant ma jambe entre ses bras.

– Comment pouvez-vous permettre une chose pareille ? demanda-t-elle.

– Je ne peux tout de même pas l'empêcher d'exprimer son opinion sur ses enfants, surtout dans sa propre maison.

– Mais vous êtes la mère. Vous devriez avoir votre mot à dire.

– Essayez-vous de provoquer une dispute entre mon mari et moi ?

Je savais qu'il n'en était rien, mais je voulais lui faire croire que je la soupçonnais.

– Bien sûr que non, Olivia. Ô mon Dieu, je me sens responsable ! C'est moi qui ai encouragé le petit et vous l'avez permis, ajouta-t-elle, comme si elle venait seulement de s'en rendre compte. Vous n'auriez pas dû, si vous saviez que Malcolm en arriverait là. Il est si cruel. Vous n'avez pas peur pour le pauvre Mal ?

– Je ne m'en fais pas pour lui. Le jour où il désirera vraiment quelque chose, même son père ne pourra pas l'arrêter. Il me ressemble beaucoup, sur ce point. Oubliez Malcolm. Vous n'avez qu'à garder vos distances, dis-je, d'un ton lourd de sous-entendus. La maison est assez grande.

– Il me fait tellement de peine.

Elle pleurait. Elle se leva et sortit de la pièce.

Je ne la rappelai pas pour la consoler. Je n'étais pas mécontente de voir une telle hostilité s'installer entre elle et Malcolm : tant que celle-ci durerait, je n'aurais pas à redouter qu'elle répondît à ses avances.

Puis les choses changèrent de nouveau.

À l'occasion du troisième anniversaire de Christopher, Garland et Alicia donnèrent un goûter, auquel ils convièrent plusieurs couples du voisinage ayant des enfants de l'âge de Christopher, Mal et Joël. Le grand vestibule de Foxworth Hall résonnait comme une cour d'école. Il y avait des enfants partout. Alicia avait prévu des jeux, accroché des guirlandes de papier et des ballons. Mme Wilson confectionna un énorme gâteau d'anniversaire, décoré de toutes sortes de petits animaux en couleur.

Malcolm alla travailler le matin, mais Garland resta au manoir pour aider aux préparatifs, chose que son fils trouva parfaitement ridicule.

– C'est un vrai gosse quand il s'agit de Christopher, me dit Malcolm après le petit déjeuner. (Garland et Alicia avaient quitté la table pour régler ensemble les derniers détails de la fête.) Il devient complètement gâteux. On croirait que c'est son premier enfant.

– Il doit être particulièrement fier d'avoir donné naissance à un enfant si beau et si éveillé. (Les yeux de Malcolm s'étrécirent. Je compris soudain qu'il était jaloux de l'affection que Garland portait à Christopher.) Il n'avait pas les mêmes attentions pour vous ?

– À peine. C'était plutôt le contraire. Je devais pratiquement le supplier pour qu'il m'emmène dans ses voyages d'affaires. Après le départ de ma mère, il est devenu un homme faible. C'est tout juste s'il n'essayait pas de rejeter la faute sur moi. Et ça, je ne le lui pardonnerai jamais. Ma mère m'aimait plus que tout au monde. C'est uniquement à cause de lui qu'elle a été forcée de m'abandonner. Vous ne comprenez pas que, chaque fois qu'il regarde mes yeux bleus, c'est Corinne qu'il voit ? Il savait qu'elle ne l'aimerait jamais autant qu'elle m'aimait, moi. Oh, comme elle devait le haïr... Sans quoi, elle ne m'aurait jamais abandonné ! C'est à cause de lui que je l'ai perdue et je ne peux pas le lui pardonner.

Pour la première fois depuis toutes ces années, j'éprouvai de la pitié pour mon mari. Je posai ma main sur la sienne, qui tremblait.

– Mais, quand vous avez grandi, il vous a sans doute consacré un peu plus de temps, non ? demandai-je, espérant l'apaiser.

– Longtemps après, oui, quand je fus assez âgé pour le soulager de certaines de ses responsabilités professionnelles. Il m'a envoyé en pension dans différents collèges privés jusqu'à ce que j'aie l'âge d'entrer à l'université, tout cela pour m'éloigner de sa vue. Il ne m'écrivait jamais, ne répondait jamais à aucune de mes lettres. Une année, pour les vacances de Noël, j'ai trouvé la maison vide en rentrant de pension. Enfin, elle était remplie de domestiques, mais mon père était parti pour un de ses safaris. Il ne lui serait jamais venu à l'idée de m'emmener. Je n'avais aucun ami à qui parler, alors j'ai passé toutes mes vacances à errer dans Foxworth Hall, en écoutant l'écho de mes propres pas.

– Malcolm, dis-je, voyant qu'il semblait enclin à parler de son passé, lui qui n'était guère porté aux confidences, d'habitude, il y a quelque chose que j'ai souvent voulu vous demander. Après que votre mère est partie, vous a-t-elle jamais écrit ? Avez-vous jamais eu de ses nouvelles ?

– Pas un mot, pas une carte, rien. Quand j'étais petit, je croyais que mon père me cachait ses lettres et je restais des heures, seul dans ma chambre, pour lui écrire des missives interminables qui n'ont jamais été postées. Je la suppliais de revenir. Je n'avais que cinq ans ! J'avais besoin d'elle ! Je n'arrivais pas à comprendre ce qui la poussait à tourner le dos à son fils qui l'aimait tant. Si je pouvais lui parler, là, maintenant, c'est tout ce que je lui demanderais.

– Qu'est-ce que ça changerait pour vous, à présent ?

– Vous ne pourriez pas comprendre.

À ces mots, il préféra partir, plutôt que de poursuivre la conversation.

Je fus surprise de le voir rentrer au manoir à temps pour assister au goûter d'anniversaire de Christopher, moi qui pensais au contraire qu'il mettrait un malin plaisir à contrarier son père par son absence. Mais ce que je remarquai surtout, ce fut le regard qu'il posa sur Alicia en la voyant apparaître dans le grand vestibule pour accueillir les enfants du voisinage.

Elle portait une de ces robes sacs à la mode, qui donnait aux femmes des airs de garçonnes, et, comme elle n'avait pas de soutien-gorge, on devinait ses seins qui pointaient à travers le tissu léger. Ses cheveux étaient relevés et elle avait mis deux rangs d'énormes perles. Avec tous ces gens autour d'elle, elle était dans son élément; elle était de nouveau radieuse et vivante. Elle était redevenue la même que le jour de son arrivée à Foxworth Hall. Même Garland semblait regénéré; l'expression soucieuse et fatiguée de son visage avait disparu comme un masque qu'il eût retiré.

Le rire d'Alicia résonnait dans l'immense pièce. Les enfants étaient enchantés par sa gentillesse et sa bonne humeur. Ils la suivaient à la trace, se disputant ses attentions, à commencer par nos deux garçons, qui ne cessaient de crier son nom.

Malcolm l'observait, impassible comme une statue. Je m'attendais à voir le mépris et la haine se peindre sur son visage, comme toujours, mais non, ses traits s'adoucissaient, ses lèvres se décrispaient. Il était comme les enfants – plein de tendresse pour elle.

Un affreux pressentiment me pesait sur le cœur. Il avait pour elle de ces regards alanguis dont seul un homme amoureux est capable. Ce que je croyais mort ne l'était pas. Cela avait hiberné, comme un ours géant qui s'endort en attendant le printemps. La beauté d'Alicia était ce printemps. Elle le tentait, réveillait en lui des sentiments ardents qui renouvelaient ses désirs de conquête.

Je le décelais à sa façon de lui adresser la parole, lorsqu'ils bavardaient ensemble. Je le lisais dans ses yeux, ses yeux qui ne la quittaient pas une seconde et suivaient ses moindres gestes. On eût dit qu'il ne demandait rien de plus au monde que d'être là, assis sur sa chaise en buvant son thé à petites gorgées, et de pouvoir la regarder tout l'après-midi.

Longtemps après la fin de la réception, quand tous les invités furent partis, il resta dans le vestibule pour contempler encore Alicia qui supervisait le rangement de la pièce. Garland, épuisé, s'était retiré dans sa chambre pour se reposer. Quant à moi, je devais baigner les enfants et les préparer pour la nuit.

Alicia annonça qu'elle désirait monter dans la chambre au cygne pour se détendre avec un bon livre.

– La fête était réussie, non ? me demanda-t-elle.

– Les enfants ont été enchantés, concédai-je. Mais on peut se demander si un gamin de trois ans est capable d'apprécier ce genre de réception.

– Oh, Olivia, quelquefois, vous êtes exactement comme Malcolm, soupira-t-elle.

Je regrettai qu'il n'eût pas été assez proche pour entendre.

J'attendis qu'elle eût gravi le grand escalier, puis j'allai chercher mon tricot pour finir mon ouvrage dans ma chambre. Mais je ne montai pas tout de suite. Les domestiques avaient quelques questions à me poser sur le rangement des verres et Mme Wilson voulait discuter avec moi du menu pour la semaine à venir.

Ce qui arriva ensuite me fut raconté plus tard par Alicia, mais elle était dans un tel état d'hystérie que j'eus du mal à tout comprendre.

J'étais au milieu de l'escalier lorsque je l'entendis crier. Puis ce fut un bruit fracassant contre le mur de la chambre au cygne. Je grimpai les dernières marches deux à deux et me précipitai dans le couloir, juste à temps pour voir Garland s'affaler sur le sol en se tenant la poitrine à deux mains. Il était en chemise de nuit; il avait dû être réveillé en sursaut et accourir pieds nus dans la chambre au cygne.

Alicia était effondrée en travers du lit, sa chemise de nuit déchirée de l'épaule droite jusqu'à la taille, les seins dénudés. Malcolm était debout près du corps inerte de son père, les poings serrés, le visage injecté de sang, les yeux exorbités. Il avait une longue égratignure sur la joue droite.

– *Qu'est-ce qui s'est passé ?* criai-je.

– Vite, appelez un médecin, ordonna Malcolm, retrouvant son sang-froid.

Je regardai Alicia. Elle pleurait comme une hystérique en essayant de se couvrir avec un lambeau décousu de sa chemise de nuit. Comme Malcolm ne bougeait pas, je me précipitai vers le téléphone le plus proche, dans la salle des trophées, et appelai le Dr Braxten.

Le temps qu'il arrive, Malcolm avait traîné le

corps de Garland jusque dans sa propre chambre et l'avait couché sur le lit. Alicia, qui avait enfilé un peignoir par-dessus sa chemise déchirée, était à son chevet et sanglotait en tenant sa main molle.

– Que s'est-il passé ? demanda le Dr Braxten, en se hâtant vers le lit.

Malcolm jeta un regard vers moi, puis vers Alicia avant de répondre.

– Il a dû avoir une attaque. Je l'ai entendu appeler au secours. Quand je suis arrivé, je l'ai trouvé dans cet état, expliqua-t-il.

Le médecin se pencha sur la poitrine de Garland avec son stéthoscope, puis regarda le blanc des yeux et tâta le pouls.

– Sans doute une crise cardiaque, dit-il à voix basse. Je suis navré. Je ne peux plus rien faire.

Alicia poussa un gémissement et se jeta sur le corps de Garland.

– Non ! Non ! Non ! hurla-t-elle. Ce n'est pas possible. Nous venons juste de fêter l'anniversaire de notre fils. Dites-moi que ce n'est pas vrai. Je vous en supplie. *Garland, réveille-toi ! Montre-leur que tu n'es pas mort ! Garland ! Garland !*

Ses sanglots étaient si violents que le lit en tremblait.

Malcolm tourna les talons et disparut. Il ne m'accorda pas un regard en passant à côté de moi.

– Je vais contacter les pompes funèbres, dit doucement le Dr Braxten. Il vaut mieux ne pas attendre, m'expliqua-t-il en considérant Alicia.

– Bien sûr, répondis-je.

– Il était venu me voir il y a quelques semaines, reprit le médecin. Je lui avais dit que j'étais inquiet pour son cœur, mais il m'avait fait jurer de n'en parler à personne, surtout pas à Alicia. Il était comme ça.

– Oui, dis-je, comprenant les motifs de Garland. Il n'avait jamais voulu reconnaître son âge. Il faisait l'impossible pour rendre la vie belle à Alicia.

– Elle tiendra le coup ? Je peux lui donner quelque chose pour dormir, reprit-il.

Je m'approchai d'elle. J'hésitais à la toucher. Finalement, je posai une main sur son épaule.

– Alicia... Le docteur voudrait savoir si vous voulez qu'il vous donne quelque chose pour vous aider à dormir.

Elle secoua la tête et se releva lentement. Elle avait les yeux hagards. Elle contempla la pièce comme dans un rêve. Le médecin alla vers elle.

– Il vaudrait mieux que vous retourniez dans votre lit. Le sommeil est le meilleur des remèdes après un tel choc.

Elle acquiesça et il l'aida à se relever. Comme il la reconduisait, elle jeta un dernier regard au cadavre de Garland et recommença à pleurer comme une hystérique. Je les suivis et refermai la porte derrière moi.

Malcolm était introuvable. Il avait dû se retirer dans une des pièces de la maison, mais pour le moment, je me moquais de savoir où il était. J'accompagnai le docteur et Alicia dans la chambre au cygne. Il la mit au lit comme une enfant et elle ne résista pas.

– Vous devriez rester un peu auprès d'elle, me dit-il.

– Bien sûr, répondis-je.

Tous ces événements m'étourdissaient, moi aussi, mais je n'étais pas de celles qui s'affolent et se laissent aller en présence d'autrui. J'étais flattée que le docteur eût reconnu mon sens des responsabilités et s'en remît à moi dans cette situation critique. Après tout, Alicia était encore une enfant.

– Je vais prévenir les pompes funèbres, chuchota-t-il. Appelez-moi si vous avez besoin de moi.

– Merci, docteur Braxten.

– Je suis navré. C'était un homme si... Je suis vraiment navré, ajouta-t-il, et il s'en alla.

Je regardai Alicia. Elle avait caché son visage contre l'oreiller et sanglotait doucement. Je fermai la porte à clef. Je voulais qu'on ne nous dérange pas. Puis je revins vers le lit-cygne et m'assis à côté d'elle.

– Alicia, dis-je, je dois savoir ce qui s'est passé avant que je n'arrive. Qu'est-ce que Malcolm faisait dans votre chambre ? (Ses pleurs redoublèrent.) Alicia, il faut me le dire. Vous n'avez plus que moi, maintenant, insistai-je, pensant que cette remarque ferait son effet dans un moment comme celui-là.

Je ne m'étais pas trompée, car ses pleurs diminuèrent et elle se tourna lentement vers moi. Elle pressa ses mains contre ses yeux, comme pour arrêter ses larmes, et ramena la couverture sur son menton.

– C'était horrible, horrible... commença-t-elle.

– Que s'est-il passé ?

– J'étais couchée dans mon lit, en train de lire. J'étais bien, la fête avait été réussie et tout le monde semblait content. Garland... (Elle se mit à pleurer.) Il était si fier, si heureux...

– Et puis ?

– Je n'avais pas fermé ma porte à clef. Quelquefois... quelquefois Garland vient me voir au milieu de la nuit. Quand je l'ai entendue s'ouvrir, j'ai cru que c'était lui, mais c'était Malcolm.

Elle regarda furtivement la porte, avec une grimace d'effroi, comme si toute la scène se rejouait devant ses yeux.

– Qu'est-ce qu'il voulait ?

– Il voulait... (Elle s'interrompit, comme si ce qu'elle avait à me révéler la remplissait de honte.) C'était moi qu'il voulait ! (Elle était de plus en plus amère.) Il s'est approché de mon lit. Je lui ai dit qu'il n'avait rien à faire là. Il m'a ri au nez en me répondant que je n'avais pas à m'en faire, que Garland dormait. Il m'a dit des choses affreuses, il m'a dit... que Garland était trop vieux pour me satisfaire, maintenant, que c'était de lui que j'avais besoin et que tout irait bien puisqu'il était le fils de Garland.

– Qu'avez-vous fait ?

– Je lui ai dit que, s'il ne sortait pas, j'appellerais Garland. Mais il ne voulait rien entendre. Je me suis assise, prête à crier s'il m'approchait. Alors, il s'est rué sur le lit en me mettant la main sur la bouche, il m'a renversée contre l'oreiller et... il s'est mis à me peloter avec rudesse. J'ai essayé de me débattre. Il a arraché ma chemise de nuit. Dans la lutte, j'ai heurté cette petite lampe de chevet et j'ai réussi à pousser un cri. Garland m'a entendue. Il est accouru et il a vu Malcolm, allongé sur moi, qui tentait de...

– Et après ?

– Garland s'est précipité sur lui et l'a jeté à bas du lit. Ils ont commencé à se battre. Garland le maudissait et, lui, il lui disait des choses atroces sur sa première femme, sur cette chambre, sur sa virilité. Ils sont tombés à la renverse et ont continué à se battre, mais sans se servir de leurs poings. Finalement, Malcolm s'est dégagé et a rampé jusqu'à la porte, mais Garland était dans une telle rage qu'il ne voulait pas le laisser partir. Il s'est rué sur lui. Ils se sont bousculés violemment et, tout à coup, Garland a poussé un cri. Il s'est effondré sur le sol et... et, ô mon Dieu ! Est-ce vrai ? Garland est mort ?

– Oui.

– Garland. Garland, mon Garland !

Elle retomba sur son oreiller et se remit à pleurer. Je compris qu'elle allait pleurer jusqu'à l'épuisement et s'endormir. Je ne pouvais rien faire d'autre pour elle. Je la laissai et partis à la recherche de Malcolm.

Je le trouvai dans la salle des trophées. Il avait dû nous épier par le trou du mur. Il était assis sur une chaise de cuir et regardait la porte, le visage blême et les yeux dilatés comme ceux d'un homme contemplant sa propre mort. Il avait les mains crispées sur les accoudoirs, si fort que je voyais ses veines saillir à la jointure des phalanges. Il semblait s'y accrocher comme un mourant s'accroche à la vie.

– Qu'avez-vous fait ? lui demandai-je.

– Fichez-moi la paix.

– Vous imaginez ce que les gens vont dire quand ils l'apprendront ?

– Personne n'en saura rien. Ce n'était pas ma faute. C'était un homme malade, de toute façon. Le docteur pourra en témoigner. Maintenant, sortez et laissez-moi tranquille, dit-il en parlant entre ses dents.

– Vous êtes une personne haineuse, Malcolm. Vous ne serez plus jamais un homme heureux, après cela.

– C'était sa faute à elle. Pas la mienne.
– À elle ?
Je faillis rire.
– Sortez ! répéta-t-il.
Je secouai la tête.
– Vous me faites pitié, dis-je.
Et à ce moment précis, j'avais réellement pitié de lui. Peu importait le masque qu'il afficherait à l'avenir, je savais que désormais sa faute le hanterait jusqu'à la fin de ses jours. D'abord, elle serait comme un couteau qui lui lacérerait le cœur, puis elle transformerait toute sa vie en le minant de l'intérieur. Il était évident qu'il essayait de rejeter cette faute sur Alicia pour apaiser sa douleur. Dans son esprit tordu, elle était responsable parce qu'elle lui avait résisté et appelé à l'aide. Dans son esprit tordu, c'était toujours la femme qui était responsable, jamais l'homme.

Plus tard, il me dirait que c'était Alicia qui avait cherché à le séduire et qu'elle n'avait eu que ce qu'elle méritait. Il en accuserait le genre de femme qu'elle représentait. Il la haïssait et l'aimait en même temps, comme il haïssait et aimait sa mère.

Je l'abandonnai dans sa pièce sombre, assis parmi les ombres.

Ce furent de grandes funérailles, au grand dam de Malcolm. Les gens vinrent de partout, certains au prix d'un long voyage – des relations d'affaires, de vieux amis, des parents et aussi beaucoup de curieux qui voulaient voir l'enterrement de l'un des hommes les plus riches de la contrée.

Malcolm voulait que son père fût incinéré. Il voulait une toute petite cérémonie; mais Garland avait anticipé l'indifférence de son fils. Il avait laissé des instructions précises pour le pasteur, par écrit. Quand le révérend Masterson montra le document, Malcolm ne put s'y opposer. Les funérailles seraient grandioses, sans souci de la dépense.

La seule chose qui le consola fut l'état d'Alicia, avant, pendant et après l'enterrement. Elle était assommée par les tranquillisants et se déplaçait comme une somnambule dans un cauchemar; elle avait un teint de plomb, des yeux vides, n'entendait personne, ne voyait personne, ne disait rien. Sa mère, très malade à l'époque, eût été incapable de faire le voyage. Comme je le lui avais expliqué, la nuit où Garland était mort, elle n'avait plus que moi.

Je veillai à ce qu'elle fût habillée correctement et prît quelque nourriture, puis m'assurai que Christopher était en de bonnes mains. Je l'ai guidée tout au long de la cérémonie; j'étais constamment près d'elle et, quelquefois même, je devais la soutenir pour l'empêcher de tomber. Je sentais que tous les regards se tournaient vers nous : chacun y allait de son commentaire admiratif sur les prévenances dont j'entourais Alicia.

Mme Whipple, une femme entre deux âges, qui avait été la secrétaire particulière de Garland pendant de nombreuses années, me confia :

– Garland vous aurait été très reconnaissant de l'aide que vous apportez à Alicia. Il était tellement épris d'elle, tellement épris !

– Je ne fais que mon devoir, répondis-je. Je n'ai pas besoin de remerciements.

– Bien sûr.

Au moment des condoléances, Alicia sembla ne reconnaître personne. Pour elle, la mort de Garland avait fait de tous ces gens des étrangers. D'une certaine façon, tous ceux qu'elle avait connus par son intermédiaire étaient morts avec lui. Elle était déjà dans un autre monde, un monde sans Garland, sans son rire ni son amour, un monde rempli d'échos et de souvenirs. C'était peut-être pour cela que je m'accrochais à elle avec autant de ferveur; car je savais mieux qu'elle ce qui l'attendait : je le connaissais trop bien, ce monde dans lequel elle entrait. J'avais l'impression d'être là pour l'accueillir dans son nouvel univers. Elle allait me rejoindre et, désormais, nous connaîtrions toutes les deux la même solitude.

Pendant le mois qui suivit, Alicia devint presque une invalide. Toujours en état de choc et sous traitement médical, il lui arrivait d'oublier les choses simples de la vie, comme de descendre pour le petit déjeuner ou pour le dîner. Elle choisissait d'elle-même des robes plus sombres, plus ordinaires. Son teint restait désespérément pâle. Son chagrin affectait son visage : ses yeux étaient devenus ternes et vides comme ceux des animaux empaillés dans la salle des trophées. Seul Christopher mettait un peu de lumière sur son visage. S'il n'avait pas été là, elle n'aurait probablement plus quitté sa chambre.

Tout au long de la période de deuil, Malcolm se comporta avec elle comme si elle avait quitté le manoir. Quand, par hasard, il croisait son chemin, il semblait ne pas la voir. Il ne lui parlait jamais, elle ne lui disait jamais un mot et, pas une seule fois, il ne demanda de ses nouvelles. C'était sa manière à lui de se décharger de sa faute. Peut-être même espérait-il la voir mourir de consomption, afin que sa responsabilité dans ce qui s'était passé ne fût jamais révélée.

Si telle était son attente, il faut reconnaître qu'elle lui simplifiait les choses : elle marchait comme un fantôme, vêtue de noir, de gris foncé ou de bleu nuit, sans maquillage, les cheveux tirés en un chignon austère, et sans jamais le regarder.

Nos dîners, lorsqu'elle y assistait, étaient comme des repas funèbres. Elle mangeait lentement, machinalement. Malcolm restait impassible; tout au plus me posait-il une question ou faisait-il un commentaire de temps à autre. Aucune conversation ne durait, on se bornait aux questions et réponses. Lorsqu'elle se forçait à manger, sa fourchette tremblait entre ses doigts. Elle découpait sa viande avec lenteur, laborieusement, comme si son couteau avait été émoussé. Lorsque le repas était fini, elle ne s'en rendait pas compte. Malcolm se levait brusquement et elle le regardait d'un air surpris. On eût dit qu'elle avait oublié qu'elle était à table.

Elle contemplait la chaise de Garland avec une tristesse pathétique. Chaque fois qu'elle nous rejoignait pour le dîner, la vue de cette chaise vide lui serrait le cœur. J'étais sûre que c'était la raison pour laquelle elle hésitait à venir manger avec nous.

Parfois, elle se décidait tout de même à regarder

Malcolm, mais alors elle avait quelque chose d'indéfinissable dans les yeux. J'imagine qu'elle s'efforçait de mettre les événements en perspective, pour leur donner une réalité nouvelle qui lui permît de les supporter. Quant à lui, il était aussi calme et réservé qu'à son habitude. Elle ne pouvait percevoir aucun changement chez lui. Peut-être tout cela n'avait-il été qu'un rêve... Peut-être Garland allait-il descendre pour dîner d'un instant à l'autre... Un soir, j'eus véritablement l'impression qu'elle l'attendait – à tel point que je dus lui dire de commencer à manger.

Malcolm refusait de se laisser perturber par l'étrangeté de son comportement. Son appétit n'était pas entamé. Rien ne semblait l'affecter. S'il était hanté par quelque mauvais rêve, il n'en laissait rien deviner. Apparemment, il était satisfait de la tournure que prenaient les choses, principalement entre lui et elle.

Mais l'attitude d'Alicia me portait sur les nerfs et effrayait nos trois petits garçons.

Un jour, enfin, je décidai d'avoir une conversation sérieuse avec elle. J'estimais qu'il en était temps. J'entretenais l'espoir que, dès qu'elle se serait remise de la mort de Garland, elle envisagerait de quitter Foxworth Hall. Je croyais qu'elle désirerait partir d'elle-même, dès que les problèmes de succession seraient réglés. Elle était encore assez jeune pour trouver un nouveau mari, surtout avec une fortune comme la sienne. Bien sûr, elle avait un enfant, mais il était si mignon; et quel homme aurait pu résister aux charmes d'une femme si belle et si riche ?

– Nous sommes tous affligés par ce qui s'est passé, lui dis-je. Mais vous avez des responsabilités. Vous êtes toujours Mme Garland Christopher Fox worth et, en tant que telle, vous devez surmonter votre chagrin et commencer à vous occuper de votre fils comme il se doit.

Elle voulut se mettre à pleurer, mais je l'en empêchai, malgré toute la pitié qu'elle m'inspirait, assise sur son lit, avec son air fragile de bébé rouge-gorge. Le désespoir n'avait pas effacé toutes les couleurs de son visage.

– Quelle sorte d'exemple êtes-vous pour Christopher ? poursuivis-je. Et pour Mal, pour Joël ? Ils vous regardent, ils voient ce que vous faites. Ils vont finir par croire qu'ils sont dans une morgue, ici.

– Oh, Olivia, c'est plus fort que moi, je n'arrive pas à me faire à l'idée que Garland ait disparu.

Elle pressa ses mains l'une contre l'autre en les tordant comme si elle essorait un linge invisible.

– Il n'est plus là, et cela ne devrait pas tellement vous étonner. Souvenez-vous, nous avions déjà parlé de votre différence d'âge et je vous avais dit qu'il mourrait longtemps avant vous. Vous ne sembliez pas vous en soucier.

– Mais si. Seulement, je ne voulais pas croire que ça finirait par arriver.

– Je vous avais prévenue que vous viviez dans un monde de rêve. Maintenant, vous vivez dans la réalité, la réalité que j'ai découverte, moi, le jour où j'ai mis le pied dans cette maison.

Elle me regarda droit dans les yeux. Elle commençait à comprendre.

– Mais vous êtes tellement plus forte que moi, Olivia. Vous n'avez peur de rien. Vous n'avez pas peur de la solitude.

– La vie vous rend forte. Elle ne vous laisse pas le choix, il faut être forte ou mourir. C'est cela que vous voulez ? Vous voulez abandonner votre fils ?

– Non !

– Alors, secouez-vous et soyez une vraie mère pour votre enfant.

Elle inclina lentement la tête.

– Je sais que vous avez raison. J'ai une lourde dette envers vous. J'ai su, dès le jour de mon arrivée ici, que vous étiez une femme sage et intelligente. Malcolm ne vous intimide jamais, quoi qu'il fasse.

– Habillez-vous et descendez dîner. Et cessez de faire cette mine d'enterrement !

Peut-être eussé-je dû la laisser porter le deuil éternellement. Peut-être même eussé-je dû l'encourager dans ce sens. Car mes propos n'eurent que trop d'effet. Quand elle descendit pour dîner, ce soir-là, elle avait déjà commencé sa métamorphose.

Tous les chagrins, même les plus noirs, finissent par se dissiper. Elle vint prendre sa place à table comme quelqu'un qui se réveille soudain d'un long sommeil. Elle s'était fardé les joues et les lèvres, avait mis une robe bleue étincelante et portait un des colliers de diamants que lui avait offerts Garland. J'avais oublié combien elle pouvait être belle et charmante. Et j'avais eu grand tort. Au moment où elle entra dans la salle à manger, je compris que j'avais ressuscité plus que sa beauté. Les yeux de Malcolm s'agrandirent; son masque de croque-mort tomba. Il la regarda de nouveau avec attention et, avant la fin du repas, lui adressa directement la parole. Il prit son air hautain des grands jours pour lui dresser en détail un état de la fortune de Garland et lui faire part de ses projets d'investissements la concernant.

– Il va me falloir un peu de temps pour mettre tout cela en ordre, dit-il, mais bientôt je pourrai m'entretenir en tête à tête avec vous pour vous expliquer votre situation financière.

– Merci, répondit-elle.

– Pourquoi est-ce si long ? demandai-je. Après la mort de mon père, les formalités ont été beaucoup plus rapides.

– Les choses n'étaient pas aussi compliquées. Mon père a fait insérer des clauses très particulières que le notaire doit encore tirer au clair. Notre capital est très diversifié. Votre père n'était qu'un homme d'affaires, non un spéculateur. Sa fortune pourrait avoir doublé, à l'heure qu'il est, ajouta-t-il pour ma gouverne.

– Ce n'est rien, Olivia, intervint Alicia. Je suis sûre qu'il n'y en aura plus pour longtemps, maintenant.

Cette remarque plut beaucoup à Malcolm. On eût dit qu'elle prenait sa défense. Après tout, songeai-je, si elle veut se laisser duper, libre à elle.

Sa métamorphose continua. Elle se consacra de nouveau à Christopher et, comme auparavant, voua l'essentiel de son temps aux enfants. Elle se remit à faire des emplettes, acheta de nouveaux vêtements pour elle et pour Christopher, se fortifia, retrouva la santé et devint chaque jour plus belle.

Je regardais Malcolm surveiller sa convalescence. Ils continuaient à se parler peu, mais j'étais surprise de voir combien Alicia était devenue polie envers lui. Elle devait pourtant lui en vouloir mortellement, me disais-je, elle devait le mépriser. Comment pouvait-elle seulement le regarder en face ? N'y avait-il donc pas de colère, pas de haine en elle ? Était-elle trop pure et innocente pour nourrir la vengeance dans son sein ? Sa tolérance, sa douceur, son bonheur renaissant me mettaient en rage. J'eusse préféré la voir comploter contre Malcolm; j'eusse même préféré qu'elle me demande mon concours pour contraindre Malcolm, par quelque manigance, à lui céder une plus grosse part de l'héritage – car rien n'eût pu le blesser davantage que d'être obligé de capituler sur une question d'argent.

Mais non, elle lui faisait entièrement confiance. Ne voyait-elle donc pas à quel point il était dangereux d'être bonne avec un homme comme Malcolm ? Finalement, je n'y tins plus et j'allai la trouver. Sa réaction me stupéfia.

– Peut-être que Malcolm souffre aussi, me dit-elle. C'était son père. Ce doit être dur pour lui de vivre avec ces remords.

– Ah oui ? Moi, je trouve qu'il s'en accommode très bien. A-t-il jamais manifesté le moindre regret ? Il est aussi ardent en affaires qu'autrefois. Il est même plus heureux qu'avant, puisque Garland n'est plus là pour surveiller ce qu'il fait.

– Ce n'est peut-être qu'une façade.

– Une façade ! Savez-vous qu'il ne voulait pas dépenser la moitié de ce qu'ont coûté les funérailles de Garland ? Aujourd'hui encore, il ne cesse de se plaindre de cette dépense.

Elle sourit comme une religieuse refusant d'admettre qu'il pût exister de la violence et de la cruauté dans le monde que Dieu a créé. Chaque chose avait une raison, une fin que nous comprendrions dans l'au-delà. Elle était incapable de croire à l'existence du mal dans le cœur des hommes.

– Je comprends ses raisons. Il avait peur de cet enterrement; il voulait que cela reste intime pour ne pas aggraver sa peine.

– Que vous êtes naïve ! C'était le coût qui l'ennuyait, pas le protocole. Pourquoi ne le pressez-vous pas davantage de vous rendre des comptes sur la fortune qui vous revient ? Dieu sait ce qu'il est en train de faire pour vous spolier.

– Je ne saurais même pas par où commencer, Olivia. Je n'ai jamais eu le sens des affaires. Je suis sûre qu'il respecte les volontés de Garland.

– Vous voulez rester ici à vous morfondre éternellement ? Vous êtes jeune et encore très belle. Vous ne songez jamais à refaire votre vie ?

– Je ne sais pas, avoua-t-elle en regardant autour d'elle. Je ne me vois pas quittant Foxworth Hall maintenant. L'esprit de Garland est encore ici. N'est-il pas juste que son fils grandisse ici ?

Je baissai les bras, désarmée par tant de simplicité, d'innocence et de confiance.

– Pourquoi ne pas vous remarier ? repris-je. Croyez-vous que votre nouveau mari accepterait de venir vivre ici ? Croyez-vous que Malcolm le tolérerait ?

– Oh, je ne pense pas me remarier, fit-elle en souriant, comme si c'était l'idée la plus farfelue qu'elle eût entendue.

– Eh bien, vous faites erreur. Vous devriez réfléchir à votre avenir et à l'avenir de votre fils. Personne ne le fera à votre place, surtout pas Malcolm. Oubliez le passé.

– Chaque chose en son temps. Si vous étiez dans ma situation, vous ne vous précipiteriez pas non plus.

– Mais si, justement.

– Je n'en crois rien.

– Je vous assure que si, rétorquai-je, exaspérée. Vous pouvez me croire. Un jour vous regretterez de ne pas m'avoir écoutée.

Et ce jour allait arriver plus vite que je ne le prévoyais.

10

Malcolm arrive à ses fins

Alicia n'oublia jamais mes paroles d'avertissement, quoiqu'elle fît semblant de ne pas les avoir entendues. Elle continua à errer dans le manoir comme une enfant mal grandie. Son innocence et sa gaieté illuminaient les ténèbres de Foxworth Hall. Chaque fois que Malcolm lui parlait, ou chaque fois qu'elle était obligée de lui parler, elle avait l'air d'une petite fille qui rassemble son courage pour affronter le dentiste. Elle écoutait ce qu'elle avait à entendre, elle exprimait ce qu'elle avait à dire, et puis elle s'en retournait. Elle avait le sourire et la voix enjouée de quelqu'un qui, après avoir connu le pire, a pris la résolution de faire face.

Pourtant, les soirées n'étaient plus les mêmes. Après le dîner, dès que Christopher avait fini de manger, elle le mettait au lit et disparaissait, évitant tout contact avec Malcolm, d'abord, puis avec moi. Soit elle quittait la maison pour une raison ou pour une autre, soit elle se retirait dans la chambre au cygne, pour lire et se détendre, disait-elle.

Souvent, lorsque je l'écoutais à travers le mur, je l'entendais pleurer et parler comme si Garland eût été à côté d'elle sur le lit, vivant. J'en arrivais presque à croire que la force de leur amour leur permettait de franchir l'abîme qui sépare la vie de la mort et de joindre leurs mains chaque nuit pour quelque instant béni, volé à l'éternité.

– Ô Garland, Garland, comme tu me manques ! gémissait-elle. La vie est si dure, ici, sans toi, et notre petit Christopher te réclame. Garland, mon amour...

J'avais sincèrement de la peine pour elle. Je comprenais pourquoi elle ne faisait rien pour hâter Malcolm de régler la succession, car elle eût été obligée d'envisager son départ. Tant qu'elle vivait ici, tant qu'elle pouvait dormir dans la chambre au cygne, Garland restait vivant dans son esprit. Pour elle, quitter Foxworth Hall, c'était enterrer Garland une seconde fois.

Par une sombre nuit d'hiver, je fus réveillée par ses cris; mais, cette fois, ce n'étaient plus des sanglots, c'étaient des cris d'effroi. Intriguée, je sortis du lit et plaquai mon oreille contre le mur. Elle avait maintenant une voix étouffée, presque inaudible. J'enfilai un peignoir et me rendis devant la porte de sa chambre. J'écoutai, puis frappai doucement.

– Alicia ? Alicia, vous allez bien ?

Pas de réponse. J'essayai la poignée. La porte était fermée à clef. Je frappai de nouveau et attendis. Silence. Peut-être avait-elle simplement rêvé... Je retournai me coucher.

Le lendemain, je la trouvai changée. Elle était redevenue la femme abattue qu'elle avait été. Elle attendit que Malcolm fût parti pour descendre déjeuner et mangea très peu.

– Vous êtes malade ? lui demandai-je.

– Non, me répondit-elle, sans autre explication.

Elle continua à picorer dans son assiette, puis laissa retomber sa fourchette.

– Je vous assure que vous avez l'air malade. Et vous n'avez presque rien mangé.

– Je ne suis pas malade, répéta-t-elle.

Elle leva vers moi des yeux mouillés de larmes. Je retins mon souffle, m'attendant à ce qu'elle me révélât quelque terrible secret. Mais elle se mordit la lèvre et se leva de table.

– Alicia ! appelai-je.

Elle ne se retourna pas et regagna sa chambre,

où elle resta enfermée pratiquement toute la journée.

Son état se prolongea tout au long des semaines qui suivirent, avec des hauts et des bas. Parfois, elle redevenait loquace, pleine d'allant, et je croyais qu'elle avait retrouvé sa bonne humeur; mais, l'instant d'après, elle était de nouveau maussade, muette et absente. Elle ne pouvait ou ne voulait m'expliquer pourquoi.

Puis, une nuit, je fus une nouvelle fois réveillée par ses cris. Ils étaient plus brefs, mais plus poignants, et ils avaient cessé avant que je n'arrive à sa porte. Le lendemain, elle était triste et lasse, elle semblait dans un état second. Comme Malcolm et moi avions fini notre petit déjeuner, elle mangea seule. Elle passa tout l'après-midi dans la chambre au cygne. Finalement, poussée par la curiosité plus que par la compassion, j'allai la trouver.

Elle était couchée sur le dos, tout habillée, et regardait le plafond. Elle ne m'entendit pas, ni quand je frappai à la porte, ni quand j'ouvris, ni quand je m'approchai d'elle.

– Alicia... Êtes-vous malade ? Vous semblez avoir une sorte de malaise intermittent...

Elle leva les yeux vers moi, sans s'étonner de me trouver là, comme si elle avait été habituée à voir des gens apparaître brusquement dans sa chambre. Il n'y avait pas la moindre expression de surprise sur son visage.

– Malade ?

– Oui. Aujourd'hui encore, vous n'avez presque rien mangé et vous n'êtes pas allée voir Christopher. Il y a des heures que vous êtes ici. Vous êtes restée tout le temps sur votre lit, tout habillée ?

– Oui. Je suis malade.

Elle détourna les yeux pour me faire comprendre qu'elle voulait être seule. Mais j'étais décidée à découvrir ce qui se passait.

– Qu'est-ce qui ne va pas ? Vous avez mal quelque part ? Ce sont des douleurs qui vous réveillent chaque nuit ?

– Oui, j'ai mal...

– Où ?
– Dans mon cœur.
– Ah… (Je hochai la tête.) Je crois que ça durera tant que vous n'aurez pas quitté cette maison. (Ses lèvres se mirent à trembler et elle enfouit son visage dans ses mains.) Ça ne sert à rien de pleurer. La seule chose qui puisse vous aider est de faire ce que je vous dis. Si vous voulez partir, je forcerai Malcolm à régler enfin cette histoire de succession, soi-disant si compliquée. Franchement, je crois que ça vaudrait mieux pour tout le monde. Vous n'imaginez pas à quel point vous êtes déprimante et…
– Ô Olivia ! dit-elle. (Elle se tourna soudain vers moi en retirant ses mains de son visage. Elle avait l'air plus désespérée que jamais.) Vous, qui êtes si intelligente, si forte, vous ne comprenez donc pas ce qui se passe ? Vous devez bien le sentir.
Je la regardai, incapable de prononcer un mot. Elle se mordilla la lèvre inférieure et secoua la tête, comme pour s'empêcher d'en dire plus.
– Quoi ? demandai-je. Parlez.
– Vous le savez bien. Vous l'avez toujours su. Vous l'aviez prévu. Je le lisais dans vos yeux, mais je n'osais pas me confier à vous.
– Malcolm, murmurai-je.
J'observai la pièce autour de moi et tout devint évident. C'étaient cette chambre, ce lit somptueux, cette décoration suggestive la cause de ce qui arrivait. Pourquoi était-elle restée ici après la mort de Garland ?
– Racontez-moi exactement ce qui s'est passé.
Elle inspira profondément et essuya les larmes sur ses joues.
– Il vient la nuit pour me violer, confessa-t-elle dans un soupir.
J'enfonçai mes doigts dans mes paumes, si fort que mes ongles déchirèrent la peau. Oh, bien sûr, au fond de moi-même, je savais ce qu'elle allait me dire. Si j'étais venue ici, si je l'avais forcée à parler, c'était en partie pour me punir, moi, et en partie pour la punir, elle. Ce qui avait failli se produire au bord du lac, ce que Garland avait voulu empêcher

au prix de sa vie était finalement arrivé. Depuis le premier jour, depuis le jour où, debout à côté de Malcolm, je l'avais vue sortir de la voiture au bras de Garland, je savais que c'était inévitable. Je l'avais deviné à la façon dont Malcolm l'avait alors regardée et n'avait cessé de la regarder depuis, chaque fois qu'elle se promenait dans le manoir, avec sa riche chevelure noisette ondulant autour de sa nuque et de ses épaules, avec ses yeux pétillants de vie et d'énergie.

– Pourquoi n'avez-vous pas verrouillé votre porte ?

– Je l'avais fait, mais il a une clef. Il a toujours eu une clef. Il n'avait jamais eu besoin de s'en servir avant la mort de Garland... Parce que, je ne vous l'avais jamais dit, mais il était déjà venu auparavant. Il savait que je laissais la porte ouverte pour Garland. Je l'ai entendu. D'abord, j'ai cru que c'était Garland, évidemment. Quand j'ai vu que c'était lui, j'ai fait semblant de dormir. Il s'est approché du lit et m'a regardée longtemps, longtemps. J'avais peur de bouger, peur que... s'il me voyait faire le moindre geste, il ne se jette sur moi. Je restais aussi immobile que possible. J'ai senti qu'il touchait mes cheveux avec beaucoup de douceur et puis, je l'ai entendu soupirer. Après quoi, il est reparti aussi silencieusement qu'il était entré.

– Et vous ne l'avez jamais dit à Garland ?

– Non. J'avais peur de ce qu'il pourrait faire et, vous voyez, j'avais raison. Tout a tourné au drame. Ô Olivia, Olivia...

– Donc, cette fois, vous aviez fermé votre porte à clef et il est venu tout de même. Mais pourquoi vous êtes-vous laissé faire, puisque Garland est mort ?

– Il m'a menacée de s'en prendre à Christopher. Il m'a dit qu'il trouverait bien un moyen, que ce ne serait pas difficile pour lui et qu'il n'y avait plus personne, désormais, pour l'empêcher de faire ce qu'il voulait. Il pouvait être si violent, parfois.

Je m'assis à côté d'elle, le cœur battant. Je me rappelai la première nuit où il était venu à moi et combien il avait été rude. Elle avait tout à fait raison de craindre pour Christopher. Malcolm était effectivement capable de violence pour obtenir ce qu'il voulait.

– Et depuis quand cette... depuis quand vient-il vous voir ?

– Un mois, plus ou moins régulièrement.

– Un mois ?

Je ne m'étais pas rendu compte que cela durait depuis si longtemps. Comment avait-elle pu garder un tel secret jusqu'à aujourd'hui ?

Elle se redressa :

– La première fois, j'ai cru que c'était un rêve, un cauchemar. C'était tard dans la nuit. Il est entré sans un bruit. Je ne l'ai entendu que lorsqu'il s'est approché du lit. J'ai levé la tête et je l'ai vu, là, tout nu. Il m'a enlacée. J'ai voulu crier, mais il a appuyé sa bouche contre la mienne, si fort et si longtemps que j'ai cru que j'allais étouffer.

– Et puis ?

– Il m'effrayait, non pas parce que j'avais peur qu'il me fasse mal, mais à cause de son air et de ce qu'il disait.

– Que disait-il ?

– Il ne m'appelait pas Alicia, pendant qu'il caressait mon corps et baisait mes seins...

Je retins mon souffle. Je portai mes mains à ma poitrine et essayai de déglutir. En mon for intérieur, je savais ce qu'elle allait dire maintenant, et j'étais terrifiée à l'idée de ce que j'allais entendre.

– ... Il m'appelait Corinne. Je croyais qu'il était en train de rêver, qu'il était somnambule; alors, j'ai essayé de le raisonner, de lui dire que je n'étais pas Corinne, qu'il devait se réveiller et retourner dans sa chambre; mais il ne m'entendait pas. Il continuait, pas méchamment mais avec insistance, obstination. C'était inutile de tenter de me débattre, il était trop fort pour moi. Finalement, j'ai voulu résister, mais il m'a plaqué les bras sur le lit. J'ai poussé un cri et il a appuyé sa bouche sur la mienne avec une telle rudesse que j'ai craint pour ma vie. J'étais obligée d'étouffer mes cris et de me laisser faire. C'était affreux, affreux... acheva-t-elle en enfouissant son visage dans ses mains.

– Et, quand tout a été fini, qu'est-ce qu'il a fait ? Il vous appelait encore Corinne ?

Elle secoua la tête.

– Oh, non, après avoir eu son plaisir, il savait très bien où il était et qui j'étais. C'est alors qu'il m'a dit de garder le secret, sans quoi il ferait du mal à Christopher. Je pensais, j'espérais en priant qu'il s'arrêterait là. Mais il est revenu inlassablement. Il était ici la nuit dernière, ajouta-t-elle en se cachant de nouveau le visage dans les mains.

– Je suis venue frapper à votre porte dès que j'ai entendu vos cris. J'ai frappé, je vous ai appelée.

– Je sais, mais il avait ses mains autour de ma gorge et il serrait si fort que je ne pouvais plus respirer. Puis il s'est penché sur moi et il m'a interdit de faire le moindre bruit. Il m'aurait tuée si j'avais désobéi.

– Pourquoi ne m'en avez-vous pas parlé plus tôt ?

– Je vous l'ai dit. J'avais peur pour Christopher. Malcolm finit toujours par obtenir ce qu'il veut, d'une manière ou d'une autre. Même si on parvient à lui barrer la route, il trouve toujours le moyen de se venger. Pardonnez-moi, Olivia. Je sais que j'aurais dû vous prévenir, mais j'avais peur. Je vous supplie de me pardonner.

Je ne pouvais pas lui en vouloir d'avoir eu peur. Par moments, moi-même, je craignais Malcolm.

Je restai muette un instant, songeant à cette pièce et à ce que Malcolm avait fait. On eût dit que l'esprit de sa mère y vivait encore, le torturait encore. Le fait qu'il fût revenu voir Alicia, après sa terrible et fatale dispute avec son père, était incroyable. Il n'était pas étonnant qu'Alicia se fût sentie en sécurité; elle ne pouvait pas imaginer qu'il recommencerait après avoir causé la mort de Garland.

– Il vous appelle toujours Corinne, au début ?

– Oui.

– Et, quand c'est fini, il sait que vous êtes Alicia ?

– Pas toujours. Quelquefois, il s'en va sans prononcer mon nom. Il se lève simplement et repart comme un somnambule. Une nuit, la troisième, il m'a fait faire quelque chose d'affreux. C'est un dément.

– Qu'est-ce qu'il vous a fait faire ?

– Il a pris une de ces vieilles chemises de nuit dans la penderie et m'a obligée à la mettre avant de... avant de me rejoindre dans le lit. Puis il m'a dit de marcher dans la pièce et de m'asseoir devant la coiffeuse. Il a glissé une des brosses à cheveux de Corinne dans ma main et s'est installé sur le lit pour me regarder me peigner. Cela me rendait malade, mais je n'avais pas le choix. Quand j'avais le malheur d'hésiter, il devenait de plus en plus menaçant.

C'était trop horrible. Horrible et écœurant. Je me détournai vivement et observai le mur qui séparait la chambre au cygne de la salle des trophées. Puis je ramenai mes yeux vers elle avec colère.

– Vous auriez dû faire porter ces robes dans le grenier quand vous avez emménagé ici, dis-je.

Mais comment eût-elle pu prévoir ce que Malcolm allait l'obliger à faire ?

Et cependant, je ne pouvais m'empêcher de la tenir pour responsable. Elle avait été trop confiante et trop naïve. Je l'avais pourtant assez prévenue. Je l'avais presque suppliée de m'écouter, mais elle n'avait voulu en faire qu'à sa tête et s'accrocher à un amour mort.

Peut-être qu'elle me mentait; peut-être avait-elle, en réalité, pris plaisir à ce que Malcolm lui avait fait et continuait à lui faire et qu'elle en avait maintenant honte. C'était bien son genre, après tout : elle était de ces femmes qui ont la sexualité collée à la peau comme un dessous affriolant.

– Avez-vous fait quelque chose pour le séduire ? L'avez-vous invité dans cette chambre ?

– Non. Oh, non. Ne croyez pas cela, Olivia. Je n'ai rien fait, rien ! protesta-t-elle. Au contraire. Un jour, il m'a suivie jusqu'au lac pendant que je me baignais et il a voulu me forcer à lui faire l'amour. Je me suis sauvée et je lui ai dit que s'il n'arrêtait pas de me poursuivre de ses assiduités, j'en avertirais Garland.

– Eh bien, pourquoi ne l'avez-vous pas fait ?

– Je ne voulais pas voir se produire ce qui est finalement arrivé. Vous pensez que je suis responsable de la mort de Garland, que j'aurais pu l'éviter si je lui en avais parlé plus tôt ? Dites, Olivia ?

– Je ne sais pas. Peut-être... Peut-être pas. Peut-être que ça l'aurait tué plus tôt. (Je commençais à avoir des soupçons.) Mais, au fait, pourquoi me dites-vous cela maintenant ? Pourquoi, puisque vous avez si peur de ce que Malcolm pourrait faire à Christopher ?

– Parce que, maintenant, il le faut.

– Pourquoi ? Quelle différence y a-t-il ?

– Ô Olivia, je... je suis si malheureuse !

Elle se remit à pleurer.

– Je ne peux pas vous aider si vous ne me dites pas tout. Alors, je vous écoute. Pourquoi êtes-vous soudain si malheureuse ?

– Parce que...

Il me sembla que toutes les ombres de Foxworth Hall se regroupaient autour de moi pour m'ensevelir dans leurs ténèbres.

– ... parce que je suis enceinte de Malcolm.

Je me levai et m'approchai de la fenêtre. Olsen, en bas, était occupé à tailler les haies. J'avais tout : cette terre, cette magnifique propriété, deux beaux enfants, une fortune qui dépassait l'imagination et cependant j'étais la femme la plus malheureuse du monde. C'était injuste; c'était une mauvaise plaisanterie. Allais-je enfin me réveiller pour découvrir que tout cela – mon mariage avec Malcolm, la mort de mon père et de Garland, le viol d'Alicia – n'était qu'un long et pénible cauchemar ? J'en étais presque à regretter mes jeunes années dans la maison paternelle, avec la perspective de rester vieille fille jusqu'à la fin de mes jours.

– Je vous en prie, ne me haïssez pas, Olivia ! implora-t-elle.

Oh, que si, je la haïssais ! Je ne pouvais m'empêcher de la haïr à jamais, elle et les femmes de son espèce.

Je fermai les yeux et redressai la tête pour reprendre contenance. Je me jurai à moi-même que jamais, même dans ses pires bassesses, Malcolm Neal Foxworth ne me réduirait à l'état de chiffe molle pleurnicheuse qu'était devenue Alicia. Je me tournai lentement vers elle. Lisant la détermination dans mes yeux, elle s'assit sur le lit.

– Est-ce que Malcolm le sait ?

– Oui, répondit-elle. Je le lui ai dit ce matin

– Ce matin ? Quand ? Il a pris son petit déjeunei avec moi et il est parti avant que vous ne descendiez.

– Je n'ai pas fermé l'œil de la nuit. J'ai voulu le lui dire hier soir, avant qu'il ne quitte ma chambre, mais il était de nouveau comme un somnambule, sans réaction. (Elle baissa les yeux.) Alors, je suis allée dans sa chambre, avant qu'il ne se lève.

– Dans sa chambre ! (Après ce qui s'était passé, je n'avais plus guère de raison de m'en formaliser. Seulement, depuis le temps que nous étions mari et femme, je n'avais jamais osé moi-même pénétrer dans sa chambre pendant qu'il y était.) Il dormait encore ?

– Oui. Je suis restée debout à côté du lit jusqu'à ce qu'il prenne conscience de ma présence. Quand il a ouvert les yeux, il m'a regardée comme si j'avais été un fantôme. Il lui a fallu quelques instants pour me reconnaître. D'abord, il s'est fâché. Je sais que je n'aurais pas dû venir dans sa chambre, mais il fallait que je lui dise ce qu'il avait fait, vous comprenez ? Alors, j'ai vidé mon sac d'un seul coup.

– Comment a-t-il réagi ? demandai-je, me rappelant l'air calme et détaché qu'il avait eu avec moi au petit déjeuner.

C'était bien de lui : il était passé maître dans l'art de dissimuler ses émotions sous un masque froid et réservé – une faculté qui lui permettait de bluffer tant de concurrents dans le monde de la finance.

– Il a souri, dit Alicia. Mais d'un sourire glacial, qui m'a donné la chair de poule. Puis il a proféré toutes sortes de méchancetés, laissant entendre que tout était de ma faute. J'avais envie de pleurer, de crier, de hurler, mais j'avais peur de réveiller la maisonnée. Alors, il m'a lancé un ultimatum. Je ne sais pas quoi faire... Je suis sûre qu'il mettra sa menace à exécution si je ne m'incline pas. J'ai peur, pour moi comme pour Christopher...

Maintenant, je comprenais mieux : il lui avait fallu rassembler tout son courage pour m'appeler à l'aide; elle avait passé toute la journée, étendue sur son lit, à chercher un moyen de m'approcher. Je lui avais grandement simplifié les choses en venant de ma propre initiative.

– C'était quoi, cet ultimatum ?

– Il veut que je reste ici et que j'accouche en secret. Et puis, je devrai m'en aller avec Christopher. Nous aurons tout l'argent que Garland nous a légué. Il m'a dit que, pour l'instant, il était placé en banque mais qu'il se procurerait les liquidités dont j'aurai besoin pour commencer et qu'ensuite j'entrerai en possession de la totalité des fonds qui nous reviennent.

– Mais pourquoi accoucher en secret ? Pourquoi ne pas partir maintenant et mettre au monde votre enfant quelque part où personne ne vous connaît ?

Elle baissa les yeux. Elle avait quelque chose à ajouter, quelque chose de bien plus terrible encore.

– Il veut garder l'enfant.

– Quoi ?

– Il veut que l'enfant soit le sien, le vôtre. Il a dit que, si je m'y opposais, il m'accuserait de captation d'héritage. Ses avocats me traîneraient devant les tribunaux, parce que le fait que j'aie été enceinte après la mort de Garland était la preuve que j'étais une femme de petite vertu, qui avait épousé un vieil homme à seule fin de détourner sa fortune. Ensuite, on m'accuserait de m'être donnée à Malcolm pour le faire chanter et le contraindre à me céder une plus grosse part d'héritage. Il m'a dit qu'il se moquait du scandale, que le scandale ne ferait de tort qu'à moi, pas aux Foxworth. Il m'a menacée de me chasser d'ici sans le sou et de faire une énorme publicité autour du procès. J'aurais une telle réputation que plus personne n'accepterait d'être vu en ma compagnie. Mais tout ce battage tuerait ma mère, vous comprenez ? Elle est déjà très malade, vous le savez. Et comment voudriez-vous que je me défende ? Je n'ai pas d'avocat, je ne connais personne. C'était Garland qui se chargeait de tout ça et, depuis sa mort, Malcolm a la haute main sur toutes les questions de droit qui me concernent. Je ne serais qu'une pauvre veuve, avec un enfant de trois ans, entièrement à sa merci.

– Il veut l'enfant ! répétai-je.

– Oui. Il dit être sûr que ce sera une fille. Je vivrai cachée dans l'aile nord jusqu'à la naissance. Ensuite, je serai libre de partir avec Christopher et mon argent. (Elle se tordit les mains et leva vers moi des yeux plaintifs.) Ô Olivia, que vais-je faire ? Aidez-moi à prendre une décision ! Vous le devez !

Je la toisai. Pendant un long moment, je restai sans voix, impuissante. Malcolm Neal Foxworth finissait toujours par obtenir ce qu'il voulait, d'une manière ou d'une autre. Il voulait une fille. Maintenant, il en avait une. Car j'étais certaine d'avance que l'enfant d'Alicia serait une fille.

Dire que tout cela s'était passé juste sous mes yeux. Je m'en étais doutée, je l'avais soupçonné, mais j'avais constamment refusé de le croire. Maintenant, il me fallait avaler l'amère pilule de la vérité. Il ne servait à rien de me cacher la tête sous terre. J'étais aussi coupable qu'elle parce que je n'avais rien fait pour m'interposer. J'étais dans la position d'une mère qui doit assumer la responsabilité des bêtises de son enfant. Malcolm avait abusé d'elle de la pire façon et elle avait été incapable de se protéger elle-même.

Et, comme si cela ne suffisait pas, voilà qu'à présent elle portait l'enfant qui aurait dû être le mien. Si une fille Foxworth devait naître, c'était à moi de la mettre au monde, non à elle !

Je la jalousais, mais je ne la respectais pas. Toute la compassion que je pouvais avoir pour elle s'était envolée.

– Olivia, reprit-elle, que dois-je faire ?

– Faire ? Vous ne trouvez pas que vous en avez assez fait comme ça ?

Elle détourna les yeux avec mauvaise conscience. Elle se rendait compte qu'elle n'eût pas dû laisser les choses aller aussi loin; elle s'en rendait compte maintenant – maintenant qu'il était trop tard –, et elle espérait que j'allais me débrouiller pour trouver un moyen de la sauver.

Je surpris le reflet de mon visage dans le miroir de la coiffeuse : j'avais déjà cette expression dure qui devait me caractériser jusqu'à la fin de mes jours. Mes yeux étaient deux silex gris; mes lèvres se refermaient sur ma bouche comme sur une plaie fine laissée par un coup de couteau; et mes seins étaient deux monticules de béton.

– Olivia ?

Sa voix était suppliante.

– Tout ce qu'il vous reste à faire, c'est obéir à Malcolm. Commencez à rassembler vos affaires, à entreprendre toutes sortes de préparatifs. Annoncez autour de vous que vous avez l'intention de quitter Foxworth Hall, afin que personne ne s'inquiète de votre absence quand vous vous cacherez.

– Et Christopher ? Il y aura bien quelqu'un qui voudra voir Christopher.

– Il ne sera pas avec vous, expliquai-je, inventant des réponses au fur et à mesure.

– Qu'est-ce que vous dites ?

– Vous serez censée partir pour un long voyage, pendant lequel Christopher restera ici. À votre retour, vous quitterez Foxworth Hall pour de bon. Ce voyage est destiné à préparer votre nouvelle vie. Personne n'a besoin d'en connaître les détails, surtout pas les domestiques. Nous leur laisserons entendre que vous cherchez à vous remarier, ajoutai-je, satisfaite de cette dernière pique.

Son visage était un mélange de stupeur et de détresse.

– Me séparer de mon enfant ? Pendant tout ce temps ? Mais c'est encore un petit garçon, il n'a que trois ans. Il a déjà perdu son père, on ne va pas lui ôter sa mère. Je sais qu'il est très proche de Mal et de Joël et qu'il adore être avec eux, mais...

– On leur interdira d'aller dans l'aile nord, poursuivis-je, indifférente à ses objections. Vous prendrez la chambre du fond, celle qui a une salle de bains attenante. Celle que vous trouviez si intéressante parce qu'il y a un escalier dérobé dans le placard.

– Mais elle est si poussiéreuse et encombrée. Ce n'est pas un endroit pour vivre.

– Vous vous arrangerez, répliquai-je.

Je voulais lui faire sentir qu'elle avait sa part de responsabilité dans ce qui lui arrivait.

– Mais... et les leçons de Mal et de Joël, dans la salle de classe, là-haut ? Et M. Chillingworth ?

– Eh bien, elles n'auront plus lieu, décrétai-je, heureuse d'avoir enfin une raison d'y mettre un terme. Malcolm sera bien obligé de s'incliner sur ce point. On enverra les garçons à l'école. Il vaudra mieux qu'ils soient loin de la maison, de toute façon. Comme ça, ils risqueront moins de découvrir quelque chose.

– Les servantes, les domestiques...

Elle saisissait tous les prétextes pour conjurer le sort. J'étais amusée par ses questions désespérées, par ses ultimes espoirs de contrecarrer les projets de Malcolm.

– Ils seront tous renvoyés. Ils s'en iront en pensant que vous êtes sur le point de partir et que je suis enceinte.

C'était là une idée qui ne me déplaisait pas, qui me donnait un peu l'impression d'être réellement enceinte.

– Même Mme Wilson ?

– Tous. Sauf peut-être Olsen. Il n'est pas souvent à la maison et il est un peu lourd d'esprit. Je ne pense pas qu'on ait à se méfier de lui et, en outre, c'est un excellent jardinier.

– Mais il faudra bien qu'une femme de chambre monte me voir, Olivia. Elle saura.

– Non, il n'y aura pas de nouvelle femme de chambre pour vous. Je viendrai moi-même.

– Vous ?

– Je vous apporterai tout ce dont vous aurez besoin, dis-je.

Elle serait entièrement dépendante de moi – pour sa nourriture, ses vêtements, son savon, même sa brosse à dents.

– Et le docteur ! reprit-elle, croyant qu'elle avait enfin trouvé l'échappatoire.

– Nous n'aurons pas besoin de docteur. Par la suite, je vous procurerai une sage-femme. Vous êtes jeune, en bonne santé. Tout se passera très bien.

– J'ai peur.

– Vous croyez que vous avez le choix ?

À chacune de mes phrases, je sentais grandir le pouvoir que j'avais sur elle. Je devais réfléchir vite pour résoudre chaque point de détail. Pour la première fois depuis que je vivais à Foxworth Hall, j'avais la sensation d'être vraiment maîtresse chez moi. Oui, désormais, c'était moi qui commandais.

– Vous aviez raison de penser que Malcolm mettrait ses menaces à exécution. Et vous vous imaginez avec son enfant sur les bras, après tout ce qu'il vous a fait ? Vous ne pourriez pas vous empêcher de faire rejaillir votre amertume sur lui et de faire souffrir cette pauvre créature.

– Jamais, je...

– Une femme sans le sou, obligée d'élever deux enfants, au lieu d'un seul ?

– Je ne sais pas si je serais capable de faire ce qu'il attend de moi... (Elle baissa les yeux vers ses mains posées sur ses genoux, puis les leva vers moi, l'air déjà résigné.) Sauf si je sais que vous serez là pour m'aider.

– Je vous ai dit quel serait mon rôle, mais je n'ai pas l'intention de passer tout mon temps dans l'aile nord, à pouponner avec vous. Ne vous mettez surtout pas cette idée en tête; fini de rêver.

Elle inclina la tête, cette fois complètement résignée à son sort. En lui parlant ainsi, je me sentais encore plus puissante. Oh, certes, elle était bien plus svelte et jolie que moi, mais finalement sa beauté s'était révélée une faiblesse et un défaut. Je l'avais conduite dans un sentier étroit et pénible, un sentier que, pour rien au monde, je n'eusse suivi moi-même.

Bizarrement, elle me faisait un peu penser aux poupées de ma maisonnette sous verre. Ce que je trouvais frustrant avec ces figurines, c'était de ne pas pouvoir les toucher, les animer. Elle, en revanche, je pouvais l'animer, je pouvais mettre un sourire ou une grimace sur son visage. Je pouvais la faire rire ou pleurer. Entre mes mains, elle était aussi docile qu'un pantin.

– Je parlerai à Malcolm, dis-je. J'exigerai qu'il m'avoue tout, qu'il m'explique tout, même les détails financiers.

L'espoir illumina ses yeux. Enfin ! Son cœur battait de nouveau. J'avais relancé le sang dans ses veines par le simple fait de prononcer une phrase.

– Peut-être que vous le ferez changer d'avis. Peut-être comprendra-t-il qu'il vaut mieux pour tout le monde que je parte tout de suite.

– Peut-être. Mais n'y comptez pas trop. Malcolm ne revient jamais sur ses décisions.

– Mais il vous écoute.

– Quand il en a envie. Seulement quand il en a envie et seulement quand ça l'arrange.

– Sans votre coopération, son projet ne peut pas réussir. Vous n'avez qu'à refuser de marcher.

– Je pourrais, en effet, mais vous seriez la première à le regretter, ma chère, dis-je. (S'il y avait une chose que je ne pouvais plus tolérer désormais, c'était qu'elle prît des décisions à ma place.) Il fera ce qu'il a dit, vous devez prendre ses menaces au sérieux. Vous n'avez plus le choix maintenant. Si je n'entre pas dans son jeu, vous quitterez cette maison sans un sou.

Son sourire d'espoir s'évapora. J'étais devenue une marionnettiste. Il me suffisait de tirer sur un fil pour qu'elle reprît son masque mélancolique. À dater de ce jour, elle ne pourrait plus ni chanter ni gambader dans Foxworth Hall sans ma permission. Elle ne pourrait plus rire ou s'émerveiller que sur mon ordre.

Elle se laissa retomber sur le lit et éclata en sanglots.

– Mais je n'en ferai rien, Alicia. Vous devez vous

maintenir en bonne santé. Il faut que vous soyez forte, car si quelque chose arrivait au bébé...

– Quoi ?

Elle était terrifiée; elle avait les yeux écarquillés, les lèvres pincées.

– Je ne sais pas de quoi Malcolm serait capable, mais il croirait que vous avez fait exprès de tuer l'enfant.

– Mais jamais, jamais je ne pourrais faire une chose pareille !

– Je le sais, Alicia, mais Malcolm le croirait. Vous comprenez ? Il faudra bien manger et ne pas vous laisser abattre, surtout.

– Mais, Olivia, j'aurai l'impression d'être... en prison.

– Oui. Bien sûr. Nous avons chacun notre prison, Alicia. Le paradoxe, c'est que vous, vous êtes prisonnière de votre beauté.

Je fis un pas vers la porte.

– Mais un jour elle me libérera ! lança-t-elle d'un air de défi.

Je me retournai en souriant.

– Je vous le souhaite, ma chère Alicia. Mais, pour l'instant, considérez-la comme votre cachot. Qui sait ce que Malcolm fera la prochaine fois qu'il posera les yeux sur vous ? Nous savons ce qu'il voit en vous et nous ne voulons pas qu'il abuse de vous à nouveau. Quand vous serez enfermée dans cette chambre de l'aile nord, vous serez encore plus vulnérable que maintenant, vous ne croyez pas ?

Je réfléchissais à haute voix. Cette perspective la remplit de terreur.

– Que puis-je faire ? Je ne peux tout de même pas me lacérer le visage. Je ne peux pas devenir grosse et laide en une nuit.

– Non, évidemment. Mais, si j'étais vous, je commencerais par me couper les cheveux.

– Les cheveux ? (Elle porta vivement les mains à sa tête.) Je ne pourrai jamais. Garland aimait tant mes cheveux. Il passait des heures entières à les caresser, à les sentir.

– Mais Garland est mort, Alicia. Et puis, vous

pourrez toujours les laisser repousser par la suite. N'est-ce pas ? (Elle ne répondit pas.) N'est-ce pas ? insistai-je.

Je tenais à ce qu'elle me répondît; j'avais décidé d'être toujours intransigeante sur ce point.

– Oui, dit-elle d'une voix à peine audible.

– Dès que nous aurons annoncé votre départ et que vous serez installée dans l'aile nord, je vous apporterai des ciseaux. Je veux bien vous les couper moi-même.

Elle acquiesça lentement, mais ça ne me suffisait pas.

– J'ai dit que je voulais bien vous les couper moi-même.

Elle leva les yeux.

– Merci, Olivia.

Je souris.

– Je ferai de mon mieux. Mais vous devez comprendre que je suis, moi aussi, dans une situation très inconfortable.

– Je sais. Je suis désolée pour vous. Et je suis sincère.

– Je vous crois. Dormez, maintenant. Nous reparlerons de tout cela plus tard.

Elle se recoucha et je sortis de la chambre au cygne en fermant doucement la porte derrière moi. Je m'arrêtai en haut des marches du grand escalier et contemplai l'immense vestibule du manoir. Je me rappelai mon premier matin ici, la première fois que j'avais descendu ces marches. À chaque pas, je m'étais sentie grandir à l'idée de devenir la châtelaine de ces lieux. Depuis, bien des événements avaient menacé mon autorité et mon honneur. Et, paradoxalement, en redescendant ces mêmes marches aujourd'hui, j'avais l'impression d'être devenue effectivement plus grande, plus forte, plus sage.

Mme Steiner me surprit. Elle venait de la chambre de Malcolm, où elle avait fait le ménage. Elle marchait à pas si feutrés que je la soupçonnai presque d'avoir écouté à la porte pendant qu'Alicia me faisait ses révélations.

– Mme Foxworth est malade ? me demanda-t-elle.

Les domestiques avaient toujours du mal à appeler Alicia « Mme Foxworth », quand ils s'adressaient à moi. Ils eussent préféré dire « la jeune Mme Foxworth » ou même prendre la liberté de l'appeler par son prénom. Je la dévisageai et elle recula d'un pas.

– C'est-à-dire… je voulais savoir quand je pourrais faire sa chambre, corrigea-t-elle.

– Vous ne ferez pas sa chambre aujourd'hui.

– Bien, madame.

Elle passa son chemin.

– Elle a la migraine, ajoutai-je. Mais rien de grave.

Mme Steiner inclina la tête, puis se hâta de descendre, impatiente de s'éloigner de moi. Elle ne sera sans doute pas fâchée qu'on lui donne son congé, songeai-je, même si elle est ici depuis longtemps et bien payée. Malcolm veillerait à ce qu'elle et les autres reçussent une bonne indemnité. Ensuite, nous verrions. Je lui dresserais la liste des domestiques que je désirerais. Bien sûr, ils recevraient l'ordre strict de ne jamais aller dans l'aile nord.

Il aurait du pain sur la planche et il serait bien souvent obligé d'agir selon mes instructions. J'étais impatiente d'entendre ses explications; j'étais décidée à le confronter avec la confession d'Alicia dès qu'il rentrerait. J'étais sûre qu'il avait prévu d'attendre le moment qui lui conviendrait pour me mettre au courant du nouvel état des choses. J'allais bouleverser sa stratégie et savourer enfin ma vengeance.

Désormais, tout dépendait de moi, même Malcolm, qui ne s'y attendait certainement pas. C'était moi qui tiendrais les commandes. C'était une faible compensation, en regard de tout ce que je n'avais pas eu et avais toujours rêvé d'avoir, mais je n'avais pas menti à Alicia quand je lui avais dit que nous étions tous prisonniers d'une manière ou d'une autre. La différence entre elle et moi, c'était que, dès que j'avais appris de sa bouche ce qui s'était passé, j'avais décidé de devenir la geôlière de ma propre prison.

11

Si Malcolm le veut, je le veux

Égal à lui-même, Malcolm ne fit montre d'aucune mauvaise conscience, d'aucun remords, d'aucune honte. Quand il rentra ce soir-là, je le suivis dans son cabinet de travail privé, une pièce où il se retirait chaque jour avant le dîner et où personne n'avait le droit de pénétrer, à part lui et la femme de ménage qui l'époussetait une fois par semaine. J'ouvris la lourde porte de chêne sans frapper. Il tressaillit et se fâcha.

– Que faites-vous ici, Olivia ? demanda-t-il sèchement.

Je restai de glace et lui répondis d'une voix hautaine, teintée de sarcasme :

– Je suis venue vous parler de votre futur bébé.

Sur quoi, je me fis un plaisir de lui rapporter l'histoire d'Alicia dans les moindres détails. Je ne lui mâchai pas les mots pour lui signifier ce que je pensais de sa lubricité et de son impudence. Un orage de printemps, sombre et inquiétant, obscurcissait le ciel. Par la fenêtre, au-dessus du bureau, je voyais s'amonceler des nuages déchirés et courroucés, qui menaçaient d'exploser. Mais ils n'étaient ni aussi déchirés ni aussi courroucés que moi et, si quelqu'un se préparait à exploser, c'était moi.

– Vous ne croyez pas que vous en faites un peu

trop, Olivia ? dit-il en feignant de remettre de l'ordre dans ses stylos.

La lampe du bureau jetait une lueur blafarde sur son visage, dessinant des ombres sous ses yeux. L'orage avait fait des ravages sur le système électrique et toutes les lumières faiblissaient. Comme les fenêtres étaient solidement fermées, à cause de la pluie qui se déchaînait et martelait rageusement les carreaux, j'avais l'impression de l'avoir acculé dans un piège. Il continuait à feuilleter des papiers sur son bureau, avec calme et assurance, comme si de rien n'était. Il avait le front lisse et un visage sans expression, affectant de prendre les choses à la légère. J'attendis patiemment qu'il eût fini de trier ses documents en deux piles.

Je savais pourquoi il m'ignorait. C'était une petite guerre des nerfs. Mais ma détermination était inébranlable; s'il espérait me voir pleurer, crier, jouer les épouses ulcérées (ce qui était effectivement le rôle qu'il m'avait assigné), il en serait pour ses frais. Je prenais garde à ne pas laisser éclater ma colère car, en perdant ma dignité, j'eusse perdu la partie. Il leva enfin les yeux.

– Olivia, je voulais un autre enfant, une fille, et maintenant je vais en avoir une, dit-il simplement.

– Et de quel droit ? Qu'est-ce qui vous permet de supposer que je suis prête à accueillir un enfant du péché dans ma maison ? Vous vous figuriez que vous pouviez mener à bien vos agissements sans ma coopération ? lui demandai-je en gardant toujours mon calme, les mains croisées sur mon ventre.

Je m'efforçais d'avoir l'air détendue, pour ne pas trahir ma tension intérieure. C'était Malcolm lui-même qui m'avait appris à m'entourer d'une coquille protectrice.

– Il m'a semblé que c'était tout à votre avantage, répondit-il d'un air fourbe en s'adossant nonchalamment sur sa chaise. Rappelez-vous, Olivia. Quand nous avons décidé de nous marier, il était entendu que vous me gratifieriez d'une famille nombreuse. Je crois que j'avais été assez clair sur ce point. J'avais et j'ai encore des idées très arrêtées sur ce que doit être une femme Foxworth. Vous saviez ce que je voulais, et vous avez failli à vos engagements.

– Vous avez une façon déloyale de présenter les choses. Je n'ai jamais refusé d'avoir d'autres enfants, répliquai-je en mettant mes mains sur mes hanches.

– Néanmoins, ma chère Olivia, le fait est que nous n'en avons pas eu d'autres. Que vous l'ayez voulu ou non ne change rien à l'affaire.

– En conséquence de quoi, vous vous êtes mis en devoir de violer la femme de votre père, commentai-je avec un sourire sarcastique.

Il me sourit également, pour bien me montrer que je ne l'intimidais pas, de son odieux sourire froid et calculateur que je commençais à trop connaître.

– Vous pouvez voir les choses comme ça, si ça vous plaît.

– Comment cela, *si ça me plaît* ? Mais je le tiens d'Alicia elle-même !

– Évidemment, que voulez-vous qu'elle dise ? Vous êtes vraiment aveugle, parfois. Vous ne voyiez donc pas ce qui se passait ici, même du vivant de mon père ? Vous croyez qu'un homme de son âge pouvait satisfaire les appétits d'une fille comme elle ? Elle m'a tout de suite fait les yeux doux. Elle s'arrangeait pour me croiser dans la maison, quand j'étais seul, elle roulait des hanches, me laissait entrevoir un peu de peau nue par-ci, un peu de peau nue par-là. Combien de fois n'a-t-elle pas inventé un prétexte pour venir me trouver dans la bibliothèque ou même... dans ma chambre ? insinua-t-il en haussant les sourcils.

– Vous mentez ! C'est vous qui inventez des prétextes pour justifier votre crime.

– Vraiment ?

– Oui. Je sais qu'elle vous fuyait et que vous ne cessiez de la poursuivre de vos assiduités, même quand Garland était encore en vie. (Il sourit de nouveau. Mais, cette fois, j'avais le pouvoir d'effacer de ses lèvres ce sourire confiant.) J'en ai été témoin !

– Ah ? Et de quoi avez-vous été témoin exactement ?

L'inquiétude commençait à percer dans ses yeux; ses sourcils se froncèrent, son front se creusa.

– Un après-midi, au bord du lac. Vous l'avez suivie et vous avez essayé de la forcer, mais elle vous a résisté. J'étais derrière un buisson. J'ai tout vu et tout entendu.

Chacune de mes paroles était une pierre froide et dure que je lui jetais à la face pour faire craquer son masque.

– Idiote ! (La colère se peignait sur son visage, qui se figeait comme un bloc de granit.) Vous avez cru apprendre la vérité en m'espionnant. Vous n'en avez appris que la moitié. Elle était une allumeuse, une séductrice. Pourquoi croyez-vous que je sois rentré tôt, cet après-midi-là, et que je sois allé au lac ? Elle m'avait fait comprendre par toutes sortes d'allusions qu'elle y serait et qu'elle s'y baignerait nue. Elle voulait que je vienne à seule fin de pouvoir me tourmenter. Cela faisait partie de son plaisir... Et laissez-moi vous dire que, par la suite, elle ne résistait plus beaucoup.

– C'est ridicule. Avant d'aller au lac, elle m'avait demandé de l'accompagner.

J'étais parfaitement sûre de moi; je venais de le prendre en flagrant délit de mensonge.

– Allons donc ! Elle savait que vous refuseriez. C'était un stratagème pour s'assurer que vous ne seriez pas dans les parages quand j'arriverais. Mais, évidemment, elle n'avait pas prévu que vous viendriez fouiner, ajouta-t-il, pensif.

– Vous mentez ! rétorquai-je en frappant du poing sur ma cuisse.

Il fit la grimace, mais ne lâcha pas prise.

– Ah, je mens ? Alors, pourquoi croyez-vous que la mort de Garland pèse autant sur sa conscience ? Elle en est bien plus responsable que vous ne pensez. C'était elle qui m'avait attiré dans sa chambre. Elle me désirait.

– Elle vous désirait ? Vous osez prétendre qu'elle vous désirait ? J'ai vu sa chemise de nuit déchirée. J'ai vu ce que vous lui aviez fait. Vous l'avez violée !

Il ne se départait pas de son sourire froid et confiant.

– C'était son genre. Elle aimait la rudesse. Elle commençait par se débattre pour apaiser sa conscience avant de se donner à moi de tout son être.

– Vous êtes fou.

– Non, Olivia, je ne suis pas fou. C'est vous qui êtes folle. Vous ne connaissez ni ne comprenez rien aux relations entre les hommes et les femmes. Ce qui vous empêche d'être une femme vous-même, c'est votre petitesse – en dépit de votre grande taille !

Oh, il savait comment me blesser, en essayant de me rendre responsable de sa propre infidélité. Mais, si la connaissance de la vie passait par le péché et la luxure, je préférais rester ignorante.

– Je ne crois pas un mot de ce que vous dites ! lançai-je.

– Croyez ce que vous voulez. Vous refusez de l'admettre, Olivia, parce que vous avez peur de reconnaître que vous êtes une épouse décevante sur beaucoup de points. Vous êtes non seulement incapable de me donner d'autres enfants, mais également incapable de me donner de l'amour et de l'affection. Ce n'est pas dans votre nature; cela ne l'a jamais été. Je l'ai toléré tant que je vous faisais confiance pour le reste. Certes, vous êtes une bonne maîtresse de maison et une épouse honorable aux yeux de la communauté, mais je ne me souviens pas d'avoir une seule fois éprouvé le besoin d'entrer dans votre chambre lorsque je passais à côté de votre porte.

C'était plus que je n'en pouvais supporter.

– Ma nature est peut-être ainsi, en effet, mais, lorsque vous entriez dans ma chambre, vous n'y trouviez pas une femme comme votre mère.

– Vous êtes odieuse.

– Je suis ce que je suis, et vous aussi, dis-je, reprenant de l'assurance. Vos menaces ne me font plus peur. Les dés sont jetés. Là-haut, dans cette chambre, cette femme est enceinte de vous, et son enfant sera le nôtre aux yeux du monde. Voici comment cela va se passer : c'est moi qui dirigerai les opérations, qui réglerai tous les détails de cette ridicule mise en scène.

Je savourais ma prise de pouvoir.
– Ce qui veut dire ?
– Ce qui veut dire que nous allons appliquer votre plan grotesque, mais sous ma direction. Alicia se cachera dans l'aile nord jusqu'à la naissance du bébé. Nous annoncerons à tout le monde que des impératifs familiaux l'obligent à s'absenter. Christopher restera avec moi et vous le traiterez sur le même plan que vos fils. Quand Alicia nous fera ses adieux avant son voyage fictif, je veux que vous soyez là, Malcolm. Puis je renverrai tous les domestiques. Tous, sauf Olsen. Vous leur donnerez à chacun un an de gages en guise d'indemnités.

Mes yeux devaient être, à cet instant, froids comme l'acier et perçants comme des fléchettes.
– Un an de gages !
– Non, deux ans ! Je veux qu'ils s'en aillent satisfaits. Dès qu'Alicia sera revenue en secret pour se cacher dans l'aile nord, vous engagerez des remplaçants pour les tâches quotidiennes et vous veillerez à ce qu'aucun d'eux ne s'aventure jamais dans l'aile nord.

Il fulminait.
– En outre, continuai-je, il est bien entendu que vous ne mettrez jamais les pieds vous-même dans l'aile nord tant qu'elle y sera. Si vous enfreigniez cette règle, je mettrais aussitôt un terme à cette mascarade et je n'hésiterais pas à faire éclater le scandale au grand jour. Je ne plaisante pas, Malcolm. Me suis-je bien fait comprendre ?

Je le fustigeai du regard. Je savais qu'il n'oserait plus me mentir, maintenant; il avait conscience d'avoir été démasqué.
– Je n'ai aucune visée sur elle. Pourvu qu'elle me donne un enfant en bonne santé, c'est tout ce que je lui demande.
– Alors, nous sommes bien d'accord ? insistai-je.
– Mais oui, mais oui.

Pour la première fois, je discernai de la faiblesse en lui. Ses épaules étaient voûtées, ses yeux hagards. Je me repaissais de mon triomphe, j'en dégustais chaque minute.

– Bon, dis-je finalement. Je la prends entièrement en charge. Elle disparaît de votre vie. Quand le moment sera venu d'engager une sage-femme, je vous en informerai et vous vous occuperez de la question.

– J'allais vous le suggérer.

– Mais vous ne l'avez pas fait. N'est-ce pas, Malcolm ? J'ai pensé à tout moi-même. (J'étais contente de moi et impatiente de lui révéler la suite de ma stratégie.) Dès qu'elle aura accouché, elle s'en ira d'ici avec une situation financière claire et conforme aux dispositions de Garland. Un marché est un marché.

Je restai volontairement terre à terre. Son sourire fourbe se reforma sur ses lèvres.

– Une fortune pareille dans les mains d'une enfant, mais ce serait...

– Une enfant qui porte votre bébé, rétorquai-je. (Son sourire s'évanouit.) Si elle est assez grande pour mettre au monde votre enfant, elle peut aussi recevoir une partie de votre fortune.

– Franchement, Olivia, votre instinct maternel me touche, dit-il en essayant désespérément de reprendre le dessus à coups de sarcasmes.

Il espérait me manipuler en me montant contre Alicia. Mais il avait beau faire, c'était moi qui contrôlais la situation.

– Il n'est pas question d'instinct maternel. Je la considère simplement comme ce qu'elle est.

– Et qu'est-ce qu'elle est ?

– Une femme, quelque chose que vous ne semblez pas beaucoup respecter.

– Vous me faites rire avec vos grandes idées, dit-il en hochant la tête, mais il savait que j'avais raison.

Je le dominais de toute ma hauteur, fière et sûre de moi. Il s'affaissait sur sa chaise. Dehors, l'orage commençait à se calmer. J'apercevais quelques rayons de soleil qui filtraient entre les nuages gris – gris comme le visage de Malcolm.

– Ah, autre chose, repris-je. Les leçons dans le grenier devront cesser.

– Pourquoi ? Ils seront assez loin d'elle et ils ne passent qu'une partie de la journée là-haut.

– Il y a toujours un risque que M. Chillingworth découvre quelque chose. Et il ne faut pas que les garçons sachent qu'elle est là. Imaginez que Christopher voie sa mère enfermée ! Il est impératif que Mal et Joël croient que l'enfant à naître sera leur frère ou leur sœur. Ils ne devront jamais voir Alicia enceinte.

– Ce sera une fille, et elle sera réellement leur sœur.

– Leur demi-sœur, rectifiai-je. Mais ils devront croire qu'elle l'est à part entière. Je ne peux pas supporter l'idée que mes enfants apprennent que leur père a fait un enfant à la femme de son propre père. Il y a péché et péché. Dans votre cas, même vos généreuses donations à l'église ne pourront vous laver de votre faute.

J'agitai un index accusateur devant lui comme un sévère professeur de catéchisme.

Il secoua la tête. Il était battu; je le sentais et cela me fortifiait encore dans mon attitude.

– Et qui fera leur éducation ?

– Ils iront à l'école, comme les autres enfants. Vous congédierez M. Chillingworth dès demain et vous les confierez à l'instruction publique.

Je mis l'accent sur le mot « publique ». Il fit la grimace et me fustigea d'un œil plein de haine; mais plus il me haïssait et plus j'étais satisfaite.

– Autre chose ? demanda-t-il amèrement.

– Vous constituerez pour chacun de nos fils un capital d'un million de dollars, qu'ils récupéreront à l'âge de dix-huit ans.

Je crus qu'il allait bondir de sa chaise.

– Quoi ? Vous êtes folle. Pourquoi ferais-je ça ?

– Pour qu'ils soient libres de mener leur vie comme ils l'entendront, sans être entièrement à votre botte, répondis-je, énonçant une évidence.

– Je ne ferai jamais ça. Ce serait un gaspillage inconsidéré. Comment voulez-vous que des garçons de cet âge puissent manier une telle fortune ?

– Vous ferez ce que je dis, et vous le ferez immédiatement. Vous allez soumettre la question à vos notaires sans tarder. Je veux que les documents soient prêts à être signés avant la fin de la semaine. Et c'est moi qui en aurai la garde ! ajoutai-je avec un geste péremptoire, comme il le faisait lui-même pour indiquer qu'une affaire était close et ne souffrait plus de discussion.

– Un million de dollars chacun ?

Il était acculé et se rendait compte qu'il n'avait pratiquement aucun moyen de se défendre.

– Considérez cela comme... une amende.

Il me dévisagea, mais c'était moins de la haine que de l'étonnement que je lus dans ses yeux, l'étonnement d'un homme qui vient de s'apercevoir pour la première fois que son adversaire est redoutable. Il me sembla même, à cet instant précis, qu'il me respectait à sa manière, alors même que tout ce que je lui demandais était pour lui une suite de coups de poignard dans le cœur.

– Ce sera tout ? reprit-il, d'une voix lasse et défaite.

– Pour le moment, oui. Nous avons assez de pain sur la planche, tous les deux. Je suggère de nous mettre à la tâche sans tarder.

Je n'oublierai jamais l'émotion que j'ai éprouvée en sortant de la bibliothèque. J'avais l'impression de le reléguer dans l'ombre de mes pas. Pour la première fois, je ne portais plus ma taille comme un fardeau : au contraire, je me sentais mentalement à la hauteur. J'avais sauvé une situation qui aurait pu être dramatique pour moi; j'en avais même tiré profit. Malcolm, qui jusque-là était toujours parvenu à ses fins et avait toujours obtenu ce qu'il voulait, avait dû capituler. Il y perdait beaucoup plus que moi.

Je m'arrêtai au pied du grand escalie pour regarder en direction de la chambre au cygne, où Alicia attendait la sentence sur son destin. Ce n'était pas Malcolm qui allait la lui faire connaître, c'était moi. C'était moi qui montais les marches, c'était moi qui portais la nouvelle et donnais les ordres. Désormais, je dicterais à chacun son sort, je laisserais entrer la lumière dans Foxworth Hall au moment où je le déciderais, j'allumerais et j'éteindrais selon ma convenance, j'ouvrirais et je fermerais les portes et les fenêtres quand bon me semblerait. Le soleil et les ombres dépendraient uniquement de ma volonté. Je distribuerais le bonheur et la tristesse, le plaisir et la douleur comme une servante sert la soupe.

J'entrai sans frapper dans la chambre au cygne. Ce genre d'indélicatesse allait être dorénavant monnaie courante de ma part. Alicia, qui venait juste de prendre un bain et de laver ses beaux cheveux, s'enveloppa hâtivement dans une serviette et chercha son peignoir.

– Asseyez-vous, ordonnai-je.

Et elle s'assit sur le lit avec la docilité d'une enfant sage. Elle leva vers moi des yeux agrandis par la peur et l'incertitude. Je pris mon temps. Je m'approchai de la fenêtre pour contempler l'étrange lueur grise du ciel. La pluie avait cessé et les nuages dérivaient rapidement vers l'est. La vue de cette éclaircie soudaine renforça ma détermination. La nature semblait me transmettre un peu de son pouvoir. À l'instar du ciel, je venais de passer presque instantanément d'un extrême à l'autre. Je fis un pas vers la coiffeuse et détaillai les poudres et les flacons.

Les parfums étaient capiteux et féminins. Ils répandaient dans l'air des promesses d'amour et de tendresse. Cette table de maquillage avait quelque chose de magique. Qu'un vilain petit canard s'y assît et, l'instant d'après, il était transformé en femme séduisante et attirante, une femme capable de briser le cœur d'un homme en lui refusant simplement un sourire. Que de rêves d'amour ces senteurs florales avaient dû instiller dans le cœur de Malcolm ! Quand Alicia descendait l'escalier ou passait dans une pièce, son parfum traînait longtemps dans son sillage. Malcolm devait le suivre à la trace comme un chien flairant un arôme prometteur. J'allais mettre brutalement fin à tout cela. Je fis volte-face pour la regarder dans les yeux.

– Quand vous emménagerez dans l'aile nord,

commençai-je, dites-vous bien que vous ne pourrez rien emporter de tout cela avec vous.

Je lui présentais la chose comme si la décision émanait de Malcolm.

– Alors, je serai comme une recluse jusqu'à la naissance du bébé ? Vous n'avez pas pu le faire changer d'avis ?

Elle avait déjà la voix résignée d'une vaincue.

– Non. Si vous ne voulez pas qu'il vous dépouille de vos biens, vous et Christopher, c'est la seule solution. Il faudra vous y faire et suivre mes instructions.

Elle enfouit son visage dans ses mains, mais sans pleurer.

– Vous devriez continuer à sécher vos cheveux, repris-je. N'allez pas prendre froid. Dans votre état, même un banal rhume peut avoir des conséquences graves.

Elle acquiesça. Elle était prostrée. Ses yeux étaient vides, ses épaules affaissées. Elle baissa les yeux vers ses petites mains, qu'elle avait jointes comme pour prier. Un turban de ténèbres était enroulé autour de sa tête, mais je n'éprouvais pas le besoin de lui offrir le moindre mot de réconfort.

Je regagnai la porte.

– Olivia ! cria-t-elle. J'ai peur.

– D'ici quelque temps, vous vous y ferez. Croyez-moi, je sais de quoi je parle.

Je l'abandonnai à sa solitude et à son impuissance. Elle était pâle; son beau visage d'enfant était ridé par les soucis.

J'étais impatiente de mettre mon plan à exécution. J'avais décidé que l'emprisonnement d'Alicia ne commencerait que lorsque sa grossesse deviendrait apparente – c'est-à-dire vers le troisième mois. Cela nous laissait tout le temps de préparer les enfants à la nouvelle situation. Un matin de mai, après m'être assurée qu'Alicia avait bien appris sa leçon, nous entrâmes dans la nursery.

La pièce était la plus chaude et la plus ensoleillée du manoir. Mal était par terre, avec des livres d'enfant éparpillés autour de lui. Joël, à genoux, jouait avec ses petites voitures. Quant à Christopher, il regardait les deux autres en suçant son pouce.

– Nous avons quelque chose à vous dire, commençai-je.

Alicia, qui me suivait comme mon ombre, se tordait les mains et tremblait comme un oiseau.

– Quoi, maman, quoi ? demanda Mal.

– Quelque chose de très triste, hélas.

Ils se rapprochèrent l'un de l'autre et, les yeux écarquillés, observèrent Alicia, qui était maintenant au bord des larmes.

– Puis-je le leur dire, Olivia ? murmura-t-elle.

– Non, c'est moi le chef de famille, ici, rétorquai-je.

Elle s'assit dans le rocking-chair en osier et les trois garçons rivalisèrent pour grimper sur ses genoux. Elle les entoura de ses bras et les serra contre son sein. Christopher la couvrit de baisers, bientôt imité par les deux autres.

– Alicia va nous quitter.

Ils ouvrirent de grands yeux, mais sans prononcer un mot. Ils semblaient ne pas comprendre.

– Alicia va nous quitter, répétai-je.

– Je ne vous crois pas ! s'écria Joël.

– Moi non plus, ajouta Christopher, le regard fixé sur sa mère, qui s'était mise à pleurer.

– Pourquoi ? reprit Mal, d'une petite voix lourde de chagrin. (Il était devenu un grand garçon sensible et intelligent. Il était en avance sur les enfants de son âge, aussi bien par la taille que par son aptitude à lire et à écrire. Il promettait d'être aussi grand que Malcolm.) Pourquoi ? insista-t-il. Elle est fâchée contre nous ?

Alicia éclata en sanglots et Christopher enfouit sa tête entre ses seins. Joël se boucha les oreilles en disant :

– Mais elle ne peut pas partir, elle doit jouer du piano avec moi aujourd'hui.

Joël était resté un enfant chétif, qui souffrait d'allergies. La moindre poussière pouvait le faire tousser et éternuer pendant des heures, ce qui impatientait Malcolm au plus haut point.

Mal descendit des genoux d'Alicia et s'approcha de moi, comme un soldat de plomb venant consulter son général.

– *Pourquoi ?* cria-t-il à tue-tête.

– Vous êtes trop jeunes pour comprendre, mes garçons, dis-je, d'un ton apaisant et plein de compassion. Quand vous serez plus grands, ces choses vous paraîtront plus claires. Si cela ne tenait qu'à moi, Alicia pourrait rester ici éternellement. Mais votre père en a décidé autrement.

Soudain, le petit visage de Mal se rida et des larmes coulèrent le long de ses joues.

– Je le déteste ! s'exclama-t-il. Je le déteste ! Je le déteste ! Il nous retire toujours ce qu'on aime !

Joël était maintenant dans tous ses états. Il était pris d'une quinte de toux incontrôlable et Alicia lui tapotait le dos, essayant désespérément de le calmer, tandis que son propre fils restait collé contre elle.

– S'il vous plaît, s'il vous plaît, s'étouffait-il, est-ce qu'on pourra aller avec elle ?

– Non, répliquai-je avec fermeté. Je suis votre mère. Votre place est ici, auprès de moi.

– Mais... et Christopher ? demanda Mal.

– Christopher restera ici quelque temps, jusqu'à ce que sa mère soit installée dans sa nouvelle maison, expliquai-je.

En entendant son nom, Christopher leva brusquement les yeux vers moi, puis vers sa mère.

– Maman... gémit-il, d'une voix tremblante de terreur. Je ne viens pas avec toi ?

– Non, mon chéri, non, répondit Alicia en pleurant. Mais je serai bientôt de retour. Et alors nous serons réunis pour toujours. Je ne serai pas partie longtemps, Christopher, mon chéri, mon garçon. Et puis, il y aura Olivia pour s'occuper de toi; et Mal et Joël pour jouer avec toi. (Elle se tourna vers mes enfants :) Je vous aime tous, vous savez; ne l'oubliez jamais, je vous en supplie. Au fond de mon cœur, je serai toujours avec vous. Je vous écouterai répéter vos leçons de piano, je vous regarderai faire vos jolis dessins si artistiques et, quand vous irez vous coucher, je viendrai vous embrasser en rêve.

Le lendemain, j'informai les domestiques du départ prochain d'Alicia. Je vis la tristesse se peindre sur leur visage quand ils l'apprirent. Comme je descendais l'escalier, je surpris une conversation entre Mary Stuart et Mme Steiner, occupées à préparer la table du dîner dans la salle à manger. Je m'arrêtai sur le seuil, pour écouter à la porte.

– C'est la lumière qui s'en va de cette maison, disait Mme Steiner. Vous pouvez me croire.

– Ça me fait de la peine de la voir partir, répondit Mary. Elle avait toujours un sourire pour nous, pas comme la grande.

Ainsi, c'était comme cela qu'elles m'appelaient entre elles : « la grande ».

– Si tu veux mon avis, la grande a eu ce qu'elle voulait. Elle n'a jamais supporté la jeune Mme Foxworth, depuis le début. Je suis sûre qu'elle a fait tout ce qu'elle a pu pour se débarrasser d'elle, du jour où Garland Foxworth est mort. Remarque, on peut la comprendre. J'aimerais pas avoir une jolie femme comme ça dans la maison de mon mari tous les jours. Surtout si j'étais moche comme elle, expliqua Mme Steiner en haussant la voix sur la fin.

– Ça, tu l'as dit, approuva Mary Stuart.

J'étais sûre qu'elle souriait en disant cela. Je le devinais à son intonation.

Bon débarras, vous toutes ! songeai-je, et je décidai de leur annoncer sans plus tarder que je n'avais plus besoin de leurs services. Je convoquai tous les domestiques dans le vestibule, un après-midi – Mary, Mme Steiner, Mme Wilson et Lucas. Je m'assis sur l'une des chaises à haut dossier, les bras sur les accoudoirs et la tête droite; mon épais chignon me donnait l'air de porter une couronne. Ils se rassemblèrent autour de moi et me firent face. Il y avait à la fois de la peur et de la curiosité dans leurs yeux. J'avais l'impression d'être une reine s'adressant à ses sujets.

– Comme vous le savez, commençai-je, Mme Garland Foxworth quittera Foxworth Hall le mois prochain. Elle sera absente pour quelque temps et ne reviendra que pour prendre son fils avec elle. Après quoi, elle repartira définitivement. Après mûre réflexion, j'ai décidé que nous nous passerions désormais de vos services.

Mme Wilson devint blanche comme un linge. Mme Steiner inclina la tête, en plissant les yeux d'un air de dire qu'elle s'attendait à quelque chose de ce genre. Lucas et Mary Stuart paraissaient inquiets.

– Vous passer de nos services ? demanda Mary Stuart, incrédule. Cela signifie que nous sommes tous renvoyés ?

– Oui. Toutefois, j'ai insisté pour que vous receviez chacun deux ans de salaire à titre d'indemnités.

Je leur laissai ainsi clairement entendre que c'était à ma seule générosité qu'ils devaient ce traitement de faveur.

– Quand partons-nous ? demanda Mme Steiner sur un ton glacial.

– Le même jour que Mme Garland Foxworth.

Les derniers préparatifs consistèrent dans le déménagement d'Alicia : comme elle quittait la chambre au cygne, il fallait remiser les toilettes et les parures qui ne lui seraient plus nécessaires dans son isolement. Je supervisai les opérations, pendant qu'elle faisait ses bagages : chaque objet, chaque vêtement qu'elle voulait emporter dans l'aile nord dépendait de mon approbation.

– Inutile de prendre vos robes habillées, dis-je en la voyant presser contre son sein une robe en plissé bleu, debout devant le miroir. Vous n'irez plus dans le monde avant quelque temps et vous ne pourrez plus faire nettoyer et repasser vos vêtements aussi souvent que maintenant. Je serai obligée de me charger personnellement de tout ce que vous ne pourrez pas laver vous-même dans l'évier ou la baignoire, alors, s'il vous plaît, n'emportez que le strict nécessaire.

Elle contempla tristement ses robes. Elle possédait

une variété de toilettes inimaginable. Comment avait-elle pu gaspiller l'argent de Garland pour de telles frivolités ? Qu'avait-elle besoin de changer complètement sa garde-robe à chaque saison ? Se prenait-elle pour un magazine de mode ambulant ? C'étaient ces dépenses inconsidérées et son dévergondage qui l'avaient menée où elle était.

– Mais j'aime me sentir belle, dit-elle.

– De toute façon, vous ne pourrez bientôt plus entrer dans ces vêtements.

– Il ne me reste aucune robe de maternité, Olivia. Je les ai toutes données aux bonnes œuvres après la naissance de Christopher. Qu'est-ce que je vais mettre ?

– Je vous prêterai les miennes.

– Mais, elles sont trop... grandes, Olivia.

– Et alors, quelle importance ? Quand vous serez dans cette pièce, je serai la seule à vous voir, Alicia. Il n'est plus question de vous pomponner pour attirer l'attention des hommes, ma chère. Tout ce qui compte, c'est que vous soyez bien à l'abri et au chaud.

L'idée de la voir nager dans mes robes de maternité me fit soudain sourire. Désormais, elle saurait ce que l'on éprouve lorsque l'on se sent laide devant son miroir. À son tour d'être gauche et sans charme. Et puis, n'était-ce pas logique, au fond, qu'elle portât mes robes de maternité ? Après tout, l'enfant qu'elle allait mettre au monde était censé être le mien.

– Évidemment, ajoutai-je, il faudra que je m'habille moi aussi comme une femme enceinte.

Elle me regarda d'un air choqué. Mais que croyait-elle ? Elle s'imaginait peut-être que j'allais continuer à me montrer en public telle que j'étais et annoncer du jour au lendemain que j'allais accoucher ? Comme elle était naïve ! Elle était incapable de la moindre duplicité, de la moindre fourberie, même lorsque c'était nécessaire à sa survie.

– Ah... dit-elle, comprenant enfin.

Elle jeta un dernier regard à ses jolies robes, à ses chemisiers, à ses jupes. Quand le tri fut terminé, les seules affaires que je lui laissai emporter dans l'aile nord tenaient dans une malle et deux valises.

Le faux départ d'Alicia se déroula dans une atmosphère de tristesse. C'était une journée grise et pluvieuse; le ciel joignait ses pleurs à ceux des enfants. Bien que ce fût le premier jour de l'été, un froid hivernal régnait dans Foxworth Hall. Nous avions dû garder les lumières allumées et fermer toutes les fenêtres.

Les domestiques, qui avaient fait leurs propres bagages, attendaient en bas lorsque Alicia descendit. Je marchais derrière elle en portant sa valise. Elle semblait tout petite et toute grise – comme une souris chagrine. Je ne l'avais jamais vue ainsi. J'avais insisté pour que les enfants restassent dans la nursery. Je n'avais nulle envie d'assister à des adieux déchirants et théâtraux. Christopher était inconsolable depuis des jours et mes garçons avaient le cœur serré. En revanche, j'avais exigé que Malcolm fût présent à cette pénible mascarade. En arrivant au pied de l'escalier, je tendis la valise à Malcolm, qui s'en saisit d'un air maladroit et gêné, mais docilement : il savait que ce n'était pas le moment de me contrarier. Les yeux d'Alicia s'emplirent de larmes au moment des adieux – car, pour elle, c'étaient de vrais adieux. Elle contempla le grand vestibule avec toute la nostalgie de quelqu'un qui s'en va vraiment : ce n'était pas difficile pour elle de jouer la comédie, car il ne s'agissait pas d'un rôle de composition. Certes, elle allait bientôt revoir ce grand vestibule, mais juste le temps d'un bref coup d'œil en montant rejoindre ses appartements de l'aile nord.

Elle voulut embrasser Mme Steiner, mais je la retins fermement par le coude en disant :

– Pas le temps de faire du sentiment.

Soudain, je la sentis s'affaisser dans mes bras.

– Je vous en prie, laissez-moi dire adieu une dernière fois à Christopher ! implora-t-elle.

– Dois-je vraiment assister à cette crise d'hystérie ? me chuchota Malcolm à l'oreille.

– Mettez-la dans le taxi, Malcolm, ordonnai-je.

Il fallut à moitié la porter, à moitié la traîner jusque dans la voiture. Dès que le coffre fut refermé sur sa valise, je grattai à la fenêtre du chauffeur et lui donnai l'ordre de démarrer. Les pneus patinèrent sur la boue et la voiture s'ébranla. Derrière moi, j'entendis la porte d'entrée s'ouvrir. Les enfants avaient faussé compagnie aux domestiques qui essayaient de les retenir et dégringolaient les marches du perron en criant :

– *Attendez ! Attendez !*

C'était Mal qui menait la petite troupe, tenant Joël d'une main et Christopher de l'autre. Il les traînait presque par terre. Ils poursuivirent l'auto quelque temps, en vociférant et en pleurant.

– Rappelez vos fils, Malcolm, ordonnai-je. Tous les trois.

12

La prisonnière et la geôlière

La nuit même, quand tous les domestiques furent partis, Alicia rentra.

Le taxi apparut dans l'obscurité. Le ciel était toujours couvert de nuages qui masquaient la lune et les étoiles. On eût dit que le monde entier était privé de lumière.

Malcolm et moi attendions dans le même salon que le jour où son père avait amené Alicia. Les garçons s'étaient endormis en pleurant. Ils se tenaient les coudes pour lutter contre la solitude dans laquelle les laissait le départ d'Alicia. J'aurais sincèrement voulu pouvoir les consoler, être une mère pour le petit Chris et un réconfort pour mes propres enfants. Je voulais qu'ils m'aiment autant qu'ils aimaient Alicia. Oh, je savais que je ne pourrais jamais être aussi gaie et insouciante qu'elle; j'étais incapable de gambader, de sauter et de partager leurs jeux et leurs comptines puérils. Mais je les aimais à ma façon et je les élevais dans l'idée d'en faire des jeunes hommes forts et de bonnes mœurs. Quand ils seraient plus grands, ils me remercieraient d'avoir su leur inculquer mon sens des valeurs.

– Quelle heure est-il ? demanda Malcolm.

Sans prononcer un mot, je lui désignai du doigt l'horloge du grand-père, dont le tic-tac était le seul son qu'on entendait dans la maison, avec le bruit du vent qui balayait les volets et s'infiltrait entre les jointures des fenêtres. Malcolm plia soigneusement son journal pour étudier les cours de la Bourse.

Nous étions assis là depuis deux heures, drapés dans notre silence. Si l'un de nous soupirait, l'autre levait les yeux, surpris. En fait, le seul commentaire que fit Malcolm durant la dernière demi-heure concernait un de ses placements, qui avait gagné dix points en Bourse. Je suppose que cette remarque était uniquement destinée à me rappeler que mon argent eût été beaucoup mieux géré entre ses mains qu'entre les miennes.

Puis je vis les phares du taxi déchirer l'obscurité et s'arrêter devant la maison. Malcolm ne bougea pas.

– Elle est de retour, dis-je. (Il grogna.) Vous allez monter sa malle. (Il me regarda d'un air étonné.) Eh oui, qui va le faire, si ce n'est vous ? Auriez-vous déjà oublié que nous avons renvoyé tous nos domestiques aujourd'hui ? Lucas est parti et nous n'aurons pas de nouveau chauffeur avant demain.

Je me levai et me rendis à la porte d'entrée. Alicia émergea lentement du taxi, à contrecœur, songeant déjà à ce qui l'attendait à Foxworth Hall. Le voyage et la tension nerveuse l'avaient épuisée. Le chauffeur sortit sa malle et ses valises.

– Laissez cela, lui dis-je. (Nous ne pouvions pas courir le risque de rester trop longtemps dehors.) Mon mari s'en chargera.

Malcolm m'avait suivie sur le perron. Il prit la plus petite des valises d'Alicia.

– Comment va mon Christopher ? fut la première chose qu'elle dit en descendant de la voiture. Est-ce qu'il s'ennuie de moi ?

– Christopher est désormais sous ma responsabilité, répondis-je sèchement. Il est à sa place, c'est-à-dire au lit. (Je lui donnai le bras pour monter les marches.) Allez directement dans l'aile nord. Et dépêchez-vous. Il ne faut surtout pas réveiller les garçons.

Elle resta muette. Elle marchait comme une condamnée à mort, ne s'arrêtant que lorsqu'elle passa près de Malcolm, qui redescendait pour prendre la malle et la grande valise.

Avançant à pas feutrés, nous planions toutes deux comme des fantômes à travers le vestibule endormi et faiblement éclairé. Seul le frou-frou de la robe d'Alicia, quand elle frôla la rampe de la mezzanine, sembla rompre le silence. Nous nous dirigeâmes rapidement vers l'aile nord. Les portes fermées des nombreuses pièces vides et solitaires de Foxworth Hall jalonnaient les couloirs. Arrivée devant la dernière porte, elle fit une halte.

– Allez, dis-je avec impatience, avancez.

Croyait-elle qu'elle était la seule à être nerveuse et mal à l'aise ?

– Si vous ne vous dépêchez pas d'entrer, repris-je, ce n'en sera que plus difficile pour vous.

Elle me lança un regard haineux pour la première fois – mais certes pas la dernière.

– J'ai beaucoup réfléchi sur le chemin de la gare, et pendant mon aller-retour en train, fit-elle. Je me suis dit que tout cela devait vous faire bien plaisir...

Elle plissa les yeux.

– Plaisir ?

Je fis un pas de côté, l'enveloppant de mon ombre. Elle courba l'échine, comme si elle avait senti mon poids peser sur ses épaules.

– Parce que ça devrait me faire plaisir de prétendre que votre bébé est le mien ? Plaisir de savoir que mon mari m'a trompée, et plus d'une fois ? De devoir renvoyer des domestiques loyaux et fidèles que j'ai mis des années à former ? De mentir à mes enfants et à votre fils, de le voir ravaler ses larmes jusqu'à ce qu'il soit trop fatigué pour tenir debout ?

Ma voix était perçante, presque hystérique.

Elle écarquilla les yeux, puis son visage se rida, ses lèvres tremblèrent.

– Je suis désolée, dit-elle. Je pensais seulement que...

– Nous ne pouvons pas rester ici à bavarder

debout pendant que je porte la valise. Malcolm va venir avec la malle.

– Non, non, bien sûr... Excusez-moi.

Elle ouvrit la porte.

J'avais laissé la lampe allumée sur la table entre les deux lits. Elle jetait une lueur jaunâtre sur le lourd mobilier de bois sombre. Ma seule concession sur le plan de la décoration était une carpette d'Orient rouge à franges d'or. Elle estompait un peu l'aspect lugubre de la pièce qui, malgré ses grandes dimensions, était oppressante à cause de tous les meubles qui y étaient entassés. J'avais déniché dans le grenier deux tableaux qui me semblaient de circonstance et je les avais accrochés aux murs, dont le papier peint était de couleur crème avec des flocons blancs. L'un représentait des diables distordus pourchassant des femmes nues dans des cavernes souterraines, l'autre des monstres surnaturels dévorant les âmes des damnés en enfer. Les deux tableaux étaient à dominante rouge vif.

Elle opta d'emblée pour le lit de droite et commença à ôter son manteau. Malcolm arrivait derrière nous et déposa pesamment la malle devant la porte. Je lui jetai un regard impérieux pour l'inciter à se hâter.

– Je vais chercher l'autre valise, dit-il.

Bien qu'il fût un homme robuste, le fait d'être obligé de transporter des bagages comme un domestique l'indignait à tel point qu'il en avait le souffle court et suait à grosses gouttes.

– Dépêchez-vous, insistai-je, ce qui le vexa encore plus.

Il maugréa, mais m'obéit.

– Comment ferai-je pour mes repas ? demanda Alicia.

– Je vous apporterai vos plateaux chaque jour, quand nous aurons fini de manger. Ainsi, les domestiques n'auront pas de soupçons.

– Mais la cuisinière...

– Il n'y aura pas de cuisinière jusqu'à votre départ. C'est moi qui ferai la cuisine. (Elle pencha la tête de côté et ouvrit de grands yeux étonnés.) Ne me regardez pas comme ça. C'était toujours moi qui faisais la cuisine quand j'habitais chez mon père.

– Je ne voulais pas insinuer que vous ne saviez pas cuisiner. J'étais surprise, c'est tout.

L'idée me vint tout à coup que, pendant tout le temps qu'elle avait vécu ici, elle ne s'était pas une seule fois vantée d'un quelconque talent de cuisinière. Sans doute sa mère l'avait-elle trop gâtée : elle devait tout ignorer des tâches domestiques et n'avait jamais dû manier une casserole de sa vie. L'attitude de Garland n'avait été qu'un glaçage de plus sur son gâteau d'anniversaire. Elle n'avait jamais dû lever le petit doigt pour travailler.

– Il me semble que nous n'avons pas tellement le choix, n'est-ce pas ? (Elle détourna les yeux.) N'est-ce pas ? répétai-je.

– Non, sans doute pas.

– Évidemment, je ne serai pas capable de vous faire vos petits plats préférés. Ici, ce n'est pas un de ces restaurants de luxe où Garland avait l'habitude de vous emmener, lançai-je.

J'allai vérifier que les rideaux des deux fenêtres étaient bien fermés.

– Je ne vous demande pas des petits plats, comme vous dites, rétorqua-t-elle.

Cela commençait à venir : elle perdait peu à peu sa douceur, sa gentillesse et son manteau d'innocence.

– Les repas seront nourrissants, étant donné votre état. C'est l'essentiel, non ?

Elle inclina imperceptiblement la tête.

– Ô Olivia, que vais-je faire ici ? demanda-t-elle en regardant autour d'elle. Je vais m'ennuyer à mourir.

– Je vous apporterai des magazines. Les domestiques ne chercheront pas à savoir à qui ils sont destinés. Et j'essaierai de vous rendre visite chaque fois que je pourrai.

Elle sembla m'en être reconnaissante.

– J'aimerais une radio ou un gramophone.

– Il n'en est pas question. On pourrait vous entendre.

Je lui faisais « les gros yeux », comme à une enfant.

– Mais si je vais l'écouter au grenier ? implora-t-elle.

J'y réfléchis.

– Bon, concédai-je, je suppose que ça pourrait faire l'affaire. Je vous procurerai une radio et un gramophone. Vos disques sont encore en bas. De toute façon, il n'y a plus personne pour les écouter, maintenant.

Ni Malcolm ni moi n'aimions la nouvelle musique de jazz qu'elle écoutait à longueur de temps et, en y pensant, je me dis que j'avais commis une imprudence en n'incluant pas ces disques dans ses bagages. Heureusement, aucun des domestiques n'y avait prêté attention.

– Merci, Olivia, dit-elle.

Elle commençait enfin à comprendre que tous ses petits plaisirs dépendaient entièrement désormais de mon bon vouloir.

Je l'aidai à déballer ses affaires et à ranger ses vêtements dans la penderie. Malcolm arriva avec la dernière valise. Il la laissa tomber sur le sol et resta debout sur le seuil à nous regarder.

– Ce sera tout, Malcolm, dis-je en lui donnant congé comme je l'eusse fait avec un domestique.

Il pâlit et se mordit la lèvre. Je vis la colère briller dans ses yeux. J'avais bafoué son orgueil. Il hésita.

– Vous avez quelque chose à ajouter avant de partir ? Des excuses, peut-être ?

– Non. Il me semble que vous avez dit tout ce qu'il y avait à dire.

Il tourna les talons et s'en alla. J'entendis le bruit de ses pas décroître dans le couloir. Alicia me fixait des yeux.

– Je lui ai déjà clairement signifié qu'il devrait se tenir à l'écart pendant tout le temps que durera votre... votre séjour ici, dis-je.

– Bien, approuva-t-elle.

Elle paraissait sincèrement soulagée.

– Toutefois, je ne suis pas assez naïve pour le croire sur parole. J'ai bien vu comme il vous regardait.

Elle se tourna vers la porte, comme si Malcolm avait été encore là pour lui permettre de vérifier mes impressions.

– Tout de même, il doit bien...

– Vous devez comprendre, ma chère, que vous êtes très vulnérable, seule dans cette pièce, loin de tous. L'épaisseur de ces murs étouffe les cris. Vous ne pouvez appeler au secours, vous ne pouvez manifester votre présence. Où fuiriez-vous ? (Je désignai les quatre murs d'un geste de la main.) Au grenier ? Ce serait encore pire.

– Mais vous entendriez si quelque chose...

– Il peut très bien attendre que je sois endormie et se faufiler pieds nus dans ces couloirs sombres. Et, s'il entrait ici, vous ne pourriez ni crier ni chercher de l'aide. Imaginez que Christopher découvre votre cachette.

– Je fermerai la porte à clef.

– Vous l'avez déjà fait auparavant, ma chère. Dans Foxworth Hall, ce n'est pas une porte fermée qui vous protégera de Malcolm Neal Foxworth.

– Alors, que faire ?

Elle était désemparée.

– Je vous l'ai dit. Nous en avons déjà discuté. Vous devez changer votre apparence, vous rendre laide à ses yeux, ne plus lui rappeler qui vous savez... fis-je, sarcastique. (Elle m'observa. J'empoignai ses cheveux.) Je suis navrée, mais il n'y a pas d'autre moyen.

– Vous êtes sûre ? Vous êtes vraiment sûre ?

– Certaine.

Elle se mit à pleurer doucement.

– Asseyez-vous devant la table, lui ordonnai-je.

Elle considéra la chaise comme si je lui avais demandé de monter sur l'échafaud, puis s'en approcha et s'y assit, les mains sur les genoux et les yeux inondés de larmes.

Je pris les grands ciseaux que j'avais emportés dans la poche de mon gilet et me postai derrière elle. Je commençai par retirer ses épingles, libérant des mèches qui déferlèrent sur ses épaules. Elles étaient réellement soyeuses et agréables au toucher.

J'imaginai Malcolm caressant sa chevelure pendant des heures en rêvant à côté d'elle. J'avais beau faire, mes cheveux ne seraient jamais aussi doux. D'ailleurs, je ne me souvenais pas que Malcolm les eût jamais touchés pendant nos « rapports sexuels » – il me serait difficile de dire : « pendant que nous faisions l'amour ».

J'en saisis une touffe dans mon poing gauche et la soulevai. Alicia grimaça, car je n'y étais pas allée de main morte. Puis je refermai les lames de mes ciseaux sur ses tresses et commençai ma besogne. Je cisaillai volontairement très près de la racine et irrégulièrement, afin que ses cheveux repoussent de façon disgracieuse. Plus je coupais et plus les larmes coulaient le long de ses joues. Mais elle restait muette. Je rassemblais soigneusement les mèches coupées dans un châle de soie, que je nouai en baluchon.

Quand j'eus fini, elle posa les mains sur son crâne et poussa un seul cri, plaintif.

– Vous savez bien qu'ils vont repousser, dis-je d'une voix aussi compatissante que possible.

Mais, quand elle leva les yeux vers moi, elle avait de nouveau son regard haineux. Je lui souris. Sa nouvelle coupe changeait radicalement son physique. À présent, elle avait plutôt l'air d'un garçon. Je lui avais ôté la couronne de sa beauté. J'avais l'impression d'avoir mouché la flamme qui brillait dans ses yeux.

– Si Malcolm vous apercevait maintenant, il ne verrait plus la même personne, vous ne croyez pas ?

Elle ne répondit pas. Elle se contenta de se regarder dans la glace. Au bout d'un moment, elle dit, s'adressant plus à son image qu'à moi-même :

– Tout cela n'est qu'un mauvais rêve. Demain, je me réveillerai et Garland sera à mes côtés. Ce n'est qu'un rêve. (Elle pivota vers moi, le visage fendu d'un sourire malsain, presque dément.) N'est-ce pas ? Ce n'est qu'un rêve, Olivia ?

– J'ai peur que non, ma chère. Vous feriez mieux de ne pas vous monter la tête. Demain matin, vous vous réveillerez dans cette chambre et vous serez bien obligée de faire face à la réalité. La plupart d'entre nous sont obligés de faire cela tous les jours de leur vie. Plus vous serez forte et moins vous serez dépendante de votre imagination.

Elle acquiesça à contrecœur, l'air complètement abattu. Je pouvais presque lire dans ses pensées : « Garland ne serait pas heureux de voir comment les choses ont tourné. Je le sais. Christopher et moi, nous étions ses rayons de soleil. Dire que mon propre fils dort dans la même maison que moi et ne sait même pas que je suis tout près de lui ! C'est trop cruel, trop cruel. »

Elle recommença à pleurer.

– En tout cas, c'est ainsi. Il faut que je m'en aille, maintenant, dis-je. Je serai ici plus tôt que d'habitude, demain, parce que les nouveaux domestiques n'arrivent que tard dans la matinée.

Je ramassai le baluchon contenant ses cheveux et m'apprêtai à partir.

– Olivia, dit-elle.

– Oui, ma chère ?

– S'il vous plaît, puis-je conserver une mèche ? Juste une petite mèche de mes cheveux ?

Bienveillante, je lui tendis une luisante boucle châtaine.

– Vous ne me haïssez pas, dites ? demanda-t-elle.

Je discernai de la peur dans ses yeux.

– Bien sûr que non, Alicia. Je hais seulement celle que vous êtes devenue, comme vous la haïssez vous-même, j'en suis sûre.

Puis j'ouvris la porte et sortis. Je refermai doucement derrière moi et tournai la clef dans la serrure. Le son de ses sanglots s'estompa lentement dans les ténèbres du couloir, tandis que j'éteignais les lumières. Les ombres s'abattirent comme un mur d'obscurité entre Alicia et son enfant endormi, qui continuerait à l'attendre dans un monde sans lumière et sans vie.

Je me hâtai de rejoindre la mezzanine. Il y avait du bruit en bas. Malcolm devait être encore dans la bibliothèque. Je l'imaginai assis devant son bureau, les yeux fixés sur la porte en attendant mon retour, des yeux pleins de haine.

Mais je n'avais aucune envie d'entretenir une conversation avec lui ce soir-là. J'avais fait ce que j'avais à faire. J'étais fatiguée. Je me dirigeai vers ma chambre, mais en m'arrêtant devant la porte de la salle des trophées. Je venais d'avoir une idée, une idée délicieusement vengeresse et gratifiante. J'ouvris la porte, allumai la lumière et m'approchai du bureau derrière lequel Malcolm aimait venir s'asseoir quand il voulait être seul. Je disposai le châle contenant les cheveux d'Alicia au centre du bureau, défis le nœud et étalai les belles mèches châtain clair pour les mettre bien en vue.

Puis je revins à la porte en me retournant une dernière fois pour contempler le scalp de ma rivale avec le sourire, et éteignis. Je restai plantée là un moment, à écouter les bruits de la maison. Cette nuit-là, le moindre craquement semblait amplifié. Le vent s'enroulait en tourbillonnant autour du grand manoir, comme pour l'entortiller dans une lanière glacée. Il en faudrait, des journées de soleil, pour réchauffer les murs de cette demeure, songeai-je. Et, tout au long de l'été, Alicia serait assise dans une pièce sombre et étouffante près des combles, attendant la naissance d'un enfant qu'elle n'avait pas désiré et dont elle ne serait même pas la mère. Il s'agissait d'une véritable incarcération et j'étais une véritable geôlière.

Ce n'était pas un rôle qui m'enchantait, mais c'était Malcolm qui me l'avait assigné et il me suffisait de le jouer avec une conviction qu'il n'avait pas prévue pour tenir ma vengeance. Je lui ferais regretter cette nuit toute sa vie, regretter ce qu'il m'avait fait et ce qu'il m'avait forcée à faire à Alicia.

Je me hâtai de regagner ma chambre et de me mettre au lit. Le sommeil était devenu mon seul refuge contre la folie de Foxworth Hall, comme il était le seul refuge d'Alicia. Sur ce point, nous étions à égalité.

Pour Alicia, les semaines passèrent comme je l'avais prévu : lentement, péniblement. Chaque jour, à la minute où j'entrais dans sa chambre, elle me suppliait de lui amener Christopher.

– Je ne dis pas ici, implorait-elle, mais amenez-le au moins sous ma fenêtre, que je puisse l'apercevoir. Je ne supporte plus de ne pas le voir.

– Christopher a fini par se faire une raison de votre départ. Pourquoi risquer de le bouleverser maintenant ? Si vous l'aimez vraiment, n'y pensez plus.

– Ne plus y penser ? Je suis sa mère. J'ai le cœur brisé. Les jours traînent en longueur. Une semaine ici est plus longue qu'une année !

Le matin, elle se plaignait de nausées. L'après-midi, elle pleurait à cause de Christopher. Elle était toujours fatiguée et je la trouvais souvent étendue sur son lit, les yeux rivés au plafond. Ses joues perdaient leurs jolies couleurs; et j'avais beau insister pour qu'elle mangeât tout ce que je lui apportais, son visage se creusait, jusqu'à paraître décharné. Après deux mois d'enfermement, de sombres cernes se formèrent sous ses yeux.

Elle avait pris l'habitude de porter un fichu sur sa tête. À force de la voir ainsi attifée, je finis par lui en demander la raison.

– Parce que je ne supporte plus de voir mes cheveux saccagés chaque fois que je passe devant le miroir, me répondit-elle.

– Ce serait plus simple de couvrir le miroir, lui dis-je.

Chaque femme a ses petites vanités, songeai-je, mais je savais que les femmes comme elle en avaient bien plus encore. Malgré la perte de ses cheveux et le fait qu'elle n'eût aucun produit de beauté à sa disposition, j'étais sûre qu'elle continuait à s'asseoir devant la glace, en faisant semblant de se préparer à sortir avec Garland ou en formant des projets d'avenir, pour le jour où elle aurait recouvré sa liberté et où ses cheveux auraient repoussé.

Finalement, elle suivit mon conseil et voila le miroir à l'aide d'un drap. Sa beauté perdue faisait maintenant partie de la dure réalité qu'elle refusait de voir en face. Ce drap fut la première chose que j'aperçus en montant lui apporter son plateau. Mais je m'abstins de tout commentaire.

Elle était sur son lit. Comme j'entrais, elle tourna vers moi des yeux où brillaient des larmes d'ennui et de colère. Elle ne portait plus son fichu; elle n'en avait plus besoin puisque le miroir était voilé.

– Je commençais à croire que vous aviez oublié mon dîner, fit-elle d'un ton accusateur.

La rancœur avait changé sa voix, qui était devenue plus tranchante, plus grave, presque masculine, et elle prononçait plus nettement les consonnes.

– Votre dîner ? repris-je. Mais ce n'est que le déjeuner, Alicia.

– Le déjeuner ? (Elle sembla prise d'effroi et consulta la petite pendule d'ivoire, de style gothique, sur la coiffeuse.) Le déjeuner... répéta-t-elle.

Elle s'assit lentement et me toisa d'un œil froid et craintif. Je me rendis compte qu'elle commençait enfin à me considérer comme sa geôlière. Chaque fois qu'elle avait envie de quelque chose de nouveau, il fallait qu'elle m'en demandât la permission. Sa vie ne lui appartenait plus.

– Comment va mon Christopher ? Est-ce que je lui manque affreusement ? Est-ce qu'il me réclame chaque jour ?

Elle était suspendue à mes lèvres.

– Quelquefois, répondis-je. Mais les garçons sont là pour le distraire.

Elle acquiesça d'un hochement de tête pathétique. Elle essayait de reformer l'image de son fils dans son esprit. Je songeai à lui, moi aussi. Son beau visage aux cheveux d'or retrouvait peu à peu son éclat après les pénibles premiers mois de la séparation. Ses yeux pétillaient de nouveau quand je lui lisais ses contes favoris, le soir avant de s'endormir. Je m'étais mise à le considérer sincèrement comme mon fils. Il s'amusait de si bon cœur avec mes deux garçons dans la nursery. Mal et Joël l'adoraient. Il avait en lui toute la joie de vivre de sa mère dans ses beaux jours, mais une joie plus saine, plus pure, plus innocente, sans le côté séducteur et jouisseur qui caractérisait Alicia. Il était plus affectueux que mes enfants. Était-ce parce que ceux-ci avaient le sang de Malcolm dans leurs veines ? Il m'arrivait de le craindre. Chaque matin, il accourait vers moi en criant : « Je veux cent bisous, je veux cent câlins ! Youpiiii !... » Pas plus tard que la veille, lorsque je l'avais mis au lit pour sa sieste, il avait levé vers moi ses beaux yeux bleus en me demandant : « Je pourrai vous appeler maman, des fois ? » Bien sûr, je n'en avouai rien à Alicia. Au contraire, je ramenais toujours la conversation sur elle.

– Vous avez l'air négligé, aujourd'hui, Alicia, lui dis-je sur un ton de reproche. Vous devriez soigner davantage votre personne.

Elle me fit face brusquement.

– Je suis comme ça, jura-t-elle entre ses dents, parce que je passe toutes mes journées dans cette... dans ce placard !

– C'est plus grand qu'un placard.

– Je ne vois d'autre lumière que les rayons de soleil qui filtrent par les fenêtres de cette pièce et les lucarnes du grenier. Hier, je suis restée devant la fenêtre jusqu'à ce que le soleil disparaisse et me laisse dans l'ombre. Je me sens comme une fleur privée de lumière, une fleur en train de faner dans un placard. Bientôt, je me dessécherai et je mourrai. Vous pourrez me glisser entre les pages d'un livre.

Sa voix était un mélange de colère et d'apitoiement sur elle-même.

– Vous ne resterez pas ici assez longtemps, dis-je. Cela ne vous vaut rien de vous asseoir pendant des heures en ruminant votre malheur jour après jour, ajoutai-je sur un ton détaché, ce qui ne fit que l'exaspérer davantage.

– Peut-être pourrais-je faire une petite promenade dehors en cachette. Il vous suffirait d'éloigner les enfants de la maison et...

– Mais, Alicia, et les domestiques ? Qu'est-ce que je leur dirais s'ils vous voyaient ? Ils ne comprendraient pas d'où vous venez. Ils voudraient savoir qui vous êtes. Imaginez que les enfants en entendent parler ! Ce que vous me demandez là est impossible, tout simplement impossible. (Elle acquiesça.) Je suis désolée pour vous. Sincèrement. J'espère que vous me croyez. (Elle m'interrogea du regard, puis acquiesça de nouveau.) Personne ne se réjouit de ce qui vous arrive, surtout pas moi. Efforcez-vous de penser à l'avenir et vous pourrez mieux supporter le présent.

Soudain, une nouvelle idée lui vint.

– Renvoyez tous les domestiques, dit-elle, tout excitée par sa trouvaille. Donnez-leur congé, juste pour un week-end. C'est tout ce que je vous demande : un ou deux jours d'air pur. Je vous en prie.

– Vous déraisonnez. Je ne saurais trop vous conseiller de vous ressaisir. Vous finirez par vous rendre malade et vous risquerez de perdre le bébé. Il faut vous nourrir comme il faut, vous et l'enfant que vous portez.

Et je sortis sans lui laisser le temps d'ajouter un mot.

Le soir, quand je revins lui apporter son dîner, elle semblait réellement changée. Elle avait pris un bain et enfilé une jolie robe bleue. Mais ce qui me surprit, ce fut la façon dont elle était assise sur son lit. Elle feignait d'être sur la banquette arrière d'une voiture en marche.

– Oh, dit-elle en me voyant entrer, nous arrivons au restaurant. Qu'est-ce qu'on va manger ce soir ?

Elle faisait semblant de parler à Christopher, qu'elle supposait assis à côté d'elle. Je fus assez stupéfaite, mais je ne dis rien.

Elle m'observa en espérant que j'allais entrer dans son jeu. Je posai le plateau sur la table et la regardai. Elle essayait de créer une situation imaginaire : elle se leva et s'approcha de la table comme si elle avait été dans un restaurant. Elle prenait des airs mondains et semblait plus heureuse.

Elle s'adressa à moi comme à une serveuse. Tout à coup, je lui trouvai quelque chose d'étrange. Il ne s'agissait pas d'un simple jeu : elle paraissait y croire vraiment. Elle continuait à papoter comme si je n'avais pas été là ou comme si j'avais été une étrangère. Cela ne me plaisait guère, mais je ne savais pas comment réagir.

– Vous pouvez disposer, dit-elle. Et emportez tout cela, ajouta-t-elle en désignant les assiettes sales.

Elle se mit à nourrir son Christopher imaginaire en lui disant qu'au sortir du restaurant ils iraient se promener en voiture dans le parc pour admirer les animaux et faire un tour de manège. J'en déduisis que c'était le grenier qui devait faire office de parc. Elle était vêtue de la plus belle des robes que je lui avais permis d'emporter. Sa grossesse n'était pas encore assez prononcée pour l'en empêcher. Et elle avait déniché, je ne sais où, un morceau de toile beige qu'elle avait noué en guise de ruban dans ses courtes mèches.

– Vous allez bien ? lui demandai-je.

Elle s'interrompit.

– Excuse-moi, Christopher, dit-elle à la chaise vide à côté d'elle, la serveuse veut me demander quelque chose. Qu'y a-t-il, madame ? reprit-elle d'une voix chantante.

Je pinçai les lèvres et me redressai. Elle souriait comme une démente. S'imaginait-elle que j'allais marcher dans cette comédie ? Je me contentai de reprendre le plateau sans répéter ma question et m'en retournai.

– Elle dit qu'ils n'ont plus de crème glacée, expliqua-t-elle à son fils fictif. Mais ne t'inquiète pas. Nous verrons peut-être un marchand de glaces dans le parc et, de toute façon, nous ne reviendrons jamais dans ce restaurant, n'est-ce pas ?

Je l'entendis rire, tandis que je refermais la porte derrière moi. Je me demandai si elle n'était pas devenue folle. Pour la première fois depuis son retour à Foxworth Hall, j'avais hâte de la voir repartir.

La comédie continua. La chambre secrète de l'aile nord devint le refuge des illusions d'Alicia. Chaque fois que j'entrais, je la surprenais en compagnie de son fils imaginaire. Tantôt, ils étaient en voiture, tantôt en bateau, tantôt au grenier. Là, elle branchait son gramophone : ils étaient censés être allés voir un spectacle de marionnettes. Elle avait confectionné deux marionnettes à l'aide de ses bas et utilisait l'armoire comme théâtre.

Chaque fois, elle m'attribuait une identité différente. Quand je n'étais pas serveuse, j'étais caissière dans le fameux théâtre de marionnettes ou capitaine d'un ferry-boat... n'importe qui, sauf Olivia. Elle n'avait plus l'air effrayée quand j'arrivais. Elle m'accueillait avec un sourire optimiste, impatiente de voir comment je réagirais à ses nouvelles inventions.

Cela paraissait sans fin. Un jour, je vis qu'elle avait retiré le drap du miroir. La réalité ne la gênait plus, car elle ne la voyait pas. Elle voyait ce que son imagination lui offrait. Je la trouvai debout devant le miroir, une brosse à la main, en train de peigner ce qu'elle croyait être de longues mèches ondulant sur ses épaules.

Le plus étrange était qu'elle avait retrouvé son riche teint de pêche d'autrefois. Je savais que certaines femmes s'épanouissent pendant leur grossesse. Ce n'avait pas été mon cas, mais je me souvenais qu'Alicia était restée très belle lorsqu'elle attendait Christopher. Il en était de même à présent, et ses illusions l'y aidaient.

– Que faites-vous ? lui demandai-je.

Elle ne m'avait pas entendue entrer. Elle se tourna vers moi.

– Oh, Olivia. Garland m'a dit que Vénus elle-même n'avait pas de plus beaux cheveux que les miens. Vous vous rendez compte ? Les hommes sont parfois vraiment extravagants dans leurs compliments. Ils ne se doutent pas de ce que ça peut faire à une femme. Je le laisse dire. Pourquoi pas ? Ça ne fait de mal à personne, et certainement pas à Vénus.

Elle éclata de rire, de ce même rire sonore et joyeux qui était le sien du vivant de Garland.

Elle devient réellement folle, songeai-je. À force d'être enfermée ici, enceinte, elle a fini par perdre la raison. Mais je ne m'estimais pas coupable. C'était à Malcolm de porter le poids de cette faute-là aussi. Il devait savoir ce qu'il faisait, après tout; il avait même dû prévoir qu'elle en arriverait là. Elle donnerait naissance à son bébé et il garderait l'enfant. Mais elle serait dans un tel état qu'il n'aurait plus besoin de lui céder la fortune qui lui revenait; elle serait peut-être même placée sous tutelle. Il aurait tout, l'enfant, l'argent, et serait débarrassé d'Alicia. Nous adopterions Christopher.

Une telle perspective me mettait en rage. Une fois de plus, Malcolm Neal Foxworth arriverait à ses fins, en battant tout le monde, y compris moi. Je ne pouvais pas le permettre.

– Alicia, Garland est mort. Il ne peut pas vous avoir dit cela aujourd'hui. Arrêtez. Cessez cette comédie ridicule avant qu'elle ne vous rende folle. Vous m'entendez ? Vous comprenez ce que je dis ?

Elle continuait à me sourire, imperturbable. Elle n'entendait que ce qu'elle voulait entendre.

– Avec lui, il n'y a jamais rien de trop beau pour moi; il ferait n'importe quoi. C'est terrible, je le sais. Il suffit que je mentionne quelque chose que j'ai vu ou dont j'ai envie, et le lendemain, je dis bien le lendemain, il me le fait livrer. Il me gâte trop, mais que voulez-vous que j'y fasse ? (Elle recommença à se peigner devant la glace.) Enfin... Il dit que ça lui plaît de me gâter. Il dit que c'est son plaisir et que je n'ai pas le droit de le lui refuser. N'est-ce pas merveilleux ?

– Je vous ai apporté les robes de maternité, Alicia. (J'espérais que ce brusque rappel à la réalité la ferait rapidement redescendre sur terre. Je posai la pile de vêtements sur le lit.) Je vous laisse les trier. Vous ne pouvez plus continuer à vous habiller ainsi.

Elle ne réagit pas.

– Alicia !

– La nuit dernière, Garland m'a dit... Il m'a dit : Alicia, ne t'avise pas de me demander la lune, parce que je me tuerais à essayer de la décrocher pour toi. (Elle rit.) Dois-je lui demander la lune, Olivia ?

– Les robes de maternité, Alicia, répétai-je.

Elle continua de m'ignorer. À bout de patience, je sortis de la pièce, espérant qu'elle finirait par revenir d'elle-même à la réalité en apercevant les vêtements sur le lit.

Cependant, en me couchant ce soir-là, je ne pus m'empêcher de repenser à ses divagations. Puisqu'elle se jouait la comédie, il était normal qu'elle parlât au présent, mais elle le faisait avec un tel réalisme que je n'étais pas loin d'y croire moi-même; il y avait un parfum de surnaturel, comme si Garland lui avait effectivement rendu quelque visite nocturne...

Tout à coup, il me vint une idée effrayante. Malcolm ! Malcolm m'avait-il désobéi ? Était-il venu la voir nuitamment ? En le voyant, elle pouvait très bien l'avoir appelé Garland. Profitait-il de sa folie pour se faufiler chez elle au milieu de la nuit, pendant que je dormais ? Elle était capable de croire que c'était Garland qui se glissait dans ses draps... Cette éventualité m'empêcha de dormir.

Bientôt, il me sembla entendre des pas dans le couloir. J'allai voir. Personne. Mais Malcolm aurait eu largement le temps de filer en catimini vers l'aile nord. J'enfilai ma robe de chambre, mes pantoufles et sortis à pas de loup. Mon intention était de me rendre dans l'aile nord et d'ouvrir simplement la porte d'Alicia. Puis j'eus une meilleure idée. S'il était avec elle, il risquait de m'entendre approcher, ce qui lui laissait une chance de s'extirper précipitamment de son lit avant que je n'eusse tourné la clef dans la serrure.

Je choisis donc de passer par le grenier. J'allumai la petite lampe de l'escalier menant aux combles et refermai doucement la porte derrière moi. Certaine que ni Malcolm ni les domestiques ne pourraient m'entendre, je commençai à gravir les marches. Mon idée était de traverser le grenier et de redescendre par le petit escalier dérobé qui donnait dans la chambre d'Alicia. Ainsi, je pourrais les prendre sur le fait pendant qu'ils seraient au lit.

Mais, lorsque je fus dans le grenier, la faible lumière de l'escalier s'éteignit soudainement et je me retrouvai dans une totale obscurité. J'hésitai. Devais-je revenir sur mes pas ou persévérer ? M'en tenant à ma première idée, je m'aventurai à tâtons dans le grenier.

Je pensais me souvenir assez bien des lieux pour retrouver mon chemin dans le noir. C'est alors que j'entendis quelque chose bouger furtivement sur ma droite. La panique s'empara de moi. J'étais sûre que c'étaient des rats. Des rats ! Je les imaginai courant sur mes pieds, me faisant trébucher et grimpant le long de mon corps jusque sur ma figure. Je crus que j'allais m'évanouir. Je commençais à avoir le tournis. Il fallait sortir d'ici, vite !

Je tournai brusquement les talons et me retrouvai face à une personne debout dans l'ombre ! J'étouffai un cri...

Ce n'était qu'une vieille robe qui pendait. Mais, dans ma précipitation, j'avais heurté une malle et je tombai à la renverse contre une pile de fripes, qui s'écroula sur le sol. Prenant appui sur mes mains pour essayer de me remettre debout, je touchai quelque chose de velu... Un rat ! Ma panique grandit. Je m'enfuis à quatre pattes, me cognant au passage contre un tas de vieux livres. J'avais si peur que je pouvais à peine respirer.

Je finis par me relever, mais j'avais perdu mon sens de l'orientation. Je n'aboutissais qu'à des culs-de-sac. Les ténèbres se refermaient sur moi; je n'osais plus faire un pas, ni à droite ni à gauche. La terreur me glaçait. Mes pieds étaient de plomb, mes jambes ligotées. J'étais incapable de bouger d'un pouce. Je me mis à sangloter en silence.

Les rats s'énervaient, couraient sur les meubles, entraient dans les armoires et en sortaient. Le grenier entier semblait grouiller de bêtes immondes. J'imaginai les ombres des ancêtres de Malcolm, réveillées par mon intrusion, rampant le long des murs. Ce manoir ne tolérait aucune faiblesse, aucune lâcheté. À la moindre défaillance, les ombres s'acharnaient à vous détruire.

Je m'appuyai contre le mur le plus proche et me mis à le longer en tâtonnant, espérant qu'il me mènerait vers l'escalier par lequel j'étais montée. Je heurtai des meubles, des cages à oiseaux, trébuchai sur des malles. Tout ce que je touchais se transformait en créatures palpitantes, au sang chaud, même lorsque j'avais conscience de n'avoir touché que des pièces de lingerie ou des accoudoirs de chaises vermoulues. Puis ma chevelure se prit dans la petite porte ouverte d'une cage, qui tomba vers moi. Je la rattrapai de justesse. Dans mes mains, le piédestal me fit l'effet d'un long serpent noir. Tout devenait vivant et sinistre.

Je ne sais pas combien de temps il me fallut pour atteindre l'escalier. Je dus faire appel à toute ma force de caractère pour ne pas flancher. Je reconnus finalement l'entrée de l'escalier et descendis.

Dès que j'ouvris la porte pour me retrouver dans le couloir, je fus prise d'un tel soulagement que je faillis pleurer de joie. Je me hâtai de regagner l'aile sud et ma chambre. Quand je me vis dans la glace, j'avais l'air d'une démente échappée d'un asile. Mes cheveux étaient hirsutes et ma robe éraflée. J'avais aussi des égratignures sur le visage et mes mains étaient noires de poussière. Je savais que jamais plus je n'aurais le courage de remonter dans ce grenier. J'y retournerais souvent dans mes cauchemars, mais la seule pensée d'ouvrir la porte et de gravir les marches me glaçait d'effroi.

Je me débarbouillai et retournai au lit. Je restai longtemps allongée sans fermer l'œil, savourant la chaleur et le confort retrouvés de ma chambre. Puis je revins à mes réflexions de tantôt. Je n'étais toujours pas plus avancée. Au bout d'un instant, j'eus la certitude d'entendre à nouveau des pas dans le couloir. Je me précipitai à la porte. J'eus l'impression que Malcolm venait juste de rentrer dans sa chambre. Je tendis l'oreille pour essayer d'entendre le cliquet de la clenche qui retombait. Rien.

J'avais échoué. Je n'avais pas réussi à le prendre au piège comme je l'avais escompté. C'était moi qui avais été prise au piège dans ce vieux grenier terrifiant, rempli du passé tortueux des Foxworth, qui ne cesserait de me hanter désormais.

Cette maison avait la faculté de protéger les siens. Elle enveloppait Malcolm de silence lorsqu'il se faufilait le long des couloirs. Les murs connaissaient la vérité, mais ils ne parleraient pas.

J'hésitai un instant, puis refermai ma porte et retournai au lit. Je ne m'endormis qu'au matin et fus réveillée en sursaut par le pas sonore et arrogant de Malcolm qui descendait pour le petit déjeuner.

En le rejoignant, j'essayai de lire sur son visage pour tâcher d'y déceler une réponse à mes questions. Avait-il, oui ou non, rendu visite à Alicia pendant la nuit ? Jusqu'à ce jour, il s'était tenu coi et ne m'avait jamais demandé de ses nouvelles, se comportant exactement comme si elle n'avait plus été dans le manoir.

Il était assis en bout de table, occupé à lire le journal du matin, oubliant de me saluer, comme à son habitude. J'attendis que la soubrette lui eût servi son café pour lui adresser la parole.

– Vous n'avez rien entendu d'anormal, cette nuit ? lui demandai-je.

Il reposa son journal et me regarda avec perplexité.

– D'anormal ? Qu'entendez-vous par anormal ? fit-il, comme s'il se fût agi d'un mot étranger.

– Quelque chose comme des bruits de pas dans l'aile nord, par exemple, répliquai-je.

Il me considéra d'un œil insondable et se pencha en avant pour pouvoir me parler à voix basse.

– Sa porte est verrouillée, non ? Elle ne peut pas sortir se promener, n'est-ce pas ?

– En effet. Mais c'était peut-être quelqu'un d'autre, répondis-je, d'une voix aussi basse que la sienne, mais plus incisive.

– Qu'est-ce que vous insinuez ? reprit-il en se carrant sur sa chaise.

– Avez-vous enfreint notre accord ?

– Je vous assure que non. Je n'ai pas le temps de m'amuser à vadrouiller dans ce manoir. Vous non plus, j'espère ? Vous avez sans doute mieux à faire que rôder dans les couloirs pour découvrir quelque... infraction, comme vous dites.

– Je n'ai pas besoin de rôder. Il y a une seule pièce qui m'intéresse pour l'instant.

Je sentis mon visage se durcir. Il détourna les yeux et secoua la tête.

– Elle vous a raconté quelque chose ? Elle a encore inventé une histoire ? À force d'être enfermée toute seule dans cette pièce, pas étonnant qu'une femme comme elle se mette à « fabuler », dit-il avec un sourire railleur, qui lui donnait l'air matois d'un chat.

– Comment savez-vous qu'elle fabule ? rétorquai-je aussitôt.

– Je vous en prie, Olivia, cessez de jouer les détectives comme une enfant. Vous vous ridiculisez. Vous ne trouverez pas mes empreintes digitales dans cette chambre.

Il ramassa son journal et le plia soigneusement, pour s'assurer que je ne perdais rien de son sourire ironique avant qu'il ne fût caché derrière les pages.

– Je l'espère, dis-je.

S'il était inquiet, il n'en laissait rien paraître. Il reprit sa lecture, expédia son petit déjeuner aussi rapidement que d'habitude et partit pour son travail, me laissant à ma tâche de garde-malade, obligée de prendre en charge la folie que sa propre folie avait créée.

13

Cadeau de Noël

Alors que les feuilles vertes de l'été se desséchaient, flétrissaient et tombaient, et que les arbres dardaient vers le ciel leurs bras désolés et de plus en plus dénudés, ma fausse grossesse commençait à se préciser. Pendant tout l'été, j'avais rassemblé des oreillers de différentes tailles et de différentes formes pour me façonner un ventre de femme enceinte. J'avais d'abord trouvé un coussin dans le salon, qui me sembla tout à fait approprié pour un troisième mois, puis j'en avais déniché plusieurs autres dans l'aile nord. Mais la décoration faisait tellement défaut à Foxworth Hall que, vers le septième mois, je dus fouiller la chambre au cygne pour me procurer un oreiller suffisamment rembourré. Car j'avais décidé de jouer le jeu complètement : mon accouchement était prévu pour décembre. L'ironie du sort voulait que le bébé fût attendu pour le jour de Noël.

Lorsque mon « état » devint visible, j'estimai le moment venu d'annoncer aux enfants la naissance prochaine. Mal et Joël, sur mes instances, étaient en pension à Charleston depuis septembre. Christopher était resté à la maison avec moi. Je m'ennuyais tellement de mes garçons, et Christopher, de son côté, s'ennuyait tellement d'Alicia que nous étions devenus très proches, presque comme une mère avec son fils. Je le choyais matin, midi et soir. Il était ma seule joie de vivre pendant ces mois étranges et durs. Nous jouions souvent au magicien et à la sorcière, mais Christopher insistait toujours pour que je fusse une bonne fée. Et, à la vérité, plus la naissance approchait et plus il me semblait que ce bébé serait un don de Dieu, tout comme l'était Christopher. Il m'apparut que le moment le plus approprié pour apprendre la nouvelle aux enfants serait le repas de Thanksgiving Day[1]. De la sorte, Malcolm serait présent pour partager nos effusions de joie. En cette journée d'action de grâces, le moins que nous pussions faire était de manifester notre gratitude.

Comme nous n'avions plus que deux domestiques, j'avais passé la matinée à aider aux préparatifs de ce repas de fête. À midi, au moment de se mettre à table, j'étais épuisée. Je ressentais véritablement « le poids de la grossesse ». Tandis que Malcolm découpait la dinde dorée à point, je levai mon verre de cristal et y fis tinter ma cuiller.

– Mes garçons, j'ai une déclaration très importante à vous faire en ce jour de fête. Vous avez pu remarquer que ma silhouette a changé ces derniers temps. Eh bien, voici le secret. Un enfant va naître dans notre maison, vers Noël. Vraiment, Dieu nous fait don à tous d'un merveilleux cadeau de Noël, cette année.

Malcolm laissa tomber son couteau et me lança un regard incendiaire, le visage rouge de colère.

– Olivia, c'était à moi d'annoncer cette nouvelle ! Comment osez-vous vous mettre en avant de la sorte ?

Je plissai les yeux et, d'une voix glaciale comme le vent de novembre qui raflait les feuilles mortes dehors, répliquai :

– Comme nous en étions convenus, Malcolm, c'est moi qui assume la charge de tout ce qui concerne la naissance de notre nouvel enfant.

– Mère, ce sera une fille ou un garçon ? intervint Joël.

1. Mot à mot : « journée d'action de grâces », qui se fête le quatrième jeudi de novembre.

– Ne sois pas stupide, gronda Mal. On ne peut pas le savoir tant qu'il n'est pas né.

Mal ressemblait de plus en plus à Malcolm. Il aimait être le plus malin, le plus savant et ne manquait pas une occasion de le faire sentir à Joël.

Christopher éclata en sanglots :

– Non, ne laissez personne venir ici, Olivia. Je ne veux pas d'un petit bébé qui vous prendra tout votre temps. Je ne veux pas perdre une deuxième maman.

Je le réconfortai :

– Personne ne prendra ta place, Christopher, ni un petit garçon ni une petite fille.

– Ce sera une fille ! tonna Malcolm.

Il me fustigea du regard et se remit à dépecer sa volaille d'un air mauvais, qui m'était sans doute destiné.

La colère de Malcolm fit tomber une chape de silence sur notre repas de fête. Les garçons semblaient intimidés et Christopher ne cessait de m'implorer des yeux. Malcolm réprimandait constamment les garçons sur la façon de tenir leur couteau et leur fourchette. Quand se déciderait-il à les laisser tranquilles ! Il accusa Joël de couper sa viande comme une femmelette, à quoi Mal répliqua :

– Je croyais que vous vouliez justement une fille.

Malcolm se contenta de renifler avec mépris et continua à manger sa purée.

J'aidai la servante à débarrasser la table. Elle me lançait des coups d'œil furtifs, se demandant pourquoi la nouvelle n'avait pas donné lieu à une plus grande effusion de joie. Mais je restai de marbre : mon chagrin ne regardait pas les domestiques. Le soir venu, dès que les enfants eurent regagné leur chambre et que Malcolm, comme à l'accoutumée, fut parti « en ville pour affaires », je préparai un panier de pique-nique un peu plus raffiné que d'habitude pour Alicia. Il était déjà huit heures, et elle devait être tout bonnement affamée.

En montant l'escalier – pour la millionième fois, me semblait-il –, je me servis de mon faux ventre rembourré comme appui pour soutenir mon panier.

La première fois qu'Alicia m'avait vue avec ce faux ventre, elle avait éclaté de rire. Mais, comme elle était obligée de porter mes robes de maternité, il me semblait que, si quelqu'un avait l'air ridicule, c'était elle.

Elle avait fait quelques essais maladroits pour reprendre les ourlets, mais ses jupes traînaient presque toujours par terre. Ses seins, plus petits que les miens, nageaient dans mes corsages et ses bras se perdaient dans les manches. De même que lors de sa précédente grossesse, elle n'était pas bouffie. Elle ressemblait à une enfant dans des habits de femme adulte. Ses cheveux avaient repoussé mais, comme je les lui coupais régulièrement, ils n'atteignaient que la base de son crâne.

J'ouvris la porte et entrai avec un sourire enjoué.

– C'est Thanksgiving Day, Alicia !

Elle se jeta avec avidité sur le panier, qu'elle m'arracha des mains sans même me saluer. Elle empoigna un pilon de dinde, y mordit à belles dents et soupira. Puis elle racla soigneusement la farce avec ses doigts, qu'elle lécha jusqu'à la dernière miette.

– Est-ce que, vous aussi, vous avez l'impression d'avoir un appétit énorme, ces temps-ci ? me demanda-t-elle.

Elle semblait excitée comme une collégienne comparant des bulletins de notes.

– Pardon ?

Je ne compris vraiment pas sa question. Elle continuait à sourire entre deux bouchées. Je ne l'avais jamais vue dévorer avec un tel entrain.

– Votre appétit, répéta-t-elle. Il n'est pas gigantesque ? Parfois, j'ai l'impression que je pourrais passer la journée à manger et je suis tentée de vous crier par la fenêtre de m'apporter une ration supplémentaire. Je pourrais avaler n'importe quoi, n'importe quel mélange, n'importe quelle quantité, même des aliments pas cuits. La nuit dernière, j'ai rêvé de biftecks, de crème glacée et de petits fours. Vous n'avez pas d'envies, vous ?

Elle pencha la tête de côté, en appuyant sa joue sur son index droit. Comme elle s'était comportée presque normalement ces derniers temps, je me demandai si sa folie la reprenait peu à peu.

– Pas vraiment. Pourquoi aurais-je des envies ?

Je ne savais pas si je devais sourire ou me fâcher.

Elle ne répondit pas, se contentant de rire et de poursuivre son dîner. Se moquait-elle de moi ? Était-ce sa façon à elle de se venger ?

– Je ne mange ni plus ni moins que d'habitude, répliquai-je, et je m'en retournai.

Elle riait encore quand je refermai et verrouillai la porte derrière moi.

À dater de ce jour, chaque fois que je montais lui apporter son plateau, elle s'arrangeait pour me faire toutes sortes de remarques sur les progrès de ma grossesse. Elle dédaignait toutes mes protestations et se conduisait comme si c'eût été moi qui fusse devenue folle. Finalement, je décidai qu'il était temps de lui remettre les idées en place.

– Vous savez pourquoi je fais cela, n'est-ce pas ? lui dis-je un jour, après être restée quelque temps avec elle dans la pièce.

Elle était assise près de la fenêtre, occupée à tricoter des chaussons roses. Elle avait déjà assez de layette pour habiller six nourrissons, mais elle continuait imperturbablement, des journées entières. Le plus étrange était qu'elle semblait certaine, elle aussi, que ce serait une fille, comme si Malcolm, en plus de sa semence, lui avait communiqué son idée fixe. Un froid soleil hivernal filtrait par les carreaux, éclairant la pièce sans la réchauffer. Évidemment, les couches d'oreillers que j'avais attachées sur mon ventre me tenaient toujours chaud. Je tapotai mon abdomen factice pour qu'elle comprît bien ce que j'entendais par « faire cela ». Elle me regarda. Ses yeux pétillaient d'allégresse.

– Vous faites cela parce que Malcolm Neal Foxworth veut une famille nombreuse et surtout parce qu'il exige une fille.

– Mais c'est vous qui accoucherez de cet enfant, Alicia. C'est vous qui avez les vrais symptômes, pas moi.

Son sourire s'effaça.

– Vous n'aimeriez pas être enceinte ? reprit-elle sur un ton acerbe.

– Ce ne sera plus utile, maintenant, n'est-ce pas ? dis-je, essayant de l'intimider.

La raison pour laquelle je ne pouvais tolérer ses questions incongrues était que celles-ci me forçaient à rester sur la défensive, inversant les rôles. C'était moi la femme pure, elle la pécheresse. J'étais là pour porter secours à l'enfant du péché, j'étais sa rédemptrice.

Son expression ne s'adoucit pas. Au contraire, elle devint plus agressive.

– Oh ! que si, Olivia. Vous vous trompez. Puisque c'est vous qui serez la mère, il faut que vous assumiez votre grossesse. Mettez la main sur votre ventre et sentez comme il bouge. Sentez comme il puise dans vos forces. Mangez, dormez en conséquence et priez, comme vous le feriez si vous portiez vraiment un enfant dans votre sein.

Elle s'exprimait avec une détermination et une énergie nouvelles. Ses yeux étaient plus petits, sa bouche plus mince.

Je reculai. J'avais soudain des difficultés à respirer.

– Pourquoi n'ouvrez-vous pas une fenêtre ici ?

Elle se leva et s'approcha de moi.

– C'est la vie. Sentez-la.

Elle prit ma main et appliqua ma paume sur son ventre. Nous restâmes un instant face à face, à nous regarder dans les yeux. Elle me toisait avec une intensité telle que je faillis tourner la tête. Mais je tins bon et soudain... je sentis son ventre bouger, je le sentis aussi nettement que si c'eût été le mien. Je voulus retirer ma main, mais elle ne lâcha pas prise.

– Non ! Touchez-le, désirez-le, connaissez-le. C'est le vôtre ! dit-elle. Le vôtre !

– Vous êtes folle. (Je réussis enfin à retirer ma main.) Je fais ceci uniquement pour... vous laver de vos fautes, vous et Malcolm, et pour convaincre les gens que l'enfant est bien le mien. Et il le sera...

Je reculai jusqu'à la porte, saisis la poignée derrière mon dos et sortis à la sauvette. Je m'enfuis en courant dans le couloir, poursuivie par son regard de démente.

Cette nuit-là, je m'enfermai dans ma chambre et me couchai sans détacher les oreillers qui caparaçonnaient mon abdomen. Je restai étendue dans mon lit, les mains posées sur mon ventre, comme je les avais posées sur le ventre d'Alicia. J'avais l'impression que le bout de mes doigts et mes paumes en étaient encore chargés d'électricité. Comme si le souvenir en avait été gravé dans mes mains, je ressentis les mêmes palpitations qu'alors. Mais, cette fois, je les ressentais sur un ventre de chiffon. Était-ce un esprit que je touchais ? Dieu m'avait-il choisie pour... me féconder de Son esprit ? Tout à coup, l'idée que je pusse avoir de telles pensées me terrifia. Je sautai à bas du lit et retirai vivement mon caparaçon d'oreillers.

Je finis par m'endormir, pour me réveiller au milieu de la nuit avec, de nouveau, la sensation étrange que quelque chose bougeait à l'intérieur de moi. C'était un rêve, rien qu'un rêve, me dis-je. Mais il me fallut longtemps pour retrouver le sommeil. Il me sembla même entendre un bébé crier.

Mal et Joël restèrent pendant tout le week-end de Thanksgiving. Le lundi matin, je fis leurs bagages pour l'école. Durant le mois qui suivit, j'attendis avec une impatience grandissante la naissance de mon enfant, tandis que Christopher s'en trouvait de plus en plus inquiet. Il était même devenu grincheux et capricieux, lui d'habitude si vivant et enjoué.

– Vous êtes la méchante sorcière, maintenant, Olivia, et je vais dévorer votre bébé.

Les douleurs d'Alicia commencèrent le jour où nous dressâmes l'arbre de Noël. Les garçons n'étaient pas encore rentrés pour les congés de fin d'année et j'étais en train de décorer le sapin avec Christopher.

Au moment où j'accrochais une boule sur l'une des plus hautes branches, j'entendis un cri au loin. Je laissai tout tomber et me précipitai dans l'aile nord, abandonnant Christopher aux soins de la soubrette.

– Alicia ! m'exclamai-je en entrant en coup de vent dans la chambre. Je vous ai entendue crier d'en bas. Où vous croyez-vous ?

– Olivia, gémit-elle, aidez-moi, je vous en prie. C'est le bébé qui vient.

Malcolm apparut tout à coup derrière moi.

– Olivia, maintenant, c'est moi qui dirige les opérations. Retournez immédiatement dans votre chambre. Vous êtes sur le point d'accoucher, m'ordonna-t-il, sur un ton sec et plein d'assurance.

Pour la première fois depuis des mois, je lui obéis. Je restai douze heures dans ma chambre, poussant des cris de douleur pour donner le change aux deux domestiques et à Christopher, tandis qu'Alicia, dont les plaintes étaient étouffées par Malcolm et la sage-femme qu'il avait dépêchée, travaillait en silence dans l'aile nord. Le lendemain à l'aube, Malcolm entra chez moi avec dans les bras un lange rose vagissant. Il s'approcha de mon lit et déposa le bébé à côté de moi.

– C'est une fille, annonça-t-il d'une voix fière et arrogante.

Quand je l'eus démailloté, j'eus sous les yeux le plus beau nouveau-né que j'eusse jamais vu. Il n'y avait aucune rougeur dans son teint. Pour tout dire, il semblait être d'immaculée conception, sans être passé par les affres de la naissance humaine. Comme un tel bébé serait facile à aimer ! Il était si beau et si doux. Oh, je l'accepterais comme ma propre fille. J'en ferais ma propre fille. Et elle m'aimerait.

– C'est le plus beau bébé du monde, n'est-ce pas ? Regardez-moi ces fossettes sur ses mains et ces petits pieds, ces cheveux d'or déjà bouclés, ces yeux bleus, si bleus... Tenez, je suis sûr que ma mère lui ressemblait quand elle était bébé, dit-il avec une tendresse dans la voix dont je ne l'aurais jamais cru capable. Corinne, ma douce, ma jolie petite fille, Corinne !

– Corinne ? (J'étais choquée.) Franchement, ne me

dites pas que… Comment pouvez-vous baptiser cette enfant innocente du nom de votre mère que vous prétendez haïr ?

– Vous ne pouvez pas comprendre. (Il secoua la tête et passa la main devant son visage comme pour dissiper des toiles d'araignée imaginaires.) Ce sera un moyen pour moi de me rappeler constamment que les belles femmes sont des intrigantes et des séductrices, sans quoi je pourrais me laisser aller à lui faire trop confiance. Je l'aime déjà trop. Ainsi, chaque fois que mes lèvres prononceront le nom de « Corinne », je me souviendrai de la trahison de ma mère, qui avait promis de rester près de moi et de m'aimer jusqu'à mon âge d'homme. Je ne me laisserai plus prendre, conclut-il en hochant la tête avec le même genre de certitude que lorsqu'il donnait son opinion sur une question d'argent.

Ses paroles me firent froid dans le dos. Comment pouvait-il attribuer à l'avance un tel caractère à cette petite fille angélique ? Qu'est-ce qui le tourmentait autant ? Ne changerait-il donc jamais ? À cet instant, je me mis à haïr Malcolm de tout mon être et je me jurai d'essayer par tous les moyens de protéger cette enfant contre sa perversion. Je la chérirais comme ma propre fille. Elle n'avait pas une goutte de mon sang dans les veines pour contrebalancer la folie des Foxworth, mais je l'élèverais à mon idée et ferais en sorte qu'elle ne devînt pas comme Alicia ou la première Corinne.

– Sortez de ma chambre, Malcolm, ordonnai-je sèchement. Vous êtes malade. Je ne veux plus jamais vous entendre dire des choses pareilles sur notre fille.

Il s'en alla. Je pus alors explorer à loisir le corps parfait de mon nouveau-né. Je me présentai à elle et l'assurai de mon amour et de ma tendresse. Je comptai ses dix délicats petits orteils et ses dix doigts longs et fins. Oui, elle serait à la fois tout ce que je n'avais jamais pu être et tout ce que j'étais. À travers elle, je pourrais vivre la vie que je n'avais jamais vécue, car elle serait aimée par tous ceux qui la connaîtraient. Je la berçai dans mes bras, en chantant : « Chut… petit bébé, ne dis pas un mot, papa t'offrira un oiseau siffleur. » Puis je m'endormis à côté d'elle. La journée avait été longue et rude.

Le soleil d'hiver était à son zénith quand je tirai les rideaux de ma chambre, le lendemain. La petite Corinne – un ange ! – avait dormi six heures d'affilée. Jamais je n'avais vu de nouveau-né aussi placide. La nurse entra pour lui donner le biberon. « Laissez-moi faire », insistai-je. Je n'avais aucune intention de garder cette nurse très longtemps. Je voulais élever cette enfant moi-même. Puis je pensai à Christopher : il était temps de lui présenter Corinne. Il devait se sentir bien seul et se poser des questions. C'est que je l'avais abandonné devant l'arbre de Noël sans un mot d'explication ! À contrecœur, je tendis Corinne à la nurse et courus à la recherche de Christopher.

Il n'était pas dans sa chambre. Il n'était pas dans la nursery. Avec une angoisse grandissante, je montai dans l'aile nord. J'ouvris la porte d'un coup. La chambre était vide, parfaitement propre et calme. Alicia et toute trace de sa présence avaient disparu.

– Christopher ! m'écriai-je en m'élançant dans l'escalier. Christopher, où es-tu ? Je t'en prie, Christopher, viens voir ton Olivia !

Les murs déserts renvoyaient l'écho de ma voix. Je m'assis dans le divan du salon et me mis à pleurer comme je n'avais jamais pleuré de ma vie. Christopher était parti, sans même un mot d'adieu. Alicia avait réclamé son fils et Malcolm s'était empressé de les éloigner de la maison sans se soucier de m'en avertir. Je me jurai solennellement que jamais, jamais ! une chose semblable n'arriverait à Corinne.

Ce Noël fut, pour Mal et Joël, quelque chose d'absolument inattendu. Malcolm avait prévu d'en faire la fête la plus grandiose et la plus extravagante qui eût jamais été donnée à Foxworth Hall. Il surpassa même Garland, qu'il avait pourtant si souvent accusé de gaspillage. Je n'allais pas tarder à apprendre que, quand il était question de Corinne, l'habituelle pingrerie de Malcolm était oubliée. Sa rigueur économique n'entrait plus en ligne de compte dès lors qu'il s'agissait d'elle et de ce qu'il estimait être ses besoins.

Pour commencer, la liste des invités fut considérablement allongée. Près de cinq cents personnes furent conviées – nombre d'entre elles n'étant que de très lointains parents de Malcolm. Quiconque possédait une propriété, une société commerciale ou un cabinet professionnel quelconque à cent kilomètres à la ronde était de la fête. Pour souligner l'importance de la naissance de Corinne, il fit imprimer des cartons d'invitation spéciaux, en lettres d'or :

Corinne Foxworth
Vous invite cordialement à Foxworth Hall
Pour son premier Noël

Il fit installer un bar dans le vestibule et commanda des caisses de champagne très cher. On versa le vin pétillant dans quatre énormes fontaines de cristal, qui arrosaient de grands récipients d'argent. Six serveurs remplissaient les coupes qu'ils tendaient aux convives dès leur arrivée. Où qu'on se tournât, on voyait courir des valets et des servantes en livrées blanc et noir, qui allaient et venaient dans la salle de bal, avec des plateaux d'argent chargés de hors-d'œuvre raffinés : des canapés au caviar, au saumon rose et d'énormes crevettes fichées sur de petites brochettes d'or.

Notre arbre de Noël fut remplacé par un sapin de sept mètres de haut, resplendissant de mille ornements étincelants et de guirlandes lumineuses. L'étoile du sommet était en argent massif et Malcolm entoura le pied de dizaines et de dizaines de cadeaux pour Corinne, emballés dans du papier doré. Je dus lui rappeler d'ajouter des cadeaux pour Mal et Joël aussi.

Il tripla le nombre des domestiques pour l'occasion. Tous les deux mètres, il y avait quelqu'un qui tenait un plateau ou rassemblait les verres et les assiettes sales. Contre le mur du fond était dressée une immense table, portant des rôtis de dinde et de bœuf, des jambons braisés, des poules de Cornouailles, des saumons fumés, une abondance de caviar, des plats de crevettes et des rangées de queues de homard, le tout apprêté avec ostentation et étalé sur des présentoirs d'argent. Il y avait des fleurs sur toutes les tables disponibles; certaines avaient même été réservées pour porter de véritables buissons de poinsettias. Il n'avait pas reculé devant la dépense.

Il engagea un orchestre de dix musiciens et fit construire une petite scène spécialement dans un coin du vestibule. Il y avait même une chanteuse qui interprétait des chansons à la mode, chose que Malcolm tolérait rarement. Il avait planifié cette réception comme il réglait ses plus importantes affaires professionnelles, m'excluant totalement des préparatifs et prenant en charge les moindres détails.

Même le temps était de la partie – à croire qu'il l'avait commandé aussi. Il neigeait doucement; les flocons blancs contribuaient à donner une atmosphère de fête. Un de nos voisins avait attelé un cheval à un traîneau et gravi la colline dans cet équipage, en compagnie d'autres invités, tous emmitouflés dans des fourrures et chantant des cantiques de Noël, tandis que tintaient les clochettes.

Des maîtres d'hôtel et des servantes prirent leurs manteaux et leurs chapeaux à la porte et les conduisirent directement à la fontaine de champagne, afin qu'ils pussent porter un toast à Corinne avec Malcolm, qui me semblait boire plus que de raison.

Il avait également commandé des centaines de bougies rouges, qui étincelaient gaiement dans des bougeoirs d'argent, et fait allumer les cinq rangées de bougies de chacun des trois gigantesques lustres d'or et de cristal. Toutes ces lumières dessinaient une toile de reflets scintillants, qui se réverbéraient sur les miroirs et les bijoux des dames.

On eût dit une scène de film en costumes sur les rois et les reines d'Europe. Tant d'opulence produisait un effet magique. On s'attendait presque à voir arriver Cendrillon au bras du Prince Charmant.

Les convives portaient leurs plus beaux atours, leurs bijoux les plus précieux et leurs fourrures les plus chères. L'air était électrisé par leur jovialité, leurs bavardages et leurs rires.

Pour célébrer la naissance de Corinne, Malcolm avait engagé un photographe professionnel, qui prit des clichés du bébé dans son berceau et dans les bras de son père. Une demi-douzaine de ces clichés avaient été agrandis, encadrés d'or et disposés sur des chevalets à l'entrée du vestibule, de sorte que la première chose que voyaient les gens en arrivant était la magnifique fille de Malcolm Foxworth. Le photographe avait bien su rendre le bleu de ses yeux et la richesse de ses cheveux d'or. Personne ne pouvait passer devant un de ces portraits sans y aller d'un commentaire sur la perfection de son teint et la délicatesse de ses traits.

Corinne devint rapidement le principal sujet de conversation. Certaines personnes, comme Beneatha Thomas et Colleen Demerest, maniaient le sous-entendu, trahissant par là leur jalousie. Quand je m'approchai de leur groupe pour faire la conversation, je m'aperçus qu'elles avaient analysé en détail une des photographies de Corinne.

– Elle tient beaucoup de Malcolm, dit Beneatha, mais pas beaucoup de vous.

Les autres femmes échangèrent des sourires en coin qui me rappelèrent fort mon premier contact avec la bonne société virginienne, lors de mon repas de noces où je m'étais sentie si mal à l'aise. J'étais déterminée à protéger Corinne et à faire en sorte que l'histoire de mes déboires ne vînt jamais à ses oreilles.

– Je suis certaine qu'elle sera extrêmement belle et grande, fit Colleen en insistant sur le mot « grande ».

Certaines de ces dames se détournèrent pour dissimuler leurs minauderies et leurs sourires moqueurs, mais je leur tins tête en me redressant et en me grandissant encore davantage. Elles n'avaient pas de filles comme Corinne. Nous leur en remontrerions à toutes.

Insidieusement, je répliquai :

– Oui, je peux déjà dire qu'elle a mon caractère. Elle ne pleure pas, elle ne gémit pas : elle ne sera probablement pas faible et dépendante comme le sont tant de femmes de nos jours. J'espère qu'elle aura mon ouverture d'esprit et ma curiosité intellectuelle afin que, lorsqu'elle aura notre âge, elle puisse aborder des sujets de conversation plus intéressants.

Et je les laissai plantées là, sans voix.

Il y eut de nombreux autres commentaires sur l'air de famille de Corinne. Je surpris maintes remarques sur ses yeux bleus, ses cheveux blonds et sa ressemblance avec Malcolm. Je passai derrière Dorothea Campden, épouse du président d'une importante usine textile avec qui Malcolm était en pourparlers, lorsque je l'entendis dire que les enfants tenaient souvent plus de leurs grands-parents que de leurs parents et que Corinne en était la preuve vivante.

– Dans le cas de cette enfant, c'est une bénédiction du ciel, ajouta-t-elle. Du moins, du côté de sa mère.

Je me joignis immédiatement au groupe, ce qui ne manqua pas de jeter un froid.

– Une bénédiction en quel sens, Dorothea ? demandai-je.

C'était une petite femme d'âge moyen, obsédée par la crainte de vieillir, qui se teignait les cheveux, portait des robes de jeune fille et passait son temps à collectionner des crèmes pour la peau avec des formules soi-disant miraculeuses pour effacer les rides. Comme je la dominais de toute ma hauteur, elle eut un mouvement de recul et porta la main à sa gorge comme si je l'avais menacée de l'étrangler.

– Eh bien, mais... je... enfin, je voulais dire qu'elle ressemble étonnamment à la mère de Malcolm.

– Je ne m'étais pas rendu compte que vous étiez vieille au point de pouvoir vous souvenir de la mère de Malcolm, Dorothea.

– Eh bien, oui, c'est pourtant vrai... balbutia-t-elle en jetant des regards affolés autour d'elle.

Elle attendait désespérément que quelqu'un vînt à son secours.

– Bien sûr, les bébés changent tellement en grandissant, n'est-ce pas ? Vous-mêmes, seriez-vous capables de vous reconnaître mutuellement d'après vos photos de bébé ? demandai-je. (Puis je mis vivement ma main sur ma bouche comme si j'avais fait une terrible bourde.) Oh, pardonnez-moi, Dorothea. Il y avait déjà des appareils photo quand vous étiez petite, Dorothea ?

– Quoi ? Mais... bien sûr, voyons, je...

– Excusez-moi, je vois que les Murphy viennent juste d'arriver, dis-je brusquement, et je pivotai sur mes talons, la laissant bégayante.

– Quelle impudence, chuchota quelqu'un de son groupe, et elles firent corps autour d'elle comme des poulets autour d'une poule blessée.

Je me mis à circuler dans l'assistance. Parfois, j'interrompais des conversations similaires, parfois j'apparaissais au moment même où l'on commençait à débiter des choses déplaisantes sur mon compte. Cela m'amusait de prendre au piège et de harceler ces têtes de linotte. Avant longtemps, j'eus la nette impression que nombre d'entre elles me lançaient des regards franchement haineux. Mais cela ne me faisait plus ni chaud ni froid. Désormais, j'avais Corinne et j'allais être connue comme la mère de la plus belle enfant de l'État.

Mon attitude devait rejaillir sur Malcolm, car il m'attrapa par le bras et m'entraîna dans la bibliothèque. Cela me rappela notre première réception, quand il s'était éclipsé, bras dessus, bras dessous dans la bibliothèque avec cette « évaporée ». Ce souvenir réveilla ma rancune. Je n'étais pas d'humeur à supporter une de ses colères.

– Qu'y a-t-il donc de si important ? demandai-je.

– Vous. Et ce que vous êtes en train de faire, dit-il.

Ses yeux étaient injectés de sang. Le champagne lui montait à la tête.

– Ce que je suis en train de faire ?

Je savais fort bien à quoi il faisait allusion, mais

je feignis de ne pas comprendre en prenant un air innocent.

– Vous insultez ces femmes, vous ne vous gênez pas pour leur faire sentir ce que vous pensez d'elles et vous vous en prenez même aux épouses de certains hommes d'affaires importants avec qui j'ai des contacts !

C'était à croire que j'avais proféré des blasphèmes devant des curés.

– En ce qui me concerne, commençai-je, ces soi-disant femmes du monde sont...

– Je me moque de ce que vous pensez. Vous n'avez pas le droit de gâcher cette réception. Ce n'est pas la vôtre. C'est celle de Corinne ! Je fais ça pour Corinne. Je veux qu'elle ait un bon départ dans la vie. *Elle*, pas vous !

– Corinne ? Êtes-vous fou ? C'est ma fille autant que la vôtre et elle n'est qu'un bébé. Je ne veux pas la voir devenir une créature frivole et gâtée comme ces femmes... et comme l'était votre mère. D'ailleurs, elle ne s'aperçoit même pas de ce qui se passe. Et puis, toutes ces dépenses pour un bébé... même aussi beau et aussi précieux, c'est... c'est un péché.

– Non, ce n'est pas un péché, rétorqua-t-il en frappant du poing sur sa paume. (Je ne l'avais jamais vu aussi furieux dans une dispute.) Elle l'a mérité.

– Mérité ?

Je me mis à rire.

– Vous êtes jalouse, dit-il en pointant un doigt vers moi. Jalouse d'un nourrisson, jalouse d'Alicia qui a mis au monde un si beau bébé, jalouse de ses yeux bleus, de ses cheveux dorés, de sa peau douce. Eh bien, je ne me laisserai pas faire. Je vous préviens, je ne me laisserai pas faire !

Il serrait les poings. Un instant, je craignis qu'il ne me frappât dans sa colère; il était assez ivre pour cela. Mais, moi non plus, je n'avais pas l'intention de me laisser intimider.

– Non, Malcolm, c'est vous qui êtes jaloux. Jaloux de moi et de ma fille.

– Quoi ? (Mes paroles semblèrent le confondre.

Il eut un mouvement de recul, comme s'il avait craint, à son tour, d'être frappé.) C'est ma fille, pas la vôtre. Elle n'a pas une goutte de votre sang, elle n'a rien de vous. Et j'en suis heureux.

Il était plein de morgue et de méchanceté, mais il ne m'effrayait plus.

– Non, Malcolm, vous vous trompez. Vous avez voulu que je sois la mère de cette enfant. Et je le serai. Et elle a beaucoup de moi en elle, depuis le jour où j'ai accepté d'entrer dans votre petit jeu. Mais maintenant, Malcolm, il ne s'agit plus d'un petit jeu. C'est votre vie et la mienne, celle de nos fils et de notre fille. C'est notre famille et je suis désormais aussi Foxworth que vous.

Je passai devant lui et ouvris la porte de la bibliothèque.

– Je vais rejoindre nos invités, dis-je. Vous pouvez rester ici et continuer à ruminer vos pensées. Ça m'est complètement égal.

Il se composa une contenance et me rejoignit, en me jetant de temps à autre des regards menaçants. Je ne fis pas attention à lui. À minuit, il demanda à la nurse d'aller chercher Corinne. Les garçons étaient encore debout, quoique très fatigués, et nous posâmes tous les cinq devant le sapin pour une photo de famille.

Malcolm tenait Corinne dans ses bras. Les deux garçons étaient à mes côtés et me donnaient la main. Les flashes crépitèrent et la foule des invités applaudit. Malcolm, gonflé d'orgueil, avait les yeux rivés sur sa fille. Elle était éveillée, mais ne pleurait pas.

– Elle sait que la fête est en son honneur ! déclara-t-il en m'épiant du coin de l'œil.

Sa bonne humeur fit rire tout le monde.

– Un toast ! s'exclama Matthew Allen, l'un des associés de Malcolm. (Selon moi, il lui servait surtout de faire-valoir. Il leva sa coupe de champagne et les serveurs s'empressèrent d'offrir à boire à la ronde.) Aux Foxworth ! dit-il, et particulièrement à leur ravissante nouvelle enfant, Corinne. Joyeux Noël et bonne année !

– À la vôtre ! s'écria l'assemblée en chœur, et les verres se vidèrent.

L'orchestre attaqua « Deck the Halls with Boughs of Holly », et Malcolm circula parmi les convives pour faire admirer sa jolie petite fille.

Je rassemblai mes garçons.

– Père l'aime plus que nous, dit Mal.

Il était déjà très intuitif. Cela me redonna espoir.

– Tu dois apprendre à vivre avec cette idée, Mal. Vous devrez vous y faire, tous les deux.

Je les pris dans mes bras. Je les aimais tendrement et j'avais assez d'amour et d'instinct maternel pour trois enfants. Aucun ne serait oublié dans mon affection. Je les embrassai chacun sur la tête et les serrai contre moi. Nous regardions tous trois Malcolm brandir sa fille blonde au-dessus de l'assistance, comme un séraphin qui se fût envolé de l'arbre de Noël. Il la tenait à bout de bras et jubilait.

14

Corinne

À dater de cette nuit de Noël, Malcolm n'hésita jamais à montrer que son amour pour Corinne était sans limites. Les garçons s'en rendaient compte et en souffraient. Je faisais de mon mieux pour les réconforter, en leur affirmant que tous les enfants étaient aussi précieux aux yeux de leurs parents, que je les chérirais toujours, ainsi que Malcolm, même s'il lui était un peu difficile de témoigner de l'affection à ses fils. Il me sembla qu'ils étaient heureux de retourner à l'école après le Nouvel An, tant ils se sentaient rejetés par la préférence éhontée que Malcolm manifestait à l'égard de Corinne. Contrairement à ses précédentes habitudes, il passait désormais presque toutes ses soirées à la maison. Il ne cessait de s'attendrir et de bêtifier devant Corinne, alors qu'il continuait à se montrer tyrannique envers Mal et Joël. Mes pensées allaient vers eux. C'étaient de braves garçons, doux et aimants, qui se sentaient perdus en voyant que toute l'attention de leur père se portait exclusivement sur Corinne. Quand ils furent repartis, je me sentis plus libre de me consacrer à elle, à mon tour.

Malcolm insista pour garder la nurse qu'il avait engagée. Chaque fois que j'allais donner à manger à Corinne, ou simplement la voir dans son berceau, cette femme me suivait pas à pas, contrôlant tout ce que je faisais et ne se gênant pas pour critiquer la façon dont je m'occupais de ma fille. Je finis par me fâcher.

Un matin, surprenant Mme Stratton en train de donner le biberon à Corinne, j'éclatai :

– Je vous ai dit cent fois que c'était à moi, et à personne d'autre, de nourrir Corinne. Comment osez-vous me désobéir ?

– Madame, rétorqua-t-elle d'un air faux, il ne m'a jamais été demandé de suivre vos ordres. Au contraire, M. Foxworth m'a expliqué en détail ce que j'avais à faire, et en insistant particulièrement sur les horaires qu'il m'avait fixés.

– Quoi ? (J'en fus éberluée.) Je veux que vous quittiez cette maison cet après-midi. Vos services ne sont plus nécessaires ici.

– Je crains qu'il n'y ait un malentendu, madame Foxworth. Quand M. Foxworth m'a engagée, il a été décidé que l'enfant resterait sous ma responsabilité indéfiniment.

J'enrageais mais, ne voulant pas laisser exploser ma colère devant ma douce enfant innocente, je tournai les talons et sortis en coup de vent. Pendant toute la matinée, je fis les cent pas dans les couloirs de Foxworth Hall. Je fulminais, plus que jamais déterminée à reprendre en main la situation.

L'après-midi me réservait une seconde surprise : des décorateurs arrivèrent. De nouveau, Malcolm avait pris une décision sans me consulter. Ils se rendirent dans la chambre contiguë à la sienne et prirent des mesures pour en faire la nursery personnelle de Corinne. Malcolm avait décrété qu'elle ne pouvait pas partager la même pièce que les garçons. Il avait commandé un mobilier neuf et, à en juger par le zèle des décorateurs, il avait dû exiger que les travaux fussent achevés en un temps record. Là non plus, il n'avait pas lésiné sur la dépense et je n'eus pas mon mot à dire, ni sur le choix des couleurs du papier peint et du tapis, ni sur le style des meubles. Les décorateurs se comportèrent exactement comme si je n'avais pas été là.

Mon exaspération était à son comble. J'essayai de joindre Malcolm à son bureau, mais il acceptait rarement, pour ne pas dire jamais, de me parler au téléphone. Pendant les premières semaines qui suivirent la naissance de Corinne, il m'avait appelée une fois pour me demander de ses nouvelles, mais il préférait s'adresser directement à Mme Stratton. Quand c'était moi qui appelais, ses secrétaires me répondaient qu'il était en réunion ou absent, et le message que je laissais restait toujours lettre morte. Je lui avais demandé de se justifier, un jour, et il m'avait expliqué qu'il était beaucoup trop occupé pour trouver le temps de me rappeler. J'avais donc cessé de lui téléphoner.

Quand il rentra, en fin de journée, je l'attendais sur le seuil de la bibliothèque. Il revenait d'une boutique spécialisée dans l'habillement pour enfants, où il avait acheté cinq nouveaux vêtements de nuit pour Corinne. Les bras chargés de paquets et le visage radieux, il entra sans me voir. Il voulait monter directement chez le bébé.

La façon qu'il avait de lui adresser la parole m'amusait toujours. Il lui expliquait ses projets concernant son éducation et lui faisait mille promesses comme s'il elle eût été capable de comprendre ce qu'il disait. Parfois, en l'entendant quand il était seul avec elle, j'en avais froid dans le dos : j'avais l'impression qu'il croyait voir en elle sa mère, retournée en enfance après avoir bu à quelque magique fontaine de jouvence. Dans son esprit, elle avait l'apparence physique d'un bébé, mais l'intelligence d'une femme adulte en mesure de comprendre tout ce qu'on lui disait, surtout lorsque c'était lui qui le disait.

– Malcolm ! appelai-je, comme il passait à côté de moi.

Parfois, il grimpait les marches quatre à quatre, tel un garçon de seize ans, poussé par un élan d'amour irrésistible et presque magnétique. Il vouait un véritable culte à son enfant.

– Que voulez-vous ? demanda-t-il, importuné par ma présence.

Depuis un mois, il m'ignorait tout bonnement. Quand il était à la maison, il n'y était que pour

Corinne; et, quand elle dormait, il était à son travail. Quand, d'aventure, il posait les yeux sur moi, il semblait ne pas me voir, comme si j'eusse été transparente.

– Je veux vous parler immédiatement, dis-je. Ça ne peut attendre.

– Qu'est-ce qui ne peut attendre ? répliqua-t-il en faisant la grimace.

Il jonglait avec ses paquets. Il n'avait même pas pris le temps de secouer la neige de ses épaules et de son dos. Les flocons blancs se mêlaient à ses cheveux d'or, faisant étinceler ses mèches sous les lumières. Mais il semblait ne pas s'en soucier.

– Venez par ici, s'il vous plaît, dis-je en le guidant vers la bibliothèque.

Il me suivit en bougonnant d'impatience et déposa ses paquets sur le bureau.

– Eh bien, qu'est-ce qu'il y a de si urgent ?

Il secoua la tête et essuya les gouttelettes de neige fondue qui tachetaient ses épaules.

– Je veux que Mme Stratton s'en aille. *Tout de suite*, Malcolm.

– Mme Stratton est une professionnelle. Une spécialiste de l'éducation des enfants. Il faut à Corinne ce qu'il y a de mieux.

– Et moi, je ne suis pas ce qu'il y a de mieux pour elle ? Je suis sa mère. Et je suis aussi la mère de vos fils.

– Avec les garçons, ce n'est pas pareil, dit-il en me regardant comme si j'eusse été la dernière des idiotes.

– Ah, bon, et pourquoi ? demandai-je.

– C'est différent, c'est tout !

Il ne supportait pas la contradiction. Je crois que j'étais la seule à le contredire, et dans sa propre maison, de surcroît. Aucun de ses employés ou de ses hommes de confiance n'aurait osé. Le fait que ce fût justement son épouse qui se permît de le défier devait l'irriter au plus haut point. Il avait des vues très arrêtées sur les femmes et ne croyait guère à l'égalité des sexes.

– C'est un gaspillage ridicule, dis-je en hochant

la tête. Si cette femme est une professionnelle, comme vous dites, elle va s'ennuyer à mourir ici, parce que, la plupart du temps, ce sera moi qui…

– Non, ce ne sera pas vous ! Corinne est entièrement sous sa responsabilité. C'est pour ça que je la paie. Je lui ai donné des instructions précises. Ne vous en mêlez pas.

– Ai-je commis des fautes avec vos fils ? (Je n'étais pas disposée à me laisser faire. S'il avait l'intention de me compliquer la vie, je saurais bien lui rendre la monnaie de sa pièce. Il dédaigna ma question.) Eh bien, ai-je commis des fautes ?

– Des fautes ? ricana-t-il. Mais regardez-les !

– Qu'ont-ils de mal ?

– Vous devriez plutôt demander ce qu'ils ont de bien ! Ils sont faibles, paresseux, ils ne s'intéressent pas au monde des affaires, un monde qui leur a procuré tout ceci, ajouta-t-il avec un grand geste circulaire. Vous les avez tellement empoisonnés qu'ils ne peuvent pas supporter ma présence.

– Ça, c'est uniquement votre faute. Vous les terrorisez.

– Simplement parce que j'attends quelque chose d'eux. Je veux qu'ils soient des hommes, non des fils à maman. Je sais que Mal continue à jouer du piano en cachette quand je ne suis pas à la maison. Ne le niez pas ! Quant à Joël, il… il est fragile et doux comme une fillette.

– Mais cela n'a rien à voir avec…

– Ça suffit ! (Il tapa du poing sur la table.) Ça suffit, répéta-t-il d'une voix plus basse, mais d'autant plus menaçante. Mme Stratton restera ici aussi longtemps qu'il me plaira. C'est à moi d'en décider. C'est mon argent que je dépense. Ne vous en mêlez pas.

– Corinne est mon enfant aussi !

Un mauvais sourire tordit ses lèvres.

– Vraiment ? Vous avez la mémoire courte, Olivia. Elle est ma fille. Elle est intégralement Foxworth, déclara-t-il. (Comme si le fait d'avoir renvoyé Alicia avait retiré à Corinne toute parenté avec sa mère. Dans son esprit dérangé, Corinne était sa créature et il en était le seul auteur.) Votre père vous a élevée davantage comme un garçon que comme une fille. De toute manière, cela ne vous regarde plus. Faites votre travail et laissez Mme Stratton faire le sien. Occupez-vous des garçons. C'est déjà assez comme ça, lança-t-il méchamment.

Puis il ramassa ses paquets.

Je ne savais plus quel argument invoquer. Je me sentais momentanément vaincue.

Il alla vers la porte.

– Attendez, dis-je. Qu'est-ce que c'est que cette nouvelle nursery que vous faites aménager ?

– Eh bien ?

– Eh bien, j'aimerais être informée de ce genre de décisions à l'avance. À l'avenir, je ne veux plus être mise ainsi devant le fait accompli. (Il me regarda comme si j'avais été quelque insecte dont le bourdonnement l'importunât. Il sourit à demi, la bouche en coin, et hocha la tête.) Quand j'ai accepté d'entrer dans votre jeu, repris-je, il était convenu que je dirigerais cette maison comme je l'entendrais. Il était également convenu que l'enfant serait le mien. Et cette fille est la mienne. Seul Dieu pourrait me la retirer maintenant, certainement pas vous. (Je m'interrompis pour reprendre mon souffle et le transpercer du regard.) Je vous accorde votre nouvelle nursery, Malcolm, mais à une seule condition. Mal et Joël auront chacun une pièce à eux, qui n'appartiendra qu'à eux, et où ils pourront faire tout ce qui leur plaira. Et, dans chacune de ces pièces, il y aura un piano à queue.

– Très bien, concéda-t-il d'un air méprisant et dégoûté. Vous n'avez qu'à élever vos fils comme ça vous chante, je m'en moque. Vous en avez déjà fait des poules mouillées et des ratés.

Il sortit. J'entendis ses pas marteler les marches, tandis qu'il montait rejoindre sa fille.

Pour moi aussi, c'était une fête, chaque matin, d'entrer dans la chambre de Corinne. Elle embellissait de jour en jour et mon cœur débordait de tendresse pour elle. La première fois que ses lèvres esquissèrent un sourire, c'était moi qu'elle regardait, et je suis sûre qu'elle ressentit alors la puissance de mon amour. Quand ses blonds cheveux soyeux furent assez longs, j'y nouai de jolis rubans roses. Elle ressemblait à une princesse enfant de conte de fées. Je comprenais mieux maintenant pourquoi, dans mon jeune âge, les gens se prenaient si facilement d'affection pour ces fragiles petites filles que j'enviais tant. Elles ont une façon de toucher notre corde sensible avec la grâce d'un ange jouant de la harpe.

Un été, alors que Corinne allait sur ses trois ans, Malcolm prit une nouvelle décision sans me consulter. Il remplaça Mme Stratton par une femme venue d'Angleterre.

Elle s'appelait Mme Worthington. C'était une vieille fille de cinquante-quatre ans qui, aux dires de Malcolm, avait été la gouvernante des enfants du duc et de la duchesse de Devon. D'emblée, je la détestai; et elle me le rendit bien. Malcolm lui avait fait clairement comprendre que mes avis n'avaient aucune importance en ce qui concernait l'éducation de Corinne. Et elle me dédaigna en conséquence; elle essaya de présider aux destinées de Corinne comme si j'avais été morte. Elle ne me demandait jamais conseil avant de prendre une initiative. Elle assigna un horaire précis à la petite et le suivit religieusement.

Dès la première semaine, Corinne se rebella. Elle me suppliait sans cesse de congédier Mme Worthington.

– Je veux rester avec vous, maman, disait-elle en pleurant. J'aime pas l'autre dame.

– Corinne, ma chérie, tu sais que je préférerais être seule avec toi, mais ton père insiste. Il estime que c'est important que tu aies une gouvernante et, bien que je ne sois pas d'accord, il ne reviendra pas sur sa décision. Le mieux qu'il te reste à faire est d'obéir à Mme Worthington.

Malgré mon hostilité envers Mme Worthington, je ne tardai pas à admirer ses talents. Je désirais tant que ma Corinne possédât toutes ces grâces qui me faisaient défaut à moi-même. Le programme de

Mme Worthington comprenait des leçons de savoir-vivre, d'éloquence et de danse. L'ironie de la chose était que ce programme comportait aussi des cours de piano.

C'était une femme très sûre d'elle et quelque peu arrogante. Elle mesurait environ un mètre soixante-dix et, quoiqu'elle fût d'un conservatisme très victorien, elle était toujours vêtue avec beaucoup d'élégance, dans des toilettes de coton fin, de soie et de taffetas. Je ne l'ai jamais vue sans une coiffure absolument impeccable. Elle se levait de bonne heure chaque matin et se préparait pour la journée comme si elle eût été attendue chez la reine pour une audience.

Elle ne se fardait pas et passait tous ses loisirs à lire dans sa chambre ou à se promener seule dans le domaine de Foxworth Hall. Elle faisait des marches quotidiennes pour entretenir sa forme, sauf quand le temps ne le permettait pas. Elle surveillait soigneusement ce qu'elle mangeait et parvenait à conserver une silhouette fort acceptable pour une femme de son âge.

En fait, je devins un peu son élève moi-même. Elle transformait tout ce qu'elle faisait en leçon pour Corinne, que ce fût dans sa façon de tenir sa fourchette, de s'asseoir à table, de marcher, de saluer les gens. Chaque fois, elle se tournait vers Corinne pour s'assurer que l'enfant avait bien compris et apprécié chacun de ses actes.

Malcolm décida que Corinne prendrait ses repas à la même table que nous pour acquérir les bonnes manières, alors que les garçons n'avaient pas été autorisés à manger avec nous avant l'âge de cinq ans.

Ce fut la source d'une des nombreuses disputes que j'eus avec Malcolm au sujet de l'éducation de Corinne. Elle n'avait que trois ans la première fois que Mme Worthington l'amena à notre table, en la tenant par la main. Les garçons et moi la regardâmes avec surprise. Malcolm fit un grand sourire et tapota la chaise à côté de lui. Corinne s'élança vers lui, mais Mme Worthington l'arrêta aussitôt.

– Corinne ! dit-elle, et l'enfant hésita.

Sa docilité m'étonna. Mme Worthington n'était là que depuis une semaine et j'avais remarqué que Corinne avait déjà un esprit très indépendant. Elle était comme un oisillon, voletant d'une chose à l'autre sans beaucoup de concentration.

Ses pétillants yeux bleus étaient pleins de malice. Il y avait quelque chose d'espiègle dans son genre de beauté et dans sa façon de manipuler Malcolm – comme elle avait déjà appris à le faire. Il était incapable de résister à la moindre de ses demandes. Elle n'avait qu'à regarder quelque chose pour qu'il se mît en devoir d'aller le lui chercher. Chaque fois qu'il l'emmenait en promenade, il revenait les bras chargés de nouveaux jouets et de poupées. Quelquefois, je la voyais rentrer avec une robe ou des chaussures neuves, en gambadant et en faisant résonner le vestibule d'un chapelet de rires. Malcolm exigea que ses cheveux blonds fussent brossés cent fois par jour, ce qui leur donnait un éclat et une richesse proprement angéliques. Elle les portait en longues mèches onduleuses qui tombaient sur ses épaules. Elle avait conservé la pureté de teint qu'elle avait en naissant et, chaque jour, elle gagnait en charme et en beauté.

J'étais fascinée par chacun de ses gestes, que ce fût lorsqu'elle voletait dans la maison, comme un oiseau, touchant à peine les tapis de ses petits pieds nus, ou lorsqu'elle mangeait, portant les aliments à ses lèvres avec une infinie douceur, comme si elle avait eu conscience d'être une sorte de petite princesse.

Elle était suffisamment maligne pour comprendre immédiatement qu'elle avait intérêt à obéir à Mme Worthington pour plaire à son père et que, si elle arrivait à maîtriser ce que celle-ci lui faisait faire, elle finirait par mener Malcolm par le bout du nez. Devant elle, il était béat et, quand elle accomplissait en sa présence un geste que lui avait enseigné Mme Worthington, alors, il exultait.

Aussi fut-elle, dès le début, une élève modèle.

Elle s'arrêta net et regarda vers Mme Worthington, qui se tenait en arrière, droite comme un *i*, les mains croisées devant elle, attendant que Corinne retournât à la porte, ce qu'elle fit aussitôt.

– Nous marchons vers la table comme doit le faire une dame, dit-elle. Et n'oublie pas de t'asseoir comme je t'ai appris, ajouta-t-elle.

Corinne redressa son petit dos et releva le menton avec une arrogance très « Foxworth ». Les garçons et moi l'observâmes avec fascination. Malcolm se leva et lui avança sa chaise, chose qu'il n'avait jamais faite pour moi, même pendant la première semaine de notre mariage. Corinne guetta subrepticement la réaction de Mme Worthington, qui approuva de la tête, et dit :

– Merci, papa.

Alors, on eût dit que le ciel venait de s'entrouvrir et que toute la lumière du firmament s'était déversée dans la maison. Malcolm irradiait littéralement. Il regarda Mme Worthington avec une expression de gratitude et de respect.

Corinne prit sa place à table. Son éducation avait commencé.

Plus tard, quand tous les enfants furent couchés et que Mme Worthington se fut retirée, je descendis dans la bibliothèque pour avoir une conversation avec Malcolm.

Il y avait un terrible orage d'été. Les gouttes de pluie martelaient les carreaux et le tonnerre faisait vibrer les vitres. Les lumières vacillaient, le vent s'infiltrait par les volets et par les interstices des fenêtres dans une véritable cacophonie. Le ciel anthracite était zébré d'éclairs, mais Malcolm restait, comme toujours lorsqu'il travaillait, indifférent à tout ce qui se passait autour de lui. Mon apparition le dérangea beaucoup plus que le fracas de la tempête.

– Qu'est-ce qu'il y a encore ? demanda-t-il d'un air contrarié, en haussant les sourcils avec lassitude.

Aucunement intimidée, je m'avançai jusqu'à son bureau.

– Je comprends que Mme Worthington juge utile de convier Corinne à manger à notre table, mais je ne comprends pas pourquoi vous le permettez, après avoir interdit aux garçons de manger avec nous jusqu'à l'âge de cinq ans. Vous croyez qu'ils ne remarquent pas ce... ce favoritisme contre nature ?

– Favoritisme contre nature ? Qu'est-ce que vous me chantez là ? Faut-il que vous vous opposiez à tout ce que je fais ? (Il se carra sur sa chaise en prenant des airs de raisonneur, comme si j'avais été en position d'accusée.) Combien de fois faudra-t-il que je vous le dise ? Les filles doivent recevoir une éducation différente. On leur en demande plus, en matière de mondanités. Ce n'est pas parce qu'on a négligé de vous donner à vous ce genre d'éducation que Corinne doit en être privée... (Il ne me laissa pas le temps de répondre.) N'avais-je pas offert aux garçons un précepteur particulier ? Mais vous avez tellement embrouillé les choses que j'ai finalement dû le congédier.

– Moi, j'ai embrouillé les... (Ma colère était telle que les mots ne sortaient pas de ma bouche.) C'est... c'est vous seul qui êtes responsable de ce gâchis et, de toute façon, cet homme ne m'a jamais plu.

– Exactement ce que je disais. Vous avez conspiré contre lui jusqu'à ce que vous ayez trouvé le moyen de vous en débarrasser. C'est *vous* qui avez privé les garçons de leçons particulières, pas moi. Je vous l'ai déjà dit une fois et je vous le répète : quand il s'agit de Corinne, que ce soit pour son éducation, son habillement ou tout ce que vous voudrez, c'est moi qui décide. Maintenant, mêlez-vous de ce qui vous regarde.

Nous eûmes des disputes semblables lorsque Mme Worthington entreprit l'éducation musicale de Corinne. J'eus beau souligner à Malcolm les criantes inégalités de traitement qu'il faisait entre Corinne et les garçons, il ne voulut rien entendre. Il mettait toujours un terme à nos discussions en m'accusant de jalousie.

En un certain sens, il n'avait pas tort. En voyant Corinne s'épanouir et profiter de tous les avantages de l'immense fortune de Malcolm, je ne pouvais m'empêcher de la comparer avec celle que j'étais au même âge. Bien sûr, au fil du temps, je retrouvais beaucoup d'Alicia en elle. Malcolm aussi, je pense; je suis sûre que chaque regard qu'il posait sur elle réveillait chez lui son adoration pour la belle épouse de son père.

Quand elle eut dix ans, il fut très chagriné de devoir l'envoyer dans une école privée : cela signifiait qu'elle ne serait plus à la maison, le soir, quand il rentrerait du travail. Et, sincèrement, cela me causa un immense chagrin à moi aussi. Corinne partie, c'était un peu comme si le soleil avait disparu pour toujours derrière les nuages de Foxworth Hall. Je me sentis plus solitaire que jamais. On ne voyait pratiquement plus Malcolm à la maison, si ce n'est pendant les congés scolaires. Il sortait presque toutes les nuits, « pour affaires ». Oh, je savais bien de quel genre d'affaires il s'agissait – en ville, les potins allaient bon train – et, bien que je n'eusse aucun ami (comment aurais-je pu en avoir, quand tout le monde savait ce que mon propre mari pensait de moi et comment il me traitait ?), j'avais honte pour lui comme pour moi et j'étais déterminée à protéger mes enfants du pire.

Peut-être est-ce la raison pour laquelle je trouvai tant de réconfort en Dieu, dans la Bible et, plus tard, à l'église. C'étaient mes seules consolations, mes seuls compagnons, mon seul salut. Ce fut mon cousin John Amos qui me ramena à la religion. Sa mère venait de mourir; j'étais pour lui, comme il l'était pour moi, la seule famille qui lui restât. Il vint me rendre visite et m'encouragea à prier avec lui. Nous nous asseyions dans un salon pour méditer ensemble et je me sentais réellement envahie par l'Esprit saint, comme John Amos me l'avait promis. Il m'engagea à aller plus souvent à l'église et, avant de retourner dans le Nord, me laissa avec un programme soutenu de lectures bibliques quotidiennes. J'avais si longtemps refusé de m'incliner devant la volonté de Malcolm que ce fut avec soulagement et de bonne grâce que je me soumis à celle de Dieu.

Ma dévotion ne tarda pas à importuner Malcolm.

Il s'ennuyait de Corinne autant que moi et son seul réconfort était de lui rendre visite à l'école, ce qu'il n'avait jamais fait pour les garçons. Moi, en revanche, je m'efforçais d'aller les voir dans leur pension chaque fois que je le pouvais et ils m'écrivaient de longues lettres où ils me décrivaient leurs activités. Ce que Malcolm ignorait, bien sûr, c'était que Mal suivait des cours de musique et que Joël jouait dans l'orchestre.

Les garçons aussi adoraient Corinne. Ils étaient tout aussi fascinés que Malcolm par sa beauté et son charme, mais ils ne pouvaient s'empêcher d'être jaloux de ses rapports privilégiés avec leur père. Elle était devenue une vraie enfant gâtée, alors que les garçons, bien que vivant dans un milieu très favorisé, avaient grandi sans être entourés de beaucoup de prévenances. Malcolm, qui était d'une générosité sans limites avec Corinne, ne leur faisait jamais de cadeaux ou presque. Quand ils atteignirent l'adolescence, il les força à travailler dans une de ses banques pendant les vacances d'été, comme coursiers ou commis.

Pourtant, malgré toutes ces raisons, ils n'en voulaient pas à Corinne. Ils la gâtaient, eux aussi; ils faisaient tout ce qu'elle leur demandait et ne manquaient jamais de lui offrir toutes sortes de cadeaux. Ils l'emmenaient faire du bateau, du cheval et, quand Mal fut en âge de conduire, il la promena en voiture partout où elle le désirait et quand elle le désirait. Joël, en particulier, était littéralement à ses ordres quand ils étaient tous les trois à la maison. Il était incapable de lui refuser quoi que ce fût. Elle le savait et en profitait.

Un jour, pendant les congés de Thanksgiving, je m'isolai dans un salon avec les garçons pour en discuter. Malcolm avait emmené Corinne à Charlottesville pour une nouvelle débauche d'emplettes, simplement parce qu'elle lui avait dit que tous ses vêtements étaient démodés et que, bien qu'elle n'eût que onze ans, c'était gênant pour elle.

Je fis asseoir Mal et Joël sur un canapé et m'installai devant eux, un peu comme une de leurs maîtresses d'école. Dehors, une neige précoce tombait.

Mais il faisait clair, le ciel était resté limpide et ce temps faisait planer un air de fête annonçant l'approche de Noël. Les garçons avaient déjà commencé à décorer notre immense sapin, sous les ordres de Corinne qui, assise sur une chaise de style provençal à haut dossier, distribuait ses directives. Joël s'empressait de satisfaire ses moindres désirs, comme un esclave, se démenant pour déplacer telle guirlande, accrocher tel feston.

– Mal, commençai-je, tu auras dix-huit ans à ton prochain anniversaire. Comme je vous l'ai dit, il y a quelques années déjà, chacun de vous doit recevoir une grosse somme d'argent à l'âge de dix-huit ans. Elle vous permettra de jouir d'une grande indépendance, mais l'indépendance requiert un sens développé des responsabilités.

Je fis une pause pour m'assurer qu'ils écoutaient avec attention.

Mal, comme à son habitude, était très concentré et aussi impassible qu'une statue. Il avait de si longues jambes qu'il semblait très à l'étroit dans ce frêle divan aux coussins bleus, mais il n'eut pas un mot pour se plaindre. Joël, au contraire, ne tenait pas en place : il s'agitait, pianotait sur l'accoudoir, se passait la main dans les cheveux, tantôt se penchait en avant, tantôt s'adossait.

– Je sais, mère, répondit Mal. Père m'en a encore parlé très récemment. Hier, pour tout dire, juste après mon arrivée.

Il avait la voix grave et sonore de Malcolm.

– Hier ? Qu'est-ce qu'il t'a dit ?

– Il m'a demandé de signer une décharge pour que l'argent lui soit retourné et qu'il puisse continuer à l'investir efficacement.

– Que lui as-tu répondu ? repris-je aussitôt.

Joël cessa de remuer et leva les yeux d'un air sérieux. Les deux garçons étaient très sensibles à mes réactions.

– Je lui ai dit que j'en discuterais avec vous, dit Mal avec un petit sourire en coin.

Il avait le physique et les mimiques de Malcolm mais, pour le reste, comme il me ressemblait !

Je lui souris en retour et Joël eut l'air amusé.

– C'est bien. Tu es un bon garçon, Mal. Il ne faut pas que tu rendes cet argent à ton père. Il pourrait le garder et le dépenser pour Corinne. (Joël se mit à rire, mais je le fis taire d'un regard.) Je ne plaisante pas, mes garçons. Je vous ai réunis ici parce que je crois que vous devriez cesser de dorloter votre sœur comme vous le faites. Elle se sert de vous, elle profite de vous. Je ne pense pas qu'elle sache apprécier ce que vous faites pour elle. Votre père l'a trop gâtée. Si je vous dis cela, ce n'est pas seulement pour vous, c'est aussi pour son bien à elle. Votre père ne veut pas entendre raison. Dès qu'il s'agit d'elle, il est aveugle. Je suis certaine que cela ferait le plus grand bien à Corinne si vous arrêtiez d'obtempérer avec autant de zèle à ses caprices...

Je me mis à faire les cent pas devant eux.

– Il n'est pas trop tard pour l'aider, continuai-je. Vous imaginez un peu quel genre de femme elle risque de devenir si cette situation ne change pas ? Elle n'a aucune notion du prix des choses. Elle pense que tout le monde est là pour la servir, surtout vous deux, et je n'aime pas la façon dont elle profite de vous. (Je les regardai par-dessus mon épaule pour voir comment ils prenaient mon petit sermon. Ils avaient tous deux l'air sérieux et pensif; Joël était même un peu triste.) J'aime votre petite sœur. Ne vous méprenez pas. Mais je ne plaisantais pas en parlant de votre héritage. Votre père est bien capable de tout lui léguer, et ne vous figurez pas trop vite qu'elle est si innocente que cela. Derrière ses yeux bleus et son regard enfantin, Corinne pense comme une Foxworth.

Je m'interrompis pour les observer. Mal acquiesça et Joël s'adossa en croisant les bras sur son étroite poitrine. Il ne parvenait toujours pas à prendre du poids et paraissait maigre et fragile.

– Que devons-nous faire ? demanda-t-il de sa voix fluette, douce, haut perchée et féminine.

J'avais souvent pensé que Joël aurait été plus à sa place dans la peau d'une petite fille, sans toutefois égaler Corinne en beauté.

– Réfléchissez davantage avant de faire ce qu'elle vous demande, poursuivis-je. Apprenez-lui à être moins exigeante et plus patiente. Aidez-la à devenir meilleure. (Mal et Joël approuvèrent de la tête.) Quant à votre père et à cette somme d'argent qu'il voudrait vous prendre, répondez-lui simplement que vous en discuterez encore avec moi. Je préfère qu'il vienne me trouver personnellement.

– Mais pourquoi nous a-t-il alloué ce capital s'il veut le récupérer ? s'étonna Mal.

– C'est une décision que nous avons prise ensemble, il y a longtemps, et je tiens à ce qu'il respecte sa parole. Ne m'en demandez pas les raisons maintenant. Sachez seulement que vous êtes moins démunis que vous ne pourriez le croire, face à lui – en tout cas aussi longtemps que je serai la maîtresse de Foxworth Hall.

Mal opina du chef, tandis que Joël conservait une expression soucieuse.

Je me rendais tout à fait compte, hélas, que je risquais de créer deux camps opposés à Foxworth Hall : d'un côté, Mal, Joël et moi; de l'autre, Malcolm et Corinne. C'était une éventualité déplaisante, tant pour les garçons que pour moi-même, et j'évitai de m'y appesantir.

– Tout cela s'arrangera avec le temps, conclus-je avec le sourire.

Évidemment, je savais qu'il n'en serait rien.

Les congés scolaires continuèrent à être de petites fêtes pour nous. Pour moi, cela signifiait que les enfants étaient de retour et, pour Malcolm, que sa princesse arrivait. Moi-même, en dépit de la préférence éhontée qu'il manifestait à son égard et que je désapprouvais, j'étais impatiente de la voir revenir. Elle apportait la vie et la lumière à Foxworth Hall. Quand elle eut treize ans, elle était déjà une petite reine très populaire parmi ses condisciples. Toutes ses camarades de classe rivalisaient pour s'attirer ses faveurs. Une invitation à Foxworth Hall, pour un goûter ou une nuit au manoir, était pour chacune d'elles un événement d'importance.

Nos Noëls continuèrent à être somptueux et de

plus en plus centrés autour de Corinne car, maintenant qu'elle était une vraie petite dame, Malcolm organisait tout avec le même soin jaloux qu'un père donnant un bal pour marier sa fille. À chaque Noël, Corinne était présentée à la haute société. Les parents de toutes ses camarades étaient invités et Malcolm lui offrait systématiquement pour l'occasion une robe neuve hors de prix. Les parents venaient toujours habillés avec le plus grand chic, les messieurs en smoking et les dames en robe longue. Le clinquant et les soieries étaient toujours au rendez-vous; les dames, comme les jeunes filles, portaient des bijoux précieux. Les convives arrivaient dans des voitures de luxe, il y avait des fleurs de serre partout, et la fête était en tout point aussi riche et variée que le premier réveillon que Malcolm avait donné pour célébrer la naissance de Corinne.

Malcolm filtrait soigneusement les amis de sa fille, invitant seulement ceux qu'il jugeait « suffisamment acceptables ». La liste de nos hôtes était un peu plus élaguée chaque Noël, jusqu'à l'année des dix-huit ans de Corinne – car, cette année-là, beaucoup de choses allaient changer.

Mais, en attendant, l'adoration de Malcolm pour sa superbe fille croissait chaque jour. Non seulement il convoquait constamment le photographe, mais il fit même peindre son portrait, chose qu'il n'avait pas encore faite pour moi. Le tableau fut accroché dans la salle aux trophées, afin qu'il fût seul à le contempler. À ses yeux, elle était parfaite.

Un soir, Malcolm et Corinne étaient seuls à la table du dîner. Les garçons n'étaient pas encore rentrés de pension. Corinne n'était là que parce que Malcolm était allé personnellement la chercher à l'école. Elle était assise comme une petite lady – en bonne disciple de Mme Worthington – et racontait son emploi du temps de la semaine. Malcolm était envoûté, appuyé sur un coude, le menton dans la main, le visage animé d'un perpétuel sourire. Il était hypnotisé par ses étincelants yeux bleus et son rire mélodieux. Je les observais par la porte entrebâillée. Ils semblaient si loin de moi... dans tous les sens du mot. Ils paraissaient isolés dans un petit monde privé, qui n'appartenait qu'à eux. Je les enviais. J'enviais Corinne de savoir si bien capter l'attention de Malcolm.

Quand elle eut fini son histoire, elle se pencha vers lui et lui baisa le front. Elle le fit avec une telle spontanéité et un tel naturel que son geste avait quelque chose de céleste.

Il lui prit la main.

– Tu aimes ton père ?

Il avait l'air sérieux, comme s'il n'avait pas été vraiment sûr de la réponse.

– Oh, oui, papa.

Et elle lui sourit lentement, d'un sourire presque aguicheur.

– Alors, promets-moi de rester toujours avec moi et je te promets que tout ceci sera à toi. (Il désigna le manoir et le domaine d'un vague mouvement de la main. Elle regarda vers le plafond, puis elle pouffa.) Je parle sérieusement, reprit-il. Tout ce que je possède sera pour ma princesse. Tu resteras avec moi pour toujours ?

– Bien sûr, papa. (Il lui donna une bise sur la joue.) Est-ce que vous voulez me faire une faveur, papa ? Là, maintenant, tout de suite ?

– Tout ce que tu voudras, princesse, tout ce que ton petit cœur désire.

– Vous voyez cette chambre spéciale, en haut, papa ? Celle qui est toujours fermée à clef, vous savez ? Je veux que ce soit ma chambre. C'est possible ? Oh, s'il vous plaît, dites oui tout de suite et je déménagerai mes affaires moi-même.

Elle frappa dans ses mains, toute rouge d'enthousiasme.

– Quelle chambre ? demanda Malcolm, un demi-sourire aux lèvres, ne devinant pas ce qu'elle allait lui dire.

– Celle qui a le lit-cygne. Oh, comme elle est belle !

Malcolm devint écarlate, mais ses lèvres pâlirent.

– Non, non, fit-il entre ses dents. Tu ne dois pas aller dans cette chambre. Elle est condamnée.

– Mais pourquoi ?

Elle fronça les sourcils, pleine de déception, un sentiment auquel on ne l'avait pas habituée. Elle crispa ses mains et abattit ses poings sur ses cuisses. Les mains de Corinne trahissaient toujours ses émotions. Parfois, elles semblaient être des créatures indépendantes, bougeant et se contorsionnant au gré de leur propre volonté.

– C'est une chambre entachée de péché, dit Malcolm, sans se rendre compte qu'une telle réponse ne ferait qu'exciter encore plus sa curiosité.

– Pourquoi ?

– Parce que le fantôme de la seconde femme de mon père l'habite, expliqua Malcolm, espérant que ces propos suffiraient à la terrifier. (Elle écarquilla d'ailleurs les yeux en joignant les mains comme pour prier.) Et c'était une mauvaise femme.

– Pourquoi une mauvaise femme ? reprit-elle, en murmurant presque.

– Peu importe. Il y a certaines choses que tu es trop jeune pour comprendre.

– Mais, papa, je suis une grande fille maintenant. Nous savons bien que les fantômes n'existent pas. Je ne crois pas que cette chambre soit hantée. Laissez-moi y emménager. Et, si vous avez peur du fantôme, mon bêta de papa, je vous promets de le faire fuir.

– Corinne, l'incident est clos, à présent. Je ne veux plus en entendre parler, c'est compris ?

– Mais je veux cette chambre, insista-t-elle. C'est la plus belle de la maison. Je veux que ce soit la mienne.

Et elle se sauva. Ses jolies joues étaient inondées de larmes.

Depuis lors, chaque fois que Malcolm était absent de la maison, je laissais Corinne visiter la chambre au cygne. Sa curiosité pour cette pièce me fascinait. Elle aimait s'asseoir devant la longue coiffeuse et faire semblant d'être une adulte, la maîtresse de Foxworth Hall se préparant pour quelque bal extravagant.

Je savais tout cela car je l'épiais par le trou pratiqué derrière le tableau dans la salle des trophées. Bien sûr, Corinne ne soupçonna jamais que je l'espionnais. Elle se peignait avec les brosses d'Alicia. Une fois, après avoir fermé la porte à clef derrière elle, elle retira ses vêtements et passa une des robes du soir de sa vraie grand-mère. Elle en serra la ceinture de dentelle très étroitement autour de sa taille pour la retenir. Elle semblait en éprouver une sensation délicieuse. Elle laissait courir ses paumes sur ses seins naissants et sur le haut de son ventre. Elle avait les yeux clos et paraissait vivre une extase intérieure bien plus intense que les émois ordinaires d'une fille de son âge. Elle paradait, à la manière de la princesse que Malcolm avait fait d'elle, puis se jeta sur le lit-cygne. Et elle s'endormit là, vêtue de sa robe de soie argentée.

En contemplant sa petite poitrine qui se soulevait et s'abaissait, je me pris à imaginer Alicia faisant l'amour avec Garland dans ce même lit. Peut-être Malcolm avait-il raison, au fond; peut-être y avait-il vraiment des fantômes – ou quelque esprit malin entraînant Corinne avec lui.

Je ne faisais rien pour l'empêcher de se faufiler dans cette chambre; rien pour l'empêcher d'utiliser des affaires ayant appartenu à Alicia ou à la mère de Malcolm. À mes yeux, ce n'étaient ni le fantôme d'Alicia ni celui de Corinne qui hantaient cette pièce, c'était le diable lui-même, venu corrompre toute jeune fille innocente qui se fût hasardée à y vivre.

15

Les jours les plus noirs

– Maman, je suis devenue une femme !

J'étais dans le jardin, en train de couper les derniers chrysanthèmes de l'été. Mon jardin avait fait des merveilles, cette année, parce que tous les enfants étaient restés à la maison pendant la belle saison et m'avaient aidée à le cultiver, à l'arroser, à arracher les mauvaise herbes, à y répandre des engrais. Mes chrysanthèmes étaient hauts et fiers – certains avaient plus d'un mètre cinquante, dans de superbes couleurs lavande, rouge sang ou jaunes comme le soleil. Mal, pour me taquiner, m'incitait à me présenter à la foire agricole : « Vous serez la reine des chrysanthèmes, mère, je vous le garantis ! » Corinne me pressait également de m'inscrire au concours de fleurs, mais je ne m'étais pas laissé convaincre. Je voulais réserver les fleurs de notre jardin pour nous, pour notre maison, pour illuminer nos jours et refléter le bonheur que mes enfants avaient apporté au lugubre Foxworth Hall. Septembre n'arriva que trop vite : dans une semaine, les enfants allaient repartir : Joël et Corinne dans leurs pensions respectives, Mal à Yale, où il devait enfin réaliser les ambitions que Malcolm lui avait inculquées depuis le jour où il était né. Je venais juste de détacher la glorieuse couronne de mes chrysanthèmes violets, lorsque j'aperçus Corinne accourant vers moi, tout excitée. Ses cheveux d'or battaient l'air derrière elle comme un tourbillon de rayons de soleil.

– Maman, je suis devenue une femme !

– Chérie, de quoi parles-tu ?

– Je ne suis plus une jeune fille, maman.

Mon cœur s'arrêta. Je me retournai vivement, choquée et tremblante.

– Maman, j'ai eu mes...

Elle rougissait, ses grands yeux bleus étaient émerveillés, et elle poussait de petits rires pudiques.

– Maman, j'ai eu mes règles. Maintenant, je suis vraiment une femme.

Je me penchai et lui pris les mains. J'étais toute retournée. Corinne n'avait que quatorze ans; elle ne savait même pas la différence entre « être une femme » et « ne plus être une jeune fille ». Mais elle était si fière et exaltée d'être une femme ! Je me sentis terriblement heureuse pour elle. Moi, j'avais dû attendre seize ans avant d'avoir mes règles : ma mère était morte alors, et je n'avais personne avec qui partager le secret de ma métamorphose.

– Maman, faites-moi une guirlande pour mettre dans mes cheveux. Dans l'ancien temps, ce n'est pas comme ça que vous faisiez pour célébrer les grands événements ?

Corinne commença à rassembler les fleurs que j'avais cueillies, nouant les tiges ensemble et mêlant des corolles de toutes les couleurs pour former une couronne de fête. Je l'observai avec un mélange doux-amer d'envie et d'amour : quand j'étais adolescente, la seule couronne que ma féminité m'eût apportée était faite d'épines. En fait, j'avais eu honte de mes premières règles; je n'en avais rien dit à mon père, j'étais si gênée et j'avais si peur que quelqu'un ne le découvrît, fût-ce un domestique, que j'avais passé la nuit à prier Dieu de me laisser rester une petite fille. Je ne voulais pas être une femme, et l'avenir allait me donner raison : qu'est-ce que cela m'a apporté en termes d'amour jusqu'à aujourd'hui, à part mes enfants chéris, qui sont maintenant sur le point de s'embarquer pour leur vie d'adulte ? Et voilà que Corinne était déjà le genre de femme que je n'avais jamais été et ne serais jamais.

Elle alla s'asseoir sur la balançoire qui occupait le centre de notre jardin.

– Maintenant, vous allez pouvoir me parler de l'amour, maman. Je suis prête, maintenant, non ? Oh, il y a tant de choses qui bouillonnent en moi que je suis près d'exploser.

– L'amour, Corinne ? Tu n'es qu'une enfant.

– Mais, maman, j'ai tant de questions à poser. Je suis tellement... (Elle se pencha et se mit à nouer des myosotis clairs dans ses cheveux d'or.) Je suis tellement impatiente de tout savoir.

– Corinne...

– Quand un homme vous embrasse, maman, quel effet ça fait ? Est-ce qu'on se sent fondre intérieurement ?

– Ma chérie...

– Quand il vous prend dans ses bras... (elle s'enlaça elle-même, sauta sur ses pieds et se mit à valser autour des fleurs)... est-ce qu'on a l'impression que la terre se met à danser avec vous ? Maman, je veux savoir ! Je mourrai si je dois passer le reste de mes jours à Foxworth Hall. Je veux me marier. Je veux aimer. Je veux aller danser tous les soirs. Je veux être emmenée en croisière vers des contrées lointaines où les femmes ne portent pas de corsage et où les hommes jouent du tam-tam. Oh, je sais que papa ne serait pas d'accord, il veut que je reste sa petite fille éternellement, mais je ne peux pas, vous le savez, vous. Vous avez dû désirer tout cela, vous aussi, un jour, maman. Vous avez dû désirer qu'un homme vous soulève du sol, vous promette un amour éternel et vous fasse frémir et trembler chaque fois qu'il vous toucherait la main. Est-ce que papa vous faisait cet effet ?

– Ton père...

– Il est si beau. Je parie, oh, oui, je parie... (elle jeta ses bras autour de ma taille et se mit à me faire danser)... je parie que vous étiez folle de lui.

Je me dégageai de son étreinte et m'assis sur la

balançoire pour reprendre mon souffle. Corinne pouvait-elle lire la douleur dans mes yeux ? Folle de lui ? Oui, j'étais folle – folle d'un désir d'amour inassouvi. Mais qu'avais-je reçu en partage ? La consommation de notre mariage, qui aurait dû être chaleureuse et exaltante, avait été un véritable viol. Il s'était jeté sur moi avec le nom de sa mère à la bouche. Telle avait été mon initiation à l'amour. Je n'avais jamais connu l'amour de Malcolm.

Corinne me regardait avec une expression étrange dans ses yeux bleu ciel, attentive, presque effrayée.

– Maman, dit-elle, promettez-moi que quelqu'un m'aimera, qu'un beau jeune homme ravira mon cœur. Promettez-le-moi.

Soudain, un sombre nuage passa dans ses yeux. Elle courba le dos, saisie d'une crampe.

– La féminité apporte son lot de douleurs en même temps que ses joies. Chaque mois, tu t'en souviendras. Tu sais, Corinne, les rapports entre les hommes et les femmes sont bien plus complexes que tu ne l'imagines. Il n'y a pas que des fleurs et des arcs-en-ciel, même si c'est ce que nous souhaiterions de tout notre cœur. Comme nous le disent les poètes, l'amour ressemble à une rose, avec ses épines acérées et coupantes, sous sa resplendissante corolle. Pour certaines d'entre nous, ces épines se remarquent à peine, tant le parfum de la fleur est suave; mais, pour d'autres, la rose est toute petite, fanée avant même d'être éclose, et il ne nous reste qu'un buisson d'épines, comme un bouquet de fines aiguilles qui te percent le cœur...

– Mais, maman, je n'ai déjà plus mal. Je sais que vous avez l'expérience de la vie, maman, et que vous essayez de me protéger; mais je sais aussi que ce que me dit mon cœur est vrai : il me dit que je serai une de ces filles – je veux dire femmes – particulièrement chanceuses, qui connaissent un amour lumineux et sans tache tout au long de leur vie. Et, quand le jour viendra, je serai prête et je ferai n'importe quoi, je dis bien *n'importe quoi*, pour réclamer l'amour auquel j'ai droit. Ô maman, je devine que les choses n'ont pas toujours été faciles entre papa et vous, mais ça ne veut pas dire qu'il en sera de même pour moi, n'est-ce pas ?

J'étais convaincue que ce serait différent pour elle, comme cela l'avait été pour Alicia et pour Corinne avant elle. Comme je l'enviais ! Comme je partageais ses rêves !

– N'est-ce pas, maman ? Ce sera différent pour moi ?

Je contemplai son visage, ses lèvres couleur de rose légèrement entrouvertes.

– Bien sûr, Corinne, bien sûr que ce sera différent pour toi. Parce que tu as ce que toute femme désire : la beauté, la douceur, l'innocence, un cœur aimant...

Je la pris dans mes bras pour dissimuler les larmes qui me montaient aux yeux. Oh, comme j'aurais voulu, en cet instant, qu'elle fût vraiment ma fille... Mais elle *était* ma fille. Mon amour l'avait faite mienne. Enfin, mon amour avait créé quelque chose de beau; il avait été récompensé par la plus belle fleur de Virginie.

– Viens, ma chérie, rentrons. Est-ce que tu as prévu ce qu'il fallait ?

– Oh, bien sûr, maman. Mme Tethering m'a donné le nécessaire et puis, vous savez, les filles à l'école ne parlent que de ça. Oh, je suis si contente que ça se soit passé juste avant la rentrée ! J'avais quitté l'école petite fille, j'y retournerai femme !

Corinne s'en alla en sautillant vers la maison. Au moment où nous montions les marches du perron, Mal déboula dans l'allée sur une motocyclette noire, brillante et rugissante. Nous nous arrêtâmes toutes deux, bouche bée. Malcolm avait toujours interdit à Mal de posséder une motocyclette. C'était la source de maintes disputes : Malcolm voulait que Mal se consacrât exclusivement au monde des affaires, et Mal voulait d'abord « jeter sa gourme ». Je m'étais efforcée de ne pas m'en mêler; à dire vrai, ces engins m'effrayaient, me paraissaient terriblement dangereux, mais Mal en avait tellement envie qu'il avait fini par puiser dans sa fortune personnelle – à laquelle il avait maintenant librement accès –

pour s'en acheter une. Je souris intérieurement, en songeant que Malcolm n'avait pas réussi à détruire les aspirations de mon fils, comme il l'avait fait avec moi. J'étais fière de mon fils Mal. Il était si brillant, si beau, tellement en avance pour son âge, et il aimait tant la vie ! J'étais contente qu'il eût suivi ses désirs. Il pilotait avec panache et Corinne se mit à bondir de joie en voyant son grand frère sur sa moto.

– Hé, Corinne, tu veux faire un tour ?

Il emballa son moteur. Il avait un corps jeune et viril, portait des bottes de cuir à talons ferrés et une superbe écharpe de soie blanche, comme un pilote de la Grande Guerre.

– Ô maman, maman, je peux ?

– Corinne, tu es une jeune fille. C'est trop dangereux. Je t'interdis...

– Mère ! intervint Mal. Je l'emmène juste faire un petit tour dans l'allée. Ne soyez pas si vieux jeu.

– Je peux ? Oh, s'il vous plaît, maman !

– Tu crois vraiment que ce sont des manières pour une dame ?

– Le frère de Lucy McCarthy a une moto et il la conduit des fois à l'école. Et les McCarthy sont très riches et très en vue, et papa dit même que...

Mal fit de nouveau vrombir son moteur. Une pétarade retentit dans l'allée. Je ne voulais pas que Malcolm sortît pour voir ce qui se passait.

– Mère, reprit Mal en donnant un coup de botte dans la poussière, juste un petit tour dans l'allée. Je déposerai Corinne devant la grille et elle rentrera à pied. D'ailleurs, si vous ne la laissez pas venir, je vous ferai monter derrière à sa place.

Mes deux enfants éclatèrent de rire et, malgré mes réticences, je finis par céder :

– Juste dans l'allée, alors.

– Oh, merci, merci, maman ! s'écria Corinne, et elle grimpa sur l'énorme moto en s'accrochant à la taille de Mal.

Je dus admettre qu'ils avaient fière allure tous les deux – Corinne avec ses cheveux blonds, ses yeux bleus et ses bras délicats autour de son frère,

Mal avec sa veste de cuir, ses bottes et son écharpe blanche.

– Sois prudent ! criai-je.

Mais le bruyant engin s'éloignait déjà, projetant du gravier et du sable dans son sillage.

Comme je les regardais disparaître derrière la bosse de la colline, je sentis une présence glaciale derrière ma nuque.

– Qu'est-ce que c'était ? demanda la voix sèche et froide de Malcolm.

Je pivotai. Il bouillait de colère, mais se contenait; seuls le trahissaient son visage injecté de sang, ses yeux exorbités et ses poings serrés, qu'il appuyait fermement contre ses hanches. Il faisait penser à une chaudière sous pression, qui menaçait d'exploser.

– Ai-je bien vu ce que j'ai cru voir ? reprit-il.

– Malcolm, il y a fort longtemps que je n'essaie plus d'imaginer ce que vous voyez, rétorquai-je

Puis je m'assis sur la balançoire.

Il était si fâché qu'il en devenait la caricature de lui-même. Je ne pus m'empêcher de le titiller.

– Et qu'est-ce que vous croyez avoir vu ?

– J'ai vu une femme d'âge moyen complètement bornée laisser sa précieuse petite fille monter sur une motocyclette avec son imbécile de fils aîné. Une motocyclette que j'avais cent fois interdite ! Et, sans se soucier ni de la santé ni de la bonne éducation de ses enfants, elle les a regardés chevaucher cette dangereuse machine et s'élancer en pétaradant comme des voyous dans l'allée. Puis j'ai vu cette femme bornée sourire.

– Je souriais, répliquai-je en me dressant de toute ma hauteur et d'une voix pleine de fierté pour mes enfants, parce que je me demandais si je n'allais pas faire un tour moi-même.

– Vous êtes encore plus sotte que je ne le pensais, Olivia. C'était déjà folie de votre part de me forcer par votre chantage à constituer pour ces garçons un capital exigible à l'âge ridicule de dix-huit ans ! Et dire que ce jeune monsieur est censé se retrouver un jour à la tête d'un empire d'un milliard de dollars ! Je vous avais prévenue. Je vous avais répété inlassablement de me laisser gérer ce capital, de me laisser contrôler les dépenses, mais non, non ! il a fallu que... que vous me forciez la main pour leur donner une petite fortune à dilapider.

» Et voilà justement ce qu'il est en train de faire... En train de la dilapider ! J'insiste, non, j'exige que vous lui ordonniez de revendre cette... cette chose immédiatement et d'essayer autant que possible de rentrer dans ses frais.

– Je ne vois pas comment je pourrais faire cela, dis-je très calmement.

Je savais que, plus j'étais calme, plus il enrageait.

– Quoi ? Et pour quelle raison ?

– Cet argent lui appartient et il en fait ce qu'il veut. Il ne peut tout de même pas me consulter chaque fois qu'il a une dépense à faire. Ce serait empiéter sur son indépendance, et l'indépendance est quelque chose de très important à cette époque de la vie. Vous l'aviez à son âge.

– J'avais plus de jugeote à son âge ! (Il me dévisagea.) Vous jubilez, n'est-ce pas ? Vous trouvez que c'est un moyen de prendre votre revanche sur moi, c'est ça ?

– Bien sûr que non, répondis-je, bien qu'il n'eût pas tort, en un sens.

– Ceci pèsera lourdement sur votre conscience. (Il agita son index droit d'un air menaçant.) Vous finirez par regretter de ne pas m'avoir écouté, ajouta-t-il avec cette assurance Foxworth que j'avais appris à haïr.

Il détourna les yeux et resta silencieux un moment. Je ne dis rien. Puis il se retourna vers moi. Il semblait s'être suffisamment calmé pour pouvoir continuer.

– Et vous croyez que je vais renvoyer mon fils à Yale sur une maudite motocyclette ? Vous essayez de me miner, Olivia. Vous connaissez les projets que j'ai pour Mal. Je ne peux pas supporter de le voir s'afficher comme la racaille sur la dernière machine à la mode. Et Joël ! Regardez ce que vous avez fait de Joël : un musicien en culotte de velours !

Mais je vous aurai prévenue ! Il finira comme un bon à rien, un inutile, oui, un inutile !

– Alicia trouvait sincèrement qu'il était un prodige, répliquai-je pour lui rafraîchir la mémoire. Elle disait que c'était un génie de la musique. Et c'est vrai, Malcolm. Seulement, vous n'êtes pas assez fin pour comprendre que le génie peut revêtir divers aspects, que ce n'est pas seulement la bosse du commerce.

Il crispa ses lèvres, acerbe. Ses yeux étaient des charbons ardents, où brillait le feu qui le rongeait. Il serrait les mâchoires, gonflant les veines de ses tempes. Il déglutit et fit un pas en avant, redressant les épaules et bombant le torse.

– Vous vous servez de mes fils comme d'une arme contre moi. Ne le niez pas. Vous les manipulez comme vous manipuleriez un fouet derrière mon dos, en prenant un plaisir sadique à chaque coup. Mais prenez garde… Votre vengeance se retournera contre vous.

– N'essayez pas de faire rejaillir votre faute sur moi, répondis-je sèchement. (Elle était loin, l'époque où il m'intimidait encore.) Je n'ai jamais encouragé les garçons à vous désobéir. Ils sont ce qu'ils sont à cause de vous, parce que vous ne leur avez jamais consacré assez de temps pour leur montrer l'exemple. Combien de fois ne vous ai-je pas demandé, non, supplié de leur témoigner davantage d'intérêt, d'être enfin un père pour eux ?

» Mais non, vous aviez vos idées toutes faites sur ce que doivent être les relations père-fils : vous les punissiez à cause de la rancune que vous éprouviez pour votre père.

» Eh bien, maintenant, vous récoltez ce que vous avez semé. C'est vous qui avez planté ces graines, pas moi. Et si la moisson ne vous plaît pas, vous n'avez qu'à vous en prendre à vous, pas à moi.

– Peut-être que mes fils sont perdus pour moi, tonna-t-il, mais il me reste ma fille. Et elle est à moi, Olivia, *à moi* ! *Vous m'entendez ?* Et je ne permets pas qu'elle roule sur de dangereuses motocyclettes comme une vulgaire fille des rues ! Je ne vous laisserai pas la retourner contre moi. Je ne vous laisserai pas mettre sa vie en péril en l'envoyant se rompre les os sur cette *chose* !

– La voici qui revient, Malcolm. Ne lui gâchez pas cette journée avec votre stupide colère !

Corinne remontait la longue allée en courant et en faisant de grands gestes. Elle était encore très loin de nous et je crus que ces gestes étaient à mettre sur le compte de son enthousiasme. Un sombre nuage voila le soleil. Je ne voyais que ses petites mains blanches qui s'agitaient comme de petites colombes et ses lumineux yeux bleus qui scintillaient comme des saphirs dans son visage pâlissant. Oh, si j'avais su ! Si j'avais su ce que ces beaux yeux bleus venaient de voir !

– Maman ! Papa ! *Maman ! Papa !*

Je courus vers elle. Je compris aussitôt que quelque chose de terrible venait de se produire.

– Malcolm ! criai-je. *Malcolm, venez vite !*

Corinne se pétrifia tout à coup et tomba sur ses genoux en pleurant.

– Corinne ! hurla Malcolm. Ma chérie, qu'y a-t-il ? Tu es blessée ? Ô mon Dieu !

– Ô, papa, papa, c'est Mal ! C'est Mal, il... ô mon Dieu... ô mon Dieu...

– Tu n'as rien de cassé, mon ange ? gémit Malcolm en la prenant dans ses bras.

– Qu'est-il arrivé à Mal ? Qu'est-il arrivé à mon fils ? me lamentai-je.

– Il... nous... ô maman, il m'a dit de descendre et puis... et puis, il... il roulait si vite... ô maman !

– *Où est mon fils ?*

– Sa moto a démarré en trombe, maman. Tout s'est passé si vite. Il a dévalé la côte à toute allure et...

– Et ?

Je ne reconnus pas ma propre voix. On eût dit le cri d'un animal.

– Et puis, la moto a décollé, comme si elle s'envolait, et puis, il a disparu de l'autre côté de la colline et... ô mon Dieu, ô mon Dieu... il y a eu une terrible explosion et un énorme nuage de fumée s'est élevé et je me suis précipitée ici pour prévenir papa.

Je me mis à courir, à courir dans l'allée, à courir sur la route.

– Mal, ô mon fils, mon Mal !

J'aperçus la fumée qui formait un grand nuage noir. Un feu, brillant comme un soleil, crépitait au pied de la colline. Je m'élançai, prête à me jeter dans la fournaise, mais le bras puissant de Malcolm me retint.

– Arrêtez, Olivia, vous ne pouvez plus rien pour lui, maintenant.

Sa voix était froide et cinglante. Je lui griffai le bras comme une folle. Je devais rejoindre Mal.

– *C'est mon fils !* criai-je. Je dois le sauver.

Malcolm me secouait, me secouait tout en observant la fumée noire qui s'élevait du ravin. Puis il contempla le ciel, le ciel soudain glacé et lointain. Il me laissa choir à terre et se porta vers Corinne, qui pleurait en silence, en regardant elle aussi la fumée colorer le ciel en noir... Colorer le ciel en noir, colorer en noir tous les jours qu'il me restait à vivre. Mal. Mon premier enfant. Mon premier amour. Mal. J'avais envie de défoncer le sol, de défoncer la terre jusqu'à l'anéantissement. Malcolm et Corinne avaient les yeux fixés sur moi et semblaient atterrés par la violence de mon chagrin.

– Il faut que j'aille le rejoindre, dis-je en me relevant.

Mais Corinne jeta ses bras autour de ma taille et Malcolm me toisa, d'un regard bleu et dur qui me glaça l'âme.

– C'est trop tard, Olivia. Vous avez laissé partir votre fils. Mal est mort.

– Le Seigneur donne et le Seigneur reprend.

Le jour de l'enterrement de Mal, le monde entier semblait porter le deuil avec nous. Le ciel était sombre et courroucé, un tonnerre lointain grondait, comme si Dieu avait voulu ponctuer sa sentence en nous rappelant que sa colère est toute-puissante et qu'il peut écraser les fourmis mortelles que nous sommes, rien qu'en soufflant sur la terre. Il y eut des centaines de fidèles aux funérailles : des amis de Mal, de Joël et de Corinne, des relations d'affaires et mondaines de Malcolm. Personnellement, je n'avais qu'un seul ami : John Amos, mon seul parent vivant, qui avait sauté dans un train dès qu'il avait reçu mon télégramme. Nous avions entretenu une correspondance au fil des ans et j'avais vu le jeune John Amos devenir peu à peu un homme de Dieu à part entière, un « prédicateur à cheval », comme on disait alors, un pasteur sans paroisse. Ce jour-là, il avait une paroisse, car c'était lui qui célébrait l'office mortuaire pour mon bien-aimé Mal.

Les paroles de John Amos ne parvenaient pas à étouffer le cri muet qui vibrait dans ma tête depuis trois jours.

– Notre bien-aimé Mal nous a quittés pour un séjour meilleur. Son vrai Père l'a rappelé dans la fleur de sa jeunesse, et son âme innocente reposera en paix pour l'éternité dans son sein. Son Père l'a réclamé auprès de Lui.

Malcolm me jeta un regard dur; ses yeux d'acier essayaient de percer mon voile noir. Nous étions debout au bord de la fosse; Corinne et Joël nous séparaient. Joël s'accrochait à ma main, Corinne à celle de son père. Durant les deux interminables journées qui avaient suivi l'accident, Malcolm ne m'avait pas adressé la parole une seule fois, mais il m'était facile de deviner ses insinuations muettes : si je ne lui avais pas désobéi en tolérant cette motocyclette, mon fils serait encore auprès de moi. Il me rendait coupable de sa mort.

Pourquoi Mal m'avait-il été repris ? C'était trop injuste. J'avais envie de me couper les cheveux, les mains, les jambes et de supplier Dieu à genoux de prendre ma vie plutôt et de rendre celle de Mal. Ce monde n'avait pas de sens. Je m'imputais vraiment une part de responsabilité. Malcolm était-il donc si puissant que même Dieu lui accordait son concours pour châtier ceux qui l'avaient défié ? Je m'étais séquestrée dans ma chambre. Corinne et Joël étaient venus m'y trouver plusieurs fois pour essayer de me réconforter, mais ils avaient, eux aussi, besoin de réconfort, car ils souffraient, ils souffraient réellement. Et comment aurais-je pu les consoler ? Mal était mort... Mal, mort ? Mon préféré, mort ? Je le revoyais, debout dans la nursery, m'interrogeant du regard et se tenant droit, le visage grave.

– Est-ce que papa va nous emmener faire une promenade en voiture ? me demandait-il. Il nous l'avait promis.

– Je ne sais pas, Mal. Ton père fait des promesses et puis, il les oublie.

– Pourquoi il ne les note pas sur un bout de papier ?

Il avait un esprit tellement logique, même à cet âge. Et maintenant il était mort.

Les premières gouttes tombèrent. Le tonnerre se rapprochait et menaçait d'éclater. Mon Mal chéri fut descendu dans la fosse et, tour à tour, Malcolm, moi-même, Joël et Corinne, nous prîmes une poignée de terre que nous jetâmes sur son cercueil. Mon voile cachait mes larmes, mais j'étais si faible que je pouvais à peine marcher. J'aurais voulu sauter dans sa tombe à côté de lui, me laisser ensevelir sous la poussière et voir le monde entier disparaître. Mais je n'avais pas le droit de baisser les bras, je devais rester forte, comme me l'avait dit John Amos, pour Corinne, pour Joël. Malcolm gardait ses distances, même avec Corinne, qui ne comprenait pas. Tous deux se demandaient si son amour n'était pas mort avec Mal.

Joël était le plus abattu. Il ne disait pas un mot; il était pendu à mes lèvres et me suivait à la trace, comme s'il avait pensé que j'avais le pouvoir de changer le cours du temps et de lui rendre son frère. Ils avaient été très proches, malgré leur différence d'âge et de tempérament. Je savais que Joël était très attentif à ce que pensait son frère. Mal servait de « tampon » entre lui et son père, un père qui continuait à le terrifier. Cela sautait aux yeux : durant toute cette période, il ne lui dit jamais rien, n'eut jamais pour lui la moindre parole de réconfort.

Corinne, outre son chagrin, avait le cœur gros de remords : comme moi, elle se faisait des reproches, elle aurait voulu pouvoir inverser le mouvement de l'horloge et ramener Mal à la vie. Ce fut John Amos, non Malcolm, qui s'employa à la consoler, à alléger son sentiment de culpabilité, à apaiser sa peine. De tous les Foxworth, seul Malcolm resta serein, digne et replié dans son chagrin.

Le lendemain, il retourna à son travail. John Amos resta, lisant la Bible avec nous et prenant par la main Corinne éplorée, la cajolant et assumant le rôle du père aimant que Malcolm avait toujours été pour elle. John Amos était devenu un grand homme efflanqué, avec des cheveux châtain foncé clairsemés, annonçant une calvitie précoce qui lui donnait maturité et dignité. Il avait un visage austère de pasteur, pâle avec des yeux marron et une bouche dure, aux lèvres droites comme un trait à la règle. Il semblait beaucoup plus vieux que ses trente et un ans, et beaucoup plus sage.

D'après mes lettres, il savait l'importance que mes garçons avaient pour moi, quel genre de relations j'entretenais avec Corinne et ce que celle-ci représentait pour son père. Il connaissait aussi exactement mes sentiments pour Malcolm.

Je crois qu'il me comprenait « viscéralement »; il comprenait que Malcolm m'accusait, que je m'accusais moi-même, et il ne voulait pas que je fusse seule à porter le poids de cette faute sur les épaules.

– Olivia, disait-il de sa voix chaleureuse et calme, qui était un baume pour mon cœur, c'est le Seigneur qui nous appelle, le Seigneur qui dicte Sa loi. Il a repris le fils que Malcolm ne savait pas apprécier; Son message était peut-être pour Malcolm, pour qu'il apprenne à aimer plutôt que de vouloir gouverner toujours. Car vous voyez maintenant où s'achève le pouvoir des hommes. Ne vous blâmez pas, Olivia. Les voies du Seigneur sont souvent mystérieuses, mais elles sont toujours justes.

Malcolm n'aimait pas John Amos, mais cela m'était parfaitement égal. En fait, cela rehaussait même sa valeur à mes yeux. C'est pourquoi, après l'enterrement – au cours duquel il m'avait été d'un grand soutien, m'aidant à diriger les domestiques, à accueillir les visiteurs, à consoler les membres de la famille –, je décidai de lui demander de rester avec nous à Foxworth Hall. Il était déjà temps pour Corinne de retourner à l'école, et elle n'était pas mécontente de quitter cette maison sombre et lugubre. Elle aimait Mal comme toute jeune fille aime son frère mais, pour une nature aussi pleine de vie, d'amour et d'espoir, l'ombre de la mort planait moins longtemps que pour nous, qui n'avions plus guère d'espérances ni de rêves d'avenir. Je fis ma proposition à John Amos le jour du départ de Corinne. Il parut sincèrement touché par mon idée. Le travail qu'il faisait à l'époque ne lui plaisait pas.

Je le fis venir dans le salon.

– J'aimerais que vous restiez à Foxworth Hall pour me seconder, lui dis-je. Officiellement, vous serez considéré comme notre majordome mais, pour moi, vous savez que vous serez beaucoup plus.

Le chagrin, que je ressentais si profondément, m'affaiblissait physiquement. J'avais l'impression d'être réincarnée sous une nouvelle forme, de porter mon corps comme une armure dissimulant un cœur et d'être sur le point de m'effondrer, de devenir impotente. La perspective de continuer à vivre ici, seule avec Malcolm, m'était insupportable. Je refusai de recommencer à lutter jour après jour contre ses idées de mégalomane. J'avais besoin d'un allié, de quelqu'un qui me redonnât des forces, qui m'aidât, qui prît ma défense. J'avais besoin de John Amos. Et c'était un homme de religion, un saint homme craignant Dieu et capable de déjouer les cyniques menées de Malcolm. Je n'allais pas le laisser conduire un autre de mes fils à la mort, ni régenter les destinées de Corinne comme il en avait l'intention.

– S'il vous plaît, John Amos, accepteriez-vous de rester ici ? Vous êtes d'un tel réconfort pour moi. Vous êtes ma vraie famille, la seule famille qui me reste, et j'ai besoin de votre bras robuste de chrétien pour me guider.

Il inclina la tête, pensif.

– Je vous ai toujours admirée, Olivia, pour votre force de caractère et votre détermination, mais surtout pour votre foi en Dieu et en Ses volontés. Même aujourd'hui, au plus fort de votre peine, vous ne reprochez pas à Dieu de manquer de miséricorde. Vous êtes un exemple. Beaucoup de femmes devraient chercher à vous ressembler.

Et il appuya ses dires d'un nouveau hochement de tête.

Je comprenais pourquoi Malcolm ne l'aimait pas. Ils avaient tous deux le même type d'assurance dans leurs affirmations mais, alors que Malcolm tirait ses certitudes de l'orgueilleuse opinion qu'il avait de lui-même, John Amos puisait sa force dans sa foi en Dieu.

– Merci, John. Mais, contrairement à ce que vous croyez, j'ai aussi beaucoup de faiblesses. J'ai besoin de quelqu'un auprès de moi pour m'aider à élever mes enfants et à tenir cette maison comme il convient et dans le meilleur esprit.

– Je comprends, et vos intentions sont louables. Il y a bien longtemps, j'ai senti que ma vocation me conduisait dans une voie qui faisait peur à d'autres. Le Seigneur recrute Ses soldats à Sa façon, fit-il avec un sourire.

– Je pense, poursuivis-je en le regardant au fond des yeux, que vous avez pu voir aujourd'hui par vous-même ce que je vous laissais entendre dans mes lettres. Vous devez mieux comprendre, maintenant, pourquoi je me sens parfois si seule ici.

– Oui. Non seulement je comprends, mais je vous offre toute ma sympathie et mon dévouement. (Ses yeux bruns me fixaient gravement. Il avança d'un pas.) Aussi longtemps que je serai ici à vos côtés, Olivia, je vous garantis que vous ne vous sentirez plus jamais seule.

Je souris vaguement et lui tendis la main. Il la serra, et cette poignée scella un contrat entre Dieu tout-puissant et moi. C'était le plus solide réconfort que j'eusse reçu depuis des années.

Quand j'annonçai la nouvelle à Malcolm, il réagit à sa manière habituelle. Il s'était retiré dans la bibliothèque. La chape de silence qui s'était abattue sur Foxworth Hall pesait encore comme la pression de l'air avant une pluie d'été. Les lumières étaient faibles, le ciel sans étoiles et nuageux. Des vents impitoyables battaient les fenêtres, comme quelque bête fourbe et vengeresse grinçant des dents.

Malcolm était debout, les mains dans le dos, face aux rayonnages, parcourant des titres de livres sur la plus haute étagère. Il ne se retourna pas quand j'entrai, mais j'étais sûre qu'il avait entendu mes pas. J'attendis un moment.

– J'ai pris une décision, dis-je finalement. Celle d'engager mon cousin John Amos comme majordome.

Malcolm pivota sur ses talons. Son visage était presque hideux; un mélange de chagrin et de colère déformait ses traits. Jamais sa bouche n'avait été si mauvaise, ses yeux si froids.

– Majordome ? Mais nous avons déjà un valet.

Dans sa bouche, les mots les plus ordinaires résonnaient parfois comme des blasphèmes.

– Un valet qui fait aussi office de chauffeur. Nous ne pouvons nous en satisfaire; ce sont des économies de bouts de chandelle pour une famille et une maison aussi importantes que les nôtres, répliquai-je sèchement.

– Un jour comme celui-ci, vous pensez aux domestiques ! fit-il, ahuri et contrarié.

– N'êtes-vous pas allé à votre bureau, aujourd'hui ? N'avez-vous eu aucun contact professionnel ? Vous n'avez pas demandé à vos subordonnés de vous remplacer, il me semble. Alors, ne me dites pas que vous n'aviez que la mort de votre fils en tête ! lançai-je, sur un ton accusateur.

Il secoua la tête, non pour nier ce que je venais de dire, mais pour marquer son mépris.

– Je n'aime pas cet homme. Il est trop... trop sournois pour mon goût.

– N'importe, je l'ai engagé. La direction de cette maison a toujours été et sera toujours sous ma responsabilité. Nous avons besoin de quelqu'un capable d'assumer entièrement la charge de majordome, et John Amos présente toutes les qualités requises pour cette tâche. C'est un homme très convenable, pieux, et qui comprend les besoins des gens de notre classe. Il a accepté le poste et débute immédiatement.

– Ce sera votre majordome, pas le mien.

– Comme il vous plaira. Avec le temps, je suis convaincue que vous finirez par l'apprécier, ajoutai-je plus posément.

Il me tourna le dos et se remit à parcourir les titres des livres.

– Joël nous quitte ce matin, dis-je.

Il ne se retourna pas.

– Bien. Il vaut mieux qu'il regagne l'école et s'occupe de ses études plutôt que de broyer du noir ici. Il me donne le cafard, répondit-il avec un geste d'agacement, comme pour m'enjoindre de le laisser tranquille.

Je me redressai.

– Il ne rentre pas à l'école.

Malcolm fit volte-face.

– Quoi ? Il ne rentre pas à l'école ? Que voulez-vous dire ? Où va-t-il ?

– Avant la mort de Mal, il a passé une audition dans un orchestre. Ils ont été frappés par son talent et lui ont offert une place pour une tournée en Europe. Il ira directement en Suisse.

Malcolm fulmina.

– Une tournée ! Un orchestre ! La Suisse ! s'exclama-t-il en levant les bras au ciel. Un Foxworth musicien professionnel, réduit à courir le cachet avec une bande de... croque-notes de bazar... efféminés... mollassons... Je ne veux pas en entendre parler ! Il n'en est pas question, vous m'entendez ?

– N'empêche que c'est ce qu'il a décidé, dis-je, avec un calme qui ne faisait qu'attiser sa colère. Je n'ai pas l'intention de pousser mon second fils dans ses derniers retranchements pour vous prouver qu'il peut vivre la vie qu'il a choisie et non celle que vous lui dictez.

Malcolm plissa les yeux et resta silencieux un long moment.

– Qu'il comprenne bien, reprit-il d'un ton haineux et cynique, que, s'il quitte cette maison pour se lancer dans une pareille aventure, tous les ponts seront coupés entre nous.

– Je comprends cela, père.

Nous nous retournâmes d'un même élan, pour voir Joël sur le seuil de la bibliothèque. Il était debout, une valise dans chaque main. Je ne savais pas qu'il avait décidé de partir cette nuit même.

– Je venais justement vous annoncer cela moi-même, expliqua-t-il.

– Je n'ai pas parlé à la légère, continua Malcolm en pointant l'index vers lui. Si tu renies ta bonne éducation pour aller souffler dans un instrument à travers l'Europe, je te déshérite.

Joël et Malcolm se dévisagèrent. On eût dit que le père et le fils se voyaient pour la première fois et se découvraient enfin tels qu'ils étaient réellement. Si Joël avait peur, son doux visage et ses yeux bleus n'en montraient rien. Il ressemblait plutôt à un martyr pardonnant au tyran violent et haineux qui le condamnait à mort. Je vis un sourire au coin de ses lèvres.

– Vous ne m'avez jamais compris, père; pas plus que vous n'avez compris Mal, répondit-il sans colère. Ni lui ni moi ne partagions votre passion pour le tout-puissant dollar.

– Parce que vous avez toujours eu trop, répliqua Malcolm. Si tu étais pauvre, tu ne serais pas là à faire le fier.

– Peut-être. Mais je n'étais pas pauvre et je suis ce que je suis. (Il me regarda.) Au revoir, mère. Vous me manquerez beaucoup. S'il vous plaît, accompagnez-moi à la porte. Il y a une voiture qui m'attend dehors.

– Vous allez permettre ça ? me demanda Malcolm.

J'observai Joël et je me reconnus dans son visage. J'avais l'impression de partir moi-même, de m'évader, de m'échapper de la tristesse et du malheur, du froid et des ombres qui semblaient hanter en permanence Foxworth Hall.

– C'est ce qu'il désire, dis-je d'une voix douce en le fixant des yeux. Il est assez grand pour décider lui-même. Et il en a le droit.

– C'est de la folie. Et c'est votre œuvre. Ce sera un poids de plus qui pèsera sur votre conscience.

– Comment ! (J'avançai vers lui, bouillant de rage.) Vous osez me juger et accuser ma conscience ? Vous, qui avez fait entrer le péché dans cette maison, qui l'avez invité comme un convive, à vos côtés, à votre table, dans votre lit ! Vous avez attiré la colère de Dieu sur le manoir des Foxworth. Vous, pas moi ! Si quelqu'un est coupable, c'est vous ! m'exclamai-je en pointant sur lui un doigt accusateur.

Il jeta un regard à Joël et nous tourna le dos.

Je rejoignis mon fils et nous sortîmes sur le perron, bras dessus, bras dessous. John Amos, qui prenait déjà ses fonctions à cœur, avait porté la malle de Joël jusqu'à la voiture. Il se chargea également des valises.

Debout sur le grand perron de Foxworth Hall, nous regardions la voiture et les ténèbres qui maintenant nous entouraient.

– Je suis désolé de vous quitter en un moment de chagrin comme celui-ci, me dit-il. Mais, si je ne pars pas maintenant, j'ai peur de ne jamais partir. Mal aurait été d'accord. Je le revois encore, debout à côté du piano, en train de m'encourager.

Ce souvenir fit naître un sourire sur ses lèvres.

– Oui, je pense que tu as raison.

Moi aussi, je revoyais Mal, et cette vision emplissait mon cœur d'une douleur sourde. J'avais l'impression que le petit oiseau gris de l'angoisse battait follement des ailes dans ma cage thoracique, mais je cachai mes sentiments.

– Comme tu vas me manquer, Joël, dis-je en lui prenant les mains pour les baiser. Tu es mon seul fils, mon bien-aimé Joël, je n'ai plus que toi. Que le Seigneur soit avec toi. Et sois heureux.

– Merci, mère.

Il se pencha vers moi et m'embrassa sur la joue. Je le serrai longtemps dans mes bras, puis il se précipita vers la voiture. Il me fit un dernier adieu de la main et prit place sur le siège.

John Amos et moi regardâmes la voiture s'éloigner dans la froide nuit d'automne, ses feux arrière disparaissant dans le lointain comme deux étoiles rouges mourant dans l'univers.

TROISIÈME PARTIE

16

Ombre et lumière

Je pleurais.

Je pleurais la perte de Mal; je pleurais le bel été où tous mes enfants étaient autour de moi, joyeux et forts – un temps qui ne reviendrait jamais. Les seuls rayons de soleil dans ce long hiver lugubre étaient les quelques lignes que nous recevions parfois de Corinne, qui ne parvenait pas à se consoler de la mort de son frère, et les rares lettres de Joël. Mon Joël, naguère un garçon si fragile et si craintif, avait finalement trouvé sa voie en Europe, après avoir su tenir tête à son père. *Signor Joël Foxworth*, disait le journal italien qu'il nous envoya. *Le brillant jeune pianiste, Joël Foxworth*, disait un critique français, *un talent à suivre*. Je sentais mon cœur déborder de fierté, une fierté contre laquelle John Amos ne cessait de me mettre en garde :

– L'orgueil précède toujours la chute, Olivia. Souvenez-vous des paroles de Dieu, laissez-vous guider par elles.

Mais ce n'était pas de l'orgueil pour moi-même, c'était de la fierté pour le seul fils que Dieu m'eût laissé.

Je me plaisais à brandir ces articles élogieux sous le nez de Malcolm.

– Vous croyiez que votre fils était un raté, Malcolm, ironisais-je. Eh bien, regardez comme le monde l'acclame !

Puis, un jour, le premier jour du printemps, alors que la nature, et moi avec elle, semblait renaître à la vie, un télégramme arriva. Jamais un télégramme n'avait été porteur de bonnes nouvelles pour moi. Je m'assis et considérai l'enveloppe jaune en tremblant. J'avais peur de l'ouvrir. « Joël », murmurai-je malgré moi, car une sorte de pressentiment m'avertissait de ce qu'elle contenait.

HERR MALCOLM FOXWORTH STOP AI LE PÉNIBLE DEVOIR DE VOUS INFORMER QUE VOTRE FILS JOËL A PÉRI DANS UNE AVALANCHE STOP AVONS ÉTÉ INCAPABLES RETROUVER SON CORPS ET CELUI DE SES CINQ COMPAGNONS STOP SINCÈRES CONDOLÉANCES

Je chiffonnai le télégramme dans ma main et regardai par la fenêtre. Je ne pleurai ni ne gémis; pour lui, mon second fils, il ne me restait plus de larmes. Je les avais toutes versées pour Mal, et maintenant mon cœur était sec et vide. Mon chagrin l'avait desséché comme un désert; un désert qui ne laisse rien pousser, un désert où les seuls mouvements sont les vents de sable, qui jettent un linceul sur tout ce qui vit. Une fois de plus, mon univers était devenu complètement et irrévocablement gris.

Malcolm eut un comportement étrange, lui aussi. D'abord, il refusa de croire à la mort de Joël. Quand je lui montrai le télégramme froissé, il revenait d'un voyage d'affaires. Je le lui tendis au moment où il franchissait la porte d'entrée.

– Qu'est-ce que c'est que cette histoire ? dit-il. Péri dans une avalanche ?

Il me rendit le télégramme comme une vague paperasse qu'il eût refusé de signer à son bureau et s'enferma dans la bibliothèque pour se plonger dans ses dossiers.

Mais quand le document officiel arriva, sous la forme d'un rapport de police, il ne nous fut plus possible de nier l'évidence. Alors, je pleurai; alors, mon cœur se déchira; alors, le puits de mes larmes jaillit de nouveau sous les flétrissures de mon âme. Les souvenirs affluèrent en foule; partout, dans cette grande maison, je revoyais Joël et Mal, assis ensemble, marchant ensemble, jouant ensemble, mangeant ensemble. Parfois, une ombre particulière me donnait l'illusion d'apercevoir leurs visages dans l'obscurité. Parfois, j'allais secrètement dans la nursery et il me semblait les voir, tous les trois, Mal, Joël et Christopher. Mal jouait au maître d'école, Joël et Christopher le regardaient avec des airs d'élèves studieux. Je prenais leurs vieux jouets et les serrais contre mon sein, en versant toutes les larmes de mon corps.

Malcolm se cloîtra dans la bibliothèque. Je fus moi-même incapable d'assumer les préparatifs de l'office mortuaire et, si John Amos n'avait pas été là pour s'en charger, mon bien-aimé fils cadet, mon doux Joël n'eût même pas eu un service funéraire décent pour l'accueillir dans la maison de Dieu. John Amos fut d'un immense soutien pour moi. Il fit lui-même le voyage jusqu'à la pension de Corinne pour lui annoncer la terrible nouvelle et la ramener à Foxworth Hall. Le jour du service funèbre, nous mîmes, Corinne et moi, la même robe noire que nous avions portée pour l'enterrement de Mal. Nous descendîmes le grand escalier comme deux fantômes. Une voiture voilée de noir, louée par les bons soins de John Amos, nous attendait devant le perron. John était debout, stoïque, devant la portière de la calèche.

– Je crois que Malcolm n'assistera pas à l'office, annonça-t-il. Il m'a demandé de vous accompagner à sa place.

Je soulevai mon voile et regardai autour de moi. Les domestiques attendaient, tous vêtus de noir, prêts à se rendre à l'office pour vénérer la mémoire du petit garçon qu'ils avaient vu grandir et devenir un homme. Mais le propre père de ce garçon n'était pas là. Je me ruai dans la bibliothèque. Il était assis à son bureau, mais le dos tourné. Il avait orienté sa chaise vers la fenêtre, qu'il fixait des yeux.

Le ciel était gris pâle et le fond de l'air plutôt frais pour un mois de mars. C'était une journée sans la moindre promesse de soleil, le miroir de ma vie.

– Comment osez-vous négliger l'office mortuaire de votre fils ? criai-je.

Il ne bougea pas et fit comme s'il n'avait pas remarqué ma présence. Soudain, j'eus peur pour lui. Était-ce de la pitié que je ressentais pour lui ? De la pitié pour un homme qui essayait de détruire la mémoire de ses fils ? De la pitié pour Malcolm Foxworth ? Il avait l'air si petit et perdu parmi tous les biens qui l'environnaient : ses trophées de chasse, ses registres professionnels, ses précieux objets d'art, les fantômes de toutes les femmes qu'il avait séduites dans son cabinet de travail. Je me penchai vers lui et lui touchai gentiment le dos.

– Malcolm, dis-je, c'est un office en mémoire de notre fils, de votre fils. (Il leva mollement la main et la laissa retomber sur l'accoudoir de sa chaise.) Vous ne pouvez pas ne pas venir.

– C'est mal, répondit-il finalement. (Sa voix me parut étrange, comme un écho lointain.) Des funérailles sans corps. Qui enterrons-nous ? balbutia-t-il.

– Nous honorons sa mémoire, Malcolm, nous faisons cela pour son âme.

Je contournai sa chaise pour le regarder en face. Il continua à m'ignorer et secoua la tête.

– Et si on le retrouvait vivant, de quoi aurions-nous l'air avec une pareille cérémonie ? Je ne participerai pas à cette comédie. Ne comptez pas sur moi.

Il avait toujours la même voix étouffée, le même visage abattu.

– Mais vous avez lu le rapport de police. Vous avez lu les détails. C'était un document officiel.

À quoi cela lui servait-il de s'obstiner à nier les faits, maintenant ? Comment pouvait-il, lui, Malcolm, refuser de voir la réalité ?

Peut-être espérait-il balayer les remords qui le rongeaient en se fermant les yeux. Je crois qu'il craignait, en assistant au service funéraire, d'être obligé d'admettre que la réalité était inévitable.

– Allez-y, dit-il. Laissez-moi tranquille.

– Malcolm, commençai-je, si vous...

Il pivota sur sa chaise, les yeux injectés de sang, le visage distordu par la colère et la douleur. Je le reconnus à peine. Je reculai d'un pas. Il semblait possédé par quelque sombre créature, peut-être le diable lui-même.

– Allez-y ! ordonna-t-il. Fichez-moi la paix.

Puis il me tourna le dos de nouveau.

Je restai là, à le regarder, un bon moment, puis je le laissai à ses ombres, seul avec ses pensées.

La plupart des gens qui avaient assisté à l'enterrement de Mal étaient présents aux funérailles de Joël. Personne ne vint me trouver directement pour s'inquiéter de Malcolm, mais j'entendis des murmures et je vis certaines personnes poser des questions à John Amos. Corinne était auprès de moi, mais elle semblait perdue et abandonnée sans son père.

Malcolm demeura enfermé dans la bibliothèque pendant les jours qui suivirent. Assez curieusement, seul John Amos fut autorisé à pénétrer dans la pièce pour lui apporter à boire et à manger. Chaque fois que j'entrais pour lui parler, je le trouvais assis dans l'ombre, regardant par la fenêtre. C'était tout juste s'il me répondait. Plus tard seulement, John Amos m'apprit que Malcolm avait commencé une conversion religieuse.

Une nuit, vers la fin de la semaine, j'étais assise seule avec John à la table du dîner. Corinne n'avait pas d'appétit. Elle était allée parler à Malcolm, espérant lui remonter le moral et dissiper les nuages qui planaient sur nous tous à Foxworth Hall. Elle avait beaucoup aimé son frère, mais elle était encore jeune, elle avait tout l'avenir devant elle et voulait recommencer à vivre.

Soudain, elle sortit du bureau en coup de vent.

– C'est sans espoir ! déclara-t-elle. Papa n'arrête pas de se morfondre ! Tout le monde se morfond, ici ! J'aimais Mal et Joël, moi aussi, mais je veux vivre, je veux pouvoir sourire et rire de nouveau ! Il le faut !

John lisait un passage du Livre des Psaumes.

Nous nous asseyions souvent ainsi pour lire la Bible. Nous commentions les Écritures, et John trouvait toujours moyen d'en tirer un enseignement pour notre vie de tous les jours.

– Maman, plaida Corinne, ai-je tort de vouloir être heureuse de nouveau ? Est-ce donc si mal de vouloir sortir entre amis, mettre de jolies robes et revoir mes camarades ?

John Amos leva les yeux, mais sans s'arrêter de lire. Corinne attendit patiemment qu'il eût fini son paragraphe.

– Papa refuse de me parler, reprit-elle. Il ne vient même pas à la porte.

Elle observa John Amos, qui posa la bible sur ses genoux et s'appuya contre le dossier de sa chaise. Parfois, quand il la regardait, il me faisait penser à un joaillier étudiant une pierre précieuse, la tournant et la retournant dans ses doigts pour en saisir tous les reflets.

– Ton père est plongé dans une profonde méditation, en ce moment, expliqua-t-il. Sincèrement, tu devrais éviter de le déranger.

– Et combien de temps va-t-elle durer, cette profonde méditation ? Il ne mange pas avec nous; il ne dort pas dans sa chambre; et, maintenant, il refuse même de me parler.

– Toi, plus que tout autre, tu devrais compatir à son chagrin, ajoutai-je. Et respecter sa peine.

– Je sais. Et justement, c'est pour ça que je veux qu'il sorte. Mais j'ai beau frapper à sa porte et appeler, il ne m'ouvre pas. Je ne peux pas supporter cette… cette tristesse insoutenable.

– En un moment comme celui-ci, poursuivit John Amos, nous ne devrions pas penser à notre propre déplaisir. C'est très égoïste. Tu devrais penser à ton frère perdu, dit-il avec douceur mais fermeté.

– Je ne cesse de penser à lui. Mais il est mort et disparu. Il n'y a rien que je puisse faire pour le ressusciter ! s'exclama-t-elle en ouvrant de grands yeux, le visage animé d'une énergie farouche.

– Tu peux prier pour lui, persista John, d'une voix posée.

Mais son calme et sa piété ne faisaient qu'ajouter à la déception de Corinne.

– Mais j'ai prié, protesta-t-elle. Combien de temps encore faut-il que je prie ?

Elle se tourna vers moi.

– Tu n'as qu'à prier jusqu'à ce que tu arrêtes de ne penser qu'à toi-même, pour penser à lui. Ton attitude ne me surprend pas, tu sais. Ton père t'a trop gâtée, il a fait de toi une égocentrique, lui répondis-je.

Elle fit la moue. Elle se sentait flouée. Corinne ne tolérait pas qu'on lui refusât quelque chose et, en ce moment, tout se refusait à elle.

– Prie avec nous, dit John en lui désignant sa chaise vide.

– Je retourne voir papa pour essayer de lui parler.

Et elle tourna les talons.

– Corinne ! appelai-je.

– Laissez-la, fit John. Laissez-la pour le moment. Je lui parlerai plus tard.

Il reprit sa lecture.

Je me mis à prier avec lui en étudiant la Bible. Les lumières étaient faibles, des chandelles funéraires brûlaient partout. Foxworth Hall s'était transformé en tombe. Dans le silence obligé, le moindre bruit de pas résonnait. Les murs étaient comme les parois d'un tombeau, gris et lugubres; et les ombres, au-dehors, semblaient tisser des voiles de deuil d'un arbre à l'autre. La pluie tomba des jours durant; les gouttes claquaient sur les toits et les vitres, comme pour marteler notre chagrin.

John Amos fut, une fois de plus, d'un grand réconfort. Vêtu de noir, le visage pâle et marmoréen, il se déplaçait dans le manoir avec la grâce et le calme d'un moine. Un geste, un regard lui suffisaient pour commander aux domestiques. Personne n'élevait la voix, de peur d'altérer la solennité qu'il créait chaque fois qu'il entrait dans une pièce. Il semblait glisser sur le sol, sourdre des murs. Parfois, il paraissait simplement surgir du néant. Même les servantes qui débarrassaient la table avaient à cœur de préserver le silence, épiant John Amos du coin de l'œil pour s'assurer qu'il approuvait leur comportement.

Un soir, après que j'eus dîné, il m'apporta mon café. Il posa la tasse et la soucoupe devant moi comme si elles avaient été plus légères que l'air et recula. Je contemplai la longue table en songeant à Malcolm, qui refusait toujours de sortir de son cabinet de travail.

– Combien de temps encore compte-t-il rester là ? demandai-je.

Je commençais à éprouver à mon tour l'impatience de Corinne.

– Il est devenu Job, répondit John d'une voix de stentor. (Il faisait penser à quelque prophète de l'Ancien Testament prédisant la destinée de Malcolm. Il parlait sans me regarder, comme s'il s'était adressé à toute une assemblée de fidèles.) Seulement, maintenant, lorsqu'il demande pourquoi Dieu l'abandonne, il connaît la réponse. Le Seigneur a frappé ses deux fils, le produit de sa mâle semence, sa lignée, quelque chose qu'il chérissait presque autant que sa propre vie.

– Vous lui en avez parlé ouvertement ? demandai-je, fascinée par la métamorphose de Malcolm.

J'avais toujours pensé qu'il était fait d'une pâte si ferme et si rigide que la moindre craquelure lui serait fatale et provoquerait son effondrement total.

– Nous nous sommes agenouillés côte à côte dans la bibliothèque, pendant une heure, répondit John. J'ai récité des prières. Je lui ai dit que la colère de Dieu était terrible et qu'il ne nous restait qu'à espérer un répit de Sa sainte vengeance. Étant donné ce que je savais de sa vie, je lui ai parlé de David qui avait enlevé Bethsabée; je lui ai rappelé comment il avait tourné le dos à son Dieu et comment la vengeance divine s'était abattue sur sa maison. Malcolm m'a compris.

» Il ne vous accuse plus, ni vous ni les garçons, pour ce qui s'est passé. Il s'accuse lui-même et essaie d'en prendre son parti. Et il comprend que son seul salut est de se livrer corps et âme à Jésus-Christ notre sauveur. (John leva les yeux au ciel.)

Prions les uns pour les autres, ajouta-t-il. (Nous inclinâmes tous deux la tête, lui debout, moi assise à table.)

» Ô Seigneur, aidez-nous à comprendre Vos desseins et donnez-nous la force de nous soutenir mutuellement. Pardonnez nos faiblesses et que notre labeur nous vaille Votre miséricorde.

– Amen, répondis-je.

Quand Malcolm sortit finalement de l'exil qu'il s'était lui-même imposé, l'atmosphère changea réellement à la maison. Il était un autre homme. Physiquement, il avait l'air affaibli et vieilli; par bien des aspects, il me rappelait Garland dans la dernière année de sa vie. Il ne se tenait plus aussi droit et avait perdu sa démarche orgueilleuse. Quand il s'adressait à moi ou aux domestiques, sa voix avait baissé d'un ton et il détournait souvent le regard, comme s'il avait eu peur que sa mauvaise conscience ne se lût dans ses yeux.

Son allure générale ne retrouva jamais son caractère viril et vigoureux. Ses yeux bleus s'assombrirent comme des ampoules sur le déclin. Il allait et venait dans Foxworth Hall comme une ombre mouvante, drapé dans une aura sépulcrale, et passait le plus clair de son temps à lire la Bible et à parler avec John Amos. Quelquefois, nous nous asseyions tous les trois pour parcourir le Grand Livre. C'était presque toujours John qui nous faisait la lecture et qui commentait les textes.

J'avais l'impression que c'était Dieu qui nous avait envoyé John Amos, que les lettres qu'il m'avait écrites et son arrivée à l'enterrement de Mal faisaient partie de Son projet d'ensemble pour Malcolm et moi-même.

C'était Corinne qui posait à John le plus gros problème. Elle était rétive. Elle disait :

– Si Dieu était gentil, Il ne nous demanderait pas de renoncer aux plaisirs que le monde nous offre.

– Qui a dit que Dieu était gentil ? était la question que John lui posait en guise de réponse.

Mais Corinne se contentait de ricaner et de hausser les épaules.

– Je crois que Dieu nous a créés pour que nous trouvions le bonheur sur terre, répliquait-elle en rejetant la tête en arrière.

Parfois, elle allait jusqu'à relever le menton de John Amos en lui enjoignant d'être plus gai :

– Dieu a dit : « Que la lumière soit ! »

Je remarquai que, chaque fois qu'elle entrait dans une pièce, il l'observait et essayait d'engager la conversation avec elle. Il semblait la couver de la même manière que l'avait fait Malcolm.

Il n'hésitait pas à lui apporter des choses dans sa chambre. Mais, bientôt, elle retourna en pension et nous fûmes de nouveau sans enfant.

– C'est si bon de vous avoir avec nous, dis-je à John. Surtout maintenant, au moment où nous en avons le plus besoin. Même Malcolm a fini par le reconnaître, et j'en suis heureuse.

– Je suis content d'être ici, Olivia.

Cet été-là, la beauté de Corinne s'épanouit : elle devint vraiment une jolie jeune femme. Elle ressemblait chaque jour davantage à Alicia. Le côté Foxworth qu'elle avait hérité de son père mettait en valeur la délicatesse de traits qui lui venait de sa mère. Ses cheveux blonds se dorèrent au soleil de la belle saison, ses yeux prirent le bleu intense d'un ciel estival et sa peau la douceur d'un nuage de juillet. Elle semblait être la création de quelque artiste divinement inspiré. Sa confiance en soi et son ego grandissaient; on le voyait dans sa démarche, dans sa façon de se tenir, les épaules en arrière et la tête haute. Elle connaissait le pouvoir que lui conférait sa beauté; je le remarquais à sa manière de regarder les hommes, avec une œillade et un petit rire aguicheurs. Même en présence de John Amos, elle faisait la coquette. On devinait que c'était déjà important pour elle de sentir les regards se tourner vers elle quand elle entrait dans une pièce.

Maintenant que la beauté de l'été envahissait la maison et ses environs, je me sentais plus optimiste, je retrouvais l'espoir. Notre nouvelle foi en Dieu avait créé entre Malcolm et moi un type différent de relations, plus cordiales, moins tendues. Notre engagement et notre piété nous avaient ménagé un terrain d'entente.

Et, quand arriva la lettre d'Alicia, je me dis que cela aussi faisait partie du grand dessein de Dieu. Je reconnus l'écriture au premier coup d'œil. La lettre était adressée à Malcolm mais, quand je vis le nom de l'expéditeur, la curiosité me rongea. Depuis quelque temps, plus Corinne grandissait et plus nous retrouvions Alicia en elle. À présent, elle ressemblait énormément à sa mère et j'étais justement en train de penser à elle quand la lettre arriva. Comme elle portait un nouveau nom, je devinai aussitôt qu'elle s'était remariée.

J'hésitai assez longtemps, la lettre à la main; je me demandais quelle serait la réaction de Malcolm s'il découvrait que je l'avais ouverte. Mais, après ce qui s'était passé et considérant le rôle que j'avais joué dans cette tragédie, je me dis que tout ce qui concernait Alicia me regardait autant que lui. Je n'admettais pas qu'il eût de secret pour moi sur ce sujet. Je décachetai l'enveloppe et en sortis une feuille de papier rose parfumée.

Cher Malcolm,

Quand vous recevrez cette lettre, mon existence, déjà triste et décevante, aura encore empiré. Mais rassurez-vous, je ne demande aucune pitié pour moi-même. Je suis au-dessus de cela et j'ai appris à accepter le caractère inévitable de ma mort prochaine. Connaissant votre amour des détails, je dois vous informer que je souffre d'un cancer du sein qui, depuis qu'il a été diagnostiqué, s'est propagé trop vite pour me laisser le moindre espoir de guérison. Je ne m'attends pas à voir débarquer soudain dans ma chambre un beau et brillant médecin capable de faire des miracles. La mort me tient de trop près. La Dame à la Faux, comme l'appelait Garland, garde sa main serrée sur ma gorge. Mais assez parlé de moi.

Je me suis remariée peu après avoir quitté Foxworth Hall pour rentrer à Richmond. J'ai épousé un médecin, un simple généraliste de province dont les seuls honoraires étaient souvent un panier de fruits ou des conserves. Malgré ma fortune, nous avons mené une existence simple, dans sa modeste demeure. En fait, il ne voulait rien savoir de mon argent : mon nouveau et dévoué mari avait de la fierté; il tenait à subvenir lui-même aux besoins du ménage.

Aussi ai-je suivi vos conseils, j'ai laissé ma fortune en Bourse. Hélas, n'étant pas très avisée en la matière, je n'ai pas retiré mes fonds à temps pour éviter le fameux Lundi Noir. Bref, j'ai perdu toute ma fortune dans la grande crise. Bien sûr, mon mari, étant un homme aux goûts très simples, ne s'en désespéra pas du tout.

Peu après, il mourut des suites d'une maladie chronique qui s'était subitement aggravée. Il souffrait depuis longtemps mais, avec la discrétion qui le caractérisait, m'avait caché la réalité de son mal jusqu'au jour où il fut trop tard.

Quoi qu'il en soit, tout cela m'a laissée dans une position morale particulièrement pénible, car je me retrouve dans l'incapacité d'envoyer Christopher à l'école de médecine.

Christopher est devenu un beau jeune homme, aussi beau que son père. Il est très brillant et termine ses études secondaires. Tous ses professeurs l'encouragent à poursuivre son but, qui est de devenir médecin.

À présent, alors que ma vie approche de sa fin tragique, ruinée et sans ressources depuis la mort de mon second mari, il n'y a plus que vous vers qui je puisse me tourner. Je vous supplie d'accueillir ma requête avec bienveillance, si ce n'est pour moi ou pour Christopher, du moins faites-le en mémoire de Garland.

Réservez-lui une place dans votre cœur. Acceptez-le et envoyez-le à l'école de médecine. Il sera pour vous une source intarissable de fierté.

Bien sûr, il ignore tout de Corinne et des événements qui ont précipité mon départ de Foxworth Hall. Il sait qu'il est le fils de Garland Foxworth et qu'il a un demi-frère mais, à part cela, il ne sait presque rien de ses origines familiales. Je vous laisse le soin de lui dire ce que vous jugerez bon.

Je suis sûre qu'Olivia aimera Christopher et qu'il l'aimera. Je n'ai pas oublié les soins attentifs dont elle l'a entouré pendant que j'étais dans l'aile nord. C'est un jeune homme poli et respectueux qui ne vous apportera que joie et bonheur à tous les deux.

Malcolm, je vous supplie sur mon lit de mort d'avoir assez de cœur pour lui permettre de réaliser son rêve. Oubliez tous les ressentiments que vous pourriez avoir à mon égard, oubliez les tragiques moments que nous avons vécus pour ne voir en lui que le fils de votre père, un garçon destiné à être médecin. Aidez-le à atteindre son but.

Je suis sûre que Dieu vous bénira.

En vous remerciant d'avance,

Alicia.

Je reposai la lettre en soupirant. L'image du petit Christopher revenait à ma mémoire. Le retour de cet enfant aux cheveux d'or était sans doute signe que Dieu nous pardonnait nos péchés. Après nous avoir pris Mal et Joël, il nous donnait Christopher.

Même la fin tragique d'Alicia faisait partie du dessein de Dieu. D'après ce qu'elle disait dans sa lettre, je ne pouvais m'empêcher de penser que Malcolm avait délibérément investi sa fortune dans de mauvaises valeurs par manière de vengeance. Il était obligé de réparer ses torts et j'étais déterminée à l'en convaincre. J'en parlai aussitôt à John Amos, qui fut entièrement d'accord avec moi.

J'attendis Malcolm dans un salon. Il rentra de son bureau un peu plus tôt que d'habitude et paraissait fatigué.

– Malcolm, il faut que je vous parle, dis-je.

Sans répondre, il me suivit dans le salon et s'assit sur le canapé de velours bleu. Je restai debout, tenant la lettre d'Alicia à la main.

– Une lettre est arrivée aujourd'hui, une lettre d'Alicia, expliquai-je.

Pour la première fois depuis des semaines, ses yeux s'éclairèrent et il eut l'air intéressé.

– Alicia ? Que veut-elle ?

L'espace d'un instant, son évidente curiosité et sa vitalité retrouvée me contrarièrent. Je le fis attendre. Je m'approchai de la chaise en face de lui mais, au lieu de m'y asseoir, je me retournai vers lui. Il était pratiquement sur le bord du canapé.

– Elle vous a écrit ? demanda-t-il avec impatience.

– Non. C'est à vous que la lettre était adressée. Mais, dès que j'ai vu de qui elle était, je l'ai ouverte. J'en avais le droit, précisai-je.

– Que veut-elle ?

– Elle est mourante, elle a un cancer. Et elle est ruinée. Je vous donnerai la lettre et vous pourrez la lire en détail, mais le motif principal, c'est Christopher.

– Christopher ? Pourquoi ?

– Il a dix-sept ans. Il a brillamment fini ses études secondaires et il veut être médecin. Apparemment, il a les capacités requises, mais elle n'a plus d'argent. Elle désire que nous le recueillions et que nous l'envoyions à l'école de médecine.

Sur quoi, je lui tendis la lettre. Il s'en saisit avec avidité et la parcourut rapidement. Son visage changea d'expression, puis retrouva son austérité habituelle.

– Je suis désolé pour elle, mais ce garçon doit savoir se débrouiller seul dans la vie.

– Ce n'est pas mon avis. Et John Amos pense comme moi. Selon nous, c'est la volonté de Dieu.

– La volonté de Dieu ? Comment cela ? Sommes-nous censés adopter tous les gamins des rues ? répliqua-t-il avec un geste vers la porte, comme si des dizaines de milliers d'orphelins avaient attendu dehors.

– Je ne pense pas que le fils de votre père soit un gamin des rues, Malcolm. Et il est votre demi-frère, ajoutai-je en pinçant les lèvres.

– Allons, parce qu'elle a dilapidé une fortune, il faudrait que...

– Une fortune que *vous* avez placée pour elle

sans vous soucier de l'avenir de vos investissements. Quels qu'aient été vos motifs d'agir, Malcolm, oubliez-les. Nous avons une chance de rectifier les erreurs du passé. Ne la gaspillons pas. Essayons de faire le bien. Vous devez apaiser votre mauvaise conscience et, en aidant le fils de votre père, un jeune homme prometteur actuellement en détresse, vous aurez fait un grand pas dans ce sens. Alicia est mourante. Nous ne pouvons plus lui tourner le dos maintenant.

Il m'observa un long moment, puis regarda de nouveau la lettre.

– Avec quel genre d'homme s'est-elle donc remariée ? Un médecin, qui ne laisse rien pour Christopher !

Il interrogeait la lettre des yeux comme s'il avait eu Alicia devant lui.

– Là n'est pas la question. D'ailleurs, Christopher n'était pas le fils de son second mari. Il n'est pas de son sang, il est du vôtre. Nous avons plus de raisons que lui de nous en occuper, Malcolm. C'est la volonté de Dieu.

Après un instant, il inclina lentement la tête.

– Très bien, dit-il en se carrant sur sa chaise Envoyez-lui un mot pour lui dire que nous acceptons.

Je le laissai. Il serrait la lettre dans sa main; les yeux fermés, il revoyait le passé. Je préférai ne plus lui poser de questions et allai rapporter notre conversation à John Amos. Ce fut lui qui se chargea de la correspondance et des préparatifs pour la venue de Christopher.

Malcolm ne me posa qu'une seule condition : il me demanda d'expliquer moi-même la situation à Corinne. Je savais qu'il ne s'en sentait pas la force. Je la fis venir dans ma chambre – ce que je faisais rarement – et l'invitai à s'asseoir pour m'écouter. Elle fut tout de suite très intriguée. Elle leva vers moi des yeux étincelants de curiosité. Je restai un moment debout devant elle, les mains dans le dos, et pesai soigneusement mes mots avant de commencer.

– Comme tu le sais, ton grand-père paternel s'est remarié alors qu'il avait déjà un certain âge et il a épousé une femme considérablement plus jeune que lui.

– Oui, Alicia, et elle dormait dans la chambre au cygne.

– C'est cela. Elle a eu un enfant de Garland, ton grand-père, qu'ils ont appelé Christopher. Je sais que Mal et Joël en parlaient souvent. (Elle acquiesça.) Ton père ne s'est jamais entendu avec Alicia et n'approuvait pas le remariage de son père. Quand Garland est mort, il a insisté pour qu'Alicia quitte Foxworth Hall avec son fils. Ce qu'elle a fait. Elle est rentrée chez elle, à Richmond, où elle a fini par épouser un homme, qui est malheureusement mort des suites d'une longue maladie.

– Comme c'est triste.

– Oui. Plus triste encore, peut-être, elle a perdu toute sa fortune dans la terrible crise boursière et elle est aujourd'hui très pauvre. Or, nous apprenons maintenant qu'Alicia elle-même est en train de mourir d'un cancer. Son fils a dix-sept ans, c'est un garçon très brillant. Elle nous a écrit pour nous demander d'accueillir Christopher et de lui permettre de faire des études de médecine. Ton père et moi avons accepté. Christopher arrivera à Foxworth Hall incessamment. Il ira à Yale, où ton père a fait ses études également, mais il vivra ici en attendant d'avoir son diplôme et jusqu'à ce qu'il ait monté son propre cabinet médical.

Elle m'interrogea du regard pour s'assurer que j'avais bien fini.

– C'est magnifique, dit-elle enfin. Et très généreux.

– C'est la volonté de Dieu. (Elle approuva de la tête.) J'espère que tu te conduiras comme il faut quand il arrivera. Fais en sorte qu'il se sente ici chez lui. N'oublie pas que, bien que vous n'ayez que trois ans d'écart, il est ton demi-oncle. Tu devras le traiter en conséquence.

– Ce sera bien d'avoir quelqu'un à qui parler dans la maison, dit-elle. Je veux dire quelqu'un qui ne soit pas encore tout à fait un adulte, s'empressa-t-elle d'ajouter.

Je savais ce qu'elle pensait réellement : quelqu'un qui parle d'autre chose que de Dieu et de deuil.

– Ne te méprends pas, c'est pratiquement un adulte. Tu ne devras pas le distraire de ses projets. (Puis je souris.) Christopher était un garçon si merveilleux. Je suis sûre que c'est aujourd'hui un jeune homme très bien. Je crois que vous vous entendrez parfaitement, tous les deux.

Je l'embrassai sur le front. Je ne pouvais la blâmer pour son exaltation. Foxworth était devenu pour elle une grande maison vide depuis la mort de Mal et de Joël. La venue de Christopher était une promesse de renouveau, de vie et de lumière, non seulement pour elle, mais également pour moi. Je me rappelai encore l'enfant adorable qu'il avait été, si poli, si affectueux, si attentionné. Tout comme Corinne, j'étais remplie d'une joyeuse impatience.

Christopher arriva par une belle journée d'été. On eût dit qu'il amenait le soleil avec lui. Alicia était morte depuis un mois. John Amos avait joué le rôle d'émissaire pour nous; il s'était occupé des funérailles et, après avoir observé une période de deuil décente, ramena Christopher avec lui.

J'avais gardé le souvenir d'un Christopher enfant, qui jouait avec Mal et Joël. Dès qu'il entra à Foxworth Hall, je pus constater que les qualités qu'il avait héritées de Garland et la beauté qui lui venait d'Alicia s'étaient développées et épanouies. Je retrouvai quelque chose de Mal et de Joël en lui, ce qui ne fit que le rendre encore plus cher à mon cœur.

C'était devenu un beau et grand jeune homme. Quand je l'aperçus debout dans la lumière du soleil, ses cheveux semblaient nimbés d'une auréole. On devinait qu'il avait un tempérament doux et noble. Il rayonnait d'une sorte de paix intérieure qui me réchauffait l'âme.

Il ouvrait de grands yeux : visiblement, il ne se souvenait plus très bien de Foxworth Hall. D'après ce que m'avait dit John Amos, il vivait dans un petit pavillon de quatre pièces et cet immense et solennel manoir avait effectivement de quoi l'éblouir.

Il nous regardait, Malcolm et moi, avec une telle expression de gratitude, que je me sentis sincèrement gênée. Il ne semblait pas se rendre compte que la moitié de ce domaine ainsi que cinquante pour cent de la société de Malcolm lui appartenaient en fait de plein droit.

Puis je fus prise de pitié en le voyant debout, là, avec ses deux valises, bouche bée. Il portait des chaussures éculées et des vêtements élimés. J'allais dire à John de monter ses bagages dans sa chambre, quand Corinne apparut dans l'escalier.

Elle avait descendu les premières marches en courant et s'arrêta tout à coup à mi-hauteur. Elle avait mis sa plus jolie robe de coton bleu. Ses cheveux blonds, fraîchement lavés et bouclés, avaient de riches reflets d'or.

Je vis les yeux de Christopher pétiller. Il était à la fois surpris et conquis. Mon cœur s'arrêta de battre. Comprenaient-ils ce qu'ils étaient l'un pour l'autre ? Y avait-il quelque chose dans leur sang, une sorte de signal, qui leur révélait leur parenté ? Ils avaient tous deux les mêmes cheveux blonds, denses et souples, les mêmes yeux céruléens, le même teint de pêche. Je guettai la réaction de Malcolm devant son demi-frère : il semblait satisfait de reconnaître en lui sa lignée autant que celle d'Alicia. Oui, assurément, il appréciait le jeune homme qu'il avait devant lui.

Je n'hésitai plus.

– Bienvenue, Christopher, dis-je en faisant un pas vers lui. Ce sont la tristesse et le drame qui t'amènent ici, mais j'espère que tu trouveras le bonheur et la joie parmi nous, à Foxworth Hall.

Je voulus l'embrasser, comme quand il était enfant, mais je me ravisai. Après tout, c'était maintenant une grande personne, et presque un étranger pour moi.

– Merci… (Il semblait ne pas savoir comment m'appeler. Au fond, dans son esprit, j'étais sa belle-sœur.)… Olivia, trancha-t-il finalement.

Puis il se tourna de nouveau vers Corinne.

– Voici Corinne, notre fille. Corinne, veux-tu descendre et saluer ton oncle comme il se doit ?

J'insistai sur le mot « oncle ». Elle rejeta en arrière une de ses mèches d'or, posa une main sur sa poitrine et dégringola les dernières marches d'un pas léger. Un radieux sourire illuminait son visage.

– Enchanté, dit Christopher en lui tendant la main.

Corinne la serra et regarda furtivement vers moi. J'inclinai la tête. Elle lui rendit son salut et retira prestement sa main. Alors, nous nous tournâmes tous vers Malcolm.

– Christopher, commença-t-il, John Amos va monter tes affaires et te montrer ta chambre. Quand tu en auras fini avec tes bagages, viens me rejoindre dans la bibliothèque, où nous discuterons des conditions de ton séjour et de ton avenir universitaire, dit-il sur un ton très poli et presque froid.

Toutefois, cela ne parut pas décourager Christopher. Il lui adressa un beau sourire, brave et confiant, et le remercia. Puis il suivit John Amos vers sa chambre de l'aile nord.

Il s'arrêta au milieu des marches, comme s'il avait oublié quelque chose d'important, et se retourna pour regarder une nouvelle fois Corinne. Elle n'avait pas bougé et l'observait toujours. Il lui sourit et continua de gravir l'escalier. Malcolm s'était déjà retiré dans la bibliothèque.

J'attendis un moment, puis m'adressai à Corinne.

– N'oublie pas ce que je t'ai dit, lui recommandai-je en dissimulant ma propre nervosité derrière un masque de froideur. C'est ton oncle, ajoutai-je, sentant le besoin de bien préciser les choses pour entretenir l'illusion. Ne l'oublie pas.

Elle me regarda avec une expression étrange.

– Bien sûr. Comment voulez-vous que je l'oublie ? Regardez comme nous nous ressemblons, répondit-elle d'une voix enjouée.

Et elle se hâta de grimper l'escalier pour le rejoindre.

17

Christopher Garland Foxworth

Les cheveux d'or et le sourire frais et radieux de Christopher furent notre lumière. Tous, Corinne, John Amos, Malcolm et moi, nous étions attirés par lui comme des papillons de nuit.

– Bonjour, Olivia, disait-il en me rejoignant pour le petit déjeuner. Comme vous êtes belle, ce matin !

– Ce n'est pas bien de faire des flatteries à une vieille femme, répondais-je.

– Des flatteries ? (Une lumière limpide éclairait ses yeux bleus comme les eaux pures des lacs de montagne.) Ce ne sont pas des flatteries, je le pense du fond du cœur. (Puis, avec un sourire de jeune garçon et un solide appétit, il beurrait ses crêpes aux myrtilles.) Déjà quand j'étais un petit garçon, Olivia, vous faisiez merveilleusement bien la cuisine, je m'en souviens. Vous faisiez toujours des cookies aux raisins. Vous étiez si bonne pour moi.

Et mon cœur était gonflé de joie, une joie que je ne croyais plus possible sur cette terre.

Avec Malcolm, Christopher discutait des questions d'affaires les plus difficiles.

– Je ne crois pas qu'un investissement dans les chemins de fer publics soit vraiment un placement d'avenir, disait-il par exemple. Selon moi, il est temps de regarder vers le ciel, monsieur. Je pense que l'aviation est le moyen de transport de demain.

– Tu veux dire que l'Américain moyen se déplacerait dans notre grand pays par la voie des airs ? Cela me paraît difficile à croire, jeune homme.

– Cela commence déjà, monsieur. Regardez combien de compagnies se lancent sur le marché.

Christopher ouvrait le *Wall Street Journal,* et je voyais leurs deux têtes blondes se pencher sur les colonnes de la Bourse.

– Ma foi, tu n'as peut-être pas tort, fiston, reconnaissait Malcolm. Tu as un certain don pour la finance. Tu es sûr de vouloir le gâcher avec des études de médecine ?

– Monsieur, ma vocation est d'aider les gens. Je veux faire comme mon beau-père.

Même John Amos était impressionné par sa compréhension des Écritures. Ils en lisaient certains passages jusque tard dans la nuit, discutant diverses interprétations possibles. Pour Christopher, le Seigneur était avant tout miséricordieux, alors que John Le voyait surtout courroucé et vengeur.

Mais celle d'entre nous qui était le plus fascinée par ce beau jeune homme était Corinne. Elle ne manquait jamais une occasion d'être auprès de lui. Ce n'est que lorsque je les surprenais dans une pièce, assis côte à côte dans un divan, chuchotant et riant, que Corinne se souvenait de mes mises en garde; alors, elle marquait ses distances, lâchait la main de Christopher et reprenait l'attitude réservée qui sied à une nièce envers son oncle. Mais cela me réchauffait le cœur de voir ensemble ces deux enfants radieux, qui apportaient tant de joie dans ce manoir lugubre; je leur préparais du thé et je confectionnais des cookies, sans jamais oublier d'y mettre des raisins secs. Christopher était d'une patience sans limites avec Corinne, qui ne cessait de lui poser des questions sur son passé, même lorsqu'elle réveillait en lui des souvenirs douloureux. Il ne s'énervait jamais, restait constamment chaleureux, compréhensif, aimable et lui pardonnait tout.

Un soir, au dîner, elle l'interrogea sur Alicia. Malcolm était, comme d'habitude, assis en face de moi, à l'autre bout de la table. Corinne, elle, faisait vis-à-vis à Christopher qui occupait l'ancienne place de Mal. Il lui avait fallu si longtemps pour décider de la robe qu'elle allait mettre et de la coiffure à adopter, qu'elle était arrivée presque en retard.

C'était une des soirées les plus chaudes de l'été, mais Malcolm avait gardé sa veste et sa cravate. Christopher en avait fait autant. Malcolm ne manifestait jamais le moindre inconfort : il conservait une attitude digne et détendue, sans paraître se soucier de son bien-être. Christopher, en revanche, semblait souffrir davantage, mais il n'en souffla mot. Les fenêtres étaient ouvertes mais, comme il n'y avait pas la plus petite brise dehors, seuls les ventilateurs du plafond nous dispensaient quelque courant d'air.

Corinne commença par taquiner Malcolm sur sa cravate trop serrée.

– Retirez donc votre veste et votre cravate, tous les deux, dit-elle. Ce serait romantique.

Elle roula des yeux en soupirant. J'avais déjà prévenu Malcolm qu'elle passait trop de temps à lire des revues de mode et des articles sur la vie privée des vedettes de cinéma. Elle était de plus encline à confondre Foxworth Hall avec un décor hollywoodien.

– Nous ne sommes pas sur une scène, répliqua Malcolm, se souvenant de ce que je lui avais dit. (J'approuvai d'un signe de tête.) Nous sommes à table. Je te conseille de t'intéresser à autre chose qu'aux tenues vestimentaires des hommes de cette maison, Corinne.

– Papa est vraiment guindé, parfois, fit-elle sans s'émouvoir, en souriant à Christopher.

Il ne répondit pas à son sourire, sachant trop bien comment Malcolm risquait de réagir. Je me rendais compte qu'elle essayait de faire l'intéressante devant Christopher. Je surpris une lueur d'amusement dans les yeux de celui-ci, mais il ne se départit pas de sa bienséance.

– C'était aussi guindé à table, chez vous, Chris ?

Je haussai les sourcils. Chris ? Je la réprimandai du regard. Je l'avais plusieurs fois prévenue de ne pas appeler les gens plus âgés qu'elle par leur diminutif.

– Mon père tenait à ce que nous soyons correctement vêtus à table, répondit-il. Mais je ne dirais pas qu'il était guindé; je ne le dirais pas non plus de votre père.

Christopher savait être très diplomate quand il le fallait. Malcolm ne réagit pas, mais je savais qu'il était satisfait de la réponse de Christopher.

– Et votre mère ? Je ne sais presque rien d'elle. Elle est partie peu après ma naissance, reprit Corinne.

Chaque fois que le nom d'Alicia était prononcé, Malcolm et moi nous rembrunissions involontairement. J'avais si peur que la vérité ne finît par être découverte, me privant à jamais de l'amour et de l'affection de ces deux jeunes gens. Car, comment pourraient-ils nous pardonner d'avoir forcé Corinne à vivre dans le mensonge ? Je me consolais en me disant que c'était pour son bien et que, de toute façon, ils ne soupçonneraient jamais ce qui s'était passé. Qui, en effet, pourrait soupçonner un seul instant une pareille tromperie ?

– Je crois que nous ne devrions pas parler de la mère de Christopher pendant le repas, coupai-je. Cela ne doit pas être très agréable pour lui, étant donné la tragédie qui...

Corinne rougit.

– Oh, pardon. Je ne voulais pas...

– Ce n'est pas grave, dit Christopher. Mais Olivia a raison.

Il posa aussitôt une question à Malcolm sur l'industrie du bois et l'on changea de sujet, mais une certaine tension persista entre Corinne et moi tout au long du repas. Elle m'en voulait pour la façon que j'avais eue de la rembarrer injustement, mais c'était le moyen le plus rapide que j'eusse trouvé de détourner la conversation. Je répugnais autant que Malcolm à parler d'Alicia en présence de Corinne. Plus tard, j'entendis Christopher lui assurer qu'elle ne l'avait pas offensé. Ils longeaient le couloir menant au patio de l'aile est. Elle ne se doutait pas que j'étais assez près d'eux pour surprendre leur conversation.

– Ma mère est d'une telle froideur, parfois, lui dit-elle. Elle m'exaspère, ajouta-t-elle en battant des paupières.

Christopher se mit à rire.

– Ne jugez pas trop durement votre mère, Corinne. Elle n'a dit cela que pour me protéger. Elle voulait ménager mes sentiments.

Il parlait un peu sur le ton d'un maître s'adressant à son élève. Je compris qu'il faisait son possible pour obliger Corinne à garder ses distances, et je lui en sus infiniment gré.

Le lendemain, Christopher vint me trouver dans ce même patio, où je prenais le frais, profitant de la brise qui s'était enfin levée, sous un ciel nuageux. Il s'approcha de moi d'un air sérieux, les sourcils froncés. Puis il me sourit et me salua chaleureusement.

– Bonjour, Olivia. Je peux m'asseoir ?

Je posai mon ouvrage, et il prit place à côté de moi. Je vis tout de suite qu'il était préoccupé et, sur le moment, un sentiment de crainte s'installa en moi; j'avais très peur qu'il ne se mît à me poser des questions sans fin sur Alicia et les raisons de son départ précipité. Je n'aimais pas être obligée de lui mentir; c'était trop déloyal. Et pourtant, que penserait-il de moi, de Malcolm, d'Alicia, voire de lui-même, s'il connaissait la vérité ?

– Tu as l'air d'être tourmenté par quelque chose, Christopher, hasardai-je. Qu'est-ce que c'est ?

– Olivia, commença-t-il, le visage empreint de douceur, je veux que vous sachiez combien je vous suis reconnaissant pour ce que Malcolm et vous faites pour moi. C'est merveilleux ici. J'ai l'impression d'avoir trouvé une seconde famille – si tôt après avoir perdu ma mère. Et merci de comprendre qu'il est difficile pour moi de parler d'elle. Hier soir, au dîner, vous avez été si compréhensive. En y repensant, je crois que j'en ai deviné la raison : vous savez ce que c'est que de perdre un être cher, et votre perte est peut-être plus grande que la mienne. Car, au fond, les enfants s'attendent à voir leurs parents mourir un jour; mais, pour vous, cela a dû être terrible de perdre vos deux seuls fils. (Il prit ma main.) J'ai hésité, jusqu'ici, à parler de Mal et de Joël, parce que je sais combien c'est pénible pour vous, poursuivit-il. Mais je crois que c'est une peine que nous pouvons partager. Je me souviens bien de Mal, il était si sérieux, si adulte déjà. Je me rappelle quand je vivais ici avec eux; ils me traitaient comme un frère. Et, pendant les mois d'absence de maman, vous avez été une vraie mère pour moi, sincèrement; et je vous aimais comme une mère. Je ne l'oublierai jamais. À présent, j'ai perdu ma mère et vous avez perdu vos fils. Mais vous m'avez et je vous ai, n'est-ce pas ? Je veux dire : c'est un peu comme si j'avais trouvé une mère et que vous ayez trouvé un fils. Faisons comme si c'était le cas, Olivia. J'ai toujours voulu avoir des frères et des sœurs et je m'en plaignais souvent à maman. Mais, chaque fois que je lui parlais d'une petite sœur, elle avait l'air bouleversé et se tordait les doigts. Je ne sais pas pourquoi, elle ne me l'a jamais expliqué. Mais, je vous le répète, j'ai vraiment l'impression d'avoir trouvé une seconde famille. Et j'adore Corinne; vous pouvez être sûre que ce sera une bien jolie femme. Vous lui avez donné une éducation parfaite : elle est si douce, si charmante, si drôle. Vous savez, cela ne me gêne pas du tout qu'elle soit toujours sur mes talons, je vous assure. C'est très flatteur. Rien ne m'honorerait davantage que d'être un vrai frère pour elle et, si vous le permettez, un fils pour vous.

– Merci, Christopher.

Il me regardait d'un air aussi chaleureux que respectueux. Ce jeune homme me touchait encore plus que je n'aurais pu lui dire. Comme la vie était bizarre : j'avais perdu mes deux enfants et j'avais reçu ceux d'Alicia. Je me fis le serment de prendre soin d'eux, de les protéger. Bien qu'ils fussent déjà presque adultes, nous formions une vraie famille, une famille comme j'en avais rêvé : de beaux enfants affectueux, avec le monde à leurs pieds.

– Rien ne saurait me faire plus plaisir, Christopher. En te considérant comme mon fils, tu me fais honneur. Sincèrement.

Il sourit. Son beau visage était plein d'amour et de tendresse.

– Je regrette que ma mère ait quitté Foxworth Hall. Je voudrais avoir mille autres souvenirs de Mal et de Joël. J'aurais voulu avoir le temps de mieux les connaître et de grandir avec eux. Mais tout cela, c'est le passé. À quoi bon le ressusciter ? Ma mère me parlait si peu de notre vie ici. Mais nous pouvons nous créer de nouveaux souvenirs, maintenant, n'est-ce pas, Olivia ?

Il baissa la tête, puis leva de nouveau les yeux vers moi, ses yeux bleus de Foxworth, des yeux chaleureux, profonds, riches.

– Je vous rendrai fière de moi, Olivia.

Sa tendresse, son amour étaient si touchants que j'en eus les larmes aux yeux. J'avais connu si peu d'amour dans ma vie. J'étais convaincue que Christopher m'aimait réellement, m'aimait comme si j'avais été sa mère. J'avais la gorge nouée et je suis sûre que Christopher devina mon émotion. Je lui souris et tapotai sa douce main.

– Christopher, si tu réussis ce que tu as entrepris, je serai fière et contente de toi, comme seule une mère peut l'être de son fils. Et je suis déjà flattée des sentiments que tu as pour moi.

Je détournai vivement les yeux, parce que mon cœur battait la chamade et que j'avais du mal à retenir mes larmes.

Je ne pouvais m'empêcher de repenser à Mal et à Joël, aux conversations intimes que nous avions. Tout cela m'avait été ravi et voilà que, soudainement, cela m'était en partie rendu. Comme pour me réconforter, une brise tiède caressa mon visage et le gros nuage houleux qui cachait le soleil dériva au loin. Il faisait bon et chaud, tout à coup, et surtout, j'avais chaud au cœur.

– Je ferai de mon mieux, dit Christopher.

Il se pencha pour m'embrasser sur la joue. La sensation de ses lèvres resta sur ma peau longtemps après qu'il se fut levé. Je ravalai mon envie de pleurer et n'osai le regarder que lorsqu'il s'en alla. Il rentra dans la maison. Comme je le suivais des yeux, j'aperçus John Amos, posté à une fenêtre du premier étage, qui nous observait. Il était debout, les mains derrière le dos, et sa silhouette semblait projeter une ombre immense et profonde.

Peu à peu, je remarquai que John Amos ne cessait d'épier Christopher. On le voyait soudain apparaître de nulle part, sur le seuil d'une porte ou surgissant de l'ombre. Il le surveillait, le sondait, comme si Christopher avait dissimulé quelque chose. Ses yeux inquisiteurs étaient comme des scalpels qui le détaillaient, à la recherche de quelque indice, signe ou preuve. Chaque fois que Malcolm et Christopher avaient une conversation ensemble, John Amos était à proximité, John Amos l'étudiait du regard comme un espion venu d'un pays lointain et plein de méfiance.

Il ne dit rien pendant quelque temps puis, un beau jour, environ une semaine après mon tête-à-tête avec Christopher dans le patio, il apparut à la porte d'un salon où j'étais en train de lire.

– Je dois vous parler de Christopher, dit-il.

Je lui fis signe d'entrer. Il ne s'assit pas et j'en déduisis qu'il devait être tourmenté par quelque sombre pensée. Il resta debout un long moment, les mains derrière le dos, puis se tourna vers moi.

– Le danger menace au paradis, commença-t-il.

– Qu'est-ce qui vous tracasse, John ? demandai-je, un peu exaspérée. (Je n'avais pas envie de l'entendre dire du mal de Christopher.) Qu'est-ce qu'il a fait ?

– Oh, il n'a rien fait de particulier, mais je suis un homme prudent et je voudrais que vous soyez prudente aussi. Le fait que tout le monde se soit attaché si rapidement à lui m'inquiète. Même Malcolm semble avoir perdu sa prudence et sa circonspection habituelles. Vous seule, Olivia, êtes capable de comprendre ce à quoi je fais allusion.

Il eut une mimique caractéristique, amenant sa lèvre inférieure par-dessus sa lèvre supérieure et rapetissant les yeux, et il inclina lentement la tête pour appuyer ses propos.

Je réfléchis à ce qu'il venait de dire.

– Mais vous n'avez rien observé qui...

– Je l'ai vu avec Corinne. Ils passent le plus clair de leur temps ensemble, ils se promènent dans le jardin, ils vont sur la balançoire, ils bavardent, ils rient, m'expliqua-t-il comme si cela avait été des péchés.

– Mais ils sont innocents. Elle le suit partout comme un petit chien obéissant. Vous ne les avez jamais pris en faute, n'est-ce pas ?

– Non, et cependant... comme je vous l'ai dit, ils m'inquiètent. Corinne est de plus en plus attentive à son apparence. Elle s'assoit devant son miroir pendant des heures et se brosse les cheveux cent fois avant de sortir de sa chambre.

J'étais perplexe.

– Vous l'avez vue se coiffer ? Je ne comprends pas...

Il eut soudain l'air très gêné. Il rougit, puis ouvrit et referma la bouche sans prononcer un mot.

– Pourquoi l'observez-vous de si près ? repris-je. Et comment vous y prenez-vous ? J'aimerais le savoir...

– Il lui arrive de laisser sa porte entrouverte et je... je fais ce que je peux pour... pour rester attentif à... au feu qui peut couver sous la braise, Olivia. C'est mon rôle, vous le savez bien.

Je considérai la question.

– Avez-vous été témoin de quelque chose d'autre, que j'aurais intérêt à savoir ?

Je commençai à me rendre compte qu'il les avait espionnés de plus près que je n'imaginais.

– Oui. Je dois avouer que je les ai suivis, hier, parce que j'avais remarqué quelque chose.

– Eh bien ? (J'étais de plus en plus agacée par les soupçons que John Amos nourrissait contre ces deux beaux jeunes gens innocents. Essayait-il de détruire la paix et le bonheur qui s'installaient enfin à Foxworth Hall ?) Eh bien, John Amos, qu'avez-vous remarqué ?

– Je les ai suivis jusqu'au lac. Ils riaient dans

l'eau et s'amusaient à s'éclabousser mutuellement. Je les ai regardés et j'ai été extrêmement choqué quand je les ai vus émerger. Ils s'étaient baignés en sous-vêtements ! Olivia, c'était obscène ! On voyait tout ! C'était indécent !

Je dois admettre que je fus moi-même assez choquée d'entendre cela. J'avais élevé Corinne pour qu'elle fût une jeune femme pudique et je n'approuvais pas ce qu'elle avait fait. Mais je les excusais : après tout, ce n'étaient que des adolescents et l'été était particulièrement torride. C'était simplement leur exubérance naturelle qui avait pris le dessus.

– John Amos, dis-je avec fermeté, je n'aime guère votre mentalité suspicieuse. Ils font partie de la même famille, il me semble, et, dans ce genre de circonstances, il est normal d'oublier parfois son quant-à-soi. Quand nous étions enfants, vous et moi, j'ai souvent entendu dire que nos cousins étaient très libres entre eux, et sans fausse pudeur. N'allons pas faire une montagne de ce petit incident.

Notre premier été avec Christopher touchait à sa fin. Il partit pour Yale. Corinne, qui entrait dans le second cycle, fut admise dans l'une des meilleures écoles pour filles de Nouvelle-Angleterre. Je voulais qu'elle fût mise au contact des vieilles traditions de la côte Est, qu'elle s'intéressât à autre chose qu'aux bals sudistes et aux derbys du Kentucky, qu'elle apprît le latin, le grec, bref, qu'elle s'ouvrît un univers plus large que celui de ces maîtresses de maison de Virginie qui se prélassaient dans leurs propriétés. Heureuse coïncidence, son école était dans le Massachusetts, à une heure seulement de New Haven. L'idée qu'il y eût un membre de la famille à proximité, au cas où elle en eût besoin, me rassurait.

Je fus triste de les voir partir. Ils quittèrent Foxworth Hall le même jour. Ils devaient prendre le train ensemble et Christopher se proposa d'accompagner Corinne jusqu'à sa nouvelle école avant de reprendre le chemin de Yale. C'était adorable de voir comment ils avaient su devenir l'un pour l'autre le frère et la sœur qu'ils étaient en réalité.

Seulement, ils ne le savaient pas.

Le manoir paraissait vide sans eux. Notre morne routine quotidienne reprit bientôt son cours. Malcolm était à son travail, John Amos dirigeait les domestiques et lisait des commentaires de la Bible avec moi. Mais le souvenir de mes enfants me réconfortait. Car je les considérais vraiment comme mes enfants.

Comme il me l'avait promis, Christopher m'écrivit toutes les semaines. Ses lettres étaient longues et intéressantes. Il me racontait tout ce qu'il faisait et m'assurait qu'il s'ennuyait déjà de Foxworth Hall et regrettait les jours heureux que nous avions passés ensemble pendant la seconde moitié de l'été. Corinne, elle aussi, nous écrivait de petits mots gentils, où elle nous parlait de sa nouvelle école, de ses nouvelles amies. Elle se plaignait qu'il n'y eût point de garçons et je commençais à craindre qu'elle ne devînt un peu coureuse; mais je me rassurais en me disant que je l'avais élevée comme il fallait, en jeune fille de bonne famille. Il me restait à espérer que la bonne éducation que je lui avais prodiguée portât ses fruits. Et j'étais convaincue que mon tutorat contrebalancerait les tendances volages qu'elle pouvait éventuellement avoir héritées de sa mère.

Nous attendions tous les vacances de Noël qui verraient le retour de Christopher et de Corinne. Le congé de Thanksgiving était trop court pour leur permettre de rentrer en Virginie, mais l'un des professeurs de Christopher l'invita à dîner chez lui, avec Corinne. Je me consolai en me disant qu'au moins ils étaient réunis. Nous guettions impatiemment Noël. Ils arrivèrent ensemble; ils avaient pris des couleurs et ils étaient aussi enjoués et enthousiastes que deux petits enfants espérant voir le Père Noël. Le réveillon, cette année-là, fut spectaculaire.

Notre arbre de Noël avait une douzaine de mètres; il atteignait le plafond du grand vestibule. Christopher et Corinne le décorèrent. Il leur fallut presque deux jours entiers, Christopher restait perché sur l'échelle pendant que Corinne lui tendait les décorations multicolores et étincelantes. Ils confectionnèrent même des guirlandes de pop-corn et de baies de canneberge, des mètres et des mètres de ruban rouge vif et blanc qui tournait autour du sapin comme des danseurs autour d'un mât de cocagne. La nuit du réveillon, Corinne était au comble de l'excitation. Malcolm lui avait offert une coûteuse robe du soir, de velours rouge, et elle portait ses cheveux en un large chignon sur le sommet de la tête, avec des anglaises retombant en cascade. Je lui avais permis de se farder légèrement : mascara et rouge à lèvres. Je dus admettre qu'elle était d'une beauté à couper le souffle. Elle avait l'air d'une princesse, d'une star, d'une reine.

Malcolm, Christopher, John Amos, moi et même les domestiques, tout le monde se tourna vers elle quand elle descendit l'escalier. Comme nous étions fiers ! Malcolm se rengorgea et j'entendis Christopher pousser un soupir d'émerveillement, quand Corinne s'avança joyeusement vers nous en disant : « Joyeux Noël, papa », et en jetant ses bras autour du cou de Malcolm. Tout en l'embrassant, elle adressa un petit clin d'œil à Christopher. Seul John Amos avait le visage grave. Et, comme je l'observais, ma propre attitude changea soudain. Me trompais-je ?... John Amos était jaloux de Christopher ! De là venaient ses soupçons ! Je le pris par le bras et l'entraînai dans la salle de bal en disant :

– Venez, John Amos, allons voir si tout est en ordre pour la fête. Nos invités vont arriver d'un moment à l'autre, maintenant.

Notre réception fut un grand succès. Corinne, en jeune dame sophistiquée et connaissant parfaitement les bonnes manières, me ravit presque mon rôle d'hôtesse. Je remarquai combien elle flattait l'orgueil de Malcolm : il s'asseyait à l'écart et la regardait faire. Elle allait et venait dans le grand vestibule, accueillait les convives, riait avec celui-ci ou celui-là, avait toujours le mot qu'il fallait, charmait les plus âgés aussi bien que les plus jeunes. Chacun lui souriait et tournait vers elle des yeux conquis. Jamais ils ne s'étaient comportés de la sorte avec moi. Je ne leur en voulais même pas : je n'étais pas mondaine, mais ma Corinne l'était et je savourais mon triomphe par personne interposée.

Elle était au bras de Christopher, qu'elle présentait comme un oncle perdu de vue depuis longtemps et qui était sur le point de devenir un médecin célèbre. Elle ne manquait pas une occasion de rappeler combien elle était fière de lui. Elle rayonnait véritablement et l'entraînait d'un groupe à l'autre, comme un vent d'étincelles allumant la joie partout sur son passage.

Comme à son habitude, Christopher était absolument charmant. Il faisait des compliments aux dames, qui se laissaient facilement convaincre qu'elles étaient toutes jolies et séduisantes. Il avait un mot gentil pour chacune et paraissait toujours sincère, jamais flagorneur. Il savait reconnaître les qualités particulières de chaque personne et les mettre en valeur. Partout où je me tournais, les gens parlaient de lui et de Corinne, en s'avouant fortement impressionnés.

J'entendis Mme Bromley dire à un groupe de femmes qu'elle avait beaucoup de mal à croire qu'une personne aussi vivante et charmante que Corinne pût être ma fille.

Mais, désormais, je n'éprouvais plus le besoin de répliquer comme je l'avais fait lors de nos précédentes réunions. Je me rendais compte que c'était la jalousie qui lui dictait ses paroles et j'en étais ravie. Il n'y avait, dans toute l'assemblée, aucun jeune homme, aucune jeune femme capable de rivaliser avec eux. J'avais enfin réussi dans mon rôle d'épouse de Malcolm Foxworth.

Nous avions survécu à nos désastres et à nos tragédies et, à présent, à l'image de notre manoir, nous nous dressions au sommet de la communauté virginienne. Nous étions l'objet de toutes les admirations, de toutes les envies.

Quand l'orchestre commença à jouer, Christopher entraîna Corinne sur la piste. C'était une valse. Ils la dansaient à merveille. Christopher faisait tournoyer Corinne sur le parquet comme s'ils étaient nés pour valser ensemble. Toutes les têtes se tournaient vers eux. Personne ne voulait danser à leurs côtés; on préférait contempler ce couple de rêve, qui glissait sur la piste comme des flocons de neige folle dans une brise complice. Puis, Malcolm, droit et digne, s'interposa. Corinne sourit à Christopher, qui rejoignit le cercle des spectateurs sous les applaudissements. Malcolm prit sa place, comme cavalier de Corinne. Mais le charme était rompu; ils avaient tous deux l'air guindé et un peu mal à l'aise. On avait l'impression que Malcolm essayait de rivaliser avec Christopher, de prouver qu'il était un danseur tout aussi accompli – mais il en était loin. À ce moment, je m'aperçus vraiment que Malcolm avait vieilli. La vigueur de sa jeunesse avait disparu. À danser ainsi avec Corinne, il avait l'air d'un vieux beau.

Christopher s'approcha de moi en souriant.

– Vous croyez que je peux reprendre le relais, Olivia ? Malcolm semble se fatiguer.

Je lui souris en retour et lui tapotai la main.

– Va, mon garçon, dis-je en l'encourageant.

Christopher retourna sur la piste, donna une tape sur l'épaule de Malcolm, et Corinne vola dans ses bras. Les convives renouvelèrent leurs applaudissements.

C'est alors que je vis John Amos. Il m'observait à la manière de quelque dieu courroucé, prêt à abattre les foudres de sa vengeance sur le bonheur que je venais à peine de trouver. Il regarda de nouveau Corinne et Christopher en train de danser et leva un sourcil en signe d'avertissement. « Il n'y a pires aveugles que ceux qui ne veulent pas voir », déclama-t-il. Pourquoi éprouvait-il le besoin de transformer le beau en sordide ? En voulait-il donc tant à Christopher ? Puisqu'il était un membre de la famille, il aurait dû se réjouir du succès de Christopher, au lieu de le voir seulement avec les yeux d'un majordome. Je chassai cette pensée. C'était le plus beau réveillon de Noël que nous eussions jamais donné et le spectacle de mes enfants me comblait de joie. Je n'allais pas laisser les soupçons de John Amos gâcher mon bonheur.

Durant sa seconde année à Yale, Christopher s'affirma comme un étudiant plus que prometteur. Ses professeurs trouvaient ses exposés extraordinaires. Déjà du niveau d'un élève de troisième année, il était autorisé à suivre les cours de la classe supérieure. Il nous envoya une lettre enthousiaste pour nous annoncer qu'il aurait son diplôme en trois ans au lieu de quatre. Son admission à l'école supérieure de médecine était pour bientôt.

Je fus heureuse d'apprendre qu'il restait en contact avec Corinne. Il avait même fait une ou deux fois le voyage pour lui rendre visite dans sa pension. Corinne avait dû être terriblement fière de présenter son demi-oncle à ses camarades. Je l'imaginais, assise sur son lit dans le dortoir, en train de parler de lui et de décrire le réveillon de Noël aux filles assemblées autour d'elle. Je suis sûre qu'elle les rendait toutes jalouses, promettant à une telle et à telle autre de leur présenter Christopher. Quand il était arrivé, elle avait dû l'exhiber comme une pierre précieuse.

Cependant, John Amos n'oubliait ni ses soupçons ni sa jalousie à l'égard de Christopher.

– C'est anormal, Olivia. Même des frères et sœurs ne sont pas aussi proches l'un de l'autre à leur âge.

– Allons, John, répliquait Malcolm, ne pouvez-vous pas laisser Corinne un peu tranquille ?

Il était toujours aussi entiché d'elle.

Quand elle atteignit ses dix-sept ans, Corinne était devenue une femme d'une beauté éblouissante. Ses cheveux d'or n'avaient jamais été aussi luisants, aussi doux. Ses yeux étaient de plus en plus brillants, de plus en plus bleus – de ce même bleu céruléen que les yeux de Christopher. Elle avait la silhouette svelte et féminine d'Alicia, avec un cou gracieux, de petites épaules rondes, une poitrine ferme et pleine, une taille fine et des hanches étroites. Ses jambes étaient longues et elle se mouvait avec une grâce confiante qui aurait pu faire envie aux anges.

À vingt et un ans, Christopher, lui, s'était bien développé. Ses activités sportives à Yale lui avaient façonné des épaules larges et musclées. Il était le champion de son équipe d'aviron. Il avait grandi de trois bons centimètres depuis son arrivée à Foxworth Hall et la maturité lui allait vraiment bien. Il y avait beaucoup de son père en lui, maintenant. Je retrouvais Garland dans sa façon de rire et dans son tempérament jovial.

Cela me réchauffait le cœur de les voir courir dans notre grande maison, constamment occupés à quelque chose. Tantôt ils allaient faire du bateau sur le petit lac, tantôt ils partaient à la recherche de fleurs sauvages ou aidaient Olsen à recueillir le miel dans les ruches. Au dîner, ils se racontaient mille histoires sur ce qu'ils faisaient dans leurs écoles respectives.

Malcolm promenait ses yeux de l'un à l'autre, évidemment ravi par tout ce que disait Corinne. Quelque chose commençait à changer dans son visage de granit. Il s'adoucissait peu à peu; sa tête n'était plus, comme avant, un bloc de pierre posé sur ses épaules. À l'occasion, il lui arrivait même d'éclater de rire à table, lorsque Corinne nous rapportait quelque bêtise qu'elle avait faite ou dite.

Christopher, lui aussi, avait quantité d'histoires sur elle : il adorait répéter les anecdotes qu'elle lui avait contées lorsqu'il était allé lui rendre visite dans son école. Ils étaient devenus si intimes que je finis par m'en inquiéter. Un après-midi, alors qu'ils revenaient du lac, je compris ce qui me gênait dans leurs rapports.

Ils traversaient la pelouse, bras dessus, bras dessous. Les cheveux de Corinne flottaient doucement sur ses épaules. J'étais dans le patio, où j'étais venue m'asseoir pour contempler les montagnes Bleues.

Ils étaient vraiment comme frère et sœur, à tel point que je fus presque convaincue qu'ils se doutaient de quelque chose. L'espace d'un instant, je fus plongée dans le souvenir de mes propres fils : Mal ou Joël auraient été tout aussi merveilleux, s'ils avaient vécu, marchant ainsi au côté de Corinne. Le pouvoir de sa beauté était tel qu'il déteignait sur tout homme se trouvant à proximité, de la même manière que les bagues, bracelets et colliers transmettent leur éclat aux mains, aux poignets et au cou des femmes.

J'entendis d'abord leur rire. Puis leurs voix, encore lointaines et indistinctes. Quand ils furent assez proches pour me voir, ils s'arrêtèrent et se regardèrent réciproquement comme s'ils avaient été surpris à faire quelque chose d'interdit. Leur attitude m'intrigua. Ils vinrent à ma rencontre en accélérant le pas. Corinne le tenait toujours par le bras, mais ils s'étaient un peu écartés l'un de l'autre.

– N'est-ce pas une journée magnifique, Olivia ? dit Christopher. Il y avait juste assez de brise pour faire avancer notre petit voilier. J'aimerais beaucoup vous emmener faire un tour à bord, un de ces jours, si vous le permettez.

Corinne me regarda d'un air taquin. Elle ne m'imaginait pas sur un dériveur.

– J'ai souvent fait de la voile, affirmai-je. Quand j'habitais New London, les promenades en bateau étaient aussi naturelles que la marche à pied.

– Vraiment ? fit Christopher. Je connais New London, c'est un très joli port.

– Oh, oui, approuva Corinne. En effet.

– Tu es allée à New London ? lui demandai-je.

Elle jeta un regard furtif à Christopher et acquiesça.

– Je suis allé la chercher à l'école et je l'ai emmenée en balade, un samedi, avoua-t-il. Nous savions que c'était votre ville natale et nous voulions la voir.

– C'est un endroit charmant, enchaîna Corinne.

Puis ils se regardèrent au fond des yeux, paraissant oublier le reste du monde. Une vive frayeur me perça le cœur. On eût dit qu'ils vivaient tous deux sous un voile, un voile dissimulant un univers secret auquel rien ni personne d'autre qu'eux n'avait accès.

L'année suivante s'écoula vite. Ce fut bientôt le retour de l'été. Cette fois, je fis le voyage de la Nouvelle-Angleterre avec Malcolm pour assister aux remises de diplômes des enfants, d'abord celui de Corinne, puis celui de Christopher à Yale. Christopher fut chargé du discours d'adieu pour sa classe. Il fut si émouvant que l'assistance pleura presque. Il parla avec éloquence; l'idée générale de son propos était que, lorsque l'on croit avoir tout perdu – ses espérances, un être cher –, il faut savoir s'accrocher à ses rêves et ceux-ci finissent par redevenir possibles. Autant de paroles qui touchèrent mon cœur : il faisait allusion à notre famille, à ses amères tragédies, à la perte de sa mère et au foyer qu'il avait retrouvé à Foxworth Hall. Quand il descendit de l'estrade, Malcolm lui-même était ému. Nous nous précipitâmes vers lui en lui ouvrant les bras. Corinne fut la première et ils restèrent longtemps enlacés. Malcolm et moi, un peu impatientés, dûmes attendre notre tour. Mais quand, finalement, il nous prit dans ses bras, tous les deux dans la même étreinte, je versai de chaudes larmes de joie. Puis, selon la tradition, nous touchâmes tous sa toque[1] et la jetâmes en l'air. Le ciel fut bientôt noir de toques, qui tournoyaient de plus en plus haut. Des clameurs, poussées par des milliers de jeunes voix masculines, s'élevèrent.

Nous rentrâmes à la maison dans la voiture que Malcolm avait offerte à Corinne pour la récompenser de ses succès scolaires. C'était une Cadillac décapotable, de couleur crème. Nous nous relayâmes pour conduire : lorsque c'était Malcolm, j'étais assise à côté de lui, et les enfants sur la banquette arrière. Puis, tantôt Christopher voulait tenir le volant, tantôt c'était Corinne.

Pour des enfants qui venaient juste de réussir leurs examens, Corinne et Christopher me semblèrent étrangement éteints pendant les deux jours que dura le voyage jusqu'en Virginie. Nous nous arrêtâmes pour la nuit à Atlantic City, dans le New Jersey. Malcolm voulut nous emmener tous passer la soirée en ville.

1. Coiffure distinctive des diplômés dans certaines écoles.

– J'ai des tas de choses à vous montrer, les enfants, déclara-t-il. Il y a ici un dancing au parquet incrusté d'or. Même Foxworth Hall fait piètre figure en comparaison !

– Ô papa, c'est vraiment gentil à vous, soupira Corinne, mais je suis tellement fatiguée. Après tous ces événements, j'ai l'impression que je pourrais dormir une année entière.

– Ma foi, je pourrais en dire autant, approuva Christopher. Mon discours m'a vraiment épuisé.

– Bon, eh bien, si vous n'avez pas envie de faire la fête, mes enfants, je crois que nous allons passer une soirée tranquille à l'hôtel.

– Oh, non, non, papa, protesta Corinne. Il faut que vous « sortiez » mère. Faites semblant d'être les nouveaux diplômés à notre place. Nous, nous resterons vigilants pour surveiller que vous ne rentrez pas à des heures indues. Et pas d'histoires : si vous êtes en retard, nous serons intraitables, ajouta-t-elle, taquine.

Je comprenais leur fatigue et j'insistai pour que Malcolm m'emmenât en ville. Après tout, moi aussi, je méritais ma récompense pour avoir si bien élevé sa fille et le fils de son père. Nous laissâmes Corinne et Christopher dans leurs chambres respectives et, vêtus de nos plus beaux atours, nous rendîmes dans un restaurant qui surplombait l'océan. La salle était bondée de jeunes mariés et d'étudiants fêtant leur promotion. Nous nous sentions un peu mal à l'aise et déplacés parmi tous ces jeunes gens. Nous touchâmes à peine au champagne hors de prix que Malcolm avait voulu absolument commander.

– Portons un toast, Olivia, dit-il pour essayer de donner un peu de bonne humeur à notre repas trop silencieux. À notre merveilleuse fille, qui rentre à la maison pour rester à jamais avec nous !

Je le regardai d'un air de reproche. Croyait-il vraiment que Corinne ne le quitterait jamais ? Il devait la laisser vivre sa vie, rencontrer quelque beau jeune homme, se marier et fonder une famille à son tour. C'était là ce que désirait toute fille; elle n'avait que des aspirations et des rêves tout à fait normaux et je voulais qu'elle n'en eût pas mauvaise conscience à cause de l'attitude de Malcolm.

– À Corinne ! Pour que l'avenir lui apporte tout ce qu'elle attend de la vie et de l'amour, rectifiai-je.

Nous arrivâmes à Foxworth Hall tard dans la nuit du lendemain. J'avais laissé les enfants dormir aussi longtemps qu'il le désiraient, dans la matinée. Après tout, ils allaient bientôt devoir assumer des responsabilités d'adulte et je voulais leur laisser le temps de s'y préparer. Christopher ne savait pas encore à quelle école il serait affecté. Il était sur la liste d'attente de plusieurs universités de renom et il avait d'ores et déjà été accepté par l'établissement qu'avait fréquenté son beau-père, en Géorgie. Corinne voulait aller à Bryn Mawr, mais j'avais insisté pour qu'elle fît aussi sa demande au Vassar & Connecticut College for Women, dans ma ville natale de New London. Elle avait été acceptée dans les deux mais n'avait pas encore pris de décision.

Le lendemain matin, après avoir réglé les problèmes domestiques avec John Amos et la cuisinière, je m'installai devant mon secrétaire pour lire le courrier. Il y avait une grande enveloppe bulle adressée à Christopher Foxworth Jr. L'expéditeur en était l'École de médecine de Harvard ! Mon exaltation fut telle que je ne pus résister à la tentation de l'ouvrir. En guise d'excuse, je me dis qu'il était préférable d'annoncer moi-même la nouvelle à Christopher, au cas où elle serait mauvaise. Mais, au fond de mon cœur, je savais qu'elle serait bonne. Comment une université sensée pourrait-elle refuser Christopher ? Mes doigts tremblaient en déchirant l'enveloppe.

Cher Monsieur Foxworth,

J'ai le grand plaisir de vous informer que vous avez été admis à l'École de médecine de Harvard. En tant que doyen, permettez-moi de...

Je ne pus en lire davantage. Des larmes de joie mouillèrent mes yeux, me brouillant la vue. Serrant la lettre contre mon sein, je grimpai les marches deux à deux comme une jeune femme et frappai à la porte de Christopher. Il n'était pas là. J'essayai la porte de Corinne, pensant que celle-ci saurait peut-être où le trouver. Elle n'était pas là non plus. Soudain, j'entendis un bruit étouffé. Je me demandai d'où il pouvait provenir. Je prêtai l'oreille.

Pendant un instant, mon cœur se mit à battre si fort que je n'entendais plus rien d'autre. Puis le bruit s'amplifia. On aurait dit un rire, mais un rire étrange, qui semblait assourdi par un oreiller.

Il y avait de la lumière à l'autre bout du couloir. Je m'en approchai à pas feutrés.

– Corinne, murmurait une voix, que ferais-je sans toi ? Comment vivrais-je si je ne t'avais pas rencontrée ? Tu es toute ma vie. Tu es ma seule raison d'être. Tu es...

– Chut... fit Corinne. On pourrait nous entendre.

– Je m'en moque. Je t'aime. Je veux que le monde entier le sache.

Un rai de lumière filtrait par la porte à deux battants de la chambre au cygne. Serrant toujours la lettre de Christopher, j'entrebâillai la porte de quelques centimètres. Étendus sur le lit-cygne, à demi dévêtus, les membres enchevêtrés, Corinne et Christopher s'embrassaient et se caressaient avec passion. Elle avait la tête renversée en arrière, les lèvres rougies et entrouvertes. Christopher couvrait de baisers ses seins dénudés !

Sans réfléchir, je refermai la porte en la claquant. La colère et la terreur me donnaient le tournis. Mon cœur s'agitait dans ma poitrine comme un oiseau sauvage devant un renard. Christopher et Corinne ! Ils étaient amants ! Amants ! Mon Dieu.. Ils étaient frère et sœur ! Ô mon Dieu, qu'avais-je fait ? Qu'avions-nous fait ? Je m'effondrai sur le sol. La tête me tournait. Il me semblait que toute la vie qui était en moi s'était transformée en poison.

Les pensées se bousculaient dans mon esprit. Comment réagir ? Fallait-il les confondre ? Devais-je leur avouer la vérité ? Dieu allait-il les frapper de mort pour les punir ?

Alors, je perçus une ombre ténébreuse qui se penchait sur moi. Je levai les yeux. C'était John Amos. Il me regardait avec une froideur horrifiée.

– Olivia, que faites-vous, prostrée ainsi comme une mendiante ? Que se passe-t-il ici ?

Et ses yeux globuleux se tournèrent vers la chambre au cygne. J'entendis un froissement. John Amos saisit vivement la poignée et ouvrit grande la porte. Christopher et Corinne étaient vautrés sur le lit-cygne, complètement nus. Il était allongé sur elle. Ils étaient intimement enlacés, dans une union que seul le mariage autorise...

Alors, John Amos sembla incarner toute la colère de Dieu. Debout, les fustigeant du regard, il paraissait soudain plus grand, plus implacable. Il faisait penser à un archange vengeur descendu du ciel.

– *Pêcheurs ! Fornicateurs !* tonna-t-il. *Comment osez-vous jeter l'opprobre sur cette maison ? Les foudres de Dieu s'abattront sur vous ! C'est de l'inceste ! De l'inceste lubrique et sacrilège ! Que Dieu vous damne et que vos âmes se consument dans l'enfer éternel !*

J'essayai de me relever, d'écarter John Amos et de refermer la porte sur leur ignominie, mais il me repoussa rudement en pestant :

– Femme stupide ! Je vous avais prévenue, je vous avais avertie de ce qui se tramait juste sous votre nez, mais vous n'avez pas voulu m'écouter. Vous avez accueilli le diable dans votre maison, femme, vous m'entendez ? Vous l'avez invité, nourri, choyé, et maintenant il vient réclamer votre vie.

18

La rançon du péché

Je m'enfonçais dans un tourbillon de confusion et de terreur. Outre ma colère, je me sentais trahie et meurtrie dans ma chair. Pourtant, ils avaient tant d'amour... Mais c'était un amour impie et fautif. À qui la faute ? À moi ? Ou à Malcolm qui récoltait maintenant le fruit du péché qu'il avait semé ? Tantôt je débordais de rage, tantôt j'étais prise de pitié pour eux. Je savais qu'il fallait le dire à Malcolm. Il me fallut tout mon courage pour me relever et faire partir John Amos.

Puis, lentement, en m'appuyant au chambranle, j'entrai dans la chambre au cygne et, d'une voix si faible et si étrange que je la reconnus à peine moi-même, j'enjoignis à Christopher et à Corinne de se rendre dans la bibliothèque dans quinze minutes. Corinne cachait sa nudité derrière Christopher, qui s'était enveloppé dans un drap. Ils avaient tous deux les yeux rougis par les larmes. Je refermai doucement la porte derrière moi et, courbant légèrement le dos, m'en allai trouver Malcolm.

– Attendez-vous à un choc, dis-je en entrant dans sa bibliothèque. Quelque chose... quelque chose de terrible vient d'arriver.

– Les enfants ? Oh, non... Encore ? Mon Dieu, fit-il en se redressant en sursaut.

– Le fils de votre père a séduit notre fille ! annonçai-je.

Aucun mot ne saurait décrire le tourment qui tordit les traits de Malcolm. En le regardant, j'avais l'impression de voir le miroir de mes propres sentiments. La colère le disputait à la rancœur, à la haine et à l'amour qu'il éprouvait pour sa fille; mais, de toutes ces émotions, une seule émergeait, balayant toutes les autres : la rage. Une rage comme je n'en avais jamais vu.

– Maintenant, Malcolm, il faut garder notre calme, enchaînai-je, retrouvant mon sang-froid. Nous devons réfléchir et ne pas nous emporter. Il y a trop de choses en jeu, vous le savez aussi bien que moi. Ils seront ici, dans la bibliothèque, dans un moment. Je vous en supplie, Malcolm, essayez de trouver assez de force en vous pour que nous puissions mettre fin à cette terrible abomination.

Au même instant, nous entendîmes la porte grincer sur ses gonds. Christopher parut, un bras protecteur autour de Corinne. Ils entrèrent. Ils s'étaient rhabillés à la hâte et quelques-uns de leurs boutons étaient mal fermés. Christopher n'avait pas de chaussures, il était en chaussettes. Derrière eux, j'aperçus John Amos, rôdant en haut des marches, jetant sur nous un regard de malédiction. Chacun de nos silences le grandissait, car il savait, depuis le début il savait. Et j'avais refusé de le croire. Ses paroles prophétiques bourdonnaient dans ma mémoire :

Il n'y a pires aveugles que ceux qui ne veulent pas voir.

La colère de Dieu s'était abattue durement et de toute sa force sur la maison Foxworth. Toutes les ombres de tous les fantômes des ancêtres gémissaient dans les aîtres. Il ne nous restait plus qu'à les écouter murmurer.

Malcolm s'avança et claqua la porte derrière eux.

– Papa, commença Corinne en serrant la main de Christopher et en faisant un pas vers Malcolm, nous nous aimons. Nous nous aimons depuis longtemps. (Elle regarda Christopher pour se redonner courage. Il lui répondit par ce sourire doux et compréhensif qui avait su charmer tout le monde à Foxworth Hall depuis trois ans.) Christopher et moi avions prévu cela presque depuis le premier jour où nous nous sommes vus. Nous attendions que j'aie dix-huit ans. Ne sachant comment vous réagiriez, nous avions pensé faire une fugue. Mais nous voudrions nous marier à l'église, pour que notre amour soit béni.

Chaque mot que prononçait Corinne enfonçait le couteau plus profondément dans mon cœur. Elle avait dit tout ce que je redoutais le plus. Malcolm donnait l'impression de n'avoir rien entendu. Il contemplait Corinne d'un air étrange. Ce n'était pas elle qu'il voyait, mais Alicia ou, peut-être, sa propre mère. Alors, son visage prit une expression terrible. La colère qui montait en lui déformait maintenant ses traits, enflammait ses joues. Il se dressa en carrant ses épaules; il paraissait gigantesque.

Aussitôt, je me portai vers lui.

– Nous espérions que vous seriez heureux pour nous, dit Corinne, d'une voix qui commençait à trembler, et que vous nous donneriez votre bénédiction. Bien sûr, si vous souhaitez que nous ayons un grand mariage et un banquet avec des centaines d'invités, ici, à Foxworth Hall, nous serons ravis. Parce que nous voulons que vous partagiez notre bonheur.

– Heureux ? fit Malcolm, en prononçant ce mot comme si c'eût été le plus étrange qu'il eût jamais entendu. Heureux, répéta-t-il. (Puis il eut un rire caverneux et diabolique. Il avança d'un pas, le bras droit tendu, l'index pointé en avant :) Heureux ? Vous avez commis le plus abject des péchés. Comment pourrais-je être heureux ? Tu savais qu'il était ton oncle et il savait que tu étais sa nièce. Cela s'appelle un inceste. Vous n'aurez jamais ma bénédiction. Pas plus que celle de Dieu. Vous ridiculisez la notion de mariage !

Il faisait zigzaguer son doigt en signe de dénégation, comme s'il avait pu, par ce seul geste, balayer d'un coup leur amour.

– Ce n'est pas de l'inceste, reprit Corinne d'une voix douce. Notre amour est trop pur pour être un péché. Ce ne sont pas les lois de Dieu que vous citez, mais les lois des hommes. Il y a de nombreuses civilisations où le mariage entre cousins et proches parents est souhaité. Alors, pourquoi...

– Inceste ! cria Malcolm, le bras toujours tendu. (Tout son corps était agité de tremblements, le sang affluait à son visage.) *Pécheurs ! Mécréants ! Sacrilèges !* (Il ponctuait chacune de ses accusations d'un ample geste.) *Vous m'avez trahi ! Trahi !*

– S'il vous plaît, écoutez-nous, Malcolm, intervint Christopher. Corinne et moi avons éprouvé un sentiment l'un pour l'autre depuis le jour où j'ai posé le pied à Foxworth Hall. C'était le destin, c'est sûr.

– *Judas !* Je t'ai rendu la vie, je t'ai redonné l'espoir, tu me dois tout. J'ai dépensé de l'argent pour toi, j'ai placé ma confiance en toi. Je t'ai ouvert ma maison et tu as séduit ma fille !

– Il ne m'a pas séduite, protesta Corinne, prenant la défense de Christopher. (Elle se serra contre lui.) Ce qui s'est passé entre nous, je l'ai voulu autant que lui. C'est même moi qui l'ai poursuivi, qui l'ai supplié de me considérer comme une femme. J'ai rempli tous ses moments libres de ma présence, de mes bavardages, de mes rires et de mon amour. Il s'est toujours conduit en gentleman, toujours respectueux des volontés de mon père et de ma mère. J'avais peur que vous ne compreniez pas, c'est pourquoi j'attendais d'avoir dix-huit ans pour vous en parler. Je ne vous ai pas trahis. Je vous aime toujours et je veux vivre ici avec Christopher. Nous aurons nos enfants ici et...

– Des enfants ? répéta Malcolm, atterré.

Un frisson me parcourut le dos.

– Si vous vouliez seulement écouter, continua Corinne.

– Il n'y a rien à écouter. Des enfants, me dis-tu ! Mais tes enfants naîtront cornus, bossus, avec une queue et des pieds crochus ! Ce seront des créatures difformes !

La haine étincelait dans ses yeux. Corinne et Christopher reculèrent. Terrifiée, elle s'accrocha au bras de Christopher.

– Non, dit-elle en hochant la tête, non, ce n'est pas vrai. Ça n'arrivera pas.

– Séductrice ! Dalila ! Menteuse, créature lubrique, beauté fourbe, messagère du diable ! poursuivit-il, en la faisant reculer à chaque nouvelle accusation qu'il lançait. Hors de ma maison ! Tous les deux ! Hors de ma vie, hors de ma mémoire ! Partez ! (Il leur montra la porte.) Et ne remettez plus jamais les pieds ici. Pour moi, vous êtes morts, morts comme…

Il tourna les yeux vers moi. D'un regard, je lui intimai de ne pas en dire plus…

– Vous ne pensez pas ce que vous dites, fit Corinne en pleurant.

Les larmes inondaient ses joues, son menton tremblait. Christopher m'implora des yeux, m'appelant à l'aide. Je me détournai. Je me sentais aussi bafouée que Malcolm. Je l'avais aimé comme mon propre fils, et il m'avait trahie.

Durant ces quelques années de bonheur, tandis que je croyais à son amour pour moi, je me trompais. Il n'aimait que Corinne. Il avait été pris au piège de sa beauté, comme Malcolm avant lui. Oh, tous les hommes étaient les mêmes. Je le toisai avec une froideur qui, je l'espérais, lui gela le cœur. Sur le moment, j'eus envie de les anéantir en leur révélant la vérité, mais une voix intérieure me prévint que je n'anéantirais que moi-même.

– Si, je le pense ! répondit finalement Malcolm, d'une voix brusque et coupante comme une lame de glace. Va-t'en de cette maison. Tu es déshéritée. Ni toi ni ton Judas ne recevrez un seul sou de moi. Je te maudis. Je vous maudis tous les deux et je vous condamne à une vie de misère et de honte !

– Nous ne sommes pas des maudits, rétorqua Christopher en se redressant avec défi. Nous allons partir de votre maison, mais votre malédiction n'aura pas de prise sur nous. Nous laisserons votre malédiction à la porte.

En disant ces mots, il était plus Malcolm que Malcolm lui-même.

– Ce n'est pas *sa* malédiction, expliquai-je, prenant à mon tour la parole. C'est la malédiction de Dieu Lui-même qui vous poursuivra pour ce que vous avez fait. C'est de l'inceste et vous n'enfanterez que des monstres.

Christopher me considéra avec une infinie tristesse. À présent, c'était lui qui se sentait trahi par moi.

– Alors, nous partons, dit-il en prenant Corinne par la main.

Ils se dirigèrent vers la porte d'entrée. Ils se retournèrent une dernière fois pour nous défier. Corinne, toujours en larmes, semblait perdue et épouvantée.

Ils étaient partis.

Malcolm laissa éclater sa colère. Il leva les bras vers le plafond et poussa une sourde plainte, qui émergeait du plus profond de son être. C'était la plainte d'une bête à l'agonie, une plainte qui fit trembler Foxworth Hall, que les murs renvoyèrent en écho et qui, déchirant les ombres, paraissait s'amplifier à mesure qu'elle s'éloignait. Peut-être que les fantômes de ses ancêtres hurlaient avec lui. L'espace d'un instant, on eût dit que tous les Foxworth criaient en chœur leur douleur et leur chagrin.

Mais le cri cessa tout à coup. Malcolm se tourna vers moi, les yeux exorbités. Il se mit à brasser l'air comme s'il avait manqué d'oxygène. Il agrippa sa poitrine à deux mains et ses jambes fléchirent. Au moment où il s'effondrait sur le sol, j'entendis John Amos murmurer derrière moi :

– La colère de Dieu est entrée dans cette maison aujourd'hui.

Puis il se porta au secours de Malcolm.

Celui-ci était affalé, ventre contre terre, le bras droit sous la tête. John le retourna et nous vîmes que sa bouche était tordue en un rictus. Le côté droit de son visage était paralysé. Les commissures de ses lèvres retroussées bavaient et montraient ses dents serrées. Ses yeux étaient révulsés vers le haut, comme s'il avait essayé de voir l'intérieur de sa propre tête. Il fit un effort pour parler, mais on ne put rien entendre ni comprendre.

– Appelez le médecin ! criai-je.

Le médecin insista pour que Malcolm fût emmené à l'hôpital. Je lus un refus dans les yeux de Malcolm : il secouait la tête et m'implorait en silence de m'opposer aux ordres du médecin.

– Bien sûr, docteur, dis-je. Je veux ce qu'il y a de mieux pour mon mari. Appelez une ambulance.

Plus tard, j'allais apprendre que le médecin avait dit à qui voulait l'entendre que j'étais l'une des femmes les plus fortes moralement qu'il eût jamais rencontrées au milieu d'une tragédie semblable.

Les ambulanciers arrivèrent et diligentèrent Malcolm à l'hôpital, où il resta près d'un mois dans une chambre privée, avec des infirmières qui se relayaient à son chevet vingt-quatre heures sur vingt-quatre. Chaque fois que John Amos et moi lui rendions visite, il nous suppliait de le ramener à la maison. Au début, il ne pouvait le faire qu'avec les yeux, car il avait été victime d'une crise cardiaque doublée d'une attaque d'apoplexie qui lui avait laissé tout le côté droit paralysé.

Quand nous le ramenâmes au manoir, il avait retrouvé un peu l'usage de ses muscles et pouvait émettre quelques borborygmes qui ressemblaient plus ou moins à des mots. Parfois, il me semblait l'entendre appeler Corinne.

Les jours s'écoulèrent avec monotonie. Le temps s'était ralenti, les heures paraissaient tourner moins vite. Malcolm était confiné dans un fauteuil roulant. Il ne pouvait plus aller dans ses bureaux. C'était moi qui me chargeais de régler ses affaires courantes. Je ne me plaignais pas de ce surcroît de travail : tant que j'avais l'esprit occupé, je n'errais pas comme une âme en peine dans Foxworth Hall, torturée par les remords, à me demander ce que j'aurais pu faire pour éviter ce dénouement tragique.

La maison était devenue une tombe gigantesque. Nos pas résonnaient dans le vide. Les bruits de vaisselle et de couverts, quand nous étions à table, s'entendaient jusque dans la cuisine.

Les domestiques se transmettaient de bouche à

oreille les bribes d'information qu'ils glanaient dans nos rares conversations. Aucun d'eux n'osait demander directement des nouvelles de Corinne ou de Christopher, mais je savais que John Amos leur donnait un minimum de renseignements, juste assez pour faire taire un peu leur curiosité.

Nos dîners étaient des spectacles de mime. Dès que Malcolm avait été véhiculé jusqu'à la table, plus un mot n'était prononcé. Il mangeait machinalement, le regard perdu dans le vague. Il ne voyait, j'en étais sûre, que les images défilant derrière ses yeux. Ses rêveries étaient comme des toiles d'araignée, qui se déchiraient en lambeaux quand il fouillait dans sa mémoire pour essayer de trouver une explication à la trahison de Corinne.

Il ne mentionnait jamais son nom; et personne ne le faisait en sa présence. Chaque fois qu'il voulait dire quelque chose, il commençait par : « Quand tout ceci sera fini... » J'imaginais ce que devaient être les cauchemars qui obscurcissaient ses jours. Le beau visage obsédant de Corinne devait l'entraîner dans des rêves noirs de défaite et d'échec, qui transparaissaient à la surface de sa peau, jusqu'à le faire ressembler à un fantôme de lui-même.

John Amos et moi, nous prenions la Bible et nous la disposions devant Malcolm, en l'ouvrant à la page qu'il désirait lire. Tout comme lui, j'avais entamé une sorte de conversion avec l'aide de John Amos. Je savais désormais que je pouvais me fier complètement à sa connaissance de Dieu car, alors même qu'il ignorait le secret de la véritable identité de Corinne, son intuition lui avait fait entrevoir la vérité et il avait essayé de m'en avertir avant qu'il ne fût trop tard. Je m'étais obstinée dans mon refus d'ouvrir les yeux, mais je me jurai que cela ne se reproduirait plus et que je ne me laisserais plus aveugler.

– Olivia, me dit-il pour me réconforter, les voies du Seigneur sont impénétrables mais toujours justes. Je sais qu'Il vous donnera une chance de racheter l'infâme péché de votre fille et de son oncle.

Ses paroles me glacèrent.

– La vérité est toujours à chercher dans Notre Seigneur, poursuivit-il. À genoux, femme, et sauve ton âme.

– Je ne peux pas m'agenouiller, car j'ai été trop déloyale avec le Seigneur. Vous ne connaissez pas toute la vérité.

– Venez, Olivia, confessez-vous.

Je m'agenouillai à côté de lui.

– Ô John, c'est pire que vous ne l'imaginez. (Je sentis le diable me saisir à la gorge. Mais j'étais déterminée à parler et rien ne m'arrêterait plus.) Christopher n'est pas le demi-oncle de Corinne. Il est son demi-frère.

– Quoi ! Mon Dieu, femme, comment est-ce possible ?

– Voyez-vous, John Amos, Malcolm était amoureux d'Alicia. Il l'a violée après la mort de Garland et l'a forcée à nous donner Corinne. Puis elle est partie. Et personne n'a jamais su que je n'étais pas la vraie mère de Corinne.

Je baissai les yeux. J'avais honte, trop honte pour regarder John Amos en face.

– Debout, femme, m'ordonna-t-il. Quel que soit le poids de votre faute, vous êtes moins pécheresse que victime du péché, et Dieu a déjà abattu son glaive sur votre mari. Il fera de même avec ses enfants, Il fera de même, je vous assure. À présent, nous devons surveiller Malcolm, Olivia, mettre la main sur ses affaires, prendre le contrôle de cette maison brûlante et l'ouvrir à nouveau vers Dieu. Prions, Olivia. « Notre Père, qui êtes aux cieux... »

Comme si ma confession avait fait renaître l'espoir à Foxworth Hall, Malcolm retrouva peu à peu l'usage de la parole. Le médecin m'expliqua qu'on pouvait attendre d'autres améliorations encore, mais que Malcolm ne parlerait jamais plus normalement. À cause de sa paralysie faciale, il était affligé d'un rictus qui ressemblait à un sourire perpétuellement heureux. Par quelque étrange ironie du sort, ce sourire tordu rappelait le charme et la beauté qui émanaient de lui, jeune homme – comme si l'on avait appliqué sur sa face un moulage en plâtre de son visage d'autrefois.

Quand je ressentais un élan de générosité, je permettais qu'on le véhiculât jusqu'à sa table de travail pour qu'il pût jeter un regard sur les dossiers des affaires que j'avais prises en main. Au début, je m'étais contentée d'expédier les affaires courantes, étudiant la manière de faire habituelle de Malcolm et prenant des décisions conformes à ses directives. Mais, bientôt, forte d'un regain de confiance en moi, je m'étais lancée dans des projets entièrement personnels. J'avais effectué des mouvements de capitaux, changé certaines dispositions dans les scieries et réalisé diverses ventes et divers investissements immobiliers.

D'abord, il fut choqué de mon indépendance. Il me demanda de reconduire les choses dans l'état où elles étaient, mais je ne voulus rien entendre.

J'avais également alloué un important salaire annuel à John Amos, transférant régulièrement des fonds sur son compte personnel. En dépit de sa maladie, Malcolm ne mit pas longtemps à s'en apercevoir. Il brandit le relevé bancaire sous mes yeux.

– Malcolm, vous devez comprendre que les choses ne sont plus comme avant. Vous devriez être content de voir tout ce qui vous reste, considérant que vous avez failli nous mener à la catastrophe. Et vous devriez être reconnaissant de m'avoir et d'avoir John Amos à vos côtés. Vous imaginez ce qu'il en serait si une femme comme Alicia ou même votre fille était à notre place ? Serait-elle capable d'assumer toutes ces responsabilités financières ? Est-ce que vos affaires tourneraient aussi bien ? Est-ce qu'elle oserait seulement poser les yeux sur vous dans l'état où vous êtes ? demandai-je avec amertume. Elle s'en irait plutôt en emportant votre argent ! Voilà la vérité, ajoutai-je, courroucée. Et je lui arrachai des mains le relevé bancaire.

Un jour, presque deux ans après son attaque, Malcolm m'observait dans son fauteuil roulant, pendant que je travaillais devant son bureau. Je le faisais venir de temps en temps dans la bibliothèque pour lui lire les comptes rendus de ma gestion et ses résultats. Je savais qu'il n'aimait pas être là et, surtout, qu'il détestait être mis au courant de ce que je faisais. Mais j'y trouvais un malin plaisir. Dès qu'on me l'avait amené, je renvoyais son infirmière.

Ce jour-là, donc – c'était le début du printemps, les rayons du soleil, passant par la fenêtre, me chauffaient le dos –, je vis que Malcolm avait une expression nouvelle sur le visage. Il avait l'air plus doux qu'à l'accoutumée. Ses yeux bleus étaient plus tendres, presque chaleureux. Je devinai qu'il avait en tête quelque souvenir heureux. Je m'interrompis dans mon travail et l'interrogeai du regard.

– Olivia, dit-il, il y a quelque chose que je veux savoir, que je dois savoir. Je vous en prie... Je connais vos sentiments à mon égard, mais soyez généreuse, accordez-moi au moins cette faveur.

Je revoyais de mémoire le Malcolm qui était venu à New London, qui avait empli mon cœur de tant d'espoir et de promesses, qui m'avait emmenée en promenade au bord de l'océan et au bras duquel j'avais cru que j'allais enfin pouvoir être aimée et chérie comme n'importe quelle autre femme.

– Quelle est cette faveur ? dis-je en m'adossant.

Il se pencha vers moi, plein d'espoir.

– Engagez des détectives pour découvrir ce que sont devenus Corinne et Christopher. Où sont-ils allés ? Que font-ils ? Et... et...

– Et ont-ils des enfants difformes ? enchaînai-je d'un ton sec.

Il acquiesça.

– S'il vous plaît, implora-t-il en se penchant autant qu'il pouvait dans son fauteuil roulant.

Combien de nuits blanches avais-je passées, dans mon lit, à songer à Christopher et à Corinne en essayant de durcir mes sentiments contre eux, mais en continuant à les aimer dans un petit repli de mon cœur que même Dieu ne pouvait pas voir ?

– Vous m'avez dit qu'elle était morte depuis le jour où elle vous a avoué son amour pour Christopher. La ressusciter maintenant vous ferait souffrir davantage.

– Je sais, mais je ne peux pas supporter de mourir sans connaître toutes les conséquences de… de ce que j'ai fait. S'il vous plaît, accordez-moi cela. Je vous en conjure. Je vous promets de ne plus jamais rien vous demander après cela, de signer tout ce que vous voudrez, tout, dit-il.

Des larmes jaillirent de ses yeux. C'était un des symptômes de son mal : il pleurait souvent à la moindre occasion, mais le médecin m'avait dit qu'il n'en avait même pas conscience.

Il me faisait pitié.

Soudain, en regardant cet homme brisé et distordu dans son fauteuil roulant, un sentiment d'échec complet s'empara de moi. Pour la première fois, je me rendis compte que c'était toute une partie de moi-même qui était dévastée. Naguère j'avais pour époux un homme fort et puissant, respecté et craint dans le milieu des affaires. Malgré les relations orageuses que nous avions eues, j'étais toujours Olivia Foxworth, épouse de Malcolm Neal Foxworth, un meneur d'hommes. Et j'avais à présent pour mari un invalide, qui n'était plus que l'ombre de lui-même.

Or c'étaient Corinne et Christopher qui étaient, en grande partie, responsables de ce désastre. Où étaient-ils maintenant ? Qu'était-il advenu d'eux ? Dieu, qui avait causé de tels ravages dans la maison Foxworth, les avait-il poursuivis de sa vengeance, eux aussi ?

– Très bien, dis-je. Je vais m'en occuper immédiatement.

– Merci, Olivia. Que Dieu vous bénisse.

– Il est temps pour vous d'aller vous reposer dans votre chambre.

– Oui, oui, tout ce que vous voudrez, Olivia.

Il fit un effort pathétique pour essayer de tourner lui-même les roues de son fauteuil. J'appelai l'infirmière, qui le reconduisit dans sa chambre. Pendant tout ce temps, il ne cessa de marmonner :

– Merci, Olivia. Merci.

Je convoquai John Amos sur-le-champ.

– Je veux que vous alliez à Charlottesville, lui dis-je dès qu'il entra dans la bibliothèque, et que vous engagiez les meilleurs détectives possibles pour retrouver la trace de Corinne et de Christopher. Je veux tout savoir d'eux, dans les moindres détails.

Il fronça les sourcils.

– Pour quelle raison ? demanda-t-il.

Puis, voyant que j'étais près de me fâcher, il se ravisa.

– Évidemment, si c'est un ordre...

– C'est un ordre.

Il inclina brièvement la tête.

– J'y vais de ce pas.

Environ un mois plus tard, nous reçûmes un premier rapport détaillé. John Amos fit entrer le détective dans la bibliothèque. Malcolm était encore dans sa chambre. Je ne voulais rien lui dire avant de tout savoir moi-même.

Le détective était un homme assez commun, de petite taille, qui ressemblait à un employé de banque. J'allais découvrir par la suite que c'était une de ses qualités : personne ne faisait attention à lui. Il s'appelait Cruthers et il portait des lunettes à gros verres mal ajustées, qui glissaient continuellement sur son nez quand il parlait. Il m'exaspérait un peu, mais je me forçai à l'écouter.

– Ils vivent sous le nom de Dollanganger, commença-t-il. C'est pourquoi il m'a fallu aussi longtemps pour retrouver leur piste.

– Le détail de vos déboires ne m'intéresse pas, monsieur Cruthers. Contentez-vous de me donner les faits, coupai-je.

– Oui, madame Foxworth. Christopher Dollanganger s'occupe du service de relations publiques d'une grande firme située à Gladstone, en Pennsylvanie. D'après mes renseignements, il est très aimé.

– Relations publiques ?

– Évidemment, intervint John Amos en souriant, comme vous lui avez coupé les vivres, Christopher n'a pas pu poursuivre des études de médecine.

Cruthers se tourna vers John.

– Continuez, monsieur Cruthers, ordonnai-je.
– Mme Dollanganger est considérée comme une femme séduisante, bonne épouse et bonne mère.
– Mère ?
– Ils ont actuellement un fils de près de deux ans. Il s'appelle Christopher.
– Qu'avez-vous appris à son sujet ? demandai-je d'une voix plus douce.
Mon cœur se mit à battre plus vite.
– Un bel enfant, dit-il. Je l'ai vu. Cheveux blonds, yeux bleus. Apparemment, un gosse éveillé.
– Impossible, tranchai-je. (Je m'adossai.) Il ne s'agit pas des mêmes personnes. Ce sont un autre Christopher et une autre Corinne. Oui, c'est cela, dis-je avec conviction, vous avez suivi une fausse piste.
– Ah, pardon, madame Foxworth, je vous assure que non. Il n'y a pas d'erreur possible. J'avais des photos, ne l'oubliez pas. Je les ai vus de près tous les deux. Ce sont votre Christopher et votre Corinne.
– Ce ne sont pas les miens, insistai-je.
Il regarda John Amos et se tut.
– Qu'avez-vous appris d'autre sur eux ? repris-je.
– Eh bien, Mme Dollanganger est de nouveau enceinte, hasarda-t-il.
– Enceinte ? (J'observai John Amos. Il avait un inquiétant sourire.) Cette fois, l'enfant sera différent, murmurai-je.
– Que voulez-vous dire, madame Foxworth ? s'étonna Cruthers.
– Rien. Je veux que vous vous teniez au courant et que vous nous avertissiez quand Mme Dollanganger aura accouché. Je veux tout savoir sur le nouveau-né. Vous m'avez comprise ?
– Oui, madame Foxworth. Je ne les perdrai pas de vue. Elle devrait accoucher prochainement.
– Bien. Vous recevrez un chèque par la poste demain.
Je fis signe à John Amos de reconduire le détective.
Pendant un instant, je restai simplement assise

là, pour digérer la nouvelle. Puis je me levai et me dirigeai vers la porte de Malcolm. Je me ravisai juste avant de l'ouvrir.

Non, songeai-je. Pas encore. Pas avant de tout savoir sur le nouveau-né.

19

Le dernier maillon

Les jours, les mois, les années passèrent, s'égrenant comme des grains de sable dans un sablier sans fond. Je ne trouvais l'apaisement que dans la prière et le travail. Cruthers avait fait deux autres apparitions à Foxworth Hall; la première pour nous annoncer la naissance d'une belle petite fille nommée Cathy; la seconde, huit ans plus tard, pour nous faire part d'une nouvelle encore plus surprenante : la naissance de jumeaux, un garçon et une fille, également sains et parfaitement conformés. Tout semblait indiquer que la petite famille de Christopher et de Corinne était superbe à tous égards. M. Cruthers nous rapporta en effet que, dans leur ville, on les appelait les poupées de Dresde, en raison de leurs magnifiques cheveux blonds, de leurs yeux bleus et de leur teint pur.

Je n'ai jamais informé Malcolm des visites de M. Cruthers. Son attaque l'avait énormément vieilli. Il semblait avoir atteint un point de non-retour; il ne pouvait plus décliner davantage.

Bien sûr, son caractère avait changé. Dans les premiers temps de sa convalescence, il lui restait encore un certain esprit combatif. Il ne pensait pas que son état serait permanent. À présent, quand il était assis dans son fauteuil roulant, il n'avait plus cette impatience, cette raideur, cette exigence qui témoignaient de la bataille qu'il se livrait à lui-même.

Ses yeux bleus, naguère chargés de défi, s'éteignaient peu à peu. Comme des bougies mouchées dans la nuit, leur flamme, autrefois brillante, diminuait progressivement et finissait par perdre l'énergie qui les avait animés.

Et il se laissait de plus en plus envahir par les ombres. Souvent, je le trouvais dans le coin le plus sombre de sa chambre ou du vestibule. Cet homme, dont autrefois l'énergie et la puissance étaient telles qu'il semblait habité par la lumière, se complaisait aujourd'hui dans les ténèbres. Lentement, mais inexorablement, les ombres de Foxworth Hall le réclamaient.

Quoique sa faculté de parler se fût améliorée au point de le rendre intelligible à tous, il se tenait de plus en plus à l'écart des conversations. Ses infirmières – il en avait eu près d'une douzaine au fil des années – avaient appris à le comprendre d'après ses gestes, et il lui suffisait de bouger la main ou de hocher la tête d'une certaine façon pour leur indiquer ce qu'il voulait. Il n'élevait la voix que lorsqu'il se joignait à John Amos et à moi pour nos prières quotidiennes.

S'il trouvait la force de survivre, de supporter le fardeau de l'âge et de la maladie, c'était parce qu'il voulait croire à sa rédemption prochaine. Nous demandions à Dieu de nous donner le courage de faire face et nous implorions Son pardon.

Je passais constamment du monde religieux au monde des affaires, en m'y plongeant chaque fois avec assiduité, car je ne me sentais à l'aise que lorsque j'étais occupée. J'en étais même venue à détester les moments de calme qui me permettaient de me « détendre ». En effet, dès que j'étais oisive, les souvenirs revenaient à ma mémoire, des souvenirs qui me hantaient, bourdonnaient dans ma tête comme un essaim d'insectes fous, s'efforçant de percer la cuirasse de ma paix relative. D'anciennes voix résonnaient; des ombres et des spectres se mouvaient le long des couloirs, ressuscités par la vue de quelque vieux jouet de Mal ou de Joël, du piano – à jamais réduit au silence dans le salon –, de l'ancienne chambre de Corinne.

Il y avait des parties entières de la maison que j'évitais, me tenant toujours à l'écart de l'aile nord. La porte de la chambre au cygne et celle de la salle aux trophées de Malcolm restaient fermées à clef. Je fis transporter au grenier certains meubles, tableaux, malles et vêtements qui me rappelaient trop le passé. Je voulais l'oublier, l'ensevelir derrière le mur du temps et du silence; mais il parvenait toujours à sourdre pour reparaître.

La mémoire de toutes ces années était un lourd tribut à payer. De nouveau, ma vie était peinte en gris, comme elle l'était avant ma venue à Foxworth Hall, comme j'avais craint qu'elle ne le fût pour toujours. Mais la grisaille ne me faisait plus peur : j'en faisais partie intégrante. C'était désormais ma seule couleur, la couleur de mes cheveux, de mes yeux, celle de mes espérances et de ma vie.

Voilà celle que j'étais; voilà celle que j'étais devenue. Le travail et la prière m'avaient endurcie jusqu'à faire de moi ma propre statue. Mais j'étais convaincue que c'était la volonté de Dieu, le destin que Dieu m'avait fixé.

Une lettre, rose et parfumée, changea tout cela. Un après-midi, tandis que je triais mon courrier, je tombai sur une enveloppe rose pâle, qui jurait parmi les ternes enveloppes administratives. Elle était adressée à Monsieur et à Madame Malcolm Neal Foxworth. Je reconnus immédiatement l'écriture : les caractères avaient encore quelque chose d'un peu enfantin, mais semblaient avoir été formés par une main qui tremblait. Je restai longtemps à contempler l'enveloppe encore cachetée. Que pouvait bien nous vouloir Corinne, après toutes ces années ? N'en avait-elle pas assez fait ? Et pourtant, pourtant, mon cœur bondissait de joie. Comme je regrettais le bonheur de vivre et l'amour qu'elle avait apportés à Foxworth Hall ! Corinne et Christopher avaient emporté avec eux mes derniers rayons de soleil. S'ennuyait-elle de nous autant que nous d'elle ? Je voulais en avoir le cœur net. J'ouvris l'enveloppe. Mes doigts tremblaient.

Mes chers père et mère,

Je sais combien cela doit vous paraître étrange de recevoir une lettre de moi après tout ce temps. Malheureusement, la première lettre que je vous écris est pour vous annoncer de tragiques nouvelles. Mon Christopher, notre Christopher, notre beau et généreux Christopher, que vous aimez toujours, j'en suis sûre, malgré tout ce qui s'est passé, est mort.

Oui, mort. Il a été tué par un chauffard ivre. Et le jour de son trente-cinquième anniversaire !

Mais il y a aussi de bonnes nouvelles. Le Ciel nous a donné quatre beaux enfants. Ils ont tous les cheveux blonds, les yeux bleus et un visage parfaitement dessiné. Ils sont intelligents, adorables, et je suis certaine que vous seriez fiers de les appeler vos petits-enfants. Nous avons un fils de quatorze ans, Christopher, une fille de douze ans, Cathy, et des jumeaux, Cory et Carrie, de quatre ans. Christopher les aimait tant ! Et ils le lui rendaient bien.

Christopher avait très bien réussi dans la vie. Il n'a pas pu devenir médecin. Ce fut un terrible sacrifice, mais qu'il n'a pas hésité à faire, au nom de l'amour. Ce fut douloureux pour moi de le voir abandonner ses études de médecine et embrasser une autre profession, qui lui permît de vivre et de subvenir aux besoins de sa famille. Mais je n'en voulais à personne; lui non plus. Il n'a jamais cessé de vous aimer et de vous rendre grâce pour tout ce que vous avez fait pour lui. Je vous jure que c'est vrai. Je vous supplie de me croire. Vous ne pouvez pas avoir oublié ce qu'il était; vous deviez savoir qu'il resterait le même jusqu'à sa mort.

Si je vous écris aujourd'hui, c'est parce que la disparition de Christopher nous a réduits à l'indigence. J'ai vendu tout ce que nous possédions pour pouvoir survivre, nous nourrir, nous habiller. Je sais que c'est ma faute : j'ai toujours négligé d'acquérir des compétences professionnelles qui pourraient nous être utiles maintenant. J'en assume toute la responsabilité. Mère m'a pourtant suffisamment servi d'exemple; mais jamais je n'aurais pu espérer avoir un jour son courage et sa force de caractère.

Je vous supplie à présent de considérer ma prière avec miséricorde. Je sais qu'il me faudra faire d'énormes efforts pour regagner votre amour, mais je suis prête à faire n'importe quoi, n'importe quoi pour y parvenir. S'il vous plaît, laissez-nous revenir à Foxworth Hall, pour que mes enfants puissent grandir en connaissant le pire et le meilleur de la vie. Je vous en prie, secourez-nous.

Je vous promets que nous serons parfaitement dociles; nous nous plierons à toutes vos exigences. Mes enfants sont bien élevés et intelligents, ils comprendront. Nous demandons seulement à faire nos preuves.

S'il vous plaît, ayez pitié de nous et rappelez-vous que mes enfants sont des Foxworth, même si nous avons jugé préférable de prendre le nom de Dollanganger, un ancêtre des Foxworth.

J'attends votre réponse avec impatience. Je suis une femme brisée, perdue et terrifiée.

Votre fille qui vous aime,
Corinne.

Il y avait des larmes au bas de la feuille. Je ne savais pas si c'étaient les miennes ou les siennes. Christopher, mort! Bien sûr, je jugeais sévèrement ce qu'ils avaient fait, bien sûr je trouvais que leur amour était un péché, mais jamais, au grand jamais, je ne leur aurais souhaité un tel malheur. Dieu, en vérité, était un Dieu vengeur. La pièce tournait autour de moi; je voyais gesticuler des ombres et des spectres, ouvrant de terribles gueules pour s'esclaffer et se gausser de moi. Qu'avais-je fait? Qu'avais-je fait? Dieu s'était-il mépris sur mes prières? Cette pensée m'était insupportable. Il y avait nécessairement une autre explication. J'étais affolée. J'allai trouver John Amos. Lui, il saurait, il saurait que faire.

– Dieu leur a envoyé un message, déclara-t-il en froissant le délicat papier à lettres rose dans sa main noueuse.

– Un message, John Amos ? Quel genre de Dieu aurait voulu faire cela à Christopher ?

– Un Dieu qui abhorre le péché. Et c'est vous-même, Olivia, qui m'avez révélé toute l'horreur de ce péché. Dieu rétablit l'ordre dans Son univers. Et maintenant Il vous offre une chance de l'aider. Ces enfants sont l'engeance du diable, nés d'une union sacrilège et abominable aux yeux de Dieu.

– Que voulez-vous dire, John Amos ? Qu'est-ce que Dieu attend de moi maintenant ?

Il leva les yeux au ciel, comme pour communiquer silencieusement avec le Seigneur. Il étendit les bras. Il semblait étreindre quelque puissance occulte. Puis, serrant les poings, il se frappa la poitrine.

– Laissez venir Corinne et ses enfants, répondit-il. Mais cachez à jamais ces enfants au monde. Mettez fin à la chaîne du péché. Il ne faut plus leur permettre d'appartenir à ce monde, où ils risqueraient d'infester les autres.

Je passai le reste de la journée seule dans ma chambre, à prier Dieu pour qu'il me guidât. Je comprenais l'interprétation de John Amos, mais je ne pouvais l'accepter. Dieu me pardonne, j'aimais toujours Corinne, mais que m'avait-elle fait ? Elle m'avait forcée à devenir la geôlière de ses enfants. Elle m'avait forcée à devenir l'instrument de la vengeance de Dieu. Forcée à être cette marâtre terne et grise que je désirais tant ne pas être. Je voulais être une grand-mère, je voulais des petits-enfants à aimer, à choyer et qui eussent pour moi les yeux de l'amour. Et que m'avait-elle offert en partage ? L'engeance du diable. Désormais, chaque fois qu'ils me regarderaient, je verrais le diable en eux; chaque fois que leurs mains me toucheraient, je serais touchée par le diable; et chaque fois qu'ils m'appelleraient, ce serait la voix du diable que j'entendrais. J'imaginais leurs doux visages, leurs blonds cheveux soyeux, leurs étincelants yeux bleus. Oh, il m'en faudrait, des efforts et du courage, pour ne pas les aimer ! Car le diable confère toujours à ceux qu'il envoie le pouvoir de charmer et de séduire. Il faudrait que je m'enferme dans une forteresse de pierre grise, sous peine de voir mon cœur céder, et s'accomplir les desseins du diable

Cette nuit-là, les dernières gouttes d'amour qui restaient dans mon cœur se desséchèrent. Je n'étais plus que l'instrument du Seigneur. Je rêvai d'une maison de poupée; elle était envahie par le péché et se consumait dans un petit enfer de flammes. J'entendais la voix du Dieu qui me parlait : Olivia, disait-il, je t'ai envoyée sur terre pour éteindre ce feu. J'y versais de l'eau, mais la maisonnette brûlait toujours. Je soufflais, je soufflais. En vain. Alors, je l'enfermais sous une cloche de verre, et lentement, lentement, le feu s'étouffait jusqu'à n'être plus que de la braise.

Le lendemain, je décidai d'appliquer le plan de John Amos. Mais, d'abord, il me fallait affronter Malcolm. Il était dans le salon. Assis dans son fauteuil roulant, devant la fenêtre, il contemplait les fleurs de l'été, dont les lumineuses corolles semblaient lancer un défi à l'hiver perpétuel qui régnait sur Foxworth Hall.

– Corinne rentre à la maison, annonçai-je.

– Corinne ? murmura-t-il. Corinne ?

– Oui, Malcolm. Hier, j'ai reçu une lettre d'elle. Christopher a été tué dans un accident de voiture, et elle nous supplie de lui permettre de rentrer. Et c'est ce que nous allons faire.

J'avais réfléchi pendant des heures à la manière d'annoncer la nouvelle à Malcolm, et j'avais finalement pris le parti de lui cacher définitivement l'existence des enfants de Corinne. Il aimait Corinne comme il avait aimé sa mère avant elle, comme il avait aimé Alicia, et je savais que, s'il apprenait qu'elle avait des enfants, surtout des petites filles, il se laisserait fléchir à nouveau et leur ouvrirait son cœur. Non, cette fois, il fallait que je prisse les choses en main moi-même; John Amos était le seul à qui je pusse me fier. Il me serait facile de dissimuler les enfants à Malcolm. Je n'aurais qu'à les cacher dans l'aile nord, comme il avait fait pour Alicia, leur véritable grand-mère. Il était si fragile et il serait tellement ému par le retour de Corinne qu'il ne se douterait jamais de rien.

– Je vais de ce pas écrire une lettre à Corinne, pour lui annoncer qu'elle est la bienvenue à Foxworth Hall.

Malcolm était toujours tourné vers la fenêtre. Je m'approchai de lui et posai une main sur son épaule maigre et voûtée. Il tremblait. Je me penchai pour apercevoir son visage et je vis des larmes perler sur ses joues.

Chère Corinne,

Tu es la bienvenue à Foxworth Hall. Toutefois, je n'ai pas montré ta lettre à ton père. S'il apprenait que tu as eu des enfants de Christopher, rien, absolument rien ne pourrait le convaincre d'accepter ton retour. Avec l'aide de John Amos, il a trouvé un refuge dans le Seigneur. Et jamais il ne tolérerait chez lui des enfants nés d'une union sacrilège et incestueuse.

Ce que tu ignores, c'est que ton père a été victime d'une terrible crise d'apoplexie le jour de votre départ. Vos actes ont fait que cet homme, autrefois si robuste et si vigoureux, n'est plus aujourd'hui que le spectre de lui-même.

Cependant, j'ai pris ton malheur en considération et j'ai demandé au Ciel de m'indiquer la voie à suivre. Voici ma décision : tu peux amener tes enfants à Foxworth Hall, mais ton père ne devra jamais apprendre leur existence. Les médecins me disent que Malcolm n'en a plus pour longtemps à vivre. Jusqu'à ce que le Seigneur le rappelle en Son sein, tes enfants resteront dans l'aile nord, cachés à sa vue et à sa connaissance. Je me chargerai personnellement de leur habillement et de leur nourriture.

J'espère que tu te rachèteras et que tu essaieras de compenser la douleur que tu nous as causée, à moi comme à ton père.

Il t'appartient maintenant de préparer tes enfants à ce qui les attend. Assure-toi de leur docilité : ils ne devront jamais se montrer. S'ils s'avisent de désobéir ou s'ils trahissent leur présence d'une façon ou d'une autre, tu devras quitter Foxworth Hall aussi démunie qu'à ton arrivée.

Informe-moi de ta décision le plus tôt possible.

Ta mère,
qui met son espoir dans le Seigneur.

20

Des yeux qui voient

Ils arrivèrent par une nuit très semblable à celle de ma propre arrivée à Foxworth Hall, bien des années plus tôt. J'avais recommandé à Corinne de prendre le dernier train, pour plus de discrétion, afin de profiter de l'obscurité. Il devait être trois heures du matin quand le train entra dans la petite gare de campagne, déserte et isolée, quai solitaire dans la nuit noire. Ses quatre enfants endormis avaient dû se croire perdus, loin de toute civilisation, entourés de champs et de prairies avec, à l'horizon, les montagnes violettes qui se dressaient dans le ciel nocturne comme des géants ténébreux.

Je ne leur avais pas envoyé de voiture. À pied, le chemin était long, mais je ne voulais pas courir le risque de mettre un domestique au courant de l'existence des enfants. Ils avaient dû peiner le long de la route obscure et désolée. Chaque arbre, chaque ombre, chaque bruit avait dû les effrayer. La peur avait dû faire battre leur cœur.

Puis Foxworth Hall avait dû leur apparaître tout à coup dans le lointain, comme un château de sorcière dans les contes de fées que leur mère leur avait sûrement lus. Ses fenêtres sombres avaient dû leur faire penser à des yeux morts, et son énorme toit à une tache d'encre. Son aspect n'avait rien d'engageant, la nuit, pour des enfants. Leur petit cœur avait dû se serrer. L'effroi les avait sans doute rendus muets.

Je voulais être seule pour accueillir Corinne et ses enfants. Je voulais qu'ils ne vissent personne d'autre que moi. Cet instant n'appartenait qu'à moi et j'avais ordonné à John Amos de rester dans sa chambre, en dépit de ses protestations.

J'avais mis Malcolm au lit vers dix heures.

– Je vous en prie, Olivia, avait-il imploré, je sais que Corinne arrive ce soir. J'aimerais être là pour l'accueillir.

L'amour brillait dans ses yeux, un amour que toutes ces années n'étaient pas parvenues à éteindre. Comme j'avais eu raison de ne pas l'avertir de l'existence des enfants ! Il se serait laissé envoûter par eux – il se laissait toujours envoûter par le pouvoir de la beauté.

– Malcolm, Corinne sera certainement éreintée par son voyage. Et vous le serez aussi, si vous veillez trop tard. En vous couchant maintenant, vous serez bien reposé et dipos pour lui souhaiter la bienvenue demain matin.

À présent, il ne me restait plus qu'à les attendre. J'avais déjà préparé leur chambre dans l'aile nord. J'avais enlevé la poussière et installé les deux grands lits moi-même, car je ne voulais pas que les domestiques eussent les moindres soupçons de ce qui se tramait. En poussant les lits, j'aperçus la brosse à cheveux d'Alicia. Quelques mèches y étaient encore accrochées. Avec le temps, ses belles boucles dorées étaient devenues filasse et s'étaient flétries comme des toiles d'araignée. Je posai la brosse sur une table, sans en retirer un seul cheveu. Désormais, les petits-enfants d'Alicia allaient prendre sa place et vivre ici à leur tour. Et je savais, j'étais sûre que ses petites-filles utiliseraient cette brosse. Oh, oui, elles étaient sans doute du genre à se peigner cent fois, cinq cents fois par jour.

J'attendis des heures durant, arpentant les couloirs obscurs de Foxworth Hall. De temps à autre, j'allais contempler la nuit par une des fenêtres situées au-dessus des appartements des domestiques. Une neige fine commençait à tomber. Tandis que je faisais les cent pas, encore et encore à n'en plus finir, j'entendis une branche craquer. Je me précipitai de nouveau vers la fenêtre.

Ils étaient là, quatre enfants emmitouflés autour de leur mère.

J'ouvris la porte de service et les fis entrer. Sans un mot, je les conduisis comme un troupeau le long des marches étroites et abruptes. Corinne savait qu'elle n'avait pas le droit de parler. Elle savait que le moindre murmure, le moindre faux pas se répercuterait en écho dans les longues galeries vides de la maison de son enfance et alerterait les domestiques.

Je les dirigeai sans attendre vers la dernière chambre de l'aile nord. Je poussai la porte et les pressai d'entrer, comme un geôlier compréhensif hâtant un condamné vers sa dernière cellule. Quand ils furent tous à l'intérieur, je fermai doucement la porte.

Puis, j'allumai la lampe. J'avais devant moi quatre beaux enfants. Le garçon, presque un homme, était l'exacte réplique de Christopher, avec les mêmes cheveux blonds, les mêmes yeux bleus, la même expression de visage, douce et intelligente. Oh, comme j'eus envie de l'embrasser ! Mais je me contraignis, me souvenant de ce qu'il était et des conditions qui avaient présidé à sa naissance. La fille était le portrait saisissant de sa mère au même âge, et un flot de souvenirs déferla dans ma mémoire, menaçant de m'immerger et de noyer mes dures résolutions. Je détournai aussitôt le regard et considérai les jumeaux. Deux chérubins me dévisageant avec de grands yeux bleus effrayés. Ils se blottirent l'un contre l'autre, comme s'ils avaient pu se fondre en une seule personne.

– Tu avais raison, Corinne, tes enfants sont beaux. Mais es-tu sûre qu'ils soient intelligents ? N'ont-ils pas quelque infirmité qui échappe à l'œil ?

– Absolument pas ! se récria Corinne. Mes enfants sont parfaits, comme vous pouvez le voir. Physiquement et mentalement !

Elle me lança un mauvais regard et commença à déshabiller la petite fille, qui inclinait la tête d'un air boudeur. Imitant sa mère, la benjamine se mit à déshabiller également son jumeau, tandis que le sosie de Christopher hissait l'une des grosses valises sur le lit. Il l'ouvrit et en sortit deux pyjamas jaunes une-pièce.

Corinne mit les jumeaux dans un des lits et couvrit de baisers leurs joues rougeaudes. D'une main tremblante, elle lissa les boucles qui ornaient leur front et les borda jusqu'au menton.

– Bonne nuit, mes chéris, murmura-t-elle.

Je n'en crus pas mes yeux : elle allait permettre à deux adolescents de sexe opposé de partager l'autre lit ! Oh, comme les craintes de John Amos étaient fondées ! J'en avais la preuve devant moi. Je fronçai les sourcils.

– Les deux grands ne peuvent pas dormir dans le même lit.

Corinne parut surprise.

– Ce ne sont encore que des enfants, rétorqua-t-elle. Vous n'avez pas changé d'un pouce, mère, n'est-ce pas ? Toujours cet esprit méfiant qui voit le mal partout ! Christopher et Cathy sont purs et innocents.

– Purs et innocents ! C'est exactement ce que ton père et moi disions de toi et de ton demi-oncle !

Corinne blêmit.

– En ce cas, vous n'avez qu'à leur donner des chambres et des lits séparés ! Dieu sait que ce n'est pas la place qui manque dans cette maison !

– C'est impossible, tranchai-je d'une voix glaciale. C'est la seule chambre ayant une salle de bains attenante, où mon mari ne les entendra pas marcher ou tirer la chasse d'eau au-dessus de sa tête. S'ils étaient dispersés dans l'étage, ton père ou les domestiques entendraient leurs voix et les bruits qu'ils feront. J'y ai mûrement réfléchi, crois-le bien. C'est la seule pièce sûre. Mets les deux filles dans un lit et les deux garçons dans l'autre, ordonnai-je.

Corinne ne daigna pas me regarder. Elle prit le petit garçon dans ses bras et alla l'installer dans l'autre lit. Sous l'œil vindicatif des deux aînés, je continuai à édicter les règles qu'ils devraient observer pendant leur séjour. Quand j'eus fini, Corinne les attira tous deux dans ses bras. Elle leur caressa la tête et leur tapota le dos.

– Tout ira bien, murmura-t-elle. Ayez confiance. (Puis elle se tourna vers moi et me lança le regard le plus féroce que je lui eusse jamais vu.) Mère, ayez un peu de pitié et de compassion pour mes enfants. Ils sont votre chair et votre sang, aussi. Ne l'oubliez jamais.

Je me bouchai les oreilles pour ne pas l'entendre énumérer leurs vertus et leurs qualités. Car ils n'étaient pas mon sang ! Ni elle non plus. Dieu sait combien je l'avais aimée. Mais, pour le salut éternel de mon âme, je devais maintenant la haïr. Bien que touchée par ses paroles et par la candeur de ses enfants, je m'efforçai de durcir mon cœur.

Quand elle vit que la plaidoirie ne me faisait pas fléchir, elle se retourna vers ses enfants pour leur souhaiter une bonne nuit.

J'attendais à la porte. Comme les adieux s'éternisaient, j'entraînai Corinne par le bras. Mais, juste avant de refermer la porte, je jetai un dernier regard sur les enfants derrière moi. Les jumeaux dormaient à poings fermés. Les deux autres étaient debout côte à côte. Le frère tenait la sœur par la main, tout comme Christopher avait tenu celle de Corinne. Il avait les yeux fixés sur elle. Il lui souriait – et ce sourire me fit froid dans le dos. Car c'était un sourire que j'avais déjà vu, c'était le sourire de Christopher pour Corinne, ce sourire que mon aveuglement m'avait empêchée de comprendre...

Maintenant, j'avais des yeux pour voir.

Je fermai la porte à clef derrière moi.

Achevé d'imprimer en juin 1989
sur presse CAMERON
dans les ateliers de la S.E.P.C.
à Saint-Amand-Montrond (Cher)
pour le compte de France Loisirs

Dépôt légal : juin 1989.
N° d'Édition : 15172. N° d'Impression : 1145.
Imprimé en France